銀河叢書

風の吹き抜ける部屋

小島信夫

幻戯書房

目次

I

Ⅱ

III

IV

風の吹き抜ける部屋

装幀　緒方修一

I

輪中根性――長良川

私は岐阜市に生まれたので、市の北の方の金華山の裾を洗いながら流れている長良川は格別に親しいものになっている。私の家は東海道線の線路に近いところにあった。長良川までは四キロぐらい。そのあいだが市街というわけで、チンチン電車が通っていた。長良橋を渡ったところが終点で、そこから引返してきた。運転手があやつっている機具はイギリス製のものであった。私が物心ついた頃には電車はもう意気揚々と走っていた。小学生になると、歩いたり、時にはこの交通機関を利用して、私は長良川へ泳ぎに出かけた。

川の両岸には旅館が立ち並んでいたが、それというのも、川で鵜飼のショウが行われるので、それを見物にくる客が泊まったりしたのであろう。長良橋のこちら岸の下手の方には十八楼という旅館があって、その入口のところに芭蕉の「おもしろうてやがて悲しき鵜舟かな」という句碑が立っている。夏場、夕方に近づくと運河にもやっていた遊覧船が川の手前の方の岸辺に寄り集まってくる。

鵜飼が行われるのは、橋から百メートル上流までで、何艘かの鵜舟を、客を乗せた何十隻もの遊覧船がとりまいて、たいへん賑やかに楽しむので、芭蕉が「やがて悲しき」といったのは、当時でも見物の最中は賑やかだったのであろうか。篝火をたき、鵜匠は紐の先きの十三羽の鵜をあやつりながら、舟べりを叩く。

私が舟に乗ってこのショウを見たのは、戦後になってからで、人を案内したからであった。午後になると鵜舟に綱をつけて四、五キロ上流へ引張って行ったものだ。籠に入れた鵜鳥も舟に乗せて運んでいたのであろう。

私の中学の友人は鵜匠の家に育った。川べりの旅館街のあいだに挟まれるようにあった鵜匠の家から、籠に入れて連れ出された鵜鳥は、冬の日だまりの川原で訓練を受けていたような気がする。彼らは房総の海岸にいたもので、ある期間、飢餓状態にして仕込むのだそうである。

私は昔から岐阜市の観光資源である鵜飼のことばかり話したが、鵜飼いの歴史はとても古く、信長も岐阜（井ノ口）の金華山の頂上に城をかまえた時分にこのショウを見物した。戦後になると、旅館に住んでいた進駐軍の将校たちも見物したに相違ない。私は一時県庁の渉外課にいたとき、案内文を英訳したおぼえがある。

以上述べたショウは、山麓の淵、あるいは深い速い流れの場所で行われたので、昼間子供たちが水遊びをするのも、ほかならぬそうした場所においてであった。子供たちは岩の壁から淵に向って飛び込み、深く深くもぐり込み、浮き上がると、水流に運ばれながら旅館街（といっても一列に並んでいるだけだが）を尻目にかけて、橋の下へ流されて行き、満足して岸にあがるのである。

長良橋から下流になると忽ち川原がなくなって砂地ばかりになると思っていたが、実は北の方に早田川原と呼ばれる地域があるのだから、もともとそちらの方に本流があったのであろう。この早田のまた北の方に鷺山という標高五十メートルの小山があり、戦後半分削りとられて住宅地になったが、この山が晩年の斎藤道三のいたところである。もともと長良川はいつの頃までか忘れたが、今よりずっと北の方、険しい面構えをした山の麓を流れていたようである。

要するに私のいいたかったのは、長良川は、市街の中といってもいいところを流れているにもかかわらず、鮎の棲む川で、私など子供たちは、弁当箱をつかいながら、その川の水を飲んだくらいであったということだ。川原で催された花火大会や宝さがしなども、清流だったから値打ちがあったのであろう。

長良川は長良橋あたりから下流となると早田川原などの川原の名残はあるにせよ、さっきも触れたように、あっという間に砂地となり、ずっと下流の東海道線の鉄橋から見下すあたりとなると、全くの砂地の中を川は流れ、眼をこらさないと、流れは止まっているのではないかと見まがうほどゆったりとしている。

かくして長良川は、ほかの二つの川、木曾川、揖斐川も同様であるが、デルタ地域を作りつつあるのだといっていい。そうしてそのあたりから〈輪中〉という小堤防でかこまれていた集落があった地域に至るのである。

私は昔の自分の眼でしかと見たとはいいがたいが、どういうわけか〈輪中〉がいくつも眼に浮かんでくる。この地域一帯は西濃と呼ばれている。そうして、それらのデルタの中心地ということもできるかどうか怪しいが、岐阜や大垣のようなかつての城下町を含めて呼ばれるように思える。たとえば、私は岐阜市の東の外れに育ち、デルタ地帯とはほど遠い所を流れている長良川に親しんできた。

そういう私なんかも、岐阜市に生まれたというだけで西濃に生まれ育ったと、思わされている。少なくとも私の友人や私自身がそう信じているようである。たとえば、私が西濃人であるというのは、私自身はともかく、私の祖先が西濃人であったといわれても否定してしまうことが、何となくできないからである。たしかに私の二代前は百姓である。

読者は私がなぜ西濃人であることを気にしているか、まだ分かってはいないであろう。西濃人は、こすくて、信用ができない、そうして裏切ることもしばしばである、と互いに示し合わせたように思い合っている。一口でいうと〈根性が悪い〉ということなのである。それなら、いったいなぜに彼らが、そうなのであろうか。それは次のようなことに根ざしている。

デルタ地帯には輪中があり、そこの百姓たちは、輪中根性を培わせられてきた。その根性の内容が、さっきいった不名誉な性向なのである。

輪中にかこまれた集落は、私の想像によると、水門から灌漑用の水を田圃に入れていたのであろう。本川の水量が少なくなりすぎたり、多くなりすぎたりといったときに水門を開けたり閉じたりして調節する。これを集落どうしで相談したのであろうと思う。私が漠然と聞き知っているのは、家の軒に舟が吊り下げられてあるというようなことだから、洪水のときに舟を浮かべることがあるというのであろう。しかし根性が悪い、というのは、たぶん自分たちの田圃が助かるために、隣人の田圃の方へ水を落としたことに由来するのであろう。

こうしたことは、どこの県にもあったことのような気がする。それなのに輪中根性といって、互いにさげすんでいたというのは、その水を落とす行為そのもののためではなくて、輪中というものの特別な仕組みと関係があったのかもしれない。実は私は前に『美濃』という小説を書いたときに輪中についての研究資料を見せてもらったことがあったが、今はよく覚えていない。ただかすかに覚えているのは、水門が非常に精密に出来ているというようなことぐらいである。一口でいえば、輪中は、共存共栄する上で、人間は決して善良ではないということを熟慮のうえに工夫された、最高の仕組みであったにちがいない。それが期待どおりにはいかなかったのであろうか。

いずれにしても、何も西濃にかぎらず、世界中どこにでも見られる、自分さえよければいいという行為が、大写しに拡大されて、私たち少年が、自分たちには度しがたい根性が棲みついているといいきかせていたというのは、奇妙なことである。少年の私が、こよなく誇りに思っていた中学校の校歌の冒頭が、

千仞《じん》の嶽金華山、百里の水長良川

だったのである。

くりかえすが、私たち少年は、「おもしろうてやがて悲しき鵜舟かな」の鵜舟が浮かぶ清流の長良川と、そのあたりから、せいぜい十キロほどの下流がはびこらせてしまった輪中根性とのあいだのジレンマを背負って東京に出たのである。

二十年ほど前、浅間山麓の私の山小屋に、ある大新聞社から電話があった。私に関係のある、何かよくないことが日本に起こったにちがいないと思った。すると長良川が氾濫しているという。その原因は、輪中をつぶしてちゃんとした大堤防を造ったためともいわれているが、どう思うか、という質問であった。

私はその紙上インタビューは断ることにした。『美濃』を書く前のことだったし、電話は私が輪中に関心をもっていると新聞記者が知っていたからではなくて、中学のある後輩の評論家が、同郷人の私の名をあげたためであった。いかにも私は輪中根性ということには関心をいだいてきた。といっても輪中自体のことをよく知っているわけでないことは、さきほど述べたとおりである。私の

いいたいことは、私が未だにこの悲しむべき根性が自分の中にひそんでいると感じているらしいということである。

そのことで何も私は特に困ったり苦しんだりしているわけではないが、自分の小説を読むと、私はこの根性のことについて物語ってきたと思うことがある。

Front　一九九五・一〇

おくに言葉

昨日、以前勤めていた高校の同僚がやってきて話すうちに、このごろは子供のころに使ったおくに言葉が何かの拍子に出てくるという。教室で授業をしながらも、盛んにナマリがとび出してくるけれども、平気になってしまった。生徒の方は気にしているらしいが、勝手にしろといった気持だ、と語る。彼は松山の産である。胃の手術をしたせいか、食物もすっかり変って、米の飯がよくなって、このように弁当をさげて行くし、梅干を必ず入れる。それに日本酒がうまくなってきた。胃袋の酸の分泌がへったせいもあろうが、一つには子供のころに戻ったのではないか。食物も言葉もおなじで、四十になると、こんなふうになる、というふうにつづける。

「おくに言葉を出すと、奥さんにいやがられはしないか」

ときくと、その通りだ、と答えた。彼の奥さんは関東の人だ。

この友人のように食事の方は必ずしも昔に返ったわけではなく、むしろパンや牛乳を用いている。しかし心の奥底では、子供のころに食べた八丁味噌のにこみうどんが食べたいし、夏になれば冷しそうめんを酢を入れたシタジで食べたい。それとおなじように、おくに言葉が使えれば使いたいと思う。

しかし私は、十和田（操）さんとおなじ岐阜の生れだ。岐阜は名古屋に近く、名古屋といえば言葉の汚ないことでひびいている。私はもともとそう思っていたわけではないが、東京へきて、中京のあたりの言葉が汚ない、とくりかえしいわれるうちに、そうかも知れない、と何となく思っている。だが、うちの男の子供などの使う言葉をきいていると、田舎の中学生の言葉とくらべてきれいとはいえない。江戸っ子の言葉のきっぷのよさや、その他の美点は大いに認めるが、私は自分の田舎言葉のエヘラエヘラした言葉も特徴があって面白いと思う。一口にいえば、私の地方の田舎の言葉は、私の地方の人間の気質とむすびついていて、多分、その気質が好かれないせいだろう。

私の郷里は徳川時代に、数知れぬ小藩に分けられ、尾張藩の眼が光っていた。互いに相手の眼をうかがって暮してきた。意地張りだが、それを奥にひそませる。相手の話をきくのが上手で、心中にはちゃんと批判の刃をといでいる。強い相手には弱く、弱い相手にも弱く出る。関西弁が七分、関東弁が三分。東海道の通り道であるので、ある意味ではスレている。

十和田さんは、岐阜市でも過されたが、郡上の八幡である。郡上踊りの郡上だ。このあたりは、岐阜市とは大分違う。岐阜市の言葉より、品があるようである。十和田さんの日常の話をきいていると、さかんに岐阜弁があらわれて、同郷人の私はたじろぐが、その言葉がなかなか大胆で美しい。東京で同郷人に会うが、こんな人は珍らしい。私は前からその理由を考えているが、その一つの理由は、十和田さんが郡上の八幡の言葉を基礎にして岐阜弁を消化しているせいらしい。ということは、十和田さんの気質の中にも、その言葉の中にも、私の生れた岐阜市のそれとは違ったものがあり、ワイ雑でないものがあるのではないか。

この八幡に近く関市というところがある。関市とは関の孫六の関である。昨年の夏、東京から友人数人と鵜飼見物に行ったとき、鵜匠が鵜の説明をしてくれた。この鵜匠は、例の岐阜市の山下鵜

匠と親セキにあたるらしい。老人である。彼や彼の奥さんの話しぶりをききながら、その時の同行者の一人である河北倫明氏は、

「一つ一つ、なっとくさせるように話す話し方がおもしろい」

というので、説明しているので、そんなふうになったのでしょう、というと、いやそうではない、と河北氏はいった。一つ一つの言葉のくぎり方が、協調的で、またまとめるように出来ている。それにぜんたいの調子が柔かくて美しい、ということであった。柔かいには柔かいが、美しいといわれたことは一度もないので、やはり岐阜市から長良川をずっとさかのぼってくると、美しさが出てくるのか、と思った。

美しいということは別として、河北氏の指摘したいくつかの特長は、私のおくに言葉にも確かにあるような気がする。河北氏は九州の熊本の産である。九州言葉と私の郷里の言葉とはまことに違う。はじめてこの両地方の人をつきあわせておくと、互いに不快に思い、誤解をし、憎み合うようにならぬともかぎらぬ、とかねてから思っていたので、河北氏のこの説で救われた。

関西弁七分、関東弁三分といったが、たとえば、こんなことから考えると、地盤としては何といっても関西ふうかもしれない。たしか、関西ではヤカンが沸騰しているような場合、

「ヤカンが……していやはるわ」

といったぐあいに敬語を用いることで擬人化を行なう。「ヤカン」というかどうか知らない。もし間違っていたらカンベン願いたい。私の郷里では、

「ヤカンがブクブクいってござる」

とか、

「ヤカンがブクブクいってりんさるわ」

というふうにやはり敬語を用いる。これが江戸弁では、

「ヤカンが、ブクブクいってやがるよ」

と軽蔑的ないいかたで擬人化する。いずれも、何かヒューモラスなひびきがあるが、そのヒューモアの内容はおのずと異なるようである。

私の郷里の「……しとりんさる」は「……しておりなさる」を音便化したものであるが、やはり感じからすると「しておりなさる」といったものとは違う。もっと俗で、関西弁の「していやはる」よりも俗であり、ヒューモアの味があるといいながら何か人間ぜんたいを小バカにしているような調子があって、私もこのごろ時たま帰郷してこのいい方にふれると、いやぁな気がすることがある。

たとえば、猫が顔をふくしぐさをするとしよう。私の郷里の人なら、即座に、そこに居合わせる人に、

「ほれ、見んさい。ミー子が顔を洗ってござるわ。猫でもちゃんと顔を洗いんさるに」

といったぐあいに語りかける。柔かく、とびあがるようなふうに発声する。

私は、そういう時、いやぁな気がするのである。私は郷里の、こうした俗っぽい表現法にいやだと思うことがあるが、考えてみるとこうした表現法の中で育った私は、まがうことなく、この表現法につながる気質を具え、直接こうした言葉で表現しないとしても、何かおなじような味わいを出そうと心がけているともいえる。

ただ私は不幸にして、郷里の言葉をつかって小説を書くということが、なかなかしにくいのを、

感じる。たとえば十和田操さんは、よく岐阜弁を小説につかっておられたが、その場合、その効果は大阪弁、東京弁、津軽言葉、九州弁、中国弁といったようなぐあいには行かないのではないか。東海弁というか、中京弁というか、こういった言葉は、その俗っぽさや汚なさ（？）といったことと関係なく、その特徴を出すことが困難なような気がする。関東か関西か、どちらか一方に吸収されてしまう。

戦後パチンコが大流行しはじめた時、その流行に大きな役割を果しているのは中京だ、ときいて苦笑する思いだった。よく東京の商人が、私が下宿していた岐阜の宿へ泊ると、中京の商人ほどえげつないものはない、とよくこぼしていた。

私は、文学のようなものは、やはりどこかに一つの秩序や、しきたりをはっきりもちはじめているようなところに、おこるものだと何となく思っている。東海地方、とくに私の郷里あたりには、そういうものが、この中心地に較べると、稀薄なことは事実である。コンプレックスばかり強くて不安定で、いくぶんこすい地方、秩序の方はよその中心地に任していて、中心の間を揺れているようなところでは、普通どうも文学は栄えないような気がする。

私がこうひそかに思っているが、郷里ではあまりこうしたことはいわない。わが郷里では、そちらの方で、この弱点（？）をみずから語ってきかせてくれる。そう語られると、私はこんなふうにいう。

「不安定で、人の眼を見るような、そして俗な人間のいる世界というのは真に面白いじゃないか。そこの人の用いる言葉もまた面白い。それが作品に生かせないはずはないじゃないか。誰かいい作品を書けば、逆に、この言葉が光ってきますよ」

私はこう意地をはりながら、反論を出すが、私も本心からいうと、あまり自分のいうことを信用していない。

NHK放送文化　一九六一・五

「私を苦しめた病気」の正体

私は昭和七年三月四日夜、姉に見送られて大阪へ出かけた。翌日は中学校の卒業式だったが、私は桃山にあった吃音学院に入ろうとしたのであった。私は姉や母親に相談して許可をもらった。十七歳になったばかりで、恥ずかしい盛りだった。

当時も私は、自分が発声に障害のあることに気づいたのは、母親の背中に負ぶさって廻灯籠を見ながら、母親に感想を伝えようとしてできなかったときだと思っていた。ほんとかどうか分からないが、とにかく、その頃からずっとそんな病気をもっていて、それは本人の私が明かさなければ殆んど知られずにすむことであった。そんなわけで言いたいことも黙っていた。

吃音学院の矯正期間は二十日間で、その矯正方法もなかなか興味ぶかかった。終わりに近づくと、色々な実地練習をした。相手の迷惑を無視して電話をかけてみること。駅前や盛り場で、自分が吃音者であるということを告白すること。その心づもりは、世間の人間を石ころだと思え、ともいうことだ。私は一理あると思った。

いよいよ卒業式の前日、今いった演説を神戸市で終え、桃山へ戻ってきて打ち上げのかんじで食堂に入った。そこまではしあわせだった。ところが代金の支払いになって、店の者が院長先生からいただいたお金が不足しているといった。そんなことはない、「みんな、そうだな」と、先生は私達を見て激しく言い返した。私はよく観察していたとみえて、「先生、たしかにこの人のいう通りでしたが」といった。院長はそのまま押し通して、私達は外へ出て歩き出した。先生は私の方をふりかえり、「おれはお前たちにわざとやって見せてやったのだ。お前のような心がけでは、永久に治らんぞ」といった。私はその学院でも優等生のつもりでいたものだから、落胆した。たぶん彼は私が見ていることを知ったうえで、危険な極意の伝授を行おうとしていたのであろう。

私はそのとき、院長に取りすがって、「よく分かりました。うっかりしていたのです」とでも、いえばよかったが、言いそびれてしまったのは、もう取り返しがつかぬ、と思ったのかもしれない。

私は帰宅後、矯正練習をくりかえし実行したり、人間を石ころと思うようにつとめたことがあった。しかし実際には、思春期に入ったので、いよいよ私は世間なり友人なり、とりわけ異性を理想化するようになった。そうして石ころと思うどころか、むしろ人間は巨大にふくれあがり圧倒された。時にはそのことの方が悦ばしいくらいだった。

それにもかかわらず、どういうぐあいか私の病気は、ある時から自覚がうすれ、また不意に戻ってきたりなどくりかえしつつ、そのうち完全に自覚が消えたかに見えるようになった。矯正法の実行とは無関係のようだ。その点からいうと、あの二十日間の生活はあまり意味がなかったかもしれない。しかし、あのときの〈禅〉めいた訓《おし》えや、あの出来事や、私の感じた一種の無念さなどは記憶にとどまっている。というのは自分の生活の一瞬々々が、あのときの揺れと似ているように思えるからだ。それにしても少年時代、青年時代の何年間にわたって私を苦しめたあの病気の正体は、果たして何であったのか。たぶん、それもまた形を変えて私の中にちゃんと残っているのであろう。

朝日新聞　一九九一・四・一

懸賞小説

十九歳の頃にどんなことをしていたか。どんな文学に関心をもっていたか。小説を書いていたか。これが注文である。枚数は十二枚。ぼくは眼のぐあいがよくないので、半分にしてもらった。

ぼくはその年頃は、受験浪人というやつだった。だいたい十九というと昭和九年ということになる。その一、二年前から、散歩の途中、古本屋へ寄って改造社の文学全集の円本を買ってきた。その時分ぼくは名古屋にいた。広小路から鶴舞公園へ向って行くと左側に大きな古本屋があって、その店頭に十銭から十五銭の幅で円本が並んでいた。全集は、全部そろうと四、五十巻のものだが、古本のことだからバラ売りになっていて、その中から適当に選んだ。

当時、『考へ方』という受験雑誌があった。この雑誌を出している「考へ方研究社」というのが、今の一ツ橋の集英社の社屋のところにあった。ここから雑誌のほかに、受験用の単行本も出していた。また「日土講習会」というものがあって、東京あたりの中学生が勉強に来るようにもなっていた。

この出版社は、信州出身の藤森良蔵という人がおこしたもので、今の理大の前身の物理学校出の人で、数学を教えていた。この人が考へ方が大事だ、ということを鼓吹したのであった。雑誌の名は『考へ方』といっていたが、単行本は、たとえば、「代数学び方考へ方解き方」というぐあいのもので、国語から英語まで、そういう式の名を掲げて本が出ていた。

ぼくはこの雑誌や単行本の愛読者であった。この出版社の主義主張について語りはじめたらきりがないうえに、もう既に眼の方もあいていられないほどになってきたので、先きを急ぐことにする。この雑誌『考へ方』は毎号、各科の懸賞問題を出していたが、そのほかに表紙の絵を募集していた。それから数学の問題そのものさえも募集していた。つまり問題の創作である。ぼくはこのどちらにも応募したおぼえがあるようだ。これに類することが色々とあるので、これもこのくらいで止めることにするが、一つだけいうことにする。それは年に一回、特集として様々な催しがあり、その一つとして、小説、劇、俳句、短歌などの懸賞募集があった、ということである。ぼくは小説を書いて出した。十九歳のときか、十八歳のときかはっきりしないが、たぶん十九のときだったと思う。(同じ年のことか、一年前のことか忘れたが、「作文実力涵養法」という論文を出して、これは掲載された)

さて、この小説のことだが、ぼくはさっきいった古本の改造社の現代日本文学全集の一冊(十銭で買ったものと思う)、久米正雄集の中の長篇小説『破船』というのを下敷にして、三十枚足らずの短篇を書いた。久米は芥川、菊池寛、松岡譲の文学仲間で、漱石の弟子群の中では、一番あとに属する。漱石のお嬢さんをめぐって友人間のアツレキを小説化したものだったと思う。

おぼろげな記憶を辿ってみると、ぼくの短篇の場合は、同じ中学の友人で、気持のよく通じた友人が先きに高等学校へ入ってしまい、取り残されてしまったといったようなことだった。二人の家の暮しぶりの違いなども書いていたのではあるまいか。

小説の選者は、九州大学のドイツ語の先生であった秋山六郎兵衛という人で、この人も「考へ方」に小説を応募したことがあったのではなかったか。というのは、この出版社から『考へ方』受験小説集という本が出ていて、その中に秋山先生の小説もあったような気がするからである。この小説集は、過去の『考へ方』の懸賞当選作ばかり集めたもので、その中には、武田麟太郎の「鈴木君のこと」という短篇などがあった。高見順も書いていたのではなかったか。高見順は本名らしきものを思い出すからである。ぼくは一高へ入って文芸部の委員になったとき、古い文芸雑誌を見ていて、受験小説の中の今いった名と同じものを見出したような気がするからである。といっても、気がする程度のことだ。武田麟太郎の「鈴木君のこと」は、この小説集の作品中の白眉であることになっていたようである。

題名は思い出せないが、ぼくの小説は佳作の次席か第三席かであった。当選作は堀正明という人であった。五十年以上もたった今も、ぼくはその名をよくおぼえている。姓名のみではなく、身体つきや、ボートの漕ぎ方までもおぼえている。といっても、堀正明の作品がどんなものであったかは、思い出せない。

堀正明がその年に一高へ入ったことも、彼がボート部の学校代表クルーかあるいは文科代表クルーの「整調」であったことも、さっきいったように、その漕いでいる姿さえもおぼえている。「整調」というのは、コックス（舵手）の指示するピッチ数に合わせて、正確に漕がなければならぬ。ほかの六人はひたすら「整調」に合わせるというふうになっている。

堀正明は、ぼくが入学したときに確か三年生で、ボート部の代表のひとりであった。そうすると、ぼくが懸賞小説に応募したのは、堀が入学した二年前という勘定になる。どうも勘定が合わない。ぼくは堀正明が合格したということさえ、はっきりおぼえている。どこで見たのかまるでおぼえていないが、彼が合格したときの活字の記憶がある。
　それとも堀は、入学してからあと、応募して当選したのであろうか。『考へ方』の懸賞小説の当選者の中には、何度も入選するものがいた。応募者は受験生でなくともよかったらしい。自信のある小説志望者は、望む学校に入ってからでも、懸賞金をめあてに応募していた。ぼくの思い違いでなければ、高見順などもそういう人のひとりであった。堀正明は東大の法学部に入ったことも、ぼくは知っている。色々の意味で、彼はぼくのあこがれの的であったが、ぼくは話しかけたことは一度もなかった。堀は現在健在だろうか。戦争で亡くなったような記憶もある。端艇部の名簿が送られてきたことがあったが、堀のことを忘れていた。今あらためて彼のことを思い出したというわけである。その頃ぼくは小説家になろうとは、思ってもいなかった。高等学校に入ってから小説らしいものは書いたが「習作」と断わり書きをつけていたし、小説家の才能はないと思っていた。

早稲田文学　一九八五・七

文学青年だった時期

昭和文学の中から五篇の作品を選べ、というアンケートがきたとき私は考えたうえ五篇を書いて出した。

先日送られてきたパンフレットを見ると、〈私の好きな〉というようになっている。〈好きな〉とは要求されていなかったと思うが、まあ、そういうことはどうでもいい。私はこのさい読み返してみたい、と思う作品名をあげる結果になったようだ。事実私はあのあと、私のあげた五作品の一つ『暗夜行路』を読み返した。

私の場合は、小学校の六年生のときに昭和になった。円本の真盛りのときであった。中学生のときは、ひきつづき円本の波の中にあった。そこには明治以来のたいていの作家、自然主義の作家、白樺の作家群に、谷崎、泉鏡花、芥川、菊池、久米、山本有三、そこにプロレタリヤ作家、新感覚派、それに新興芸術派といったぐあいであった。すべてが仲よく顔をそろえていて全体に花盛りといった感があった。一方に大衆文学全集が出たが、その中に多くの推理作家がきそっていた。中学卒業前に満州事変とよばれるものが起った。高等学校の一年の期末試験の最中に、二・二六事件が起った。

私はあとで知ったのだが、昭和八年の四月に、川端康成が面白い文芸時評を『新潮』に書いた。

多喜二が殺された報告と、秋聲の復活を告げる文章である。その頃から大家の活躍が見られはじめ、昭和十二年の、当時は〈日支事変〉と呼ばれたものが起った。私は昭和十六年に学校を卒業し、教師をしているとき真珠湾攻撃で、その後すぐ兵隊になり中国へ行った。

私はあらゆる作品を読んだが、いま思うに昭和十年から兵隊に行くまでの文学青年であった時期は、梶井、嘉村、中野重治などが私の心を捕えていたようだ。戦後のことは、わざわざ言う気がしない。どの作家もあまりにも一緒に歩いて来たと思えるからだろうか。

神奈川近代文学館　一九九〇・七

私のもらった部屋代

私は昭和十年から十三年まで、第一高等学校にいたが、全寮制だったので、三年の途中まで、構内の寮にいた。それから池の上の賄いなし四畳半五円の素人下宿にうつった。

私は浪人中さいごの三ヵ月間、水道橋の浪人ホテルという綽名のついていた雄鳳館というところにいた。二食つき三畳間で、二十三円だった。ここは主人も成城高校卒業後、東京帝大法科へ入るために浪人をしていて、私よりあとに大学へ入ってきた。

東大へ入ってからも、私は本郷の下宿に住んだことはなかったが、友人の下宿を訪ねたことはある。

七、八年前に農林省の役人をやめて、弁護士になった藤井孝四郎君は、四十円の下宿にいた。八畳はあったと思う。袖のついたデスク、回転椅子があった。姫路の家から月に八十円ずつ送金してもらっていたそうだ。

当時の大学出の初任給は、普通はそこまで行かなかった。しかし、だいたい、これが本郷の大学生の標準の生活であった。

宇佐見英治君も千駄木町のそうした下宿にいた。家庭教師以外にはアルバイトはなかったし、親は余裕のある家庭が多く、勉強に専念し、出世してもらいたがっていた。

私の場合はとくべつで、千駄木町に間借りし、やがて大岡山に二階家を二十三円で借りて家内と同棲し、二階に中国の留学生を二人置いた。それから本郷台町の二階家に引越した。

今あるかどうか分らないが、赤門と正門のあいだに道をへだてて昼夜銀行というのがあり、その角を入ったところが台町であった。だいたい大学の向い側はちょっと入ると至るところ下宿屋で、その多くは私と同じ岐阜県出身者がやっていたそうである。

私の家内の叔母の家族が、九州から出てきて台町の新築の家に五十五円の家賃で住んでいた。息子のひとりが、下宿屋をやっていた岐阜出身のおかみさんと一緒になった関係で、その家族は九州から出てきていた。

夫が亡くなり早稲田の専門部に通っている息子をのこして、叔母は帰郷した。そんなことがあって、私たち夫婦は、大岡山から、台町のその家へ移り、また空いた部屋を又貸しすることになった。私と家内は奥の六畳に住み、表の四畳半は、さっきいった学生に部屋代をとって住まわせ、二階の奥の部屋は十七円で、生花の師匠に貸した。

あとに残った二階の表の方の部屋に、現在、みすず書房をやっている小尾俊人君が三食つき四十円で住むようになった。

これは、夫婦が小尾君のフトコロぐあいをきいて決めたことである。ついでにいうと家内は品川の自動車工場のタイピストで昼間は家にいなかった。

小尾君は、岡谷工業在学中から柳田國男に私淑し、岩波系の羽田書店につとめながら、日大の夜学に通っていた。彼が私の家に下宿するようになったのは、次のようなわけである。

私は出張家庭教師をやっていたが、自宅での仕事を思いつき、朝日新聞に二行か三行かの広告を出した。するとある日、小尾君は友人二人を連れてやってきた。

これがきっかけで、小尾君は同居、勉強のときだけ、あとの二人が現われた。小尾君の払う四十円の中に、私のアルバイト料も入っていたような気がする。戦後私が芥川賞になった「アメリカン・スクール」の入っている同名の本は、小尾君のみすず書房で出した。

台町の家にきてから、私はその近所の、森川町だったかの下宿にいた先輩の杉浦明平さんを訪ねて、そのあとについて界隈を歩きまわった。明平さんは、卒業後も本郷の下宿にいたわけである。

明平さんは、立原道造等と共に『未成年』という同人誌をやっていたが、しばらく休刊になっていた。このころ後輩も誘ってまた続けようと思っていた。この計画が沙汰やみになったあと、私は自分の友人らと台町の家を発行所ということにして、同人誌『崖』をはじめることにした。

十六年四月から、世田谷の日本中学に就職がきまったので、夫婦は本郷をひきはらって小尾君とも別れ、明大前の線路ぎわの武蔵野アパートの六畳間にうつった。二十二円だった。月給は九十円で比較的よかった。入隊するまでの十カ月ここにいた。

これはわが青春時代での懐しい思い出である。

週刊朝日　一九八二・三・一九

やつれた上等兵

昭和十七年二月一日に岐阜の部隊に入隊して、十日後に私は蒙疆の大同に連れて行かれた。大同には第二十六師団がいた。私はこの師団の、十二聯隊の三中隊の初年兵として、三日後に又渾源という県城に運ばれた。

昭和十七年のくれまでは、大同周辺でくらした。この年の冬に山の中を行軍中肺炎になって野戦病院に入った。病気になったのは、聯隊中で私をいれて二人で、四日間タンカで運ばれた、という不名誉な実績をのこした。もう一人は亡くなった。その後私は山東省の部隊といっしょに滄県、塩山と移動し、そのあたりをイワユル討伐してあるいた。大同周辺は山が多かったが、滄県、塩山に来てからは、海に近く塩のふいた平地ばかりであった。

私は暗号兵になっていたので、その方の技術で早く上等兵になったが、本部にいたので二年間飯上げをやった。私は他人に嫌われるのが好きでなかったせいか、思い出したように適当にサービスした。特別ヒドい目にあった経験はない。

十九年の初めに大同に帰り、やがてまた、大同より北にある朔県という県城に分遣されて四、五ヵ月くらした。ここでまた山の中を歩きまわった。

十九年四月に私は北京へ一人だけ転属になった。米語のタンノウな者を転属させる命令がきて、この暗号を私が解き、志願した。私は内地の俘虜収容所へまわされると思っていたが、大同へきてみると、北京で防空要員を求めているのだ、と知った。私は、防空要員とはバケツをもって火消しをするような錯覚をもったまま、北京へ旅をした。けっきょく米軍の航空暗号をとく仕事であることはともかく満期がないということをきいて、原隊へ帰りたがったが、ダメだった。

ところがその後一月して私の大同の師団は、レイテへ向った。終戦後知ったところでは、私の中隊で生き残った者は四、五人しかいない。私は生命拾いをした。私の手許にある写真で「戦友」とうつったのがあるが、十人の中で私一人が生きている。

グラビヤの写真*は滄県から大同へ帰ってきた時か、その直前の滄県の兵舎の前であったか、どうしても思い出せない。コスモスが咲いているから滄県だったかも知れない。同じ頃うつした写真では地下足袋をはいているが、大同へ帰った直後なら、引越しをしていて重い金庫で親指をくだいたあとだ。ずいぶんヤツレた顔をしている。泣き出しそうでもある。おせじを使ってもいるともとれる。うつしてくれたのは、好人物の軍犬調練係りの上等兵であった。この人の前でどうしてこんな表情をしていたのか、分らない。ただ足がいたかっただけかも知れない。

群像　一九五七・一

*本書では割愛

A氏との雑談

私は評論家のA氏が好きである。彼と話をするのは〈創作合評〉の最中というより、終了後に、印象深い雑談をする。

つい先だって、彼は私に、一度きいておきたいことがある、といった。

「小島さん、いったい日本の軍人は留守家族に金はどのくらい支給されていたのですか」

「さあ、一般にはそんなものはありませんでしたよ。早い話がぼくなんかはなかった」

「ほんとうですか。しかし人間は金の保証がなかったら動かないでしょう。このことが、ぼくの信念ですが」

「それはフロベールの人間観ですか」

「そういうわけじゃない。でも、そうでしょう。そういったものでしょう」

互いに酒が入っていたので、会話はなめらかな調子で進んだ。

「ぼくの場合は現役、つまり召集ではなかった。徴兵検査で体格が合格しそうだったから就職するにも、近いうちに入隊する可能性があるのだから、相手も考える。ぼくはどこでもいいから正規につとめたかった。ぼくは妻がいたし子供が出来そうだったから、兵隊になってから家族に金が支給されることを望んだ。正規の勤人ならば、休職扱いになって給料の半額は家族に支給されたからね。

兵隊になりそうな人間を雇うとしたら、嘱託でしょう。ぼくは私立の日本中学というところに就職した。その代り入隊するときには退職、という条件さ。昭和十六年の二月頃のことですよ。それでぼくは検査で合格ときまってから貯金をすることにした。給料の一月半分ほどだったかな。とにかく十カ月後に入隊することになった。退職するとき、ぼくは、やっぱり一ヵ月分ぐらいの金は出してもらいたいと申し出た。同僚の教師も応援してくれた。

昭和十七年の二月一日にぼくは入隊した。妻は子供を身ごもっていたので、二ヵ月半分ぐらいの金——二百五十円ぐらいかな——を持たせ、妻を身送ってから入隊した。彼女は九州の実家に一先ず落ち着いたが、もともと事情があって実家とは折合いも悪かったので、友人の家で子供を産んだ」

「国家が留守家族に金を支給しないで、よく兵隊にさせたり、なったりしたものですね」

私は久しぶりに苦笑した。近頃、情報化されていて、今さらのように私が思うことなんかめったにないからだ。

「金のことなんかで兵隊になったわけではないですよ。だからご奉公といったのだからね」

「しかし、何といったって、人間は金で動きもするんでしょう」

「そりゃ、職業軍人というものもあったし、召集兵というのもあったし、色々です。召集兵は休職扱いですから、相応の額が支給されたでしょう」

私はだんだん酔いがさめてきた。

「しかし、大多数のものは現役ですから、別です。その代り、わずかな給料は支給されます。そうですね。月に三円ぐらいだったかな。あるいは一円八十銭ぐらいだったかな。ぼくの教師としての月給は、百円ぐらいだったから、それと較べてどのくらい少ないか分るでしょう。ぼくは二月の半ば頃には、もう中国の方へ行ったから、戦地割増の給料で三倍分をもらうようになった。ある時期からぼくは、現地でそれを貯金して内地の妻子のところへ送った。今でも何だかヘンな気がする。しかし、やがてそんなことは出来なくなった。朝鮮海峡の船の往来がむずかしくなったからね」

「いずれにしても、国家は留守家族に支給しなかったのですね」

「大部分の兵隊の場合はね」

「それはヒドイ」

「ぼくは今が今までヒドイなんて思いもしなかったよ。それより早々と死ぬときの覚悟をしようと思った。もっとも覚悟なんて、都合のいいものは、とても、とてもダメだったがね。流行で、『葉隠』『万葉集』の岩波文庫を持っているぐらいのことだったかな」

　さきほど酔がさめかかった、といったが、また酒をのみ出したので、また酔ってきた。それで引き続き次々とよけいなことをしゃべった。

「小島さん、あなたは、国家が留守家族に金の支給のことを果さなかった、ということをちゃんと書いておいて下さいよ。みんな知らないのだから。なぜ誰も書いていないのかな」

「そんなこと知っていると思っているからかな」

と、私はつぶやいた。それで私は先月のA氏との雑談のことを思い出した。

「そう、そう。Aさん、この前あなたは、とても面白いことをいったので、ぼくはあれから時々考えていた」

「何のことですか」

「この前の日本のやった戦争について、まだ誰も触れていないことがあり、それは重大なことだ、ということですよ」

「何だったかな。そんなこと、いったかな」

と、彼は笑った。

「ホラ、戦争には戦略というものが必要だ。いったい日本は戦略があったのか……というヤツですよ」

「ああ、そのことですか」

「Aさん、あなたは、日本で戦略をもっていて実行したのは、信長だけだ、ともいった」

「それはそうですよ。信長はそうですよ」

と、A氏は疑いぶかそうに、私の方を見た。

「日本は戦争をするくらいだったら、アメリカを占領することをまず念頭に置くべきだった、と思うのですよ、といったでしょう。戦争というものは、ひっきょう占領でしょう。ナポレオンだってシーザーだってそうでしょう。まあ、ヒットラーだって、そうかもしれない。そういう例はどうでもいいが、そういうものと相場がきまっている、とこうAさんは、いったでしょう。あれは面白かったな」

「そんなに面白かったですか」

と、無責任なことをいった。

「ぼくは面白かったのはあのとき、ぼくはたしかにアメリカを占領するなんてことは思っていなかった、と気がついたからだ」

と、私はいった。

「だって、あんな巨大な国を、どうやって占領できるだろうか。あとあと、風船バクダングらいは送りこむことを考えたが、占領なんて思っていたわけではないからな」

この夜の二、三日前、日本はアメリカと和議（?）を有利にするために、パール・ハーバーに奇襲攻撃を加えたということを、テレビの特集で伝えていた。和議ではなくて、交渉だったろうと思う。それにしても〈占領云々〉は、私には、ほんとに面白かった。同席していた女性のKさんは、天皇陛下万歳だということについて、私にきいた。

「Kさん、その通り、本気で天皇を神とは思ってはいなかったでしょう、フリをしたところもある。といったって、同じことでしょう。それに何といっても、農耕社会の日本人は村八分になるまい、というヘンなネガティブなヨロコビがありましたからね。また、これは、たぶん、今も大して変りはない」

文藝　一九九二・二

書いておきたかったこと

このところ朝鮮半島からアジア各地に連れて行かれ、日本軍のための慰安婦となった女性たちのことが問題になった。私も兵隊として中国の北部に四年何ヵ月いたので、当然そうした女性たちと接触があったひとりである。もちろん中国大陸出身の女性たちもいたし、日本人の女性たちもいた。この日本人女性の場合は、もともとそういう職業とかかわりがあった人が、たぶん流れ流れてその地域へ辿りついていたのだろうと思う。彼女たちには、兵隊さんたちのために尽しているのだという様子もあったようだ。

このていどのことは、外地で兵隊だった人はみんな知っていることだし、おそらくどの市のどんなところにそういう女性たちがいたということを、今でもありありとおぼえているにちがいない。ありありとおぼえているということがらであったということだ。そういうことを書いておこう。

私は兵隊になったはじめ大同というところにいた。じっさいにいたのは、そこから七、八〇キロ山の中に入った市だった。そこにいるあいだに、外国語研修の希望者の募集があった。外国語というのは、中国語とロシア語で、私はロシア語を志願してみた。昭和十七年のことだ。志願にパスすれば、張家口《ちょうかこう》で訓練をうけることになっていた。張家口だったところを見ると、ロシア語の方はなかったのかもしれない。しかし私はやはりロシア語の方をえらんだ気がする。けっきょく私には何の音沙汰もなかった。

そのあとであったと思うが、私は今の東北地方、当時の満州のハルビンから一通の軍事郵便ハガキを受け取った。送り主はAさんという人で、彼はハルビンでロシア語の研修訓練を受けているということが書いてあった。

Aは私の旧制高等学校と大学を通しての友人で、同じ頃に兵隊になり、私が中国の部隊に入ったときに彼は満州の部隊に入った。ある期間たってから、私が志願したように彼も志願して首尾よく入学できたのだ。この学校の訓錬期間は一年。短期間で修得させるために、朝から晩までみっちり仕込まれる。そういうこともハガキに書いてあったとみえる。ハガキはおそらくその一通きりであとは来なかったようだから、私はその一通の文面で学校の消息を知ったのであろう。

私は終戦後、しばらく北京の領事館で渉外事務についた。これは日本軍に没収された欧米人の財産の賠償事務とか、中国奥地に残っている日本軍の動静を既に上陸していた米海軍に伝える仕事だった。一刻も早く日本軍を天津郊外の集結地（元貨物廠）に移動させるよう取りはからってもらえないかといったことを懇願するのだ。それらの日本軍は中共軍と重慶軍の両方から武装解除を迫られて、いずれに武器を渡そうかと困っていた。米軍の希望は重慶軍の方に解除させることであったと思う。北京附近の日本軍の中にも、重火器といっしょに中共軍に雇われたり、反対に重慶軍に雇われたりしていた。

私は終戦の翌年の二月頃まで渉外事務をしたあと、三月にLSTというアメリカの輸送船に乗って佐世保近くの早岐に上陸した。

私は帰国後、上京したついでにAの妻子を訪ねた。Aはまだ復員していなかったが、だいたいの消息はわかった。彼は満州からシベリアに連れて行かれ抑留されていて、通訳の仕事をしているということであった。私は細部はおぼえていないが、抑留者の中からもう既に復員者が出ていて、その人を通じての情報だったのだろうか。

私はAの家族と連絡を取っていたが、それから何年もたって引揚者の最後の便か、あるいはもう一つか二つ前の便で帰ってきた。

Aはその後しばらくして私と同じように新制高校の英語の教師になり、『文學界』にはじめてできた新人賞に小説を応募して受賞した（題名は「傀儡」）。この賞は今でも前期後期の二つに分れ、Aは前期の方の当選作だった（多少私の記憶は正確ではないかもしれない）。後期の当選者が石原慎太郎で、けっきょく芥川賞にもなった。今しらべてみるに、石原の芥川賞は昭和三十年度のことである。Aの帰国はその昭和三十年からそれほど前のことではない。彼は高校の英語の教師をやりながらロシア語の翻訳にも精を出し、中野の新井薬師に借りていたバラックを訪ねると、ロシア語の文法のことや、語彙の豊富なことを話してくれた。そんなことを思い浮べながら年月を辿ってみるに、帰国してから応募までの間は数年ではないかという気がする。とにかくAは妻子が待ちくたびれた頃になって帰国した。私の書いておきたかったことは、ハルビンに軍のロシア語学校があったということだ。

中央公論　一九九二・九

切磋琢磨——芥川賞受賞の頃

先日、日野啓三さんに会った。ある文芸雑誌が対談をしてくれということだ。なるべく気楽な話をしたいものだ、と思ったが文芸雑誌ともなると、なかなかそうすることも、許されず、いわずもがな、きかずもがな、のことを互いに口にすることにもなった。席上いくらか昔話が出て救いだった。

日野さんには二十何年前に一度あい、その後あるパーティの席で数年前一度あった。たぶんこの二回だけだ。日野さんが芥川賞になったとき昔の「一、二会」の仲間が「はせ川」で集まろうという通知を文春の方からもらったが失礼した。「一、二会」のことは、もう多くの人が御存知と思うし、ほかの人もふれているかもしれないが、昭和二十八年頃に、顔を出しかかった小説家や評論家の卵を集めて激励したり、書かせたりする会であった。

私は前にもその最初の催しの日のことを書いたことがあるが、会が終って引きあげたとき、まわりを見ると、奥野健男、進藤純孝、村松剛、日野啓三、の四人で、烏森あたりで日野さんの案内でマグロ茶漬というものをはじめて食ったり、そのあと飲屋へ行ったりした。そのことを話すと、日野さんは村松さんといっしょにいたことしかおぼえていない、といった。

たわいもないことだが、こんなことをいいあうと、あんまり話すこともないし、話しようもないので、それにこれから続く対談のことで気が重いこともあってかもしれないが、日野さんは、あれから色々のことを経験しました、といった。二十数年たてば、誰しも人生の荒波をそれ相応にこえたり溺れかかったりするものだ。しかしそれを口にするにあたっては、彼には格別そういいたい気持があったのであろう。それだけで、あと笑って時間を過せばありがたいことだった。ところが、なかなかそうはいかない。今日もまた波の一つというもの。

思いというものは、直接語れなくはないが、語る顔をして、そうしてどこかで消したり、補ったりするものだ。きみの気持も言葉の端々から、その小さいことや、その組合わせから、その顔の表情から分ったし、こちらもまあそうしたぐあいだ、と分ってくれたまえ、と帰りの車の中で思った。もちろん、これは私個人の思いに過ぎない。それ以上のことではない。万事がけっきょくはそうだ。私ひとりの思いに過ぎないのだが。

あの頃、日野さんが小説を書くようになるとは、したがって芥川賞になるとは、夢にも思ってはいなかった。彼はあの頃いちばん若かった。二十五ぐらいだったということだ。新聞記者になったばかりだったが、朝鮮育ちということは、私は知らなかった。もっともつきあいの少なかったその日野さんと対談するというのも、面白いものだ。というのは、あの会にやってきた人たちとは、色々とつきあいが出来て、もう長い間勉強相手、競争相手になってきたからだ。亡くなった十返肇さんが、あの会のことを、雑魚ほど群れたがる、とか、二百円の会費を払って（あるいは払ってもらって）集まっているとか、悪口をいっていたが、癪にもさわるが、なるほどうまいことをいうものだ、と思ったことがある。雑魚めいてみえたであろうが、その中で一種のセッサタクマをすることになったのは、あとの時代、前の時代の人たちとも大差はなかったように思われる。

あの頃仲間どうしで始終つきあっていたというわけでもない。そうであってもなくても心のスミに面々のことがいつもあったということは、時には腹だたしいこともなきにしもあらずだったが、得がたいことだったに違いない。あの会がなくてもけっきょく同じようなことになったか、どうか怪しいものである。あの会は、芥川賞製造の会みたいなことになったが、そのこととは別としても、あのおかしな会は、なかなか意味があったようである。

誰もそうであろうが、私は「一、二会」の人たちと会う前に、昔の学校友だちと、これまた勉強会である『同時代』という雑誌をやっていた。文章のうえでのことだけでなく、書き手として自分の特徴を知るうえには、この友人たちとのつきあいはありがたいことだったが、そこへもってきて、私より年少だが新たな有能な面々とぶつかり一方にその特徴に唖然としたわけだ。その頃のことはもし読みたい方は、前に私の書いたものを見てもらいたい。それから私は戦後派の人たちを知った。この世には何という有能な一方に唖然とさせる面々のいることよ！

実はこの会の人たちを知る一、二年前に私は森敦さんとセッサタクマするようになりその哄笑をきいた。昭和五十年では俗化している月山へボツボツ出かけるところだった。芥川賞というのは不思議なものではないか。あれを思いこれを思うと、もはや言葉を失うほどであるが、これがまたおそらく誰の身の上にも起っていることであろう。

別冊文藝春秋　一九七五・六

三十八年前のこと

私は昭和二十四、五年頃の米軍占領下の高校の英語教師たちがアメリカン・スクールを参観に行く短篇を書いたことがある。作品はそのままの題名「アメリカン・スクール」という小説で、私は芥川賞になった。小説の中で教師のひとりがフェンス越しにアメリカ人子弟のためのその学校をのぞくところがあった。彼が長い道のりを歩いてくると、なにより先ず少年少女の英語の話し声が笑い声まじりにきこえ、それがききおぼえのある小川の流れのセセラギのように思え、走り寄るというふうになっている。

この小説は昭和二十八年作である。私は昭和三十二年四月から一年間ロックフェラー財団の招きでアメリカ本国に滞在するようになった。実地にアメリカを見てみたらどうだ、という意味合いのものである。

私にこの話があったのは、受賞後間もない頃だったが、事情があって、出発が遅れてしまった。そのチャンスを逃がすまいという気持と、一方において家族を連れての外国生活の煩わしさとの間で、私は揺れていたのであろう。

財団から担当官のファーズ博士が来日のついでに私に面接してこういった。

「私はあなたの小説をいくつか読んでみました。せっかく私の国へ来て下さるなら、私たちがいかにもアメリカらしいと考えるところを推薦したいですね。いまあなたはニューヨークの名をあげましたが、ニューヨークはいわゆるアメリカではありません。私は中西部のアイオワ州においでになるのが一番かと思います」

こんなわけで私はアイオワの大学の創作科に出席することになったが、じっさいには、アイオワ市から離れた農家を一カ月毎に移り住んだ。最初はメソジスト、次はメナナイト、次は……というぐあいに、各教派の農家が話し合いで満四十歳の孤独で厄介な日本人を引き受けてくれた。秋になると私はタイクツになり、南部の黒人の中で住みたいと財団へ申し入れた。財団は頭をなやましたあげく、ある黒人の師範大学を指定してくれた。アイオワの農家の人たちは非常に心配した。三十八年前のことである。

海外移住　一九九三・四

名人の死

二十何年前に山小屋を建ててから、夏はそこで過すようになった。家のまわりの林の中でキノコが出てくるので、自然にキノコが気になりはじめた。といってもいわゆる雑キノコといわれているものぐらいしか知らない。そういうものでも天候のぐあいで生えてくる時期に違いがあることが分り、そんなことも面白さの一つであった。猛烈に生えてくるときがあるかと思うと、再びそこに姿を見せなくなり、その理由をちょっとは考えたりしたことがあるが、たぶんたとえその理由が分ったり、教えられたりしても、大して興味をもつことはなかったかもしれない。

小屋の近所にも見過してしまうキノコが、見なれた樹木のあたりにあって、たとえば、

「これが霜ふりというのですよ」

といわれて、毎年そのあたりに注意をくばることもあったが、ふしぎなことに、二度とそれらしきキノコにお目にかかることはなかった。

ジョン・ケージという人はシメジのように簇生するのを見て作曲したというようなことを知って、紫シメジがありそうなところを眺めてみることもあったが、なかなか見つからない。私のおぼえちがいかもしれないが、音楽がきこえてくるので、近づいてみると、そこにキノコが簇生しているのが見つかったというのが正確な話だったのだろうか。

「佐久のきのこ」というようなパンフレットを見ていると、ショウゲンジまたの名はコムソウダケというキノコの写真があり、それに似たキノコを林の入口で見つけたと思ったが、けっきょくは食べることはやめにした。それでも、私にとって馴染のふかいイグチといわれるキノコ類とは違うし、独力で、それも偶然に見つけたという思いのためか、もう一度見つけようとしたが駄目だった。

その頃私の山小屋のある「学者村」の中の「中之島」と村の住人に呼ばれているところのヤナギ（楊）の大木の枝の朽ち落ちた凹みに見なれぬキノコが折り重なるようにして生えているのを発見した。九月の半ば過ぎで村のもので居残っていたのは村長（世話役）の私ひとりだった。ドングリが音を立ててトタンの屋根を叩くようになりはじめたりする時期で、また栗拾いに村人がのぼってくる時期でもあった。ドングリのことはともかくとして、栗拾いの連中は貪欲なので、私が発見したキノコを、たとえ高いところにあっても見つけて、石でもぶつけておとそうとするのではないか、と気がかりだった。何故なら栗拾いの連中は私が小屋の窓からのぞいているのを知ってもそうするからだ。その背中を見ていると、私が不キゲンな顔をしていることまで知っていることがわかる。そういうわけだから、私が村長をしている場所で私が発見し、したがって私の所有物であることは紛れもないそのキノコを、ほんとうに愛しているのならともかく、残酷に奪い取ってしまいかねない。

私はそのキノコを取って、下の聚落の知人のところにもって行き、それが食べて安全なものであるかどうかきいてみることにした。

「先生、以前は私の畠にもいくらもキノコは生えたものだ。どこもかしこもキノコだらけだった。しかし私どもはあまり食べたこともない。先生もキノコにはムヤミに手を出さない方がよい。つい先だっても追分のキノコ名人という人がキノコで死んだ」

「しかし、このキノコは、においもいいし、それにふっくらとして、とくに見てくれがよいというふうでもないし、それに薄茶色の笠の表面にササクレ立った濃い茶色の部分が自然味があるし、ぬめりぐあいも、いかにも良いキノコに共通のもののように見える。それに寄り合うようにしているところが、家族的で助け合おうとしているみたいだ」

こんなぐあいで、ひとりしゃべりをして小屋に戻ってあきらめきれず、その夕べ食べてみることにした。

現在生きているのだし、それにかなりの味わいで、素朴な娘のようなイグチ類とはまた異なるものであった。

私はその後キノコの本の中で「ナメリ・スギタケ」というものと同種類であることを知った。ヤナギに生えるとは、どの本にも書かれていないが、たいへん美味だとしてあった。私はキノコのことで執筆を注文されたとき、この次第にもふれた。

それから何年もたち、一般にキノコというものに冷淡になったある日、山小屋のドアを叩く人がいるので、ドアをあけてみると、地下足袋をはいた、いかにも身の軽そうな見なれぬ人が、正確な名は忘れたが、石油製品である白い袋をさげていた。

「先生はキノコ名人がキノコで死んだと書かれていたが、誰があなたにいったのですか。それともフィクションですか」

「ああ、あれはフィクションではありません。あのころは私はキノコについては真剣でしたから」

「この辺というのが、どこか知りませんが、少くとも追分のキノコ名人というのは、私です」

「あなたが？　それは申しわけないことをしてしまった。名人はあなた一人なのですか」
「そうです。私ひとりです。たとえ死んだのが名人であったにせよ、私ではありません。今日私がもってきたのは、文献では日本には存在しないといわれているものですが、ついそこのところで見つけられるものです。よかったら、その場所を教えます。その前に、召上ってみて下さい。これは危ないものではありません。あなたは何かしら感動なさったみたいですが、名人はキノコ中毒で死んだりはしないものです」

昨日友人が来て、ソビエトでスパイ容疑でつかまったとき、事実無根であるときには、あくまでノウといい続けなければならない。ラクになろう、としては、唯一の道がとぎれてしまう、といっていた。もちろん私のキノコの件とは何の関係もない。

文學界　一九九八・一〇

死ねない理由

歌人の斎藤史さんが、一冊本の全集を出されたお祝いに出席したときに、聴衆の前で、「私も死なない病気になりました」といわれた。宇野千代さんがそういわれたことがあるのを心得たうえでのことだった。そのあと斎藤さんは、

「私の寿命と短歌の寿命とのほんの僅かにせよ、どちらが生きのびるかの競争です」

と、いわれ、樹木みたいにしっかりとした立姿で父上が軍人であったことを偲ばせた。それでも四、五年あと亡くなった。

しばらく前に、七十代のときと思われる地唄舞の武原はんさんが、「芸能花舞台」の再放送に登場して、

「私はよい踊りを見せようと思っていましたが、この頃は私のために踊っているのです」

と、おっしゃった。「自分のため」の踊りとはどんなものか、一生けんめいに見ていたが、よくは分からなかった。が、それでもそのコトバは忘れられない。最近ぼくは、小説を書いていて「自分のため」に書いているような気がする。この談話から二十年近くたって、はんさんは病気になられた。

京舞の井上八千代さんが見舞いに行かれた。が、その事情は忘れたが、会うことが出来なかった。

その数ケ月後はんさんは、京都の井上さんを訪ねられた。はんさんが亡くなったのは、ほんのしばらくしてからのことだった。鍛えに鍛えたお二人の動静が印象的だった。

須磨に住んでおられた俳人の永田耕衣さんの九十のお祝いがあってぼくは三宮でささやかな講演をした。耕衣さんは、最後に演壇にのぼられて、「ぼくは幸田文さんが書いていたように、生と死の境にいるような気がしはじめた」といわれた。「さっきしゃべってくれた小島さんのいったことは、申しわけないが全くききとれなかった。ぼくはこんなに耳が遠くなったとは思わなかった」

耕衣さんの句集『泥ん』が出たのは、ちょっと前だった。その中の一句が、

大晩春　泥ん泥泥どろ泥ん

という。ドロドロンとは、ユウレイが現れるときの太鼓の音だが、あの世へ出かけるときの鳴物かもしれない。ドロとはかねてから耕衣さんの好きな「泥」のことでもあろう。耕衣さんはミゾの中に溜った泥に生えた雑草を、近所の年寄りがきれいに抜き取るのに腹を立てられた。「大晩春」は彼の夢でもあったと思う。耕衣さんは、今から九年前の震災におそわれたとき、二階の便所に入っていて、難を逃れたが書斎は崩れ、息子さん夫婦は本の下敷になった。一方彼はアカ（銅《あかがね》）の洗面器か花活けか知らないが、叩いて近くのクリーニング屋さんを呼んだ。耕衣さんが老人ホームで亡くなったのは、「生と死の境」にいたときからけっきょく七、八年もたっていたのではないだろうか。

ぼくは、昨年末に妻に老人ホームに入ってもらった。「入ってもらった」といったので、妻の友人は電話口で、なっとくづくですか、ときいた。そうではなく、そっと置いてきたのだ。ただ彼女は新しい住居をさっきまで住んでいたところと思っている。少くとも翌日からはそうである。

アルコール依存症の息子を一生置いてくれる病院に入れたときは、彼は実家に帰ると思っていた。二、三日してまだ普通に近かった妻の運転で訪ねてみると、ベッドから、手をあげて、

「お父さん、お母さん、ここ、ここ」

と、声を上げていた。その仕草は死ぬまで続いた。

一年前には妻はまだ家にいた。夜中にトイレに連れて行き、便座に坐らせた。

「そろそろ、オシッコが出てくるよ。音がするからね」

すると彼女は眠りからさめてつきそって立っている夫の方を見上げ、幼児のように微笑した。

「いつまでもこうしているというわけには行かないわねえ」

といった。「こうしている」というのが便器に坐っていることなのか、いつまでも自宅で介護を受けていることをいっているのか、今だに分からない。なぜなら、彼女は、すべてを見通している瞬間があるからだ。

さて、ぼくのことだが、今のところ自分の死のことを考える気持ちがわいてこない。たぶんぼくの生活が新しく始まったばかりだからだろうと思う。

ぼくのまわりの人たちは、病気がちなのでぼくをアテにしている。その分ぼくの方もたすけてもらっている。九十に手の届くぼくは死ぬことを考えていないというが、半人前の人間になっている。とくに目と耳はそうだ。ぼくが死ねば、原稿料が入らぬことはあたりまえであるが、年金や、わずかながらいただいている軍人恩給にも影響する。半分受け取るはずの妻はそれまで生きているだろうか。

ぼくは外地で四年三ケ月兵隊だったので、滞在期間の月数を三倍にして計算する。少し足りない

ので四捨五入してもらった。そういう電報があったそうだ。ぼくはこの恩給をもらわぬつもりでいたが、同郷の友人が、郷里の役所に締切りギリギリで申し込んでくれた。あとで確定申告のとき、税理士がたいへん驚いた。こんなものがまだあったのですか、と言った。ぼくは今まで軍人恩給をもらっていることは、ほとんど誰にも言ったことがなかったが、今日は言うことにした。

それに、入居した妻もまた息子と同じく、死ぬまで家へ帰ることはない。

文藝春秋　二〇〇五・一

飴玉

新年号の本誌〔文藝春秋〕にぼくが、妻が一年ほど前に有料老人ホームに入居したことを書いています。

それまでは、ぼくら老人夫婦は手をつないで交替でリュックサックを背負って歩くことにしました。ぼくの家は昔から「ハケ」と呼ばれる国分寺崖線に建っていて、このハケで東の方から続いてきたムサシノの台地は終りになるので、ぼくらはこのハケの上に住んで勝手に誇りにしていました。下から昇ってきた石段が北側にあって昇りつめるとハケというわけです。ハケは北方の五日市街道から南の甲州街道の方に続きその彼方に多摩川があります。

ぼくらは家を出るとムサシノ台地へと足を引きずりながら歩いて行き、途中から北へ曲ってそのうちまたハケの上にある道に戻るというコースをとっています。

あるうららかな日に住宅街をやってきて、花を植えた植木鉢が家のぐるりを取り巻いているところに通りかかると、妻が、立ち話をしている三、四人の中年の婦人たちに向って、

「何てきれいでしょう。ほんとによくなさいますわねえ」

と声をあげた。するとその彼女たちはふりかえり、その家の女主人が、

「こんなに並べまくって、何しろこの家はせまいもんですから」

「わたしせまいのは嫌いじゃないわ、それに一方が路地でしょう。私どもは路地が好きで、この路地のここの植木鉢は格別いいかんじよ」

この「路地」からあとのことは、彼女はこのようにいうつもりであったが言葉が出てこないようでした。

「それで、そちらさまはどこの方ですか」

「さあ、あなた私たちはどこだといえばいいかしら」

「ああ、ぼくらは国立駅へ行く途中で坂をおりる階段のあるあたりです」

「どうか、うちの方もお寄り下さい」

と彼女はいった。「遊びに来い」とか「寄れ」とかいうのは彼女の決った答えだった。

それでぼくらは足をひきずって歩きはじめた。

いつものようにその道の突き当りの空地を指さし、「あれは何だ」とききぼくが「あれは畠だよ」とこたえ、道を左へ折れると買物かごをのせた三輪車をこいできた、妻と同年輩の婦人を見ると、

「たいへんね。えらいわ」と叫び、今度私が車で来たときだったら、買物に連れて行く、といった。もちろん相手は三輪車から降りてていねいに礼をいった。

「ほんとにスーパーは大分離れているんですよ」

とぼくはいった。

このようにしてアミ状のフェンスにかこまれた栗林の真中の道に入っていた。そこは犬の散歩道で、その飼主もその犬の話をしかけてくるのは、ぼくらが、足をひきずって手をつないでいるから

だった。チワワもおればダックスフントもいた。それから中位の茶色の雑種を連れている、五十年輩の婦人に会った。一週間ほど前に、婦人は、阪神大震災に会って引越しをしてきたといい主人の両親もあまり離れていないところに住っているといった。犬は先年脳梗塞になり車椅子に乗せて散歩していたが、今では、こうして歩けるようになったといった。

この日は妻のほうを見て、「あら、カワイイ!」と声をあげたのは、彼女がかぶっていた花模様の、ツバの小さい男物ならハンチングとかいうような帽子を賞めたのだった。その日出かけにいくつかの帽子の中から、その一つをかぶって玄関わきの鏡にうつして、一応満足げだったのであった。妻がどんな表情をしたかはぼくからは見えなかった。ただ彼女は黙っていたが微笑を浮べないともいえなかった。すると犬を連れた人は夫婦を均等に交互に見てこういった。

「この犬は私どもにとっては恩人なのです。子供がまだ家にいた頃、私どもとケンカをすると、この子がとんできて吠えたり泣き声をあげたりしてとめたものです。私どもは主人の父を尊敬しているのです。九十になりますが計算が巧みで娘も試験のさい助けてもらったのです。娘も尊敬しています」

三十年前の妻なら、「あなた方はみんないい人ばかりね」というところだったが、もう脳の緊張の限界がきていると思った。

それから私どもは休憩地にしている(そこもハケの一部である)、森を切り開いたと思われる遊園地に着いた。手前でその婦人は別れた。遊園地の掲示板で、ぼくは「ハケ」とか「崖線」とかいう名称を知ったのだ。

その構内の椅子に並んで腰かけ、リュックをおろしていつものように一番前方の小さいポケットから飴玉（彼女がお医者から許されているお菓子）を二つ取り出して一つずつ分けた。そのときぼくら二人の眼が合って、そらすことなく十秒でもそうしていれば、それは極上のことだ。寝る前にぼくがパジャマを着せると、そのままぼくに抱かれるように身体を寄せてきて二つの乳房を見せ（乳房を自慢していた）、「わたし、しあわせ」というときと同じ眼だからだ。

文藝春秋　二〇〇五・三／『ベスト・エッセイ２００６　意地悪な人』（光村図書出版）二〇〇六・六

Ⅱ

武田泰淳

じっと思い出を楽しんでいたい

私は武田さんのことは、ちょっと前に頼まれたほかの雑誌に先きに書いてしまったので、今は茫然として、これ以上何を書いたらよいか、と考えている。私はじっとして武田さんのことを自分ふうに楽しく考えたいし、そのためには今はこのままにして沈黙を守らせてもらいたいのが本音である。私に限ったことではないが、武田さんのことは折にふれて考えた。そして考えることがとても楽しかった。

こんなことをいっては申しわけないけれど、私は武田さんが最初たおれられたときから、そういう武田さんが、私には何ものかであった。武田さんについては、何もかも興味があり、魅力があった。以前歯を総入歯にされたとき、異和感があって、気持がわるくて、何も食えないといっておられたときさえも、それから病後ヒゲをはやされたことも、最近頭巾というか帽子というか、頭にのせて歩いておられるのを見かけたときも、ぜんたいが魅力の対象であった。

何より私はその話術にすっかり感心させられた。術というべきものではないかもしれないが、今いいいい方が思いつかぬままに、とりあえずこういっておくことにする。

誰しも話し方をきいていると、その人の秘密や特徴の半ばは分るものであるが、別して武田さんはそうであった。私どもは、自分の特徴をおのずから見せてしまっていることになっているかもしれないが、たいてい、それは、全部にかかわることとか、ポイントになるものとはいえない。あるくせとか、あるいは、ウィットやユーモアやそれに類したことの座談術にすぎないことが、どっちかというと多い。

ところが、武田さんはその話にかなり自分のポイントともなるべきものを出される。意見というようなもののことではない。

私はたとえば新人賞の選考をいっしょにやる機会をもったことがあるが、その席の武田さんのお話はもちろん面白かったが、あとで選後評のスピーチをされるとき、まったく感心してしまった。前にもいった通りである。

こうしたスピーチの上手な人、面白い人、高級役人のような、ビジネスマンのような人、芝居を演じているような人、真面目にうそをつく人、色々あることは当然のことであるが、武田さんは、もちろんある意味ではうそもつかれるけれども、その作品の話をしながら、そこから可能性を創作して行かれるのだった。

私たちはみんな面白がった。それも面白がらせられて迷惑だというようなふうでもなくて、ほんとに面白い。これを期待していたのだ、といった、いよいよ浪花節が佳境に入ってきたと喜んでいるようなむきもなくはないが、その面白さの正体は、一筋なわのものではない。実はそのことをこそ面白がっているのだ。

というとクセのつよいもののようにきこえるが、そんなものではない。武田さんが自分がこの小説を書いていたら、こんなふうにも書いたであろうといった調子である。書いた本人以上に分っているものだから、かゆいところに手が届くが、それなら自分で書いたらいいではないかといわれるが、それはきみ、ムリというものだよ、おれはあくまで書いた本人ではないからな、といった声がきこえてくるような調子なのである。

それなら、何故そんなうまいことがいえるのか、ということになると、きみ、それはむつかしいよ、とにかくむつかしいぜ、おれだって、そのことを考えてまだナゾがとけないのだからな。といった調子である。

私はそういうときに、武田さんの小説のこと、それから、あの『司馬遷』のこと、「政治家の文章」のことなどを思いくらべる。

新潮　一九七六・一二

平野 謙

白昼夢

平野さんはとうとう亡くなられた。このことをいくら歎いても詮ないことである。思いは乱れるが評論家として平野さんというものに向いあうより仕方がない。失礼なところがあるかもしれないが、平野さんも読者も許してもらいたい。

私は平野さんは、裸かで文壇に手と足をかけ寝そべって（もちろんあの眼を光らせながら）おられたように思える。裸かというのも、寝そべるというのも上手ないい方ではないが。追加をしたり、訂正したりするという評論の仕方に特徴があり、しまいに方法論みたいになり、そこに私は何かしら同郷人のにおいをかぐのだが、平野さんは顔をしかめて、きみ、そういうこととは関係はないよ、おっしゃるような気がする。

私は数年前ここにも書いておられる瀬沼さん訳のテーヌのものや、テーヌの芸術論を読んだとき平野さんを思いうかべた。それよりも宇野浩二の『芥川龍之介』を読んだとき、その文体から平野さんのことを思った。平野さんの文体はとくに『芥川龍之介』に実に実に似ている。いつか藤枝さんに酒席でそれをいったら、意外なことをきかされたというよりは興味のないことをきかされたが、失望させるのも気の毒というのであろうか、首をかしげておられた。

昨年だったか、南武線に乗っていたら、すぐそばで四十年輩の男の人が若い女の人に、藤村の『新生』のことを語っていた。きいていると要するに平野さんの「新生論」をうけ売りしているのであった。平野謙がこういっているがまことに面白いじゃないか、というのではなくて、藤村が平野さんの「新生論」の如くその『新生』を書いたというのであった。それだけ平野さんは愛されていたのだと思った。

平野さんはいつか、ぼくは岐阜とはあまり関係がない。夏休みも恵那の方で暮したからね、といわれた。岩村田あたりの旧家に藤村の家の借金の証文が残っている。払われてない。『夜明け前』にもこれは扱かわれてないとかいう。平野さんはこのことを学生時代に知っておられて、「新生論」の動機となったのではないか。これはまったくの白昼夢にひとしきものである。

日本近代文学館　一九七八・五・一五

私の生きている限り

とうとう平野さんが亡くなられた。十五年前に明治大学の大学院の前でバッたり平野さんと出あった。家族のものをなくした直後のことだ。

何かの会合でおめにかかる以外は、お茶の水附近の路上で出会いがしらにお会いするくらいだった。

その十五年前のとき、平野さんは、即座に、癌というのは最後までつらいものだそうですね、とだけいわれた。これはいかにも平野さんらしい言葉だと思った。この病気は、私の知るかぎりつらいものだ。私は平野さんにこういわれてから、癌という病気は死ぬときにつらい、という分りきったことを、誰か知人がこの病気で亡くなる度に、思った。

こんど平野さん自身がこの病気になられた。この業病にかかれば、誰だって思うことは同じようなことに違いない。しかし平野さんの場合は、ただこの病気がつらいというようなことだけではなしに、自分という一人の人間がいよいよ死ぬかもしれない、ということばかりではなしに、文壇や文学などについて、何を考えられるであろうかということは、私だけではなく、想像がつくことであった。

平野さんの文壇での言動や、文芸時評での発言には一貫したものがあって、それは誰でもよく分っていることで、そういうことからおして、今毎日々々平野さんが何を考えておられるか、手にとるように分る、と思えた。平野さんはそういう人であった。私がお宅へうかがったのは、今度がはじめてだ。したがって、どのようなお宅にどのように暮しておられるのか、よく知らなかった。しかし、何を考えておられるか、どういう眼を放っておられるか、ということは、何から何まで分る、というふうに思えたのは、今もいった通りである。これはくりかえすが私だけのことではないと思う。平野さんはどこにおられても、文壇の真只中におられた。私どもは、平野さんが文壇のどまんなかに寝ておられていたような気がしていた。

平野さんはこのところ意識がもどっていなかったようであった。きくところによると、藤枝さんが、平野さんはしあわせな亡くなられ方をしたと談話を発表されたそうである。私もまことにそうだと思う。願わくは、私どももあやかりたいものだと思わざるを得ないが、私は平野さんは、そういう亡くなり方の出来る徳をそなえた人であったような気がする。この徳ということについて語ると長くなる。これは普通の意味での徳とは多少違うと思う。それでいて、けっきょく徳のあった人だと私はひそかにこのところ思ってきた。私は平野さんとは同郷で、中学も後輩である。どこか似ているところもなくはないが、この徳という点からいうと、平野さんにはあったと思う。

『文体』という雑誌の座談会のことが、朝日新聞にものっていた。「小説家や評論家は、何のかんのといっても、我が世の春だ」とか、そう決めこんでいるとか、という言葉があり、藤枝さんは、七十だからそのくらいのことといってもいい、といっておられる。

この雑誌が平野さんを座談会に連れ出したのだが、ほかの人だったら出ることはなかったのではないだろうか。また誰も出てもらおうとはしなかったのではないか。御病気でも、座談会に出るのにふさわしいところが平野さんの中にあった。

病気をしたり一線から退いたりする立場からすれば丈夫で仕事中のものは、いわば「我が世の春」である。年輩のものからすれば、若い方のものたちは、我が世の春である。また年齢《とし》がいっていても、同じことがいわれるかもしれない。

しかし、何のかんのといっても、となると、もう平野さんが躍如としてくる。ガンになってみるがいい、といわれれば尚更である。それは、藤枝さんのいわれるように、七十だから、というよりも、だいたい、平野さんは、ずっとそういう立場で一貫して物をいってこられたのだ。七十でなくとも六十でも五十でも四十でも三十でも、そうだった。

私たちが（私だけではないと思うが）、平野さんが喜多見のお宅や病院で寝ておられても文壇の中に寝ておられるような気がしていたのは、そういうのが、平野謙一流のものであって、どんなに私たちがヘリクツをいってみても、思い当ってしまうものがあったからだ。

正直なところ、平野さんが亡くなられても、亡くなられたことにはならない。どうしても起きてきて腕白小僧のようなセリフをはかれそうな気がする。私としては生きている限りそうだ。

すばる　一九七八・六

昨年の暮から

昨年くれに岐阜へ出かけた。ずっと『詩宴』という雑誌をやってこられた殿岡辰雄氏が重態で見舞いに行ったのだった。私を呼んだのは、中島祥雲堂という華道の家元である。くわしくは正統則天門華道という。

祥雲堂はちょくせつ、この雑誌（詩宴）には関係はないが、岐阜中学（今の岐阜高校）で、殿岡氏に英語を教わったことがあり、応援団長をしていた。

祥雲堂は見舞いといいながら、ある用事で私を市民病院の殿岡氏の病床へ連れて行った。道々祥雲堂は、つい一週間ぐらい前のことだが、先生は平野謙さんから、親父さんの文集を元にした本を送ってもらって、感心した、といっておられた、といった。わしなんかはもうそんなことをする気力も何もなくなってしまったが、あいつはえらいなあ、とつぶやいておられた、といった。用事をすませて病室を出ると私と彼とは、やはり見舞にこられた二人の元岐阜中学の英語の先生といっしょに外へ出て、新しく出現した高島屋デパートの二階にある喫茶店に入った。

殿岡さんも平野謙さんも、ほぼ同じ年輩で、あと二人の先生はもう少し年上であった。殿岡さんも、二人の先生のうちの一人の方も、私が教わったことのある人である。とくにその一人の先生には、私は五年間つづけて教わり、戦後私が岐阜師範の教師をやめて千葉県へ出たあと、私のあとの席をうめられた。私の先生が、私の後任というもうしわけない因縁だった。

その先生は、私に酒に酔ったような口調でこういわれるのだった。

「なあ、小島、えろうならんでもええで、長生きせなあかんぞ。早よう死んだら何にもならんぞ」

十何年前に、私は同窓会のあとこの先生を新岐阜の駅まで送りとどけるのにたいへん苦労した。ハシゴ酒をされて女の膝にもくりかえし手をのばされ、私が逃げ出そうとすると、のこりの手でちゃんとこちらの手をつかむという有様で、それが一つの教育であるみたいでもあった。この先生は、その当時と同じ顔つきで、剣呑なかんじだった。

私と祥雲堂は、祥雲堂の家へ行った。するとそこに平野さんの弟さんがいた。この人と中島の二人は中学で私より六年ばかり下級生で、このとき謙さんの話が出た。

平野さんの弟さんは、停年で中国新聞をやめて浪人中だという。私はこの人と話をしていると、東京の平野謙さんのことをいつも思い出す。その表情がとてもよく似ていて、謙さんと話しているような錯覚がおきる。

「ほんとによく持っていますよ」というのである。それから、「兄もこれからは余生だといっています」

私は平野謙さんはもう大丈夫だと思った。そういい合って別れた。

殿岡さんは翌日の朝なくなった。

祥雲堂のところへ朝の四時頃病院の殿岡夫人から電話がかかった。彼はずっと心臓が悪いので、いつもニトログリセリンを携帯しているそうだが、このごろは運動したり、食事に気をつけているということである。

この朝、彼は寝床の上で体操をして胸の筋肉を動かしてから出かけた。このことをその日の午後きいて、私が体操をしてですか、といったら、おこったように、そうしなければ危険なのだ、といった。そのとき、私は平野謙さんも、何かの拍子にこういう言い方をされたなあ、と思った。それだけでなく、私自身もそんなことがあったと思った。

それから一ヶ月半（？）ばかりして、祥雲堂が別のことで電話してきたとき、平野さんが倒れられたといった。

何かのことで篠田一士氏に電話したことがあった。篠田氏は平野さんの病状をくわしく話してくれたが、ショックだ、ショックだといった。岐阜から別ルートで東京の平野さんの情報がきているのであった。

今日喜多見の平野邸へ焼香に行ったら、当然のことだが、弟さんの姿が見えた。いよいよ出棺というときに、彼はすっと私のところに近よってきた。

ずっと問題にしてきたし、これからもいよいよ問題にせぬわけには行かぬあの、評論家平野謙が、今なくなり、密葬が行われておるところである、とこう思った。これでいいのだ、と思った。家族の方々が夫であり父親である平野さんの死をなげき悲しんでおられるのはいかにも堪えがたいが、なるべくはなれていることにしようと思った。私だけでなくその場にいあわせたものが、たぶんみんなそういう気持だったであろう。

そこへ弟さんが、謙さんの味わいのある風貌で近づいてきた。これはぐあいがわるかった。ひょっとしたら、いちばん求めていたものであったからかもしれない。祥雲堂の家で話したときのことをめぐって、同心円をえがくように輪がひろがった。その中に彼と私も包まれて、それこそ時間が主役となったドラマがおこった。

やがて本多秋五氏が葬儀車の前にあった。どうしてこの頃の人というより、この人たちは、そろって身体が大きく立派なのだろう。平野さんにしても埴谷さんにしても、大岡さんにしても、小田切さん兄弟にしても。

「私は平野謙とはガキの時分よりの友人である本多秋五というものです。平野謙はなじみの深いこの町内とお別れして、これからいよいよ、ヨヨハタ火葬場へと出発いたします」

葬儀委員長、本多さんのあいさつは、こんなふうであった。本多さんは、正義というものは、色々とないことはないが、けっきょく一つしかない、というようなふんいきをその態度とその言葉つきの中に漂わせておられるのだな、と私は思った。

もし平野さんがこの立場であったら、正義はけっきょく一つではあるが、ときには一色ではない顔つきを見せるので、それにもつきあわぬわけには行かない。しかし、けっきょくは一つということになるのだなあ、とこう呟くような調子をこめながら、……何といわれるだろう、と私は考えた。

海　一九七八・六

田中小実昌

作品の中に生きる

田中小実昌の作品は一、二年前あたりから文芸誌にものるようになり評判がいいときいている。いよいよ彼の生きざまが作品に生かされてきたな、と思っていた。そういうとき本人から電話がかかってきて、いま私が書いた通りのことをいった。ヘンに文芸誌から書け、書けといわれはじめた、とか、ワリと賞めてくれるとかいうのである。

前にも度々こういうことはあったが、私は今が小実昌（コミちゃん）としてはいちばんいいのではないか、と思う。私は二、三作しか読んでいないし、こんども河出からも本が出ているが、手もとにあっても当分、わざと読まぬことにするが、私は大丈夫だと信じているからだ。それに近しいものが余計なことをいうと、けっきょく邪魔になる。

誰でも知っているとおり、彼はピンク映画に出演したり、ストリッパーとイレブンPMに出たりそのほか、色々としかるべき方面で名が知れている。もともと彼は新宿でヤシをやっていて、全国をまわって歩いたり、たしかその前には渋谷の劇場でストリップの仕事に関係をもっていた。

彼が私のところへ来るようになったのは昭和二十年代の終りの方の年で、同人雑誌の創刊号に

「ある一日」といったふうの題のものを書いた。そのころは進駐軍かんけいに働いており、そのうち横浜か横須賀であとは横田へ通いはじめた。

私のところへやってきて、私の近所に住む彼の友人の池田くんと二人で焼きソバをつくってくれていっしょにのんだり食ったりした。彼は文藝春秋に東大の哲学科学生のヤシといったふうのタイトルで書いたか書かれたかして、ある意味では知られていたところもあり、そのことが話の種になり、彼も種にした。小説の方は中支の兵隊のときにコレラで死んで行く兵隊の世話をする話とか、進駐軍の下で赤旗をふる話とかを書いていた。

「ある一日」ののった雑誌の合評会は、飯田橋の同潤会アパートの、いま記憶にないがある人の部屋でやり、そのとき邱永漢が内庭にあらわれて髪の毛の話をしていたことをおぼえている。

田中小実昌は当時口ぐせみたいに、「わたしあ思想がないから」とか、「こんな何でもないことを書いて小説ですかね」といった。私が考えるに、コミちゃんの一種のタワイのないようなこだわりというものは、ちょっと作品の弱さとしてみなされるということに対しての感想だと思う。といってもコミちゃん言分がいろいろとある。一筋縄の言分ではない。いったい彼がテレるのは何にたいしてか、誰にたいしてか。容易にわかるものではない。いったい彼が哲学科を中退したのはともかくヤシになったり、ストリップ劇場で演出をしたり自分も出演したりするのは、彼の親父さんが新しいキリスト教の一派を作り出して（?）、独特なものであったらしいが、説教をしたのと似たことなのかもしれない。自分は親父にたいして不孝な子だ、とよくいう。つい先だっても対談をやったあと新宿でのんでいたら、ナガシの伴奏でハヤリ唄をうたって喝采をあびたあと、「センセイに親父の遺稿文集を（説教集かもしれない）差しあげましたか?」といった。「いいや」「じゃあ、読んでやって下さい。あたしゃあ、親父が好きで」

といって泣いているのでおどろいた。

前にも親父のことを書き、ひょっとしたら、そのことに似たことがこんど出版された本のどちらかに入っているかもしれないが、これは文學界にのり、北原武夫氏が賞めてくれたから、よんでくれといってきた。しかし、私は最近のコミちゃんが書いたら、このときよりは特徴がよく出ていると思う。あれの方が物語くさかった。物語がいいのわるいのというわけではないが、物語くさく見えるというのは、くささに敏感なコミちゃんらしくない。

コミちゃんはそのうち早川ミステリの翻訳をはじめた。それから新潮同人誌スイセン小説にも当選した。これは立川か横田のキャンプのことを書いた。これはちょっとウイリアム・サローヤンふうのもので（じっさいは早川ミステリの影響かもしれない）彼の力倆をあらわしているが、まだ彼らしくないところがあった。批評の立場がハッキリしすぎている。ということはもちろんサローヤンふうでもないことである。サローヤンは批評なんてものではない。もっと自在で自分の歌をうたっている。といっても直接うたっているというより、背後に歌がそびえている。

昭和三十二年、サローヤンの『人間喜劇』の翻訳の下訳をたのんだら、あっという間にやってくれ、それを持って私はアメリカへ出かけた。ほんの何ヶ所か私の好みに合せただけで私が手を入れるところはなかった。

何年かたって、彼はそのころ通っていた立川ふきんの進駐軍かんけいのある実験検査場の一日の生活を三百枚ぐらいの作品にして、読んだうえでどこかへスイセンしろといった。こういうようなことがあるので、私は彼の原稿（手紙）の文字をよく知っている。（彼の文字はたいへん好きだ）

この長い作品はアメリカ小説のくさみがあることをのぞくと、筆つきもやわらかみがあり、リズムもあり相当のものとこう思ったので、二つ三つの文芸誌に紹介した。そのときはうまく行かなかったが、どうもあとで本になったともきいている。私はそのとき彼のものがここにのったら直木賞にと思ったが、これはそもそもムリというものだ。私がこう思ったときに、うまく行ったタメシはほとんどない。文壇の常識というものがあって、それはそれなりにいつも納得がいかぬでもない。あえてそれをすこし破ることを急に思いついたりしたって、うまく行くはずがない。

早川ミステリの訳者としてではなく、コミちゃんという人をみんなが知るようになったのは、それ以後であろうと思う。私はそのちょっと前あたりに、国立へやってきてくれたときだったかに、彼がピンク映画を作っているときいた。温泉マークを借りて撮影しているときに生じたおかしな話をこまかに次々としゃべっていた。私は新潮社クラブに泊ってはかどらぬ仕事をしていたが、夕食後牛込映画館へ入ることが度々あったが、ある夜、眼の前のスケバンの映画が進行しているうちにスクリーンに女学生あいてにコミちゃんがしかるべきことをして、女学生にさんざんなめにあうところが写った。はじめはよくそういうものに校長か理事長かの役になって出てくる金子信雄かと思ったら、コミちゃんだった。

彼は週刊誌のコラムに映画批評をかいているが、ワリと評判がいいともいっていた（これが彼のいい方である）が、彼は一種の流行児になっているような気配があった。するとある夜、講談社の別館にいると、私の泊っていた六号室にやってきて、『小説現代』にのせていた作品集をもってきて読んでくれといった。彼の小説集のはじめてのものだったと思う。ウエイトレスとのセックスをめぐってのやりとりから始まるものを読んで、なるほどこれは、いくらかもっともらしい文芸誌向きというつもりになっている彼の小説よりいいのかもしれないと思った。クサミはないことはないが、どっちかというと、もうクサミというような程度をこえた、居直ったところがある。もう何も思い煩うことはない。彼の世界は出来た。ところがそれからしばらくして、もと『小説現代』の大村氏にあったら、コミマサさんは、残念ながら帯に長しタスキに短かしだ、といっていた。あれが新しさではないかといったら、ところがそれが困るのですといった。私はしらけた気分になった。

　それからしばらくしてコミちゃんから電話があったか、手紙がきたかして、『小説新潮』の七、八十枚の小説だったと思うが、読めといった。女をあしらった、北海道などを舞台にしたものだが、一種のザンゲ調で、コミちゃんのある面は出ているが、コミちゃんの作品としてはコミちゃんらしくないという気がしたので、いいにくかったがそのことをいった記憶がある。マジメふうのものだ。どうしてコミちゃんともあろうものが、ときどき思い出したようにマジメふうのものを書くのだ！クサミの程度にさえ行かぬことになるではないかね？

　マジメで悪かろうはずがない。コミちゃんはもともと私なんかよりマジメなんだ。私もけっこうマジメだが、この世にマジメでない人間が一人でもいるものか。マジメさを出すのがむずかしいだけのことだ。世の中のことも親父さんのことも奥さんのことも出来のいい娘さんのことも、「センセイ」である私のことも、つきあったさまざまな、ヤシ仲間のことやアメリカ人のことや、彼があまりよくはいわぬおくさんのことや、彼の愛好し、ときには転倒したりもする自転車や、そうさせた路上の石ころやありとあらゆるもの、そう、彼をからかったり、からかわれたりする、ウェイトレスもいる！　マジメゲなもの、フマジメゲなるもの、すべてが彼の好もしい包容力のある文字で扱われることになったら、そのときは……。

ところが、どうも彼はそうなった模様である。スクリーンや、じっさいにカメラの前で、女の子あいてに愛すべく愚かな、そして人間の神の如き、そして永遠のいとなみを演じ、それに似たことを一種の寵児(?)として演じているうちに、生活の中でのみならず、作品の中で、生きることをおぼえたらしい。

一九七九・七・一〇

文藝　一九七九・九

サローヤンをめぐる話

昭和二十七、八年頃、私は中野区仲町に住んでいた。一二・二五(?)坪の家を建てて数年後のこと、田中小実昌さんは近所へやってきたついでに遊びにくるようになった。彼は横田基地につとめていたので来訪は勤めの休みの日だったのではないか。中華料理店にアルバイトをしていたとかで、妻がルスにしているときなどいろんなものをこさえて子供や私に食わせてくれた。妻は小実昌さんがくると、彼に任せきりにして出かけていたのではないか。彼のねじり鉢巻姿は、サマになっていた。それ以来彼は私のことを、どういうわけか、センセイ、センセイと呼ぶようになった。一方私の方は、彼のことをコミチャン、コミチャンと呼ぶようになった。

うろおぼえだが、私は彼と、アメリカのアルメニア人の移民の子孫である、ウイリアム・サローヤンの小説のことを話題にするようになった。あとでこの作家の『人間喜劇』を訳したとき、小実昌さんに訳してみてもらった。私はコミチャンの文体が気に入っていたので、私自身よりサローヤン向きではないか、と思ったのかもしれない。けっきょく彼に下訳を頼むことにしてしまった。この本は晶文社で今でも出ているが、私自身の書いた「解説」も、たいへん気に入っている。訳の方は、これも名訳ということになっている。

サローヤンという人の処女短篇集は『空中ブランコに乗った若き勇敢な男』というので、そういうタイトル・ストーリイのほか、いくつもの短篇が入っている。サローヤンは二十歳になるかならぬかに、タイプライター一つをもってカリフォルニアのフレズノからニューヨークへ出た。『ストーリイ』という週刊誌に執拗に短篇をもちこんだが、なかなか採用してもらえなかった。

サローヤンは創作の信条をもっていた。

O・ヘンリイのような落ちのあるものは書かぬこと。

はなからタイプライターに向かって作業すること。

タイプライターを打ち出したら、三、四時間は続けて休まないこと。それで一ちょうあがりというようにすること。

あともう一つ二つ項目があったかも知れないが、主要なことは以上のようなものだと思う。私はサローヤンのように小説を書いていたというのではないが、コミチャンも私も、このアルメニア系の作家をめぐって多少似たことを念頭におくようになっていたといってもいい。

サローヤンの作品は、エッセイともエピソードともいえる文章が、きわめて自然につながって行くというようなもので、少なくとも、さっき例にあげた処女作はそうしたものだ。

サローヤンは、創作の手ごたえは、人と出あってしゃべっているとき面白いと思ったところにあるといっていた（私のいい方はアイマイで申し訳ない）。

三十年以上もたったある夕べ、パーティでコミチャンは私の方へ歩いてきて、

「センセイ、こんどサローヤンの自伝が出たが、あれは、なかなかいいもんでした」

といった。サローヤンの名をきくのは実に久しぶりだった。私は小実昌さんから何度か手紙をもらったが、いつも彼の文字が気に入っていた。

ユリイカ　二〇〇〇・六

八匠衆一

『生命盡きる日』で平林たい子文学賞を受賞

八匠衆一《はつしょうしゅういち》とのつきあいは長い。私は昭和三十年代のはじめの頃、よく中野の「北国」という飲屋へ出かけた。この店は今もある。はじめ二人の女性が組んでやっていたが、彼女らは新宿で働いていて、ここに店をもった。まだ新宿にいるときには、その店へ小沼丹などといっしょに行ったことがある。

中野のこの店へは、最初、風間完に連れられて行ったようにおぼえている。私は完ちゃんと同じ仲町に住んでいたからだ。私は古川洋三とも、古賀剛ともそれから八匠ともこの店で会った。前の二人は中野に住んでいたが、八匠は高円寺あたりのアパートにいたようにきいていた。こういうときはたいていてい古川が連れ出したのだ。

私は八匠が何をして食べているのか、気にかかっていた。そのうち夫人にも、店で会ったことがある。やがて八匠は、昭和二十年代に講談社で出した長篇を見せてくれた。

彼には悪いが、私は八匠が私の想像していたより遥かに内容のあるものを書いていたことを知った。

その実存的な作風は、その頃、かえって彼を苦しめているような気配があった。梅崎春生が死んだとき、彼が別冊文春に書いたものを読めといったことをおぼえている。梅崎といっしょに暮していたというようなことも書いてあったのではなかったか。私は八匠の、私の知らない面を知った。

私は四十年代に入っても、ときどき「北国」へ行くことがあったが、そこに八匠がいた。いつも僅かなことばしかかわさなかったが、彼がじっと自分をなだめて、機の熟するのを待っていることが分った。

文藝　一九八二・七

中野好夫

不肖の弟子の思い出

私の至って小さな窓から中野さんのことを語るのは、気がひけるのだが、こうしてあえて筆をとりあげています。中野さんは温顔に微笑をたたえて、

「ああ、そうか、書いてくれるか。どうせ大した人生ではないから、きみの思うことをいえばいいよ」

といったふうにおっしゃる声がきこえてくる気がする。

私は英文科で、「アメリカ文学批評史」とそれから「デイナスティ」の講読の二つに出席した。「批評史」の方は欠席がちになり単位をとらずじまいであった。たぶん私は妻と同棲をはじめた頃で落着かなかったからであろう。私はいっしょに暮らしている女性が、たぶん中野助教授の夫人と同じ年頃であることなどを勝手に想像して、何か悲観し、一方彼女のことを気の毒に思っていたことをおぼえている。その頃中野さんは、「新潮」に小説批評を連載しておられた。ある日友人の浅川淳が、台町に私が借りていた家へやってきて「この前の日曜日（？）に中野さんと野球をやった」といった。浅川は現在中央大学の先生で、附属高の校長もかねている。浅川も英文科の学生で、

私といっしょに同人誌をやっていた。彼の親父さんは早実の理事長か校長かであり、当時の早実の野球はたいへん強かった。

一足とびにとんで昭和三十八、九年の頃に、「お茶の水」あたりから文化学院の前を通って水道橋の方へ歩いて行くときに、向うからやって来られた中野さんにバッタリ出会った。それからしばらくいっしょに歩いたか、立話だったか忘れたが、

「小島くん、きみは学生のとき、いっしょに野球をやったかな」

といわれた。

「いいえ、私はやりません。浅川でしょう」

「ああ、そうか、そうか、浅川くんね。きみは何を大学で教えている？ 文学など教えん方がいいよ。小説を書く毒になるからな。学者なんか、つまらんよ」

私は昭和二十四年の秋から二十九年の三月まで、小石川高校につとめていた。校長の沢登哲一氏は東大国文出身だったが、中野さんと同年輩だったのではなかろうか。それに生徒に中野さんの息子さん（次男？）がいたというようなことがあって、中野さんは校長に頼まれて講演に来られた。（この学年の生徒はそろって頭がよく、戦中戦後をまたいできていたので、大人の弱点が分りすぎていて、悩まされた。確か土井といった。土井晩翠の養子になったときいていた）

中野さんは、いつものように、うつむきがちにテーブルを相手にしているように話された。切れ目のなく、切れ目が出そうになると、それを恐れるかのように、何か前にいったことだけで理解されては困るし、自分自身にとってもそうなのだ、とでもいうように、話された。それは、中野さんのエッセイや評論の文章とも、名訳といわれる翻訳文ともどこか似ていた。私はこの講演の内容で

は一つだけ記憶している。中野さんが母堂のことを話されたことだ。母親というものは、何もいわなくとも、子供の足袋を繕ろっている姿というものだけで、子供はその愛情をかんじつづけるものだ、というようなことであるが、自分の体験としての話であった。

この日、私は沢登校長と中野さんと三人で飲んだような気がする。しかし、私は中野さんとタクシーに乗っていっしょに帰り、校長のことを話題にしていたということとツジツマが合わなくなる。校長と飲むときは、最後までつきあうことになっていたのだから。だからこれから私が述べることは、別の機会だったのかもしれない。そういえば、中野さんの講演も、私はきかなかったのかもしれない。私が誰かからきいた話かもしれない。

タクシーの中で、中野さんは、

「きみは、校長をモデルに小説を書いたそうじゃないか」

「書きました。中野さんの眼にもとまりましたか」

「読んだよ。あの校長は小説の人物にはなるな。あいつ（小島のこと）はおれをモデルにしときながら、小説をおれに見せもせず、書いたというあいさつさえしない。ひでえ野郎だ、といっていたよ。しかし、あれだな、本人にはいいにくいわな」

と、いわれた。

中野さんの『蘆花徳冨健次郎』が刊行されたあとだと思う。その頃私の『私の作家評伝』が新潮選書で出たので、宣伝誌の『波』で、新潮社は私の本の宣伝のために、わざわざ中野さんを煩わして対談をさせたことがあった。私は自分の本の中で中野さんの『蘆花』から引用させていただいていた。それに私が中野さんの学生であったことを、編集氏はどうしてか知っていたのであろう。

中野さんは、フレッチャーの伝記の話などなさり、今、自分は司馬江漢をしらべているところだといわれた。それで、きみはこのあと何をやるのだ、ときかれ、私はラフカディオ・ハーンをやっているのです、と答えた。中野さんは評論の一部と、たとえば、猫のことを書いた小品のようなものがいい、という意見で、ハーンをやみくもにありがたがるのは、よい傾向ではない、といいたがっておられるように見えた。そのあと、

「何とかいう息子がいたな。絵をかいていた。知っているだろう」

「知っています。あの人の絵は松江の記念館にあります」

「あの男は、三高でいっしょだったよ。あれは変り者でな、雨が降ると、座布団を頭にのせて歩いていたよ」

私には、これもまたハーンの日本人の受けとり方に対する批評の延長のようにうけとれた。こう書きながら、中野さんは、御自分のことを呼ばれるとき、「私」「ぼく」「わし」などのうち、いずれを選んでおられたか、どうも思い出せない。

みすず　一九八五・三

島尾敏雄

「隊長」ということ——『魚雷艇学生』

島尾さん、ぼくがあなたに手紙を書くのはこれが最初です。こんどあなたの『魚雷艇学生』を書評するように頼まれました。ふいに山荘に電話がかかってきたので、誰の何という作品なのか、よくききとれませんでした。二度三度ききなおしているうちに、ようやく分りました。ぼくの状態のせいだろうと思います。ぼくは俳人永田耕衣の「茄子や皆事の終るは寂しけれ」という句のことを考えていたところでした。

昨年の秋、『文藝』新人賞の選考のとき、あなたにお目にかかった。そのとき自作の都合もあってこれでこの仕事はやめたいということや、また奄美大島へ帰ることにするということをききました。何年か前に出版社の会でお会いしたことがあったようですが、あなたはずっとこの作品を書き続けていたのだな、と思いました。申し訳なかった。それから、あなたの『日記抄』のことや、『海』で見かけたことのある、私の思いちがいでなければ、日記ふうの、娘さんとお孫さんのことを書かれたもののことなど、思い浮かべました。

ぼくは『日記抄』をちょっと覗いただけで、即座にこういうものはぼくには書けない、と感心しました。日記が作品にできるのは、選ばれた人だけだ、とあらためて思った。いつか読み通そうと、背中のところにある書架の三段めに置いてある。

ぼくはあなたが『魚雷艇学生』を、三十七、八年から四十年にさかのぼって、歴史を語るように記録しようという姿勢に、『日記抄』と同じような姿勢を見ました。本の帯にそう書いてあるからいうわけではありませんが、これはまた、当然『死の棘』を書かれた姿勢にも共通するものがあるようです。とはいっても、『魚雷艇学生』は、あの時代にさかのぼっての記録である点でまったく違うということになるでしょう。

ぼくは、こう書きながら、前に読んだことのあるノサックの『文学という弱い立場』を思い出し、これまた背中のところにある書架から取り出し、「力を尽すということ」とか、「そうして彼はただなんとなく生きていった」とか、「今日の文学における人間」とか、「ちょっと一言」などを、ふり返りました。あなたも、知っていると思いますが、著者は日記や自伝のことをいい、孤独や、自己との対話のことをいいます。ぼく自身にかぎらず誰でもノサックのいうことに共感すると思いますが、テーブルの上に、さっきまで書いていた日記をのこして自殺したパヴェーゼのことを考えたからといって、「文学者」として望ましい状態になれるというものではありません。孤独だの、対話だのと、もっともらしいことを考えると、かえって反対の結果にもなります。しかしあなたは、『魚雷艇学生』を書き、ノサックが望んでいることに近づいているようにも見えます。ぼくはこの作品においても、作者のあなたは選ばれた人だと感じました。

ぼくは、この本が七章に分れ、一つ一つが短篇仕立になっていることにも、いいことをしているな、と思いました。章と章とのあいだに相当の時間をおいて仕事されたそうですが、そのときどきの読者にとって好都合であるばかりでなく、そのことが、うまくいえないが、作者にとってもよかったという気がします。

ぼくは海軍予備学生の短かい訓練期間の経過のなかで、間違いなくあなた自身でもあるS学生が、だんだんと成長して行くことに興をそそられました。というより、「成長して行く」というふうに、作者がとらえていることに対して、といった方がよさそうです。ぼくは前から軍隊生活というものは、徒弟奉公（あるいは、修業）に似たものだと思い、そうも書いてきました。S学生も、その当時において、そう考えるようなところがあったかに記憶します。そもそもいじめているのか、訓練しているのか不分明なところがある。ほんの一例だがこういうことを、「成長」と考えることは、むしろ常識であった。戦争中も漫才などは、ヤユしていたが、ちゃんと「成長」を認めていた。軍隊へ行ってくると大人になる、一人前になる、といわれていた。いずれにしても、そこから無事に帰ってきた場合には、「成長」ということができると思われていた。誰も彼も、陸海、あるいは、兵隊か、やがて将校になることを保証されている学生とかの区別なく、そうであった。はじめから職業として士官志願をした人の場合も、まったく異なるといったものではなかったのかもしれない。

とにかく、S学生は、特攻志願をさせられる。それが志願したのか、させられたのか、分らない形でそうなるということも、パターンとして、誰もが経験したことである。そういうことを、渦中にあってもSは思っていますね。

Sは海軍将校になって行く姿を家族に見せたがっている。特攻志願をしたあと、覚悟をしたといっても、それは至極、日常的な生活を経なければならない。そこのところに何かしら矛盾がある。ぼくなんかもそう思ったように、タイクツな日常的なことよりも、早く本番になった方がいい、といったぐあいに「作戦」をのぞんだものです。

しかし、Ｓは隊長になる。一緒に訓練をうけたものが実戦に出かけ乗っていた輸送船が沈んだこともあったが、それを知らなかった、と作者は書く。

ぼくは、とにかく、あなたが、Ｓが、隊長となり、そのことにおびえながら、指揮者として行動をとり、どうやらうまく行き、胸をなでおろしたり、かと思うと、その前のことだったか、免許状もないのにトラックを運転して大事故を起しそうになる、「おごり」のところなどもちゃんと書いてある。

こういうことを、将校であった人が書いたものはいわゆる「文学作品」にはなかった。なぜであろうか。終章のとくに終りの数行は、お粗末な魚雷艇をしまう壕を、自分たち操縦かんけいのものだけで掘り、出撃命令を待機する、ということをつづる格調のある文章となっている。ぼくらも、作者も心得ているところの、無意味な結末へ向って、おびえたり、胸を張ったり、努力観を賞めたり、部下を愛しそうになったりしている。その歴史観運命観のせいなのか。ぼくは、まださまざまな思いの中にあり、これからも考えつづけるでしょう。ぼくは、何より、あなたが愛惜しているかに見える「隊長」というものを、すなおに愛惜します。いろんなものが含まれています。

文學界　一九八五・一一

対での話

島尾さんが亡くなった。私は、毎年文藝賞の選考会のときに彼と顔を合わせるのを楽しみにしていたが、二年前の同会の席で、彼は身体のぐあいが悪いので、今回かぎりでやめたいというのだった。心臓に障害があり、手術をするかどうするか迷っているとのことだった。九州へは引きあげるようだしこれからはめったに会えないと淋しく思った。

ところが昨年の十二月に島尾さんは野間賞を受賞した。私はその祝賀パーティで会うことができた。『魚雷艇学生』が賞の対象になったのだが、この作品は私もある文芸誌に依頼されて書評をしていた。そのことで島尾さんからは一言何か礼のようなあいさつがあった。いつものように微笑をたたえながらユーモアをまじえての言葉だった。

私は終戦直後岐阜にいるとき、『藝術』という雑誌で島尾さんの「単独旅行者」というようなタイトルの小説を立ち読みした記憶がある。これは大判の雑誌で、あとで出るようになった『聲』とか『季刊藝術』のようなサイズだった。この島尾作品（題名はあやしい）はこの雑誌の賞を受けていた。この雑誌には、大岡昇平の「野火」のはじめの部分が載っていたようだ。あとで『展望』で「野火」を見たとき、『藝術』のことを思い出したような気がしているから。私は島尾さんのこの作品の文体に感心した。

私は島尾さんとは、銀座の「はせ川」の新人ばかりの集りではじめて会った。この会はだいたいあとで「第三の新人」といわれるようになった人たちが主力であった。右に庄野、左に島尾がいたが、島尾さんとは何を話したかおぼえていない。彼は一時小岩か市川あたりの夜学の教師をしていた頃だったから、そんなことが、あるいは『藝術』で賞になった作品の印象を語ったのかもしれない。「帰巣者の憂鬱」という短篇はそれからしばらくして書かれたと思うが、その頃はまだ彼は教師だったと思う。いずれにしてもやめたがっていた。

私は昭和二十年の頃『文學界』に頼まれて博多へ出かけた。北九州の同人誌をやっている人たちと、座談をする目的であった。この会のあと、会に出席していた猪狩という人に誘われて泊めてもらった。この姓はちょっと違うかもしれない。しかし、とりあえず猪狩ということにさせてもらおう。彼の家は郊外にあったが、父君が市内で印刷所を営んでおられた。彼の関係していた同人誌はここで刷っていたのであろうか。

猪狩さんは大学の哲学の教師をしていて、その論文を掲載した紀要のようなものをもらった。彼が私に見せたかったのは、「こをろ」という同人誌である。その何冊かを見て行くと島尾、阿川、庄野といった人たちの小説があった。猪狩さんも書いていたと思う。たぶん、この同人誌は九州大学に在学していた人たちが、金を出しあって出していたものであろう。ここにおいても、私は、庄野、阿川と同じく、島尾さんは、いかにも島尾さんらしい文体であるのに感心した。

島尾さんは、二冊ばかり、掌篇集を出していたように記憶する。一冊だっただろうか。昭和二十七、八年頃朝日放送に勤めていた庄野が朗読用の作品として新人のみんなに書かせていたことがあった。一篇、五千円払ってくれたので、頼まれるとよろこんで書いたものだ。島尾さんのその時の原稿が、この掌篇集にいくつか入っている。私はこの本を割合さいきんになって読んだ。新鮮さはすこしも失われていないどころか、そういうことを考えることさえ愚かなくらいのものだ。

私はあるとき、『潮』出版社にいた高橋康雄さんから、島尾さんの書いたものの中に、この私のことが夢に出てくるというところがあるという話をきいた。夢の中で私の果す役割は、あまり感じのよいものではないのではあるまいか、というと、必ずしもそうではない、という返事であった。あとになってその文章を読んだような気がする。その内容は忘れた。そのことは直接かんけいはないが、私は自分が島尾さんに取り違えられたのではないか、と思うことが屢々あった。

私は十何年前に、早稲田の文芸科で一回だけの講義を頼まれたとき、学生が手をあげて私の『抱擁家族』と島尾さんの『死の棘』とを比較して、返答を要求した。私は一口でいうと作風が違うということをいったのだが、とりようによっては、私の作品の方がすぐれているとか、意味があるとか、いうふうにきこえたかもしれない。そういうことではない、といったのだが。

しかし、この私の不十分な意見が島尾さんの耳に届いたら、やはりいい気はしなかったのであろうとあとでずっと思いつづけた。ほんの一月ほど前、私はある友人から三島さんの林房雄との対談で『抱擁家族』や『死の棘』について話題になっていると教わった。それからもう一つ、この対談の直後、秋山駿が三島さんをインタヴューした記録にも同じようなことが話題になっていることを知った。記録はどちらも、面白いものである。

たわいないことであるが、文藝賞で『アイコ十六歳』という小説をめぐって選考しているとき、私が名古屋弁は小説の文章になりにくいが、これは生かしているというようなことを述べた。ききようによっては、散文にふさわしい、とも、名古屋弁以外のコトバは小説にし易い、ともとれるような言い方を私はしたのであろう。

「そんなこと、名古屋弁にかぎったことではない」

と、即座に島尾さんの発言があった。

たったこれだけのことだが、私が未だにおぼえているところをみると、私が気にしているということや、島尾さんと対で話をしたことがほとんどない、という思いがしていることは、事実であろう。

しかし対で話したことも、何回もあるにはあるが忘れているだけのことだ。どこか総武線の駅のプラットフォームで立話したことがある。さっきふれた夜学の教師をやめようと思うということについてかもしれない。

新潮社クラブで、一度しばらく話したとき、とっさに、島尾さんは「きみの作家評伝のような仕事はいいなあ」といった。私は何と答えたかおぼえていないが、何か、よけいなことはいわずにすんだようだった。島尾さんと私とのあいだのことにかぎらず、小説家どうし、それも年齢の近いもの同士は、一般にこういったものかもしれない。それに対での話もほんとは信用できない。

海燕　一九八七・一

中村光夫

旅の思い出など

中村さんも私も明治大学の教師であった。「であった」と書いたが、私は今も週に一回だけは講師をしている。そんなわけで教師としての中村さんのことをよく知っているだろう、と思う人もあるかもしれないが、学校かんけいで私が中村さんにお会いしたのは、長い長い間で、ただの一回である。中村さんは文学部の仏文の先生で、私は工学部にいたのが理由である。

今から、四、五年前に、文学部に講師に来ている教師をよんで食事をするという例会があった。私がはじめて出席してみたら、私は中村さんの隣りに坐ることになった。中村さんは学校では木庭一郎先生と呼ばれていた。このとき中村さんは、定年を終え引きつづき講師として出ておられて、その資格としては二年めぐらいだった。中村さんは、

「文学部は女子学生がいるから、ボケ防止によいのですよ」

といって笑われ、中途で座を立たれたので、トイレかと思っていると、それっきり戻られなかった。

中村さんの口にされたことは、よくいわれることで、いわばフローベールの「紋切り型」の文句

であり、中村さんは、それをわざと使ってみせられたのであり、それは防衛の気配もなきにしもあらずで、中村さんを通すと、「紋切り型」は独特なヒビキがあった。

中村さんのことで思い出すのは、十何年、あるいはもう二十年近く前になるような気がするが、文芸家協会会員として、ソ連に二週間旅行に行ったときのことである。このときの一行は、中村さんのほかに巌谷大四さんと私との三人であった。こんなに長い期間、寝食、行動を共にするというのはめったにあることではない。私は教師仲間とは学会のときなどに旅行したことも屢々あるが、文壇かんけいの人と旅行したことは、これが最初で、そしておそらく最後であろうと思う。というより、家族やツアー仲間を別にすれば、私はどなたとも長い旅をしたことはないし、これからもないであろう。実に楽しかった。

ハバロフスクで予定の連絡員の来るのが遅れ、そこへもってきて予定の航空便は、政府要員が搭乗するとかで、けっきょくその日は出発できず宿泊することになった。私は中村さんと小さい一室で同宿することになった。

ベッドに入ってから、どういうハズミか、小説を書くことについての話になった。中村さんは評論家として輝かしい業績があるばかりでなく、評伝もあり小説も長篇小説を次々と何作も手がけてこられた。当時私の見るところ、失礼かもしれないが、中村さんの小説は文壇ではあまり積極的なよい評価というものは受けてはいなかったようであった。中村さんは、そういう現象をめぐって、さだめし様々のことを考えておられるに違いない、と私は思っていた。私は以前には、伊藤整の場合もそういうことを意識していたことがあった。私が心得顔にしゃべったことに、中村さんが合槌を打ったり、時々質問をされたり、それから、「紋切り型辞典」にあってもよいようなことをいって笑われた。それから携行してこられたクスリをのまれた。何のクスリかときくと、「これは糖尿病のクスリです」といって笑われた。そのこと自体がこれまた紋切り型の文句であるように見えた。そのあとしばらくして、これも携行されたウイスキーの小瓶を取り出してクスリをのまれたので、それは何のクスリですか、と私はきいた。「これ？　これは睡眠薬です」と、いわれた。

旅の終り近くキエフの街を歩いていて屋台の店で西瓜を買った。中村さんがいいだされたようにおぼえている。それを私はホテルまで持たせてもらった。中村さんは恐縮されている様子だったが、私は自分が先輩の中村さんに尽くすことの出来そうな唯一のことだと思っていたような気がする。

私は気にかかりながら、どの先輩に対してもそうであるように、遂に中村さんを鎌倉に見舞うことが一度もなかった。私がそういう人間だから、この西瓜にまつわる細かなエピソードを忘れないのであろう。

中村さんの芝居「家庭の幸福」の稽古のとき、浮気をしていた夫が、そのことが発覚すると、「男ってものはそういうものさ」というところがあった。このセリフのいい方をめぐってモメたときいたようにおぼえている。これが私のききちがい、記憶のしちがいでなければ、それは、何か意味ぶかいものの表われのようである。すくなくとも私はその頃からそう思い続け、そう信じこんでしまっているみたいだ。

群像　一九八八・九

正直な人

私のつきあっている四十代の人の中には、

「ぼくは中村光夫の批評は好きだ。それにあの人は正直だ」

という人がある。

私も最近になって、中村さんの評論を読みなおしている。そしてその大変な業績を再認識しつつある。そういうことは別として、中村さんは、たしかに正直な人だった、とも思っている。正直なんていう云い方は、あまり流行らないかもしれない。それを知ったうえでいうのだが、中村さんを正直だ、と口に出していったあと、既に故人となった文学者を含めて見渡したところ、「正直な人」といえる人は、いないようだ。これは不思議なことである。

いつだったか、三十年も昔のこと、文芸批評対談を中村さんとしたことがある。中村さんは私の旧制一高の先輩で、三つか四つしか違わないが、中村さんが大秀才で早くから世に出られ、私はモタモタして必要以上に遅れていたので、年齢差を遥かにこえた大先輩であった。

別室で稿料の領収証にサインをしているとき、中村さんが、

「世間は文学者なんてものはバカにしている」

たぶん、それは政治家などと比較しての言葉だった。なぜかというと、たしかその対談のテーマは、モデル問題ということであり、三島由紀夫の、有名な政治家（その夫人を含めて）の小説などが材料になったようだったから。もっとも今ではこの内容については全くおぼえてはいない。だから私はアヤフヤなことをいっているに過ぎないようだが、それにしてもやはり、政治家との比

較だったことは間違いないと思う。

私はその時、文学者も不当に尊敬されているという云い方があるかもしれないし、また広告などを見ると、いかにも尊敬されるものだ、という姿勢が基本にあるようにも見えると思った。すくなくとも、世間がバカにしているとしても、そんなこと一向に構わないことだ、という思いが、私にはあった。

私はそのとき、

「中村さんは、なぜそういうことをあらためておっしゃるのだろう。これはひょっとしたらあの二葉亭四迷のことを念頭においてのことなのだろうか」

と考えた。二葉亭四迷伝は、中村さんの名著であり、「文学は男子一生の事業なりや」といったのは、ほかならぬこの明治の文学者であったからだ。考えてみれば、二葉亭にかぎらず、とくに明治の文学者は、政治家や財界人との比較をたえずし続け、そのことを小説の中で直接に扱ってきたからだ。いずれにしても、わざわざ中村さんのようにいう人に私はその後も出会ったことがない。

中村さんは人生の半ば迄過ぎると、どういうわけか小説を次々と書かれた。その小説群の特徴は、一口でいうと、人間というものはとりわけ知識人と自他ともに認めるような人物は、表面はもっともらしいことをいったりしているけれども、一枚皮をはがすとこんなことをしているといったふうのところだった。ほかの作家の場合とちがって、読んでいて苦しくなったり白けるほど自嘲めいたものが感じられた。こうであることこそ文学者なのだ、といおうとしているのかもしれなかった。

もう二十年にはなるが、私は中村さんと巌谷大四さんと三人でソビエトへ二週間行ったことがある。文芸家協会と向うの作家同盟の交換の訪問である。ハバロフスクのホテルでは私は中村さんと同じ部屋で泊った。中村さんは、私の勝手な創作談議をただ黙ってきいておられた。それからクスリを二種類のみ、携帯してきたウイスキーの小瓶を取り出して口の中に注がれた。何のクスリかときくと、糖尿病のクスリと睡眠薬だと答えられた。毛布をかぶるとイビキをかくかもしれませんよ、といって笑われた。モスクワのホテルでは、中村さんは巌谷さんと同じ部屋だったが、あるときのぞくと、中村さんは縄とびの最中であった。旅行中、中村さんの皮肉や、かすかな自嘲の気配などに接することも全くないことはなかったが、おおむね中村さんは、私の無智におどろくことはあったが、終始いかにも先輩らしくやさしかった。

アサヒグラフ　一九八八・一二・三〇

森　敦

小説における意味——『われ逝くもののごとく』を読む

『われ逝くもののごとく』を読んで、作者と対談をしたり、書評新聞に感想を述べたりしてから二ヶ月ばかり経った。こんどこの文章を依頼されて読み返すつもりでいたが、あわただしく落着かないし、私の中にもともとしばらく先きに、私ひとりの楽しみとして時間に制限なく心ゆくばかり読んでみたいと考えていたので、私自身の我儘から二ヶ月前の読後印象を元に思い浮ぶことを書いてみることにした。

私にはこの小説の登場人物が、残っていて、あのままの姿で私の中に生きているような気がしている。私が読み返さないもう一つの理由は、それはそっとそのままにしといて、私自身がこのまま馴染みたいと思っているのかもしれない。「あねま屋」と呼ばれる遊女屋に生き、まだそこで客の相手をしていたり、親方の奥さんになったりしている女たちは、いわば私自身の長姉の姿でもあるので、その一言一言、一挙手一投足に私は熱い心をそそいだ。私は前に『美濃』の中で彼女のことにふれたことがある。その後「青衣」という短篇で一人の、昔を思い出しながら書いた遊女の手紙をあつかった。「青衣」を書くときに、森さんに遊女のことが出てくるのだといったところ、森さんは、即座に「からゆきさんの中には成功者がいて、帰国すると、立派な家を建てみんなから尊敬されたものも沢山いた」といわれた。私は「青衣」を書くうちに、その遊女が私たち仲間は、みんな自分のことを観音さまだと思っていたのだというふうに自然になって行った。この考え方、感じ方は、昔からみんなの中にあったはずだ。そうでなければ、私がそんなことを語らせることが出来るはずはないからだ。「青衣」の遊女と、私自身の、遊女であった姉とはあまり関係がない。私は遊女のときの姉のことは、想像することができない。足袋職人の若妻となってからの姉しか知らない。「あねま屋」の一人の遊女は、船主の「親方」のもの静かな妻となり、誰にも理由がさだかには分らぬままに死をえらぶように書かれている。みんなの間で自殺の理由が疑問視されるのは、この小説の中では、この人物ひとりだけのようだ。しかしこれは理由はほぼ分っているのに、「なぜ死んだのだろう」といっているだけだったかもしれない。さびしくて仕方がないと思っているらしく書かれていたようだった。私はこの女のことをこれからも考えてみたいし、注意して読み返してみなければならないと思っている。

「あねま屋」で文字通り観音さまの役割をになっているのは、お玉という女である。彼女は読者の前に姿を見せるのは、私の記憶では二度である。あとは男たちの話題となったり、サキという少女の母親であり、戦死するダダの年上の妻の怨嗟の的として立ちはだかるのみだ。後家となっても彼女がお玉に苛立ち、まるでおびえているみたいな理由は、夫が彼女と結婚する前夜、一人前の男としての夫婦の営みが出来るようにというわけで、お玉と交わっているということと、何故か知らぬが、娘のサキがお玉をなつかしがり、お玉もまたこの少女を可愛いがっているということのようである。このような二人の女が一つの町に住んでいなければならない、ということ、そしてこの後家の気持を誰ひとりほんとうには理解してやろうとはせず、たとえ理解しているとしても、それを口にしたり態度にあらわして何の役に立つだろうか、と思っているらしいことは、たいへん気の毒なことである。

作者はお玉にほとんど物をいわせていない。そういう作者の扱いにさえ腹を立てているように見える魚行商の彼女を、妻を亡くした親方がなだめるように抱いてやり、彼女は彼を待つようになる。腹立ちまぎれに娘のサキを睨んだり、ガミガミいったりして、みずからイヤになったりする彼女が、親方の前で無言である。眼さえ伏せてしまう。センベイぶとんを敷いて待っていた。親方の膝の間に黙って手を入れる。すると親方は実に静かにそっと抱いてやる。彼は彼女の年下の夫を戦死させたのは、自分だと思っている。このなまめいた場面で男である私がどういうわけかこの親方よりも抱かれる彼女の方になるのは、苛立たねばならぬ彼女が哀れだからであろうか。この場面を忘れることができない。何だかこれはきわめて貴重な場面であり、貴重な事件であるような気がする。私はいま苛立たねばならぬ彼女が哀れだからだ、といったが、まったくとはいわぬまでも、ほとんど当っていないかもしれない。これはこの小説全体とつながってのことに相違ないからだ。たぶん、そうしたつながりの中で読み進んできたとき、突然眼がくらんだようになり、身も世もあらぬ状態になる。もしそうであるのなら、それからも拡がるはずの小説世界の中の一コマであることを知りながらも前後があることさえ忘却してしまったような気分になるのは、どうしたことであろうか。

作者は私との電話での会話の中で、「ぼくは目下エロチック小説を読んで勉強しているところです」といった。

私は同じような気分になったのは、次のような場面である。義太郎は影のうすい人間である。彼は復員してきて、同じように出征して死んだ友達である「ガガ」つまり魚行商人の女房の夫（サキの父）と見まちがえられる。義太郎は先ず最初に友人の家を訪ねたのであった。こういうことは復員者にはよくあることだ。友人の死んだことや、死んだときの有様をまがりなりにも伝えるつもりなのだ。ところが彼は待たれざる人物なのだ。義太郎の妻は、既に彼の弟と結婚してしまっている。その家族にとっては、死んでしまった人間であり、いつまでも死んだままでいてくれることを願われているのである。なぜなら、弟が嫂と結婚したときにおいても万に一つは、帰ってくる可能性はあったからである。彼が自分の家を訪ねる前に、彼の復員は、町の噂となり、「どうしたものか、どうしたものか」とヒソヒソ話しの対象となる。こういうさいに、こういう町の義太郎の縁故のある者、友人たちが、ただ困るだけではない。生きる者誰にも責任はない。運命の作り出したスキャンダルである。こういうとき困った、困ったと口にするものが、どんなにしょげながら生き生きもすることであろう。そんなふうに語られている。

義太郎はどうして真相を知ったのかいま私の記憶にないが、とにかく家にも帰らず、もちろん妻にも弟にも会うことなくうろつく。あねま屋出身の女（たぶん婆さまであろう）が「神さま」となって、死んだ者の声を呼び出している家の窓からサキの祖父、の爺さまがふと覗くと、——いやそうではない。「あねま屋」でそれまで毒づいていたお里というあねまが窓から覗くと、そこに立小便をしている若者がいる。それが義太郎である。たぶん彼はこのときからかわれたであろう。（この違いは重大であるが、アイマイにしたまま先きへ進むことをどうか許していただきたい）

義太郎は大分あとになって噂の中の存在から、やがて手紙の中の存在となる。彼が伊豆の漁師の網元の家に厄介になっているという明るいニュースが入りそれが噂となる。噂を伝える者たちの悦びを察してもらいたい。「この世は夢か幻か」をギターをひきながらうたっているのは誰であっただろうか。親方が舟から身を投じて死んだあとのことであったか。その席で義太郎のニュースが披露されたのであっただろうか。私の記憶の通りならば、網元は善念大日様の妻である。彼女は夫に愛想づかしをして実家に帰ったのだ、といわれている。彼女の実家が網元なのであったと思う。長篇小説『われ逝くもののごとく』の中で、鶴岡の紙屋の女房、彼女が連れ立って歩く上海というアダ名の男などをめぐる度々の話題のほかは、これは最も明るいニュースである。このニュースのあと彼の長い長い再生の船出を伝える手紙が到着する。この手紙は彼の仲間たちのいるところで読み上げられる。これは義太郎が師として生活、それからいよいよ南の海へ出発し、船上での日々の生活の生気溢るる報告である。手紙でなくて、どうして生活の仔細を人に思うさま伝えることができようか。ここで彼は時々、この小説の人物にも、時には地の文をも埋め尽している、あの懐しくも、この小説ぜんたいの世界をたえまなく濃密に支えつづけてきた庄内方言を遠慮がちに、ここだけは、どうしてもおれ達の言葉をつかわなくては、というところだけは、なあ、といったふうに語っている。仲間たちのあいだの言葉がこんなに痛々しくも悦ばしくも豊かに用いられていることは、ほかにはない。義太郎は、彼の手紙の中で、さっきもいったような再生の悦びに溢れていて、これからいつまでも生きて行くように見える。ところがそのときとつぜん彼の死を伝える電報がとどく。

　このとき私は気づいたかどうか怪しいが、いま思うと既に気づいていたのではないだろうか。義太郎の死だけが事故死だということだ。というのは、この小説の中にあいついで起る死は、それぞれの理由を秘めた自殺であるか、それに近いものであるか、後生楽だとつぶやいている老人か、その死を見ながら笑いながら死んで行くその妻であるところの婆さまであるかだからだ。もっとも小説は「ダダ」の出征と戦死の報告から始るが、これは義太郎の場合の死とは異なることは明らかである。

義太郎の長い手紙と、電報による短かい死の通知が、あるいは短かい電報の通知をともなうところの長い再生の報告が、（電報の方が先きに到着したのかもしれない）強い残像をひきおこしたのは、何故であろうか。

考えてみると、南の海の操業ほど死の危険にさらされているものはない、ともいえる。彼が生きと手紙を綴るのは、金になるからだけでなくそのような仕事であるからだろう。だから彼が事故で死んだとしてもすこしも不思議はない。

私は読んでいて、わけもわからぬようにして印象に残った二つの例をあげた。その理由はひょっとしたら、この稀有な大作品の流れの中で片時も止むことのない作者の声を忘れてしまうようなところがあるからではあるまいか。もちろん、これは錯覚だ。何故なら、このような魅力的と思える事件あるいは物語を伝えているのは、まさに作者という語り手であるからだ。どうして忘れることができよう。

たとえば、この二つの箇所をもし私がこの小説を読んでいない人に伝えようとして、その感動を伝えることが可能だろうか。「ああ、そういうことなら大したことではないじゃないか」という答が返ってきてこちらは白けてしまうだろう。しかし、くどいようだがもしこの一巻の大小説を読み終えた人に対しては違う。ちょっと触れかけただけで、たちまち、「そうだ、そうだ」という相槌に攻められるだろう。

この小説を未読の者には私はこの部分を読んできかせる必要があるだろう。そうすれば、私の声や私の言葉で話してきかせたときとは別のものを感じるだろう。それは描写に、何か特徴があるとか、とくに微細であるとか、いかにもそれらしく語られているとか、というようなことではない何かが、影の如く寄り添っていることに気づく。したがってこの部分の物語を取り出して要約したりしたときには消えてしまうものがあり、その寄り添うものとのかねあいこそが重要であり、魅力的であり、ある衝撃をあたえつつあることを知るであろう。どんな小説の場合でも魅力的である箇所を要約して魅力を伝えることが容易だというわけには行かないが、そしてこの小説の場合はとくにそうなのだ。

私はさきほど、「寄り添うもの」といった。寄り添う声といった方がいい。その声はずっと前から、つまりこの小説の冒頭からきこえてくる声と密接な関係がある。その声は小説の終りまでつづく声である。こうしていかにもありふれたようにさえ思える小さい物語が一瞬光芒となる。しかしその光芒は独立した塊のように感じることも事実だ。そうであるなら、魅力はその独立してみえるところにあるのかもしれない。すなわち、作者の声に乗りながら、一瞬声を裏切りそうなほどそれ自体で生命をもっているということだろうか。

ところが、我に返ると、あっという間に小説世界の意味を強め、したがって小説世界を深めるために役立つように思われる。もともとそういう役割を果さない一つの言葉も人物も場面もないからだ。

「ガガ」(サキの母親)は、小説のなかで、一番濃密に平凡な人間であり、女である以上どこの地方にも、都会にも住んでいそうな人間である。義太郎は出羽三山と庄内平野とその地方の海岸を洗う海に育った人間であるが、必要やむを得ず、作中人物のツテを頼りに伊豆へ行き南の海へ漁に出る。そうして二人とも、私がさきほどからくりかえし述べていることだが、「一瞬」この小説を揺り動かす。だが、「揺り動かし」たのは、作者自身であり、作者の声である。それを感じ思ったせいか、眼がくらみ、むしろ自分が暗闇のなかに佇んでいるようだ。作者は最近電話の話の中で「ぼくは伊豆の女網元のところに厄介になっていました。といったってぼくのことだから、彼女との間で何が起るわけでもなく、義太郎のように海へも出かけて行きました。ぼくが何者だか分らず、分った顔をしていました。生活は楽でした。都会から米をもって塩を買いにきましたから。あの頃は塩が貴重で、あのあたりではみんな塩を作っていましたから」

この小説は、意味の変容を構造化したともいえるものではないかと思う。作者には『意味の変容』というエッセイがある。それから『マンダラ紀行』というエッセイもある。かつて『意味の変容』のもとになる原稿を書いていた頃、作者は、「ぼくはこの本一冊を書きのこしておけばいいのです。さいわい現在印刷所にいるので、大きい活字で組んで二十五部ぐらいこさえ知人に配ればそれでいいと考えている」と洩らした。またある時は、デカルトの『方法序説』とかスピノザなどのことを語り、あるときは、孔子の『論語』のことを語り「ぼくはソクラテスより孔子の方をよしとする」とも語った。私には何だかすべて驚きの的であり、気分が爽快となった。夫人が思いがけず亡くなった。それからしばらくして、ふいに森さんから「月山」の原稿を書きはじめているときいた。それまでのように同人誌に載せるものではなかった。私がこんなことを述べるのは、森さんの小説には、森さん独自の意味との係りがあるところが、作者自身が私たちには意味と見えぬところに意味を見つけ出して語ってきかせるようなところがある。それにもかかわらず、山は山であり、秋は秋であり、冬は冬であり、吹雪は、とくべつの名をもつとはいえ、吹雪であり荒れ寺も寺である。そこに登場する人々も、濃密に人間であり、その証拠に方言を用い、今あげてきたほかのすべてのものがそうであったように、そこにあるもの以外ではない。月山はその名のように月の山といわれてきた以上、今や月の山以外ではない。（山も人も河も犬も、過去につながり、したがって未来へもつながり、つながる以上、ただつながるだけではない）その山の紅葉はただの紅葉ではなくて、極楽であるのだろう。極楽とみまがうということは、そう見ようとしているのが、そう見えているのであろうか。おそらく両方である。そこに隠された意味があるからだ。「私は月山の山ふところで一年を過した」という森さんの『われ逝くもののごとく』の折り込みのただ事実を語ったにすぎぬかにみえる文章を読んだだけでその前後に何が書かれてあろうとも、もう問題ではない。『われ逝くもののごとく』の小説世界があとからあとへと浮び、つらなってくるように思われ、その怒濤の波にもみくちゃにされそうな気分になる。梵字川ときいただけで、もう駄目だ。「あねま屋」ときいただけで、「ガガ」とか「ダダ」とかきいただけ意味がたぶん変容をくりかえし、その度に物語をひっさげてくる。何故「たぶん」と私がいうかというと、このように大ざっぱにしかいうことができないほど、変幻自在なかんじがするからだ。多くの人物たちは、小説の中に登場するということは、やがて死すべきためなのである。人は誰もこの世にいつまでも生きつづけることはできやしない。そんなことは誰でも知っている。しかし小説の中において彼らが死すべき気配を帯びて生きはじめているということは、生きているということは、そのこと自体死ぬことであり、彼岸への道を逝きつつあることだ、ということなのであろう。このようなことはリクツとして分りきったことだ。しかし生きているということは、このままいつまでも生きていると思うことである以外の何事でもない。このことを軸にして、森さんの『意味の変容』は説かれているように思う。如何せん、つきつめたところ、このようなことではあるまいか、ということぐらいしか、いま私はいうことができない。（といって私がその気になれば解析できぬというわけではない。そういうことは読者としては悦びを感じるときに、変容は行われているので、私はその悦びを享受したい）

とはいっても、彼らはなぜこのように次々と自殺するのだろう。自殺する運命にあるのだろう。運命を知っていて死を決意しているもののようなのだろう。その気配はあるといっても、それはいよいよ死に近づいてからであるので、それ以前には自殺する気配は表立ってはいないといってよい。なぜ彼らは自分の秘密を守っているのだろうか。私たち読者というより周囲の人物たちは、彼らの中に入りこむ余地がない。相談に乗ることもない。相談をしないものだから。それにたとえ自殺の気配を感づいていても、それは立入るべきではないことのように思っているのだろうか。それより、なぜ自殺せねばならぬ運命をもっているのだろうか、と考えるべきであろう。すると忽ちにひらめくのは、次のようなことだ。私たちすべてが本来生を受ける以前からの暗いものを背負っている、ということだ。彼らは誰にも仄かさず、まるで救われるために、馴染みの世界へ移行するように、死んで行く。といったようなふうにみえている。庄内一帯を覆うかにみえる「われ逝くもののごとく」の、本気とも、からかいとも、つかぬ経文を唱えるような少女サキの声がそれと呼応していることは、誰にも分ることだ。犬にまで、「われ逝くもののごとく」という名で呼ばれることに注意しないわけには行かない。犬はもちろん「われ逝くもののごとく」を拡めたと思われる洞崖に住んでいた一人物のところにいたと語られる。「われ逝くもののごとく」がその人物のアダ名となり、犬のうえにまで伝染したというわけだ。この人物は、小説中のおびただしい死を一つ一つ知っているわけではあるまい。サキもまたそうだ。そうであっても彼らの口にするこの経文のような文句はそれらの死に呼応し、やがて私たちの知っているような多くの死を知っている生き残りの人物たちの口をついて出てくるというふうになっている。

私はこの大小説のことを思い浮べながら、一地方の歴史や山野や町や土着に密につながっていながら、それでいて一種のお伽話だというように感じる。私がお伽話と呼ぶのは、トルストイやドストエフスキーの大作品もそうだ、というつもりなのだ。私は世の中の意味を引き受けて小説世界を展開すれば、たぶん、そういうことになるのではあるまいか、というようなことなのだ。「お伽話」という名づけ方は誤解を招くかもしれないことを承知で、こういいたい気がする。とつぜんの死の発生ゆえではない。それに見合うすべてのことがそういわせると私は考える。

作者はこの小説を書きながら、この二人のロシアの作家の全集をつづけて読んでいたようだ。作者がこの二人の小説を学んで似たことを書こうとしたなんてことはまったくない。もちろん自分を鼓舞するためであろう。鼓舞すべきことは何であったか、私もよく分らない。彼らの宗教とか信仰とかは日本においてどうなのか、ということを考えていたのだろうか。いずれにしても作者の中で既に用意されているものを確めるためであったことは間違いない。作者は連載が終りに近づいたときトルストイの『戦争と平和』の付録ともいうべきエッセイにふれて、「ぼくああいうものが最後に出てきてもいいと思っている。」といっていた。（連載が終ってから、大幅に書き改められた）

私はいま、ある意味をもとに、小説世界を客観的に展開するということは、たいていの場合説得力に欠けるものだと思っている。作者の意味がその世界を閉ざしてしまうからだ。ところが『われ逝くもののごとく』は、先ずそうではないというに近い。それはその「意味」の変容、「意味」のあり方とに係っている。この場合の「意味」は世界を幾層にも開く性質のもののようである。すくなくとも開くように思える手応えのある性質というべきかもしれない。そして作者の「意味」さえも油断すれば固定しかねない。けっきょく固定するか、しないかは、小説そのものが語るだろう、という姿勢とも無縁ではない。けっきょく固定しかねない。この小説は作者の語りに終始しているのに、こうした「意味」の自由を勘定に入れてるという態度を失っていない。すくなくともそうした態度を失わない、と信じていないから語りをひびかせているのであろうか。

文學界　一九八七・一〇

再起への始動

私がはじめて森さんに会ったときには、森さんは、業界紙の仕事から足を洗った、といっておられた。当時こうした新聞でもGHQの検閲を受けなければならなかった。昭和二十年代の半ば頃か、すこし過ぎていたように思う。森さんはセンベツを編集仲間から過分にちょうだいしてしまった、といわれた。ということは、その金をもとにして、しばらく何もせずに暮らすことができるという意味のようであった。もちろん、仲間達の信頼が厚く、当方が何もそのようなことは望んでいないにもかかわらず、「お志」をいただくことになった、ということのようでもあった。森さんは、「志」ということを好んでおられた。それはずっと最後までそうだった。金銭の額が問題でないというようなことではないが、それを含めてあらゆる「志」を与えたり、与えられたりするということが好きのようだった。こういうことに限らず、平俗なことが森さんの思想とも係わっていた。もちろん精神的な「志」も好きであった。

「森さんというのは、どういう人ですか」

と、私は何度もきかれた。芥川賞になられたときもそうだった。それからテレビに頻繁に登場されると、ぶしつけな質問が私のところにも届いた。というのは、私が森さんは魅力的な人物だ、とか、その洞察や批評や、教養の奥ぶかいところに敬服している、という意味のことを、口にしたことが一再ならずあったからだ。

「森さんというのは、一口にいって何屋さんですか」

と、きく放送かんけいの人もいた。この人は、森さんの人間に恐れ入っていたのだが、彼の知っている評価のワクにどうしても入らないからであった。私は、「それなら、ぼくでも同じことで、答えようがありません」と、いった。私自身何を言っても一面に過ぎず、不十分で、けっきょく、うまい結論が出ないからであった。私のように長いあいだ接してきたものからすると、そういう一言でマトメて安心でき、人にも伝えることもできるという便利なワクを、どうして考えるのであろうか、と思ったりしたが、それでは承服させることができなかった。

森さんは最初私の同人雑誌に載せた小説の批評をし、たいへん賞めて下さった。森さんは賞め上手だ、という人も沢山いる。それはそうだが、ただの賞め上手ということは、あまりなかったのではあるまいか。賞めるときもあり、沈黙の場合もあった。そして沈黙の場合は、色々の面から考えておられるのであった。誰でも初期の頃の作品は、通俗性も大衆性もある。私の「汽車の中」や「燕京大学部隊」「小銃」などは、そういうものだと思う。森さんは、そのアパートでいっしょによく酒をのんで放談をされたが、ヴェクトルとか額縁とかいうことを口にされた。小説論といっても、その程度のことで、小説がある方向に向って動いて行く快感とか、きちっと額縁におさまるという完結性が必要だ。ということは、ある意味では当り前のことで、そのことをいっておられるに過ぎなかった、面白いことは別のところにあった。

森さんはある日、歩きに歩いているとき、とつぜん、

「小島さん、あなたの学校の生徒の家にクスリ屋さんはありませんか」

と、いわれた。

「あることはありますが」

「そうですか、実はヒロポンがほしいのですが都合つけて下さいませんか」

私は森さんが使用されるのか、そうでないのか、きかなかった。そのつぎ会ったとき、どのくらいの量だったか忘れたが、お渡しした。

「これで助かりました」

と、いわれた。

私は森さんに何故ということをきいたことは、ほとんどなかった。そのまま理解されることをアテにするようないい方でもあり、それを尚きただすと、こんどは森さんの方で途惑われることがあった。

森さんは今の新宿区の東大久保のアパートに、昭和二十五年頃から三十年の途中ぐらいまで住んでおられた、と思う。私がお会いしたときまでに、おそらく山形県の加茂という『われ逝くもののごとく』の舞台となった町にもおられただろうと思う。しかし、この五年のあいだは、私の記憶では、一度月山に行かれただけだったようだ。このとき月山へは私の旧制一高の同級生秋田嘉男が迎

えに行った。だいたい、うろ覚えではあるが、森さんが、その山形方面へ出発されたとき（昭和二十六年のようだ）、『英単語五〇〇〇』というような本を作りに行くといわれたのだった。何かアイディアもうかがったようだったが忘れてしまった。しかし森さんはどうも一ぺんに月山に行かれたわけではない。大山かどこかの町にもおられ、夫人のお母さまの智恵を借りなどして月山行きを思い立ったらしい。私はこのことを、月山祭での昨年の森さんの講演で知った。

私の友人秋田は川崎あたりで新本屋をやっていた。評判の大衆小説をアパートに運んできて、森さんに大衆小説を書かせてベストセラーを企らんだ。この方は実らなかったが、森さんは勿論研究はしておられた。斯波（柴田）四郎もまた、自分が『サンデー毎日』の懸賞係りをしていたので、森さんに大衆ものを書かせて、当選させようと企らんだ。ある日その原稿ならもう出来ていると森さんが、顔を赤らめながらいわれたので、私は、是非読ませてくれと言った。すると森さんは押入れの中から原稿を取り出して「ほんのちょっとならいい」といって、渡された。森さんはよく私にいわれた。「小島さん、斯波四郎は大衆ものの見る眼はあんなに抜群なのに、どうして自分は純文学なんかをやりたがり、しかもその純文学はうまく行かないのだろう。人間というものは、思うようには行かないものだなあ」（斯波四郎は、その純文学を毎月百枚ずつ書いて森さんに見せていた。あるとき森さんはその事実を私に洩らされた。そして、「どうやら近頃になって、破れヴァイオリンが鳴り出しました」といわれた）

私が既にゲラ刷になったその小説を半頁ほど読んだところで森さんは手をのばして取返してしまわれた。森さんは月山から戻ると、二つの仕事を、秋田嘉男と始められた。その仕事の順序は忘れたが、一つは、宣伝カーをつかって宣伝をする仕事で、旧制一高の名簿をくって依頼主を探したりされたようだ。私はこの宣伝カーを眼で見たり、宣伝の声をきいたような気もする。

もう一つは、本屋の店頭に置いて客に無料で配る出版情報紙である。私がアパートを訪ねると、森さんは真面目に編集に取組んでおられ、出来上った新聞もたしかに見た。弘前へ行ったとき本屋の店頭で見たようにも思う。しかしある日のこと森さんは、訪問した私にこういわれた。

「小島さん、新聞は好評ですが、部数が増えれば増えるほど損をするのです。何故ならば紙そのものが高騰しているからです。その事情をぼくはグラフで表わし、これがその数式です。ごらん下さい」

森さんはその次孔版印刷すなわちガリ版に執心し始められた。

海燕　一九八九・一〇

名声

昭和二十年代の後半に入りかかった頃、私は森さんの東大久保にあるアパートの一室へよく訪ねた。私は小石川高校の教師をしていたのでその帰りのこともあったし、中野の家からのこともあった。あそこまでどういう道順で行ったのか、よく考えてみないと分らない。道順のことなど、あまりにも私自身にとってハッキリしたことだった。それは大分前まではそうだった。

森さんはその頃のことを語るとき、必らずといっていいほどアパートで私が持参した酒をのんだことを口にされた。酒といっても焼酎であるが、ある時から一カメ仕入れてきて森さんのアパートに置くようになった、というふうにもいわれる。私は東大久保の都電の駅でおりると、角の酒屋で五合ビンに入った焼酎と、サーディンのような罐詰などを買って歩きはじめた。確かに店にはカメに入った焼酎もあった。もしカメがアパートに運びこまれたとしたら、私自身が運びこんだのではない。私はそのカメが森さんの部屋あるいは、アパートの土間に据えつけられていたことも、柄杓で汲みとったおぼえもなかったはずだ。しかし森さんがあんまりくりかえしいわれるので、今では、そうであったかもしれないと思っている。しかし、カメのことをくりかえされるのは、森さんは私のほかに誰かが同席しているときに限られていたようだ。

カメのことがくりかえされるようになったのは、早くも私が山形県の酒田の住居を訪ねるようになった頃でもそうだったようだ。そのとき夫人がいっしょだった。しかし十年ほど前から、今は森さんも私も共に酒量が落ちたということのついでにいわれるようになった。

私は昼間だけでなく学校に勤めていたので、解放されると森さんのアパートに行くのが楽しみであった。どのコースを通ったか全く思い浮ばないが、だんだんと目的地に近づくと思うと、私の頭は小説向きになってくる。アパートでは色々な話をきかされた。当時からくりかえしが少なくなかった。慣れると、そういうことも気にならなくなり、というより、くりかえしが平気にならなければ、森さんと話をかわすことは不可能であった。それは、話すのは、もっぱら森さんで、私はいつも聞き手であった。森さんの方も自動巻時計のようにならないとしたら、話が途切れてしまう。森さんの話は途切れることは、なかったように思う。森さんは、御両親のことや弟さんのこと、それから例の菊池寛が京城に講演にきたときのこと、横光利一が小遣銭を下さるさいには、さりげなく森さんの着物の袖に手をつっこんで、入れられた。戦前はみんな金のないものは、金のある人によって生活をしたものだが、近頃はそうはいかず、残念ながら働かずには食うことは出来ない、といわれた。

アラスカかどこか北氷洋の方面で、あわや酋長の娘と結婚することになりかねなかったことだとか、自分の柔道は鋭すぎたり奇襲戦法をつかったりする、つまりよこしまなところがあるだとかいったことから、ひいては、自分の名の敦というのは、人との関係において危険なところがあるようだから、父上が徳があついことを望んだ、というようなことである。ぼくに空気投げをくわされた、と誰それはいうそうだが、あれはそうではなく、ほかの投げ方だともいわれた。こうして書きながら、あとからあとから思い出され愉快になってくる。これらは講演集にもあれば、『青春放浪記』のようなものにもちゃんと書かれているはずである。その頃森さんも意気軒昂たるもので、三つしか年下でない私もニコニコしていたのである。私はどの話にも皮肉のようなことはすこしもいう気はなかった。たぶん私はニコニコしてきいていた。誰でも分っているように、たいてい森さんは、酔いも手伝ってか、何か滑稽で笑わないわけには行かなかった。そして勿論それを森さんは望んでおられた。私は今、自分がその頃きいた話の一部を紹介しているに過ぎないが、こうした話は、私に限らずアパートを訪れるものは、みなきかされるので、私はそれを承知で、きくようになっていた。私の知人の誰かが、こういうことを見ると、私を軽蔑したかもしれない。しかし、以上のような話は、決して森さんにとって、思いがこもっていないことではないが、一口でいうと一種のウオーミング・アップだったことが多い。文学論も人生論のようなものも、あまり記憶していない。しかし私は、さっきもいったように、小説的気分になるために来ていた。こういうエピソードをうかがっているだけでも何か私を縛っていた常識から、徐々に解き放たれるような気分になった。

しかし森さんは、そういう気分にひたっていると、私をその状態にして遊ばせておくまいとするかのように、とつぜん私がそれまでに書いた小説の名をあげて我に返らせた。

そもそも森さんとお会いしたのは、同人誌をいっしょにやらないかという誘いのために、森さんが、その仲間というか知人達の代表として訪ねて来られたときであった。私は戦争が終って一年ほどして、生きて帰った友人達と『同時代』という雑誌を始めたが、休んでは続け、休んでは続けてしたあとちょうど休んでいるところであった。森さんの仲間というのは、旧制一高の同級生か、その先輩後輩で、私なんかより何年か上の人達のようであった。『同時代』もまた私と同級の旧制一高の同級生を中心としたもので、森さんは、先輩の代表として後輩達のところに会いに来られたのであった。森さんは今、新月社で宇佐見英治さんに会ってきたところだ、といわれた。この出版社は九段にあって外国文学を紹介し、雑誌も出していた。この合同策は実らなかった。森さん自身が積極的に作品発表の意志があるとも見えなかった。私達も私達の自信を持っていたので、合同する気がなかったし、自分達自体の足並が乱れていた。

いずれにしても、こうして私は、高等学校に入る前から、その名を知っており、高等学校にいる間も噂の人物であった森さんを眼のあたりにすることができた。戦前の森さんを噂の形にしろ知っていたかどうかは、森敦《もりとん》と呼ぶかどうかで分った。中島敦というのは、京城中学での森さんの先輩である。私達は中島敦《あつし》といっていた、というより自分だけでそう呼んでいたが、森さんは話題にのぼったとき、いつも中島敦《とん》と呼んでおられた。このように音よみをする流儀は作家などを呼ぶときにおいてはむしろ一般である。私はそれからほぼ四十年間、森さんとの熱い交友関係が続いたが、その長い間、森敦《とん》と呼んだことは一度もなかった。もちろん森さんの前では、その必要はなかったが、友人と話題にするときも、そう呼ぶ気はしなかった。その理由は自分でもよくは分らないが、一つは、戦前の華かなデビウの後の偶像視の気配が感じられて気持がよくなかったからであった。

私は森さんがアパートを借りられる前にも戸山ヵ原の練兵場の後に出来た、二戸建平屋の都営住宅を訪ねた。これは都営住宅第一号ときいている。森さんのおふくろ様と新婚の弟さん夫婦がいっしょに食事をした。森さんのすすめで、おふくろ様は、森家のアルバムを見せて下さった。そこには親父様も写っておれば、赤十字看護婦姿の若き日のおふくろ様も、それから、学生服がはち切れんばかりの逞ましい中学生姿をした森さんがあった。柔道部員数名との記念写真と思われた。

森さんの好んで話された親父さまの逸話は、二つあった。私が森さんのおふくろ様が後妻であることを知ったのは、比較的最近のことである。森さんにはお兄さんがいて家をとび出したとか、京大を出たとか、どこかの市長をしているとか、きいたことがある。それもとび出したということが、市長をしていることが気に入っているから、話しているだけだ、というように見え、私はいつものように追究しなかった。森さんとの場合はすべてこんなぐあいで、私はこちらからそれ以上問いかけることをしなかった。その前に、森さんの話は小さなエピソードにしても、既に逸話の体をなしていた。

森さんは比較的最近、長年にわたって『旅の手帖』に、少年の頃を中心とした一種の自叙伝を、溌溂と書き続けておられたが、それは弟さんが亡くなられたから始まった、鎮魂曲とも思えた。弟さんは松本高校を出て、東大の数学科を出られた、ときいた。彼は、森さんとおふくろ様の話を私がきいているのを、ニコニコして見ていた。このように無抵抗の対応をしているが、実はどんなに思いきったことをしでかすかも分らない人物である。すくなくとも小さいときは、そうであった、と、森さんは思っておられたのかもしれない。森さんは、理想化し、逸話化することが、生甲斐であるというところが、亡くなる時まであった。そうでないとき、森さんは腹が立ち、そうして「悲観」された。ほんとうに「悲観」されたときは、沈黙した。

森さんのおふくろ様は、「小島さん、敦《あつし》は本を読みすぎるのですよ。本を読むのを程々にしないと、小説なんか書けないよ」とおっしゃった。もっともこの意見は、かねて私に森さん自身が話しておられたことで、おふくろ様の言葉をきいて、森さんは面白そうに笑っておられた。そして、これもきいていたことであるが「おふくろは横光さんに、ドストエフスキイというのは、どんな小説ですか。面白いですか、といったのだからね」といわれた。事実、おふくろ様は、ドストエフスキイを読み、やっぱり横光さんは大したものだ、確かに面白い、と感想を洩らしておられたそうである。

親父さまは、アツシ、船旅に出るときは、必らず褌は六尺褌にし、それもしっかりとノリをつけておくんだ、といっていた。どうしてかというと、遭難したとき褌を舐めるだけでも生命がつなげるからだ、というのである。また、もう一つは、手にはいつも杖を、それも丈夫なものを手にしているべきである。もしも暴漢に襲われた場合には、間一髪思いきり裾を払うのだ、というのである。

私は、これらの逸話を耳にする毎に、こうした積極的、意志的、教訓的逸話というものが、すこしもなかった自分の家のことを思って、悲しんだ。

おふくろ様も、また「アツシ」と呼ばれた。私は「アツシ」と呼ぶときのヒビキが、いうにいえず、気に入っていた。それに答えて森さんの中にある優しさが、少年のように吹き出て、森さん自身のみならず、そばにいる私を包みこむような気がした。

私が森夫人にお会いしたのは、昭和三十年の夏山形県の吹浦の住居においてである。夫人も私達といっしょに焼酎を飲まれた。彼女が「アッシさん」と呼ぶとき、尻上りであった。「あなた」と呼ぶのを一度もきいたことがない。いつも「アッシさん」であった。私は森さんが亡くなったあと、森さんの「浄土」という短篇を読んだ。これは昨年のちょうど今時分に書かれた。私は自分のことに、必要以上にかまけて心身とも不自由の状態にあったのと、掲載誌が軽井沢追分字浅間山の方に置きっ放しにしたままであった。森さんがこの作品の読後感を私に求めておられるという様子は、ふと気づいたこともあったがどういうわけか、もう少し先きとのばしてしまった。私は「浄土」を読んで、色々の意味でやはり森さんは、私が何か言うはずだ、と思っておられた、という気がした。そのことはともかくとして、この作品の中に幼馴染の女性が「アッシさん」と呼ぶところがある。子供の頃と老年になってからとである。私は、この女性も、夫人と同じように、この小説の中で尻上りの口調で「アッシさん」と、呼んでいる、と思いたかった。

ある日、私は森さんのアパートを訪ねると留守であった。森さんはその頃これといった仕事をされてはいなかったので、留守だからといって遠くに出かけたり、長い時間帰って来られないわけではなかった。電話があるわけでないので、自分勝手に訪問するだけであった。あとで判ったが、訪問客は私ひとりではなかったが、鉢合わせをすることは殆んどなかった。

この訪問というのは、実に微妙なものであった。森さんは、特別のことがない限り一度には一人というふうにしておられたように見えた。このことについては、あとで、あるいは別の機会に述べたいと思う。

それで、私が訪問すると、いつも玄関の土間にあるはずの森さんの下駄がなかった。森さんは、特別の用事で出かけるとき以外は、紺絣に下駄というイデタチであった。せっかく来たのだからそれではしばらく待たせていただこうと、私は二階へあがって行き廊下に立って一応声をかけた。廊下の突き当りは高窓になっていて、夏になると西日が当り秋になると、富士山が望まれた。何しろその辺一帯は都内でも一番高い所だそうである。たぶん、そのことも、森さんの口からきいたことにちがいあるまい。その日は富士山も見えなかった。私ははじめて『群像』(別冊)に小説の注文をもらったが、締切の期日も四、五日さきに迫り漠とした不安のうちに足を運んだので、おそらく家を後にどこかを通ってやって来ていたのであろう。私がその道順を思い起すのに苦痛さえ覚えるのは、あまりにも全体の風景と家並も変ってしまったからであろう。

私は一度ならず留守の部屋に入ったことがある。森さんからそうするようにいわれていたからだ。酒をのみ話がはずみ、気がつくと、もう夜も更けているので、森さんを手伝って押入れから布団を引きずり出して寝たこともある。

「小島さん、ぼくの所へ来た以上、どこの奥さんも安心していますよ。ぼくは奥さん方には絶対に信用があるんですから」

こんなぐあいにして、森さんの部屋は、私の部屋のように親しく思えた。森さんは、普通ならば「くん」と呼ぶようなときにも、必らず「さん」をつけられた。本人を呼ぶときにかぎらず、他人との話の中で話題にするときにでもそうだった。文章の中で森さんが私を〈くん〉づけにして呼ぶように書いたところがあるのを見て、「小島さん、ぼくはああいうことはありません。あなただからではないのです。でなければ、呼び捨てにします。その場合は、敬称に匹敵しますから」

また若い訪問客が帰るときにも、必らず玄関まで見送られた。以上二つは森さんの信条ともいうべきものである。あるとき森さんは、「小島さん、横光さんは必らず玄関まで見送られたのです」

といわれた。横光さんを見習っていたのかもしれない。いずれにせよ森さんは亡くなるほんの数日か一週間前まで、歩ける限りはそうされたに相違ない。それに森さんは、何かいうとき、先ず相手の姓を呼んでから、始めるというふうで、それを抜かして書き写すと、もう森さんの言葉ではなくなるのである。

私はしばらく廊下に立っていたが、ほかの部屋の人にしてみると、さだめし落着かぬことであろう、と思いきって部屋に入ることにした。そして西の壁ぎわに置いてある懐かしい机の前に、坐りこんだ。この机は、その後、吹浦でも、酒田でも、弥彦でも、東府中の一戸建ての二間の家でも、調布でも置いてあった。歓談したり飲んだり食ったりするときにも、その机をかこんでであった。そしてそれらはいつも同時で、「小島は文学を酒の肴にしている」といわれるのは、たぶんこのことである。これは事実である。野暮くさいことは間違いないが、別にいけないことではないと思う。中位の大きさの机にはインキのしみが何ヵ所かについていた。この道具は、森さんについて移動したのであった。

私の眼の前の机の上に一通のハガキが載せてあった。私がその方に一べつもくれない、というのでない限り、その文面も差出人も分った。ハガキの表の方が上になっていたので、私自身もう習慣になってしまっているように、下の方から三分の一ぐらいの所が横線で仕切ってあった。そういうわけで私は差出人の名も、それから文面の後半もおおよそ分ってしまった。

差出人は、夫人である。森さんは屢、「美人の最高は白痴美です」と、いわれた。夫人は面長の色白の、上背のある美人であった。森さんも美人だと思っておられた。最高の美人は云々のこの文句は、森さんの独創的意見ではあるまい。が、そういうときの森さんには、一つの積極的な思想があるように思われた。後年になるとすべての女性に美人を見出しているかの如き意見もきかされた。しかし思うに一貫したものがあったのであろう。

「小島さん、あの人は心身共に傷つき易い人ですから。じっさい病気のときも多いのです」と、よくいわれた。夫人は決して白痴美の人というふうに〈白痴〉を冠して呼ぶべき方ではなかった。だから森さんの〈最高の美人は……〉は、直接夫人と係ることではない。森さんはとくに女性の心の中に入ってその心理のあやをあれこれ考えたり、思いに耽けったり、ということを、好まなかった。いわば男性的であった。男性に対しても、また傾向という点では通じるものがあった。中に入りこむまい、という姿勢が、時には中へ入りこむ以上に、入りこんだことになることも十分にあった。森さんはまた、慾情というものは徒らに発せず、精神的エネルギーにすべきものだ、というような趣旨のことを、森さんの言葉で、例によって、私の姓を呼んで、注意をひき寄せてから、ゆっくりと一語句一語句口にされた。

夫人のことは、たとえばどこに、今何をしている、というようなことは、口にされることが殆んどなかった。森さんが東京でおふくろ様と弟夫婦の家の近くに住み、そこへ食事に出かけ、ひとりアパート住いをしている。それでは夫人は、ということなど、今更いうべきことではない、という態度であった。私は夫人は目下病気あるいは、それに近い状態で、夫人のおふくろ様の庇護の下に暮らしておられるのであろう、と考えた。何となく、森さんの言葉の端々に、ナゾめいた形で現われ消えるという有様であった。

十数年あと、たまたま上京されたとき、私の妻が入院していた。「小島さん、ぼくは見舞いには行きませんから。ぼくは病気で窶れている人の姿は、男にしろ女にしろ見ないことにしているのです」といわれた。それが、その人間に対する礼儀だ、という意味のように見えた。「小島さん、ぼくはもうテレビには出ません。ぼくは自分の衰えた姿を見るに忍びません」とも電話でいわれた。それでも今年の月山祭には、寝台車に乗ってでも行く、といっておられたそうだ。

さて森さんのアパートの机の上の夫人からの葉書の文句が私の眼に入ってしまった。

「母は、敦さんがどんな仕事でもいいから、一流になって下さるように願っています」

私はそれを見て急に立ち上るわけにも行かず、そのまま坐っていた。森さんの階段を昇る足音もなかなか聞えないので、もう一度廊下に出た。その日はけっきょく森さんに会わぬまま外に出た。そういうことは、後にも先きにもないことであった。

一口でいうとその頃は、華やかな森敦《とん》としての亡霊が、森さんが望むと望まぬとに関係なく、まだ残っていた時代であった。

文學界　一九八九・一〇

収穫・演出

私は回想記によって追悼文に代えさせてもらうことにします。

私はいま森敦さんについて、いわゆる追悼の言葉をつづるのは、どういうわけか、気が進まないので、なるべく古い時代のことを中心に書いて、責を果したいと思う。ほかの二つの雑誌にも、そうさせてもらった。

森さんが山形県の酒田におられた時期は、たぶん昭和三十一年から三十二年のあいだではないかと思う。その前に吹浦におられたが、いま考えてみるに、それはほんの僅かであったようである。森さんは、東大久保のアパートに住んでおられ、私にかぎらず、出入りがあった。その間に月山へも出かけて行かれた。森さんはこのアパート時代の最後の頃に孔版印刷の研究をはじめ、国立近代美術館の小倉さんあたりからガリ版の仕事をもらって一冊分仕上げておられた。そのうち、名残を惜む追随者達と笑いながら送別会をやって山形県へ発って行かれた。笑って、といったがだいたい、森さんは、笑いと希望の渦巻くサービスをふりまかれた。どうして食べておられたか、誰にも分らなかった。食事は都営住宅のおふくろ様のところへ行ってしておられた。そのほかの費用は、参集したもの達が、おそらく持った。参集といったが、それが、必らず一人ずつで、私はあとで、これは孔子の方式を踏襲しておられたのだな、と思った。『論語』では、師は弟子達ひとりひとりに、それにふさわしいことを説いた。そういうことを、森さん自身、ほんのちょっと私に洩らされたことがある。分ってもかまわないが、作戦とか重要な手の内は、出来る限り見せないにこしたことはない。私が何もかもさらけ出すと、森さんは、途中でさえぎって、

「小島さん、そういうことは黙っていた方がいいですよ。それはいかん、それはいかん」

と、声を落としてたしなめて下さった。どこか、堪えられないですよ、そんなことには、というようなところがあり、私をおどろかせた。

「誰でも、筋のいい家に育ったということは、尊敬しますからね」

森さんは、ひょっとしたら、豊太閤が関白になるのに熱心であったり、ナポレオンが出身の家柄のことを気にしたことを、問題にしていたのであろう。私はそういう森さんが、好きだった。何と

いっても私達は自然主義リアリズムの洗礼を受けているに違いないということが思い当るからであった。こういう類のことは数限りなくあった。それらは、森さんの「笑い」と「希望」と無関係でなかった。私達は森さんに近づくと意気があがるのであった。ところが人によっては、森さんの中に、何かウサンくさいものを敏感に見出し、それにこだわった。しかし、私はそういう人達の抱く感想も分らんでもなかった。

私の若い友人の坂内正という数学を教えている人は、森さんがとなえられる説の中に数学が出没するのを読んで、私に時々いった。

「数学というものは、もっと、つつましいデリケートなもので、ほかのジャンルと気ままに通じさせるべきものではないように思う」と、いったりする。そうかもしれないが、私は、それでも構わないと思った。しかし「それでも構わない」と、いうと森さんは不服であったかもしれない。そういう類のことは色々あった。それでも、というより、たぶんそれが、私達が森さんに近づいたときに受ける昂揚と希望と無関係ではなかった。自然と私達もまたウサンくさい人間に見えることもあったのだろうか。

森さんは酒田におられるようになってからも小説を書かれる気配はなかった。たぶんかつて万巻の書を読んでおられ、その頃はまた、誰に教わってか、フランツ・カフカを刻明に読んでいて、ドン・キホーテとサンチョのことを書いたアフォリズムについて、私が訪ねたとき意見をいわれた。それはちょっと分らなかった。しかし私は分らなくとも、そのままうかがっておくというクセがついていたので、頷いていた。それからカフカとヘミングウェイの共通点について述べられた。私ひとりでなく、色々の人が酒田へお参りをした。私などは十三時間かけて何回か通った。西鉄が逆転して巨人に連勝した頃で、ぼくが野球の話をすると、どうしてそんなことを知っているのか、小島さんには驚かされるなあ、といかにも驚いたようにいわれるのであった。それから、私の知人のホモの話をすると、感嘆されるのであった。驚くことや感嘆することを待ちかまえたり、楽しもうとしたりしておられ、それは何かにつけてそうであった。何故森さんに近づくと意気があがってくるのか、誰も分らない。私がそんなことを誰か友人に話すと、「ああ、それはカリスマだ」というかもしれない。私は今、敬語をつかいっ放しにしているが、どうしてもそうしないと、ぐあいが悪いのである。森さんは、私に「小島さん、それは真空なのですよ。酒田が真空で、そこにひきよせられるのですよ」と、声をひそめていわれた。私はその時それは永遠に秘密にしといた方がよいのではないか、と思った。森さんにあるまじき失言だと思った。声をひそめるぐらいでは、すみませんよ、といいたかった。と同時にそういう作戦を実行している森さんを憎らしいとも思った。もちろん私は例によって何もいわず、もっともらしい顔をして頷いていた。

面白いことに、何人かは森さんに小説を書かせようとした。それが恩返しだとハッキリいっていた。私はその言葉に驚いた。それをいっていたのは斯波（柴田）四郎であった。彼は「森さんは形式論理者だ、文学は形式論理では書けない」とか何とか、いっていた。自分の小説を森さんに読んでもらっていた礼にどうしても森さんに小説を書かせて、恩返しせねばならないと思っていた。

つい三ヵ月ほど前、森さんから電話があり彼が亡くなったが知っているか、といわれた。私は知らなかったので、そう答えた。「ぼくにも通知はなかった。奥さんは、苦労したでしょう。しかしかえってたずねない方がいいかもしれない。ぼくは勿論行きたくても脚が悪くて行けないが」と、いわれた。

斯波四郎が、そういうのは、自腹を切って同人誌をやっていたからだ。しかし森さんは、小説を書こうとする気配は毛頭なく、依然として、真空に引きよせられるもの達に小説を書かせることには、熱心であった。とはいっても森さんに新らしい変化が生じた。

森さんは、孔版印刷で同人誌をやろうと思い立ち、『実現』という題をつけられた。表紙にはブリューゲルに「バベルの塔」という絵があるが、あれに似たようなものを書いて刷るというぐあいであった。それは二回ほど出たように思う。そこに森さんが戦時中に工場の部長をしておられたというレンズ工場での体験を元にして倍率論を扱っていて、それは小説にも応用がきくというので、もっと広く応用がきくものになっていたかもしれない。おそらく森さんは、そういう論文をだんだんに練って行くためにガリ版を切り、ついでにこれから小説も書こうと思っている、小説家の卵とまでもいかないファン達にも場所をあたえるだけでなく、森さん自身がガリ版を切って雑誌の形にして、おそらく三十人以上ではない仲間のあいだに配るというのであった。私が今こういうことを書いているのは、こういうところから森さんは歩みはじめているかのように見えるからである。あるいは、こういうことが自分に向いているか、あるいはすべきことだと思おうとしておられたかに見えることが、私には興味があるからだ。

忘れもしないが、森さんは夫人と、部屋の中に紐を張って洗濯バサミをつかって吊して乾かしておられた。夫人もとても楽しそうで、二人で天国か、極楽で遊んでおられるようにも見えた。斯波四郎は自分の同人誌をもっていたので、記憶もさだかでないが、そこに森さんは「壮麗なる蛇」(?)といったようなタイトル(いま私は手もとに資料がない)のエッセイを書かれたようだ。あるいは、『実現』に載せられたかもしれない。私はこのエッセイのネライがその頃ではよく分らなかった。

　私は森さんがその形で着々と、ガリ版を切るという手段をとりつつ、踏み出しておられるのを、今でも、忘れることができない。このエッセイは、そのあとの森さんの生活体験を元に哲学化し、だんだんふくらんで行った。そして『ポリタイア』などに連載され、あとで『意味の変容』に育った。連載中でも森さんは「近代印刷」につとめられるようになっていたので、二十五部本にして知人にくばれれば、自分の仕事は終りだ、といわれた。そうして、ソクラテスより孔子の方がえらいとか、いっておられた。かと思うとデカルトの『方法序説』は短かいが、自分は短かければ短かいほどいいと思う、ともいわれた。スピノザのこともいわれた。私を相手にしては物足りなかったかもしれないが、おそらく小説を書いている人間で、私以上にこういうエッセイに本気で関心をいだいているものはいなかったにちがいない。どちらかというと、私はエッセイそのもの以上にそういう独創的なエッセイのことを生涯の事業と思いつめている人が好きであった。その頃小説も書かれはじめた。もう雑誌に発表されてから、私に打明けられるのであった。それらは同人誌に発表され、たぶんいわゆる文芸誌には書かれなかった。頼まれても断わられた。それらの小説は森さんのおられた、一つの場所から一つといったもので（エッセイもそうだった）、場所、地形、山、川、などが重要なのであった。私が朝日の文芸時評をやっているとき、ちょうど弥彦を舞台にした短篇で、そのユニークな作品を、私は扱った。すると森さんは、女房のおふくろが先だって亡くなったが、その前に新聞を見せることができて、たった一つ恩返しができた。とにかく間に合った。ずいぶん世話になったから、といわれた。森さんが気が弱くなられたからではなく、「月山」を書く前のことだ。私はほんとにそのユニークさは紹介するに価すると思ったからこそ取り扱ったのであった。

私が積極的にそうしなければ、たとえ檀さんが係わっておられる雑誌だからといって、誰が取上げるだろうか、と思ったからであった。

森さんは、商売雑誌ではないから書くし、そういう自腹を切ってやっている編集者の気持に応じるためだ、ともいわれた。森さんが文芸雑誌に小説を書くのに慎重すぎるためだとも見えた。

森さんは昭和三十二年私がアメリカへ横浜港から発ったとき、私の家に一晩泊って家族と一緒に見送ったあと、尾鷲の電源開発の事務所に行かれた。ここには池田忠という旧制一高で私の一年上級であり、依然として文学青年でもあった人が、自分の役職についている会社に嘱託としてひっぱった。ここに森さんは夫人と共に三年ほどおられ、ダム工事のための道や土地の買収とか工事現場の人々との色々の問題などに出かけて説得、懐柔に乗り出したりして存分に力を揮われたらしく、従業員たちの人気の的になったそうである。森さんは大台ケ原に入りこんで行かれたに相違なく、熊野にも興味を抱かれたはずだ。ここの地形を元にして、一つの重要なエッセイと一つの小説をあとで書かれた。この作品の方が「月山」よりいいという人もいる。私が晩年、どうして森さんは、人を動かす力を蓄えられたのか、ときいたところ、「そうですね、小島さん、それは電源にいるときですよ。修羅の中にいましたからね」といわれた。その後森さんは私の知らぬ間にだったと思うが、三条にいた坂内正と連絡をとり、弥彦神社のすぐそばに、新築の二間の一軒家を借りて住んでおられ、私は『女流』を本にする前に意見をききに、まず三条で坂内に会い、それから雪道を坂内と共に訪ね、森さんと山の頂上から佐渡を眺め、そのまま私ひとり泊めていただいた。森さんは前にもふれたように、あとで弥彦山のふもと弥彦神社あたりを舞台にして小説を同人誌に発表された。ここはもちろん芭蕉が立ち寄ったところである。

森さんはそのあと今度は山形の庄内の大山か加茂か、忘れたが、そういうところへ移られた。森さんは、いかに犬が向こうからなついてくるか、ということをよくいわれたが、晩年のお宅の近所の犬は、その一つの例であった。その不思議さを後に養女となった富子さんは私にいわれた。犬の話は私をひどく羨望させた。森さんには犬についてのすばらしいエッセイがあり、カフカの「断食芸人」を思わせる。こういうエッセイはすべて『ポリタイア』に連載された。そしてその大元は、あのガリ版である。

森さんは昭和三十八年に一度上京し、その後三十九年に夫人同道で上京、東府中の二間つづきの新築一軒家に落着き、飯田橋の筑土八幡にある「近代印刷」に身を寄せられた。島尾正は河出の前の社長河出孝雄氏の甥で池田忠と同級でもあり、森さんの智恵を借りて『大いなる群衆』という大長篇を書いたことがある。森さんがアパートにおられた頃のことだ。彼は美術出版で倒産し三千八百万円の債務で、「近代印刷」に迷惑をかけていたので、そのカタに何かにきっと役に立つといって森さんを嘱託に置いてもらったということだ。森さんがこの印刷所に何となく腰かけて、社長の話相手をつとめておられる姿は、珍妙なものであった。

「鷗」といったかどうか忘れたが、森夫妻みたいな人物が鳥海山を眺めるところから始まり最後に鷗の出てくるすばらしい場面で終る小説に登場するのは島尾のようだ。先日森さんから電話があり、島尾の死を告げられた。次第に頭が小さくなる病気でだそうだ。ついでに池田は池忠と呼ばれたが、私は森さんの芥川賞授賞式で会った。その後しばらくして死んだ。

「近代印刷」は、美術印刷の下請けをやったり、大学の横文字の入った紀要だとかを扱っていた。社長の小山さんは独学の植物学者の有名な牧野氏だとか、鳥類の学者だとか漢和大辞典を編さんした有名な漢学者などの人達に私淑していた。しかし印刷所は、新らしい印刷機を入れるとか、渡り者の不安定な印刷工などを何とかするとか、切り換えを行なう必要に迫られていた。ここでも仕事をすればするほど赤字になった。そこで森さんはある日から陣頭指揮をとり、朝、仕事にかかる前に激励し、刺戟し、圧倒した。それは森さんが小説を書かせようとするさいのふしぎな熱心さと共通していたのであろう。中村光夫氏は、私と巌谷氏と三人でソビエト旅行したとき、モスクワのペキン・ホテルの前で、これからトルストイのあのヤースナヤ・ポリャーナへ出かけるべくおかみの車を待っているときのこと、私にこういわれた。

「森敦《とん》は芸術を喰い物にしているそうだね」

そこで私は、いった。

「そういう噂をする人がいるということは分りますが、私の知る限り、それは誤解です」

私はあまりに悲しくて眼の前が真暗になったように思った。

中村さんは森さんと同年で旧制一高でたぶん同級生だった。後藤明生の谷崎賞のお祝いのとき、浅草のスキヤキ屋の二階の座敷で、藤枝静男氏に、私はこういった。

「そういう噂があっても仕方がないが、ぼくの知る限りそうではない。人違いではありませんか」

それは森さんが奈良にいるとき、人にたかって女郎屋遊びをした、と藤枝さんが、誰かからきいたとして『文學界』だったかに書いておられた。森さんはそのことについて私に、「小島さん、あなたには真偽が分るでしょ」といわれた。それにしても、文壇人というものは、どうしてこういう愚劣なことに関心を持つのだろう。どうしてワクをはめ、自分自身をもおとしめるのだろう。

森さんは、その言葉によれば、二十数人から毎月二十五万か、あるいは五十万か、たぶん前者であろう、月はじめに借りて、月末に返すということを続けられた。もちろん、私もその一人で、「それ以上はいらない」と、いうことであった。よく分らないが、森さんの話では、その方法を続けるうち印刷所は甦えったということだ。森さんの市谷の家は借地だが、その世話をしたのは、社長の小山さんである。

私が俳優座の芝居「どちらでも」の読み合わせをしているときだったと思うが、森さんがその席にやってこられた。私が意見をきかせてもらえないかと頼んだからのことだ。帰るとき森さんは、六本木の交叉点で、

「小島さん、今日はこれで失礼します。実は女房のことで取りこんでいるものですから」

と、いわれた。森さんは例によってそれ以上は人にきかせる必要のないことは、いわれなかった。古山高麗雄の話では、彼がその次の私の芝居「一寸さきは闇」の初日に、森さんの隣りの席にすわり、その後どこかで打合わせをやり、森さんが『季刊藝術』に小説を書く話が纏まったのだそうだ。私は忘れていたが、古山からきいて、だんだんに思い出してきた。森さんの姿まで浮んだ。森さんはその頃は元気だった。いつも例のカバンをかけ、その中に「句帖」という小型のノートが入っていた。森さんは通勤のとき山手線をまわりながらノートをつけているとのことだった。前にふれた「取りこみ」に当たることが、森さんの愛護にもかかわらず、夫人の身の上におこった。それからだいぶたってから、夫人は亡くなった。それがいつ、どこでということも私はきいていない。夫人は庄内の、『われ逝くもののごとく』に出てくるあの町（村と思うが）の先祖の墓に眠っておられるそうである。

私は、ひそかに、こういったことが「月山」をうみ出すのに関係があったように空想している。

いうまでもなくくりかえすが、ただの空想である。

私が金沢で泉鏡花の「滝の白糸」という岡田時彦と入江たか子の出演している無声映画上演のあと、講演をしてビジネス・ホテルに泊っていたときだと思うが、夜おそくなって森さんの電話を受けた。「月山」はもう半分ほど渡した。どうか自分を応援してくれるように、というようなことだ、と思う。森さんが執筆中にそのように昂奮しておられるということは、それまであまりないことだった。古山高麗雄は、たぶん彼のことだから表面はソフトに、それでいてもしすこしでも引込思案になったり、ギブ・アップしたりするようなことがあれば、ぜったいに容赦しないということは明らかであった。「森さん、あなたは自分に対してズルイですよ」ということぐらい言ったかもしれない。あとできいたところでは、富子さんが弱気になりかかる森さんを叱咤していたそうである。あれほど刺戟し叱咤し、ノーシンをのんで智恵をつけてこられた森さんが、すべてとはいわぬまでも、ある程度、今度は叱咤と刺戟とを必要とし、求められたのは、はじめてであった。くりかえすがこの頃は森さんは元気であった。森さんが訪れ、足をとめられたところでそれを舞台に作品化されていない場所といえば、半世紀前の夏の終りにその山ふところを登って行かれた月山だけである。例外は、加茂を中心とした場所だけである。そしてこの方は、晩年になって、天命を知った、とくりかえし皆の前でいわれるようになり、そのうち長篇『われ逝くもののごとく』の連載の奮闘がはじまったのは、誰でも知っている通りだ。

「月山」発表後の十五年間のことは、私が述べなくとも、多くの人が知っているであろう。たぶん私以上に知っているであろう。森さんは数年後病気になられたように思われる。テレビ、あるいは講演で森さんを知った人々は、ほんとに元気な森さんを、知らないといっていいだろう。

森さんは講演に自信があり、さっそうと、ゆっくりと、間をとり、そして笑わせながら聴衆を自家薬籠中のものにされる点では、死の直前に至るまで、変ることがなかった。ところが御本人は、テレビやら講演やらで忙がしくなられると早くも、「小島さん、ぼくはこんな声ではなかった」とか、「アタマが悪くなった」とか、「演説が下手になった」とかいわれるようになった。私などはあまりそんなふうに思わなかった。しかし、作家としては、それからの方が作家らしくなったような気もする。

森さんの小説は、その演説のように、〈語り〉を以って始まる。一般に作中人物が語るようなものはあるが、森さんのように、殆どいつも大上段から、そして自から語りはじめ語りつづけるものは、先ずない。森さんはこの方法にあるとき着目されたのであろう。

森さんは亡くなる一ヵ月前高野悦子さんの還暦祝いのパーティにおけるパフォーマンスで、結婚をとりもつ神父の役をこなして、手渡された長い文章をちゃんと読み通された。壇上に上る前に、担当者であった天野敬子さんをさがしておられた。それから私に「小島さん、声が出ない」といわれた。「もう字が書けない。このような手になった、ホラ、ぼくは、力をこめて字をかくでしょう」と、いわれた。私などそんな柄ではないが、森さんの両手を自分の両手で包んで、さすった。そんなことされて黙っている人ではなかったがじっとしておられた。役が終ってテーブルに戻ってくると、「小島さん」といわれた。「ぼくは今、ドン・キホーテを書いています。途中からサンチョが出てきます。ほら、ドン・キホーテは引返してサンチョを連れに来るでしょう」「もう始められたのですか」と、きくと、「もう三月ぶん書いています。ぼくは前以って書きためないと、やめてしまいますから。やめることは、昔からぼくの特技ですから」と、いわれた。森さんは最晩年の五年間、とくに、すべきことをすべてし、書くべきことをすべて書きあげ、さまざまの意味合いで、しっかりと、先取りして演出をされた。「われ逝くもののごとく」というタイトルを見ても分るであろう。月山祭も森さんふうのやさしいサービスであることは勿論であるが、森さんの人生や世間を相手にした演出であった。私はひそかに前代未聞のことだと思った。亡くなるに当って、また演出（配慮）をほどこされた。三好徹が私にいった。（三好は、森さんが尾鷲の「電源」におられるとき、ルポで訪ねて、森さんの応対に接してからのつき合いが始まっていた）「机の上に、どういうつもりの文章だったか知らないが、こんな趣旨のことが書いた紙が置かれてあった」私の記憶では、それは次のようだ。「われ浮雲の如く放浪すれど、こころざし常に望洋にあり」

群像　一九八九・一〇

対談のことから

私は森さんと一年間にわたって、この雑誌〔文藝〕で対談したことがあった。一回を除いては、森さんの家の階下の部屋で行われた。私達は打合わせというものを全くしなかった。あれを読んだ人はお分りだが、たいてい私がよく知っている森さんの昔の話を私が引出したり森さん自身が語りはじめたりなさるというようなもので、お互いに照れくさくて仕方がなかった。何か話題を外に求めてそれについてそれぞれの意見を述べ、それからその中の一致しないところをもとに吟味して行くというようなことをすれば、よいということはよく分ってはいたが、どうしてもそれが出来なかった。何といっても私はそれまで森さんとお話するときは、漠とした世間話のようなもので、私はうなずいてききながら、時々軽い冗談をいうぐらいのことで、森さんがその気になれば、私に対して注文を出されると、それを拝聴し、その場ですぐ気の利いたことがいえないことが多かったので、あとで、くりかえし考えたり、どんなふうに注文通り出来るのか、反芻するというようなふうであった。いずれにしても、即座に私が何かいえるほど私の頭は回転しなかった。私はスポンジのように吸いこんでしまって、注文が私にあたえられたことに感動したので、そのことだけで勿体なくて、つべこべ言いたくなかった。

電話でだったと思うが、森さんが注文を出された。それは、この私に豊臣秀吉のことを書きなさいよ、というのであった。このあと、こんなふうに続いた。

「小島さん、あなたは何といっても濃尾地方に生れ育ったのだし、その後も訪問したりしているのですよ。たとえば、あなたは伊吹山を自分達の山だと思ってきたのでしょう。あなたがいつかいっていたか、書いていたのだったか忘れましたが、加賀の白山だってつながりを感じているでしょう」

「ぼくの小学校は白山小学校といいます」

「そうでしょう。至るところ白山神社があるはずですよ。あのあたりは、新幹線で通ると、お寺だらけです。あれは戦国時代の宿泊所でしょう。ぼくは自分の育ったところは朝鮮の京城だから、月山だって子供の頃から見ていたわけではありません。あなたは何といったって、ぼくらや他所者が知っている以上に、大事なことを身体で知っているでしょう」

「それはある程度のことで、大したことではないのです」

「どこを通って部隊が走ったとか、どこから奇襲したとか、山や川の地形のことなど、たぶんあなたは自分で思っている以上によく心得ていますよ。ぼくはあなたの『美濃』を斜めに読んだだけでよく分った。それに方言です。ぼくも庄内の方言は心得ています。しかし、あなたは方言を小説の中に用いるとき、抽象作業を施して、目的にそうようにしている模様です。あなたは、よくあちらの方言、とくに名古屋弁は、品のわるいということで評判だ、といったりするけれど、それをあなたが作品の中で用いるときは、少しも品が悪くなく、ただ人間の厚みが出てくる。ぼくもこのあなたのやり方は典型的な良いつかい方だと思います」

「森さんの庄内弁も、ぼくの書く方言以上でしょう」

「いやあ、そういわれるとうれしくはあるが、それほどでもありませんよ。ところで、ぼくは小島さんが秀吉を書くとなると、何も大衆作家といわれる人が今まで発表したようなふうのものを注文しているわけではありません」

「それは分っています」

「ここだけの話だが、あなたが実行されるとなると、小説ともエッセイとも、何ともつかぬゴッタ煮というか、うまい言い方は出来ないが、気の向くままにあなたの筆を駆使して新天地を開いたら、それゃ面白いですよ」

「ゴッタ煮」というのは、私が正岡子規の評伝を書いたときのタイトルであった。森さんはたぶん、そのことをおぼえていてそういわれたのだ。

森さんが身体をゆすぶって豪傑笑いをされ、こんなふうにいよいよ意気当るべからざる口調になってくるときには、私の空想するに、横光利一の小説の中の人物がしゃべる調子になってくる。おそらく横光利一が、二十歳をちょっと越えた頃の森さんや、そのほかの面々を前にして何かおっしゃるときには、そうした口調であったのだろう。私が誰からともなくきいていたところによると、森さんは横光さんの四天王のひとりであったということだ。ずいぶん古風な呼び名で、私はそういう呼び名でいわれたからといって、そのことで必ずしも尊敬していたわけではなかったが、面白かった。何しろ小説の神様は横光さんで、大御所は菊池寛であった。それなら志賀直哉は何と呼ばれたか忘れたが、何か呼び名があったと思う。そして横光とか菊池寛本人とはあまり関係のないことかもしれない。ヘンないい方だが、あの「ノモンハン事件」(正確にはノモンハン戦闘)の頃のことである。

以上のやりとりは、今となると、半ば以上は私の空想かもしれない。私達のというより森さんの話は、ひとことといっては、それだけで通じたかどうか様子を見るというぐあいで、それで、たとえばアウンの呼吸で分ったということになると、そのことに関してはそれ以上説明を加えるというようなことはしない、という話し方であった。だからカン違いというようなこともなきにしもあらずであった。たとえそうであってもその場はそれですまし、説明を要求するというのは、みっともないことで、それは一種のルール違反に近いという黙約があったのであった。もっとも自然にそうなっただけのことで、いわばお互いを信用していることの証しかも知れなかった。だから、極端になると、「ホラ」とか、「分るでしょう」というだけですむかに見えることもあった。たぶん、こうしたことは、お互い同士では気分のいい、たのしいことであった。勿論、息苦しく、疲れることでなくもなかった。

私は秀吉を書いたら、という森さんの私に対する注文をめぐって、どのくらいしゃべりあったかは、よく分らぬのであった。今いったように、「ホラ」とか「アレね」とか、「分るでしょう」とかいっているに過ぎなかったかも知れないからである。もし「分るでしょう」といわれるようなことがあれば、おそらく恥辱であり、絶望とまで行かなくとも、失望させることであった。つまり大ゲサにいうと、そんなぐあいの空想世界にいるのが、対話で、対話といわない方がよいくらいであろう。

私はとにかく矢田挿雲の『太閤記』を通読し、感心した。近頃、『大菩薩峠』のことを、意外とも思える作家が口にすることがあるが、私はたいへん面白いと思う。昭和のはじめには、左翼かんけいの作品も盛んであったが、時代小説も推理小説も盛んで薄い表紙の大衆小説の全集は魅力があった。小説家が演劇に手をのばし、一幕物台本を書く人もかなりあった。児童文学を書いたりした。掌篇小説を書く人もいた。世界文学全集も思想全集も出たが、さっきいったように演劇熱も起っていたと見えて、世界演劇全集が二種類出た。今から、五、六十年前のことである。谷崎潤一郎なんかも、大正時代には、いろんなことをやった。西洋人の女性に興味をもち、洋食を好んだ。仕事を終えると、神戸の外人女性のいるところへ足を運んだ。『春琴抄』や、『陰翳礼讃』のようなものをはじめから書いていたわけでもない。

森さんとの対話は、もともと、暗黙のうちに、この時代に生きていた、という思いがあった。森さんは『尾崎紅葉』が好きだった。鏡花や秋聲のことも、私達の青春時代にまだ生きていて仕事をしていたが、紅葉は明治もそう遅くならぬうちに死んでいた。谷崎は紅葉のうち、特にある二、三の作品を好いていた。それだけでなく、いい方は間違っているかも知れないが、カラフルなところなどが好きであった。だが、こうしたことを、小出しにしてしか、森さんは人に言われなかった。通じないのが口惜しく、自分の大切なものが無惨なめにあうのが、許せない、というようなところもあった。そのときの相手を見て口を閉じてしまい、通じないと分ると、ある笑いを洩した。

森さんは、『金色夜叉』の語り口を愛好しておられたようだ。どこかの出版社で古典の現代傑作集が出たとき森さんは『金色夜叉』を受けもたれた。それをぜひ読んでくれといって送って下さったことがある。それから森さんは講演がお好きであった。それも私達がいま思い浮べるようなものではなくて、雄弁と呼ぶべきものである。いまの講談社は、もともと「大日本雄弁會講談社」と呼ばれていた。戦後のある時期まではそのままであった。雄弁全集というのはあったか、なかったか憶えていないが、あったような気がする。そしてそれがあったとすると、落語全集と併行して出ていたかも知れない。森さんは内村鑑三が頭にあった。若き正宗白鳥とか志賀直哉に影響をあたえたという点においてでないとは言い切るわけにも行かないが、内村の、あの青年をひきつけた情熱的な雄弁であったように思う。その雄弁は、カーライルの偉人伝が下敷になっていたはずである。

こんなふうにいいだしたら、きりがないが、森さんと私はそう違わない時代を通ってきた。しかし森さんや私などと近い年齢の、文学にかんけいのある仕事に携わってきた人たちのことを考えると、このように〈雄弁〉という言葉と結びつけることが出来るような人は、ほとんどいないのではないだろうか。弁のたつ人や話し方の上手な人には事欠かないが、それは違う類の人である。私は小林秀雄や横光利一や川端康成の話もきいたことがある。こういう人達が〈雄弁〉の人とはいえないことはあきらかであろう。菊池寛は森さんが中学生のとき、京城へ講演に来たことがあり、その講演に横光利一もいっしょだったかも知れない。たぶん、そうではなかっただろう。森さんはこのときのことを文章にもしておられるであろうし、『十二夜』という月山などの講演集には、そのときのことが入っていたと思う。何故かというと、このときのことが縁になって森さんは一高に入ったあと、雑司ヶ谷の菊池寛の家を訪ねたのだし、横光利一のところに出入りするようになったのだからである。

菊池寛の講演といっても、高等学校の、西洋史や日本史や哲学のような、学年の合併講座の教室であった。そこではその前か後かに矢内原忠雄の講演があった。先だって亡くなった矢内原伊作はその子息である。菊池寛は、そのとき心臓の方がよくなかったようで、そのためかボソボソとした話し方であった。内容の方は忘れてしまったが、大御所といわれる人の冴えない話し方だけが記憶に残っている。菊池寛の京城での講演があったとき、中学生の森さんが、その有名な講演者に向って、話し方が下手だと直接いったということは、森さんの逸話になっている。このことを森さんは、少年の傲慢さを披露する意味もあって、面白く紹介された。しかし菊池寛はこの少年に興味をもったようで、正確ではないが、このときのことがもとで菊池寛との係わりも出来、横光利一とは、深いつながりが出来た。そのことは誰も知っている。

森さんは菊池寛の話し方が下手だということは別に撤回する必要はない、と思っておられたであろう。そんなことでその作家の価値が減ずることなどないということは、十分すぎるくらい分っていた。しかし同時に森さん自身の話し方は劃然と違っていて、そのことは森さんにとって重要な特徴だとずっと思いつづけておられたようだ。私は森さんの講演をじっさいにきいたのは、「月山」を発表され世間的にも有名になられてからのことで、この発表後あまりたってはいなかった。そのとき森さんは数学の話などまぜて例のゆっくりとした口調で説得して行こうとしておられた。私の記憶では椅子に腰をかけて話された。そのときも通路にも人が溢れていて、私も通路に立ってきいていた。森さんは自分の講演が気に入らないようで、私がはじめてきいたのに、自分の声の音色に不満で、もっと気に入った声できかせたかったと思っておられた様子だった。大分前に森さんは吐血された。一合半か二合だということだ。原因はいくら調べても判らないとの電話の話だったが、吐血がよかったのかもしれない。血が外へ出たから助かったというような話はよくあることだ。お嬢さんの富子さんから最近きいた話では、アスピリンの常用で血管に異状を来たした結果だったそうである。森さんは若い頃はいうまでもないが、六十歳ぐらいまでは、実に頑健に見えた。身体もしなやかで、羨ましいくらいだった。ところが、この吐血を境にして声の様子が変った。そのことを残念がっておられた。森さんは講演に出発されるときはあるいは帰京後も、たいてい電話で報告があった。大盛況であり聴衆を笑わせつつ、内容においても、それなりに圧倒し説得したということを報告したいのは山々であるが、どうもそうは行かなかったことがあり、声がよくなかったことが遺憾のきわみだ、というふうに話しておられた。そういうときの森さんの口ぐせは「小島さん、ぼくは演説が下手になったなあ」というような言葉であった。それは私にとっても、たいへんに悲しいことであった。私なんかからすると、年をとれば、大なり小なり声が出にくくなる。呼吸の仕方も不十分で、声が不明瞭になり、たしかに発声も何割かは下廻り、何より声が小さくなる。スピーカーがあるからその辺のところはよくは分らないが間違いなくそうである。

しかし、森さんの声はしっかりとしていて、不明瞭なことなど少しもなかった。しかし、あとになると言葉がなめらかでないところが多少は出てきて、言いなおしをされることもあったりすることもなくもなかった。私は森さんは話しながら、悲しんでおられるだろう、と思った。私は不幸にして森さんの演説をきくようになった時は、森さんとして声がよくなくなり、森さんの言葉によればば下手になり、これも森さんの言葉によれば、アタマが悪くなったとか、記憶力があやしくなったとか、いうふうになり、森さんは確かに膝が弱ってきていた。誰だって弱味は見せたくない。森さんが弱味を見せなければならぬとしたら、どんなに情けない思いをされているのであろう、と私は思った。

私は以上のようなことなどを含めて、森さんとの対談を毎月つづけた。『文藝』での対談のことから、私のこの文章は始まった。それから森さんとの平素の対話が、殆んど対話というものでなく、ほとんど物をいわないというわけではないが、僅かの言葉を頼りに舟が島伝いに進むようにして時間を過し、ある満足感をもったのであった。それは、あまり健全なこととはいえまい。すくなくとも、どこか私は後ろめたい気がした。

太閤秀吉のことを書くときに、森さんが私に理解を示して下さり、多少私を驚かしたりもしたのは、たぶん、大衆小説であろうが何であろうが、つまらないと思うものこそフンダンに盛りこんで書いたらどうかというようなことをいわれたことだった。何かを一思いにやっつけるような調子でしばらく世の中が楽しくなった。これもそんなふうにであったかどうか、厳密には分らない。暗示的にいえば、すくなくともこの私という人間は分ってしまう、と思っておられるところがあって、それは長年のつき合いから、それに同じ時代を生きてきたものとして当然だというところがあった。いずれにせよ、二人だけのときにはじめて現われる話しであった。

私はこの森さんの、この意見、ある意味で私の虚をつき、しかも私の本領が発揮できる一つの道を示した、というこの発言を、ずっと忘れることが出来ない。勿論私はその宿題はそのままに至っている。しかし、読者に向って私がいうのだが、この発言はスバラシイではないか。何故かというと、森さん自身はそんなことはなされるはずがないからである。

森さんは、御自分で太閤秀吉をお書きになりたかったと思う。そう仄めかされたようにも思う。森さんが亡くなられたあと山形の月山祭は追悼会となってしまった。前にもいったように、はじめて私が月山の注連寺へ行ったのは、『文藝』の対談のためで、寺の二階でやった。森さんが紙のカヤを吊って冬を過したという場所だと思う。この八月二十六日の追悼会に出席し、一泊して翌日映画「月山」を観たあとか前かは忘れたが、勝目梓と森さんのことを話した。「勝目さんはほんとに小説がうまいなあ。それにしても、どうしてぼく達は純文学なんかするようになってしまったのだろう。羨ましいなあ、勝目さんは、いくらでも書けるんだから」と何度もきかされていたということを話し、今いったような太閤秀吉のことを話したら、勝目は、「ぼくにも西郷隆盛をやれ、といわれた。ぼくは鹿児島で育ったが、もともと東京の人間です。それに鹿児島も、したがって西郷も、どうしても惚れこめない。けっきょく森さん自身が書きたいことをぼくやあなたにおっしゃっていたのでしょう」ということだった。

今日私は以上のことを書きつづけてきて、森さんを弥彦に世話した坂内正に電話をした。坂内と一緒に昭和三十五年の冬だったかに、弥彦の森さん宅を訪問し、一泊したことが話題になった。記憶もおぼろになっていたが、その夜二人で泊めてもらい翌日バスで三条の坂内のアパートに行き、それから東京へ帰る私を坂内と二人で急行のとまる東三条駅まで見送って下さりそのあと再び坂内のアパートに行かれたということを知った。

弥彦の森さん宅に一泊したとき、彼の話によると森さんはこういうところからその夜の話を始められたそうである。

「ぼくは時評家ではない。ですからこれはこの小説の構造について根本のことをいうので、そのつもりできいて下さい」

　話題になったのは私の『女流』という作品で、そのときの森さんの意見を坂内は記憶にとどめていて、そのあと四、五日してノートした。そのノートは、『鳥海山』の解説の中で、私は引用させてもらった。坂内は、その時の森さんを忘れることが出来ない、といった。私はずっとすべて暗示で話されるかのように述べてきたが、このようなこともあり、そうしてみると、私の書いてきたことは間違いであることになる。私はどうかしているのではないか。

　今日坂内は、私が「対談」について書いているというと、私があの頃、つらがっていたといった。(森さんも同じ思いであったにちがいない。)そんなこと課したことなどすっかり忘れていた。そのあと彼はいった。

「森さんは対話といっても、おそらく、エッカーマンの『ゲーテとの対話』のようなことが念頭にあったのではないでしょうか。あの中のエッカーマンは、第二のゲーテといって悪口をいう人もあるが、あれは最初からそういう仕組みではないでしょうか。森さんは相手について述べられるときでも、自分の論理によって解釈するところを強く提示され、もしそれを認めないとするならば、おそらく森さんは、ボンヤリされ、空虚な気分になられるのではないでしょうか。その論理は多く独創的で、きらめくようなものであったが、相手は相手の言いたいことがあり、それとのあいだで創りあげて行くというようなことをされないことが普通だった」

　しかし私は森さんと二人で話をしているときは楽しかった。たとえ森さんの独創的なきらめく論理に圧倒されることがあり、そのとき膝を叩いてみせるような気分になることもないことはなかった。またすぐには説得されることが出来そうにもないこともあっても、それはむしろ座興的気分に転化されてしまうこともなきにしもあらずであった。しかし半ば公けの対談となることは別であった。楽しみは忽ち消えてしまった。ああ、どうしてこうなんだろう、と私も、おそらく森さんも舌打ちしたい気分だったと思う。

森さんは三年前、雄弁の語り口を生かし、作品を書かれ、『われ逝くもののごとく』を完成された。森さんは空海が高野山をマンダラ世界に仕上げたというような考え方を『マンダラ紀行』の中で暗示しているが、『われ逝くもののごとく』を読んでいると、森さんは、空海が高野山で行ったようなことを、庄内の山野で行おうとされたような気がした。それから『われもまた奥の細道』が出たとき、もう一つ芭蕉の『奥の細道』のことが浮んだ。こんなことをいってみても仕方がない。そういうことはひそかに思っているのがよいことで、ひょっとしたら森さん、もし私が公けの場でそのことを口にしたら（ほとんどそうしかかったのだが）森さんは、それを押し止められたかもしれない。

注連寺で〈対談〉が終ってその夜、田麦俣というところにある多層民家を改造した宿に泊った。そのときのこの雑誌の編集長Kさんは翌朝、イロリ端でみんなが坐っているときに、

「森さん、ご自分のことを小説に書いて下さいよ」

といった。すると森さんは、

「自分のことを書いたって面白くも何ともないですよ。それに書くことなんか何にもありませんよ」

と、答えられた。森さんは、そのあと「月山抄」などを連載された。『意味の変容』にしても、『旅の手帖』の連載も、テレビ取材をもとにした二つの作品も自分のことを書かれたといえるだろ

う。と思った。ある人は「アドバルーン」という短篇や、『文學界』の連載は、森さんがようやく『酩酊船』以来の肩の荷をおろして、小説を書きはじめられたのだ、というふうにいっている。昨日私はこの『酩酊船』を読みなおした。ほとんど忘れていたので、あらためて色々のことを思った。巻末の横光利一の言葉が面白かった。

横光はこの愛弟子の作品について、小説そのものの批評はせず、文章（文体）のことと現代青年が何を考えているかということを知るのに参考になると思いやりのあることをいっている。この処女作を前にしていると、あの時代のこと、未来の森さんのことが氾濫してきて、言葉も表現も不自由になる。

文藝　一九八九・一一

森敦さんの墓

先日、森敦さんの墓が建立されたという挨拶の手紙を富子さんからいただいた。その中にはこんなことが書かれてある。

「父森敦が逝きましてから、間もなく一年目を迎えようとしております。一周忌までには墓を建てて納骨をと念じておりました。さいわい、浄土宗の光照寺に墓を建てることができましたので、納骨式と一周忌の法要を営みたく、御案内を申し上げます」

森さんが亡くなったあと、お墓をどこに建てたら、ということで、富子さんも色々と考えておられた。月山の注連寺にという話もあったのは当然である。寺の方でも墓地をとくべつに提供してもいいといった。私のきいたところでは寺にゆかりのあった僧侶以外の一般の人のための墓地はもともとなかったそうである。しかし森さんの墓は何といっても、あれだけのゆかりの地である注連寺がふさわしいのではあるまいか、というので、まことにもっともな申出である。注連寺のある朝日村もそう願っていたかもしれない。しかし、富子さんによると、森さんは、もともと墓は、注連寺境内の文学碑で十分である。ということである。という考えをもらしておられたということである。

この森敦文学碑は、すばらしい巨岩に森さんがその著書『月山』に署名を乞われると、書き添えることになっていた、「すべての吹きの　寄するところ　これ月山なり」が刻んである。この文学碑が建立されたのは、昭和五十六年のことだから、足かけ十年になる。この石は何という名の石か忘れたが、役場の渋谷さんが、赤川だったか、ほかの名の川だったか、とにかく月山から流れてきた川の渓谷から探してきたもののようで、森さんもよろこんでおられた。牛の背中のような形をしていて圧倒されそうだが、森さんの場合にはこのくらいの堂々としたものでないと、ふさわしくない。森さんの書体がこの巨岩によく釣合っている。何しろ背景に、時にしか顔を出さぬとはいえ月山があり、いわばその月山こそが見守る相手であり、吹きの中に立ちはだかる姿でもあらねばならない。しかもこの注連寺のあるあたりは、いわば〈月山のふところ〉なのである。この〈ふところ〉というあやしげでもあり、いかにもその通りであるこの云い方は、森さんの好みであり、そのような云い方をしなければ、森さんのいわんとするところは、あらわしきれないといえよう。森さんはよく談話の中で臥牛とか、臥牛山とか口にしておられた。文学碑の巨岩は、今いった牛の臥せている姿なのであろう。このように述べてくると、さきほど、私がその名を出した赤川にしてもよってくるところは、すなわち、閼伽川であるというぐあいなのである。いずれにしても、森さんが自分の墓はあの文学碑で十分である、というのは、その通りであるように思われる。しかし碑とは別にいわゆるお墓を建て、一周忌までには納骨をすませたいという富子さんの思いは、これで無事果された。

富子さんはこの案内の書状の中で、つづいてこう述べている。

「父森敦の遺志によって葬儀の類は行いませんでしたが、父の墓は世の常にならって建て、戒名も光照寺の糸山眞承ご住職からいただきました。

霊月院敦譽正覺文哲居士

神楽坂は父森敦にとってゆかりの地でもあります。若い頃、『酩酊船』のモチーフになった「アンダンテ・カンタービレ」を聴きに神楽坂の喫茶店に通ったといいます。五十代になって、山形での放浪を打ち切って就職したところが、神楽坂に近い近代印刷でした。死ぬまで過ごした住まいも神楽坂に近く、墓も神楽坂の高台にある光照寺となりました。光照寺は近代印刷の小山恵市社長の菩提寺でもあります」

富子さんがこうして墓地が光照寺にきまってみると、いかにもふさわしく見えてくる。そして森敦さんの頭のめぐりのぐあいと、きわめて似ているようにも思えてくる。人間の頭で企んで出来ることではないような出来栄えに恵まれることこそ、私たちの願いであり、もちろん森さんの願いでもあった。富子さんに、森敦さんが乗り移ったようである。

森さんは近代印刷に就職されたとき、『酩酊船』のことが念頭にあったのかもしれない。小山さんのこの印刷所に身柄を預けるようになったというような表現を用いるのが森さんのよろこびでもあったが、私の知るところでは、島尾正が美術出版で、この印刷所に莫大な負債を作ったので、そのカタに森さんが事務所の椅子に腰かけることになったというのであった。それで私たちは昼休になると森さんを訊ね、その近辺で軽食をとり、神楽坂の喫茶店へ足をのばした。もちろん、その喫茶店と「アンダンテ・カンタービレ」をきいたというそれとは無関係である。

森さんは多くの人を愛し、愛することを望んでおられたが、愛し愛されたひとりが小山さんであった。

昨年九月に「森敦さんを偲ぶ会」という催しがあり、そのとき宗左近が、私に、「小島さんのことを森さんに手引したのは、ぼくでした。たぶんあなたは御存知ないでしょう」といった。森さんはそのとき、飯田橋から九段の方へ行った左側のところにあった「新月社」で編集長みたいな仕事をしていた宇佐見英治に会って来られたのであった。戦後間もない頃のことだ。私の記憶では、そのとき近代印刷の近くの喫茶店で話しをしたようにおぼえている。森さんが島尾正とのかかわりあいで近代印刷に勤めることになったのは、それから十五年以上も後のことである。宗左近の手引で、宇佐見に会ったあと、私を訪ねて下さったことは、ともかくとして、どうして近代印刷のそばの喫茶店で話をしたのであろうか。あのあたりは、もともと森さんには縁のあるところだったのかもしれない。それで私が、そのあたりへ出向いて行くことになったのかもしれない。

「月山」を書かせた古山高麗雄が「これは個人的なことですがお墓は、ぜひ、ぼくが年とってからでも訪ね易いところにして下さい」と富子さんにくりかえしていたということである。もっともなことである。森さんもうなずいておられるであろう。

光照寺は出版クラブの真前にある。

文學界　一九九〇・八

阿部 昭

阿部昭の強い印象

阿部昭には何年も会ったことがなかったが、時たま雑誌に短篇が載っていたりすると、心臓の方はどうなっているのか、と思っていた。私はこの七、八年に二度ほど彼と話したことがある。新宿西口の地下にあったバーのような気がするが、彼の方が私の坐っている席へやってきた。どちらも二次会だったのだろう。

そういうとき阿部昭は、大分前の話を持ち出した。その話をする機会を待っていたところ、ちょうど二人がめぐり会うことができたというように、即座に話題に入った。

その一つは、いっしょにやっていたある雑誌の新人賞の選考の結果のことだった。そのときの受賞は干刈あがたさんの『樹下の家族』だった。これは私とフランスにいた飯島耕一がおした。飯島は手紙でいってきた。阿部昭はこの作品に強く反対した。授賞式には選考委員を代表して阿部昭が話した。彼はこういった。受賞したときには選考委員は、賞めあげて有望のようなことをいうが、こんな無責任なおだてに乗るとひどい眼にあうから気をつけた方がいい、二、三年もしたら、たいてい誰も顧みなくなる、という趣旨のことだった。彼のこの皮肉っぽい言い方は、ほんとうに気をつけた方がいい、と思っているところもあったのか、別に不快感をあたえるようなものではなかった。そうでなくとも、受賞者の読みあげた受賞の言葉は、遠慮がちなもので、阿部昭の注意を前以て心得ているかのように見えた。当然彼女は何人もの反対があったうえで選ばれたということを知っていた。

『樹下の家族』の、この題名を導いたのは、インド人の家族が貧しくとも一家そろって樹の下に坐っているという風景について書かれた誰かの文章の引用文であった。この小説は、ほかにも引用文があったかも知れないが、全体が暗示的で風景のように見えるところがあったと記憶している。この作品に反対の理由は、もっと外の点にあったかどうかは、さだかではないが、この作品を選んだについては、私や飯島の好みが見られる、と阿部は強く感じたことは間違いない。その好みは、決して認めることは出来ない。と、おそらく胸が痛くなるほど思ったのだろう。

私は阿部のいわんとするところも、一理あるとずっと何年も思っていた。干刈さんの小説は、『樹下の家族』の作風からは離れて行ったように見ているが、私の思い違いかもしれない。

さっきもいったように地下のバーで阿部昭が『樹下の家族』のことをいい出した時には、三、四年はたっていたのではないか。「小島さんが、あの作品を選んだのはおかしい。あれは絶対におかしい」といった。「あなたの考えの方が当っているのかもしれないが、あの時は、ほんとうにそう思った」。私の返答は、こういう場合にたぶん誰でもいうようなことであろう。そのあと何を話したか忘れたが、私が二十年以上も前に、私とほぼ同じ頃に文芸誌に小説を書きはじめた親しい友人について、いつの頃か書いたことへの強い反論であった。これは別の時に阿部からきいたと思っていたが、このときにまとめてきかされたと考えた方が当っている。別れるとき彼の心臓のことをきくと、悪い、よくなるようなものではない、と答えた。

以上のことは私と阿部昭との小説観に基づいたことで、干刈さんの作品とはあまり係わりのないことでもある。彼女に迷惑がかからなければよいが、分ってもらえると思う。私と阿部とのあいだの、この小さな出来事は、ほかの年下の作家との間にもあったし、私自身も阿部の立場になって何年もたってから切り出したりしたことが、まるでなかったというわけでもない。このことは、一種の座興に近いもので、阿部はそういう話題をもとに、何となくいいたいことがあったということに過ぎない、というべきだろうか。

しかし、やはりそうではなくて、彼はある文学観なり人生観なりを強固にもっていて、その不平不満を持ちこたえようとしている、そのあらわれに相違ない。これは、勿論彼ひとりのこととはいい得ない。だから、彼の不平不満に特徴があるのであろう。

私は阿部昭ぐらいの年齢の作家が登場する頃に、たまたま文芸時評を一年間やった。阿部は出来のいい短篇を発表したがその面白さが先輩作家のそれに似ているところがあった。それから何年かたって『群像』に載った中篇小説「千年」を読むと、彼の不平不満の対象はハッキリしてきて、私は驚ろき、新鮮にも感じた。父権の回復というようなことをいう人がいたと思うが、確かにそういうものをあこがれている気配があり、それを忘れようとしている風潮に対する憤りがよく伝わってくるもので、先輩作家と似ているとも思われていた、小説世界とは離れて、その特徴を打出しているといえるようであった。

私はその頃から自分のことにかまけて、精力的に活動しはじめているこの年代の作家に限らず一般に文芸誌をあまり読むことがなくなった。新人賞の選考をすることがあったので、候補作品に目を通すとか、あとは親しい友人の作品を、本になったときに読んで感想をいうぐらいであった。

したがって私は阿部昭も、当然ほとんど読むことがなく、それは、今に至るまで続いている。ほとんど惰性みたいなものだ。私はこの文章を依頼されたさいに、とまどった。どうしてこの私に阿部昭のことを書けというのだろう。彼の人生観と私のそれとが正反対だから、というのであろうか。それともどこかに通いあうところを認めてのことであろうか。むしろ原稿依頼の根拠となった理由をきかせてもらいたいと思った。もちろん私は、理由はきかなかったが、それはたぶん私は、依頼を受けてうれしかったからであろう。この頃、次々と、私の子供に当る年代の人達が亡くなっている。私は彼等の死を悼んでいるが、それはひそかに胸の底にしまっておきたいくらいだ。しかし私が阿部昭のことを忘れているなんてことは、どうしてあろうか。

いつだったか、彼がある雑誌に学生時代の日記のようなものを連載していた。いかにもフランス文学を勉強している文学青年といった、明晰さを願う、みずみずしい感性の文章だった。どこかの会で、行きずりにそのことをいった。すると彼はふりむいて、疑わしいような何かいいたいような、あるいは、いいたくないような顔をして離れて行った。それは別の理由だったかもしれない。

彼の短篇小説は、多くの読者をもっているということだった。彼の憤懣が読者の共感を得ていたのだろうか。果して何が読者をひきつけていたのだろうか。一度折を見て読んでみようと思っていた。

文學界　一九八九・八

野間 宏

野間宏の望んだこと

私は野間宏さんとは同じ年に生れている。私は浪人していたので学生になるのが遅れた。二、三年のことでずいぶん違いがあった。今の人にこんなことをいっても話にもならないが、小林多喜二が獄死したのは、昭和八年のことだ。私はその二年後に東京の旧制高等学校に入った。政治運動をしていた人たちはすでに転向していたか、あるいは、いわゆる地下にもぐっていた。昭和十六年に私は兵隊になって中国へ行った。

私は野間さんが、その学生時代をどんなふうに過していたのか、知らないし、それをしらべてみようとも思ったこともなかった。いま年譜をくってみればすぐ分ることだが、過去のことでもあるし、どういうわけか私には今も興味が湧かない。

とはいっても私は野間さんの作品はたいてい読んできた。野間さん自身も本が出るとたいてい送って下さったりした。とにかく私は年譜的なことは別として野間さんの作品は読み、作者その人にも興味を抱いた。野間さんの文学論も、もちろん送ってもらったし、読んだ。しかし互いに顔を合せたり話したりしたのは、あるときに限られていた。いかにも貧しいことである。それは『文藝』

の新人賞の選考会のときや、そのあとの授賞式のときであった。よくは憶えてはいないが、私はこの選考会には二十数年、ひょっとしたら三十年も続けて出席している。野間さんも私以上に長いのかもしれない。限られたときしか会っていないということは、私はどうでもいいことだと思う。考えてみれば、私は、ほとんどどの作家にも興味を抱いているが、その大部分の人には話をしたことがないだけでなく、遠くから見かけたことさえもない。しかし、それだけ、出合った僅かな時間のことが、私には大切なものになっているともいえる。野間さんもそういう人の一人である。

野間さんは、〈全体小説〉ということを、選評のさいに口にされることがあった。世界をえがく、というようなことを、ぜんぜん考えようとしないからといったって、それだから、その作家がダメなわけはない。私なんかはそんなふうに思うが、心の中では、何かのカタチで〈全体〉にかかわることを願う気持がないわけではない。その意味では、私も野間宏などが過した時代の子であったのかもしれない。

野間さんは、もちろん政治的運動に足を踏み入れ、マジメで良心的で、正義をめざして活動し、当然ながら文学の仕事もその線にそってなされていた。そういっていいかどうか怪しいが、それはいわゆる〈参加〉の文学であったといえよう。この〈参加〉とか「コミット」とかいうことは、サルトルたちがいいだしたことだと思うが、日本でもずいぶん問題になった。そして日本でもそうした傾向の作品がもてはやされた。

野間さんの〈全体小説〉の〈全体〉とは何をさしていうか、というとなると、かならずしも政治運動と限られるものではなかった。また〈政治〉というものの内容も、もともと流動的なものでないとはいえない。

私はさっき〈正義〉という古めかしいコトバをわざとつかうことにしたが、もう一つ〈ヒューマニズム〉というコトバもある。私は野間さんの全体とは、要するにヒューマニズムのことをいおうとしていたのであろうと思う。しかし、この〈ヒューマニズム〉も、もともと日本人には、ほとんどなじみのないもので、これも戦後流行したコトバだが、これくらい、いいかげんに用いられたものもなかった。

野間さんは、このことをめぐって苛立っておられたのではないだろうか。それだから、この私にその著書をとどけて下さったのではなかろうか。そして私に問いかけ、よき対話を望んでおられたのではあるまいか。岩波で全集が出はじめた頃、野間さんは、選考会の席で、「前に送ったものと、ほとんど同じだから、送らないですよ」といわれた。私は「ええ、もちろん心得ています」と答えた。野間さんにかぎらず、私は誰とも対話をしたいが、これくらいむずかしいものはないとも思う。

週刊読書人　一九九一・一・二一

会葬の日

一月三日の新聞で野間宏さんが亡くなったと知った。大分前から容態はよくないときいていたが、それも風の便りみたいなもので、そういう噂はこれまでにも屢々あった。野間さんは大長篇のあとは病気で休養のことがあった。執筆が中断することもあったようだ。そしてそのこと自体が野間さんの場合は敬愛の理由にもなった。

野間さんの『群像』に連載中の作品は、中断したまま何年にもなるはずで、私はひそかに再開される日を待っていた。わたしは『文藝』新人賞の選考会で毎年一回会っていたが、三、四年前に選考当日野間さんは欠席し、その代り病床で書かれたと思われる批評が送られてきた。そして席上編集部が代読した。それからもうお目にかかることがなかった。そのときの批評は懇切をきわめたもので、委員はみなおどろいた。何しろ投げやりめいた気配がみじんもなかった。そのときの委員の顔ぶれは、私のほかに江藤淳と島尾敏雄、あるいは島尾に代って河野多恵子になっていたと思う。野間さんの話はきいていると、どこで切れるか分りにくく、論旨がつかみにくいこともないとはいえないが、同じ内容が文章となると、一変して魅力となった。そのときもそうした印象をもった。いまいったようにその選考会にはもう野間さんの姿は現われなかった。そしてそのことを、私達は残念がった。最初の頃は別として、病気か、あるいは亡くなる以外は、実に長いあいだ委員の交代はなかったからで、これからもそのことは変らないだろう。

　四日の朝、野間さん夫妻とつきあいのあったある女流作家に電話した。密葬の行われる会場への道順をきいてみようと思ったのだ。留守番電話の応答によると、遠くに出かけているようだった。そこで仕方なく正月の休み中とは知ったうえで、私がその自宅の電話番号を知っている唯一の編集者に当ってみることにした。すると即座に地下鉄の神谷町を出たところで、どこの出口からでもすぐ分ると教えてくれた。平素からつきあいの深い人はお通夜に出かけたりしているであろうが、私は濃い仲とはいえないかもしれないいしするので遠慮させてもらった。

　何もこれは野間さんとの間柄に限ったことではないが、私が野間さんと直接会ったのは、三十七、八年の長い年月のあいだで、たった一つさきほどからいっている新人賞の選考会やその授賞式のときだけだ。あるとすれば、それは梅崎春生の作品集が出たときだから、六、七年以上前のことだ。それだって遠くから見ただけだ。野間さんと埴谷さんが、あいついで演壇に立ち長い長いスピーチがあった。野間さんは埴谷さんのあとだったかもしれない。私自身にもおぼえがあるが、聴衆からみると、必要以上に長いスピーチが行われるときも、スピーチをする当事者にとっては、どうしてもそんなぐあいに長く話さなければならない事情があるのだと思う。梅崎さんが亡くなったのは、昭和四十年だ。それからあと読者も新しく出来てきたのであろうが、そうであればあるほど、私が名をあげた二人にとっては、とめどなく長く話さなければならなかったのであろう。話せば話すほど聴衆とは無縁のものとなる。

私が到着したのは葬式の開始予定時刻の十五分ほど前で、二、三十人の人が外に立っていた。その中に入って行くと、前に編集者でもあった石和鷹、岩橋邦枝の姿が見えたので、そのあたりに立つことにした。しばらくすると、加賀乙彦がやってきて近寄ってきて立止った。大分たって黒井千次も歩いてきて私達の前を通りすぎて、そのままもっと奥へと進んで行った。しばらくして、ふりむくと、建物のかげに大江健三郎がいた。私達はだいたいのところ、会堂に向って横二列か三列に――といっても不規則なものであったが――並んでいたが、大江は私達の列からも五、六メートル離れた建物と木立の間のところに、一人で立っていた。

その列の前方に小ぶりの会堂があり、そこへは階段をのぼって行くようになっていた。私達が寺の門を入ってくると坂になっていて、さっきもいったように段に列が出来ていた。(列はだんだんにふえて行った)そして会堂とその人の列とのあいだに、テント張りの受付があり、そこで記帳をすましてて見廻すと右手に階段があり、その上に会堂があることに気づきつつ、私達はなるべく目立たぬようにそっと列の中へまぎれこもうとした。ところが、そこでまた気づくと階段をはさんで前方にテントがもう一つあった。私は一度列に入ってから、そこでコートなどを預ってくれることを知って、コートをぬいで引換札をもらって列へもどった。会堂の中の様子は私の位置からはよく分らなかったが岩橋邦枝のところからは比較的良く分った。そこで彼女が時々のぞいては、内部の動きを知らせてくれた。「何だか手間取っているみたいよ」といった。

私達が待っているあいだに、堀田善衞夫妻が手をとるようにして、階段を駈けあがって行った。堀田に会ったのは二回めだった。一回めは何か同人誌のあつまりで、立ち消えになったように思う。二度めは中村真一郎のある会で、お嬢さんが花束を父と彼の新しい夫人に捧げたのではなかったか。そのとき堀田が私のそばにやってきて、きみは友人だから面倒を見てやってくれといった。堀田と口をきいたのは、それが最初で、姿を見たのはそれ以来のことだった。そのあと大分たってから井上光晴夫妻がこれまた足早にやってきて階段をのぼった。夫人はあとから井上を扶けるというより井上に遅れまいとするように、駈けのぼって行った。おそらく予定の時刻の正午が迫っているので急いでいたのであろう。そのあと本多秋五さんが、ゆっくりのようでもあり、急ぐようでもある歩き方で大股で着実にのぼって行った。

誰も知るように井上光晴は、ガンにかかっていることになっている。彼自身がそうはじめて宣言したのは埴谷さんとの対談のなかのことだそうで、私の想像では、彼がそういわぬかぎり誰もそのことは知らないときだった。しかし彼の考えでは、隠したって、そう囁かれることは知れ切ったことであるから、自分の口からいってしまおうというつもりだろう。井上光晴の井上光晴たる所以だ。それればかりか、そのあとで長篇小説を発表した。

この夏『潮』という総合雑誌の小説新人賞の選考会の席上で、井上の病気のことが話題になった。井上も委員のひとりとして例年と少しも変らぬ様子で顔を出した。手術のことを自分の方から報告し、選考が終るといつものように、座をとりつくろうべく、手品を披露をし、そのあと銀座のあるバーにいっしょに行った。そこでも井上の様子は例年とすこしも変らず、大きな声でしゃべった。自分の娘がこういうところの様子を知りたがっているから、一ぺん連れてきてやらなければならない、という意味のことを口にした。彼のお嬢さんは『フェミナ』という雑誌の新人賞になったそうだ。

加賀乙彦や石和鷹などの話によると、井上光晴は、朝日新聞に野間さんを追悼する文章を書き、その中で、昨年末に野間さんから彼のところへ電話がかかってきて、今度のきみの長篇はとてもいい、といってくれた。しかし、あれは同病相あわれむ、というのであろう、といっている、ということであった。石和はこんなことを教えてくれたあと、「井上さんも、あの気性だから、病気なんか蹴とばしてしまうに違いない。元気に仕事している」といった。

井上光晴夫妻や本多秋五さんから一しきりして、なつかしい顔があらわれた。それは佐々木基一で、彼はいつのまにかやってきていて、列の誰かと話をしていた。その顔はいつものように微笑していた。しかし、これは佐々木が話をしはじめるときはいつもそうで、梅崎春生の葬式のときも平野謙さんの葬式のときも、埴谷夫人の葬式のときも福永武彦のときも、橋本福夫さんの死後何年かたって著作集の刊行記念の会で会ったときも、吉祥寺のプラットフォームで出会ったときも、そうであった。彼のアイサツはおだやかで、にがいような笑いを浮べるところから始った。元気になったことを、自分でもふしぎに思っているのだ、とうけ答えしているのであろう。チェホフのことを一冊書きあげたそうだが、近いうちに読んでみなければならない、と思った。

佐々木基一のあと、野間さんの息子さんが二人、間をおいて門の方から走ってきて、階段をのぼって行った。それが最後で（岩橋の報告によると）会堂の中では、近しい人達の献花が進んでいて、ようやく終りに近づきつつあった。

やがて私も会堂の中へ入って、献花をすませた。野間さんの写真が正面にあったので、手を合わせたが、近親者や生前親しかった友人の皆さんが並んで椅子に腰をかけていたはずである。私は人におされるようにしてそのまま外に出て階段をおりた。コートを受取ってそのまま門の方へ歩いてくると、二、三人の人に声をかけられたのでしばらく立話をして往来へ出た。その時になって黙礼をし忘れたことを思い出したが手おくれだった。地下鉄の駅へ向ってやってくると、三好徹が急ぎ足にやってくるのに出会った。場違いかもしれないが年頭のアイサツをすると、彼はおふくろをなくしたので、といった。後藤も平岡も石和も母親を亡くしたので年賀を失礼するというハガキをくれた。そろって長寿で九十歳前後だ。三好徹の場合もおそらくそうであろう。昨年の五月だったと思うが牛込の寺に森敦さんの墓が出来て法事があった。そのとき三好からの電報が披露された。それによると三好は取材でモンゴルに来ているので、出席できなくてたいへん残念だ、というのであった。

私は野間さんにしろ井上光晴にしろ、雑誌の新人賞の選考のとき以外はほとんど会ったことがない、というふうに書いた。そのことに補足すると、文壇に出てから十年や十五年の間は互いに会う機会もあるが、その後になると、次第に疎遠になる。〈第三の新人〉にしてもそうだ。こうして老年になると、近しかった何十年前のこと、作品などもおぼろになって、おかしなことだが、他人の作品も自分の作品もあまり区別がなく、同じ時代に存在していたという思いの方が強くなっている。といっても特に強いというほどのことでもない。『真空地帯』の娼婦の部屋に兵隊がいる、というような場面（記憶ちがいかもしれない）だって、自分がその兵隊であったり、へたすると、この私が書いた作品のようにさえ思えないわけではない。

私は会堂の中に腰かけて並んでいた人についても、不覚にも上の空だったこともあって、そこにどなたがいたか、知っているわけではない。しかし想像すれば分らぬでもない。そういう人達の作品も知ってはいる。昔の顔も主として写真を通してであるが知ってはいる。先輩であれば尚更知っている。そういう人達の作品と登場人物、それが評論家であれば、その評論の中のきわ立ったところ、世の中の変化にともなってあらわれざるを得ないにがい部分など、ほとんど私自身のことに思える。ふしぎなことだ。

いずれにしても私は、はたから見れば亡霊みたいな顔つき、足どりで来客が待っている我が家へと向った。

文學界　一九九一・三

一生すこしも変らなかった

野間さんが亡くなって、けっきょく追悼文を三つ書くことになった。「週刊読書人」が最初で、そのうち『文學界』がその次で、つい先日『すばる』という順序だ。『文學界』の分は終りの方で、葬式から帰ってくるとき、自分が亡霊みたいだったと書いた。自分のことにしろ野間さんのことにしろ、漠然と思い浮べていると、そんなかんじがしてくるのだ。ラ・ブリュイエールの『カラクテール』を拡げていると、「人生は一つの眠りである。老人とは最も長き眠りを得たる者の謂である。やっと目がさめかける時は、もう死なねばならぬ時である」というふうに書き出されている。どこの国にもある考え方であるが、「彼等は自分たちの色々な時代を混同し、そこに己等の生きた時代を劃するに足る何等特別なものを見出さない」といっているところは、面白いところである。私が亡霊みたいなどといったのは、この夢を見ている、ということと似ているのかもしれない。

私はこれより前に書いた二つの追悼文の中で、野間さんとの思い出は、ある文芸誌の新人賞の選考委員としていっしょだったことだとくりかえしいっている。そういう席上では、思ったより元気であるとか、かえって若くなったとかいうようにいたわり合うことが多くなった。そういわれる委員が病気をしたり、そういう噂があったりしていたからであったが、そうこうしているうちに、最初の頃に自分の方の事情で委員をやめてしまった人は別として、武田泰淳さんだとか、途中から代りに加わった島尾敏雄が亡くなった。島尾が病気を理由にやめると、河野多恵子が代り、野間さんが同じ理由で退くと大庭みな子が代った。

武田さんは選考次第を述べるつもりで会場に来ていて、急に容態に異変が生じた。その気配があったので夫人がついていたのだが、やはりムリだというので、急遽誰かほかの人が演壇に立った。

野間さんはこの何年間かよくおぼえていないが、病気のため連載も中断ということになっていたが、それでも選考の方はそのまま続いていたと思う。しかし三年ほど前だったか、いよいよやめさせてくれという話があって、その前後の年には、選考理由をくわしく述べた手紙が送られてきていた。それは実にコンセツな内容で、野間さんの小説やエッセイの運びと似ていた。

私は委員の批評、とくに選考次第のスピーチをきくのがたいへん楽しみであった。大庭さんなんか若い人は委員の面々が、作品をどう読むかを知りたくて参加したようであった。私にはそれはよく分る。同年輩の作家の意見も面白くないこともないが、年輩の人々の意見には長年の経験のみならず、そういう経験のある人達が、現在において、新人の作品にどう対処するか、その人達に変化は見られるかどうか、そんなことは決して無意味なものではあるまいからである。

私は私で、先輩の武田泰淳さんのスピーチには感心した。武田さんが作品評をなさると、作品の良さが拡大され、その作品の秘めている可能性がふくらんで見えた。ただそれだけでなく、武田さんがそんなかんじで語られると、その語りそのものが楽しくなってくる。埴谷雄高さんにもそんなところがあったが、武田さんは声の出し方が坊さんの説教みたいなところがあって、極楽浄土を約束してくれるというふうだった。そしてそれが文学、文学作品についてそうなのであった。私は光明をあたえるという点で、こんな作家は珍らしいと思っていた。そのため、私は特別な興味を抱いていたので、私は新人賞の選考を色々と印象ふかく思うのには、こんなこともあった。

どのくらい前からか、野間さんも私も長いこと委員を続けてきた。江藤淳が加わったのはいつからか、それは誰の代りであったか忘れたが、江藤淳もこの席をたいへん楽しみにしてきた。一年に一回のこの催しは、誰にとっても楽しみだが、とくに江藤さんは、楽しんできて、私達にもやめるな、やめるな、といい続けている。そして私も野間さんも江藤も、その間にほかの人の出入りはあるが最も長いつきあいで、ほとんどこのとき以外は出会うことがなかった。

野間さんが、自分の作品において、中断するまで書こうと思っていた世界が、新人の作品においても、どこまで注文されるか、ということが、私なんかの尽きせぬ興味であった。野間さんは一歩も後退もせず、ゆずることもなく、武田さんとは違うが、野間さんの目標に近づける道を示すというふうで、それは、時々ユーモラスな口調になり、そのとき温顔になるのであった。

私は今日、書庫から野間さんの著書を取り出してきて、初期の作品から読み出した。「暗い絵」「二つの肉体」「顔の中の赤い月」を読み終えたところだ。私はさっきもいったように、葬式の帰り、亡霊みたいな感じで家路についたのだが、今は非常にハッキリと野間さんが浮んできた。それは一生すこしも変らなかった。

すばる　一九九一・三

篠田一士

仲良しになったのに

終戦の翌々年だと思うが、岐阜市の港町というところに仕事部屋として、二間つづきの離れを借りていた。といっても金を払っていたわけではない。そこへ松江高等学校の学生であった篠田一士さんが訪ねてきた。篠田さんは私の出た岐阜中学の十何年後輩である。それが互いに初対面で、彼は藤村論のことを話しはじめた。藤村のことは、平野謙が書いていることを、私も知っていた。平野謙は同じ中学校の先輩である。私はこの先輩の藤村論をどの程度読んでいたかおぼえがないが、篠田さんは先輩の藤村論について私に語ったのだろう。私は、篠田さんが辞書をおぼえたところから片端から食べてしまうとか、柔道の選手として活躍したというような話をきかされていたので、その当人が文芸評論にいそしんでいるというのは、意外であった。

私たちはそのあと、中学校で篠田さんの友人であった、別の高校の生徒であった青年と三人で、市内の篠崎梅林公園へ足をのばし、木の芽田楽などを食べ、風流なアズマヤで、何ごとか雑談をかわした。

昭和二十年代の後半といっても三十年に手のとどく頃であろうか、私は送られてきた『秩序』という同人雑誌の中で篠田さんの名を見つけた。そのうち『邯鄲にて』という本の寄贈を受けた。その中に「千夜一夜」についての文章など、当時私が思いもつかない読み方がしてあるので、おどろいた。たしか、ボルヘスの「不死の人」の翻訳もあり、それはとくに私をおどろかせた。これらの作品は、おそらく同人誌に掲載されたもので、私はあのとき藤村論を手がけているといった篠田さんが、こういうことをしているのだなと思った。

私が小説を書きつづけるようになってから、何となく疎遠であったような気がしている。それは私の作風と篠田さんが評論家として打ち出していた小説観とが離れているところがあると見えていたので、その分だけ疎遠というふうに映っていたのかもしれない。

篠田さんからはたいてい著書が出るたびに寄贈を受けていたので、私はすぐ読まないものも大切にとっておくようにしていた。その中で『詩的言語』というのが、『邯鄲にて』のあとのものだと思う。私はこの本を見て、これだけ西欧の詩に理解があるということが、自分との違いであると感じたことをおぼえている。

いつの頃であったか、昭和四十年代であろうか。篠田さんは、直接的にであったかどうか忘れたが、「ぼくは岐阜の人間であることはまちがいないが、半分は大阪の人間でもあります。ぼくのオヤジは大阪ですから」といった。私は批評的言語なのかな、と思った。こう書きながら思い出したが、私は彼に連れられて稲葉山（金華山）のふもと、岐阜公園近くの、私らがよく口にする〈山ぎわ〉の家へ行き、お医者さんであった母堂にお目にかかった。私の記憶にあやまりがなければ、お母さまだけが岐阜に住んでおられたのであった。平野さんや篠田さんは、共に文芸批評家で岐阜中学出身で、その間に私がはさまっている。私はとくに岐阜の出身であることにこだわっているわけではないが、岐阜の人間であることを話題にすることもある。それに確かに「郷里の言葉」という小説もある。それにこれまたいま思い出したが、私の処女作「汽車の中」は、篠田さんも気に入っていたみたいだが、これは岐阜の方言が出てくる。

度々話題に出して申しわけないが、平野さんは、どういうわけか、自分は岐阜の人間ではないといっておられた。私は『美濃』という長篇小説の中で、篠田さんも登場させてもらった。

郷里をめぐってのことは、このぐらいでやめておくが、私は『私の作家遍歴』を連載しはじめてから、篠田さんとはふしぎに親しくなった。この作品は、『私の作家評伝』の続きで、ラフカディオ・ハーンを書いているうちに、私のいい方をすると、彼を日本に送りこんできた背景、つまり当時の欧米の状況を遍歴しはじめたものであった。私と篠田とは、初めて対談をした。私は対談向きの人間でないので、篠田も困ったと思うが、それでも、ハーンのことや松江のことで話がはずんだ。というより、共通の話題が見つかってよろこんでいるようであった。彼は古くからある旅館の主人と知合いであり、よかったらいつでも世話をするといってくれた。それから私が扱ってきたエマソンについて意見を述べた。このごろまた、アメリカでも読みなおされているといった。私はそういうことは何も知らなかったので面白く思った。それから触れはじめたメルヴィルの『白鯨』についてどんなふうに書くのか、といった。私は、あれはあれでおしまいで、何といっても遍歴スタイルなので、そのうちまた立ち戻ってくるかもしれない、ときわめてアイマイな気の抜けたビールのような返答をしながら、せっかく彼と仲良しになったのに、これで縁が切れてしまうのではないかとおそれた。

しかし『私の作家遍歴』はその後も大分つづけることになるうちに、想像するに、篠田が関心を持っている世界に近づくこともあるように見えた。一口にいうと、小説家であるために狭くなっていたと思われる私の世界が、まがりなりにも、私なりに広がり、私自身もおどろき心配になり、よろこぶようなところが現われることにもなったようであった。

篠田一士は、この本が出たとき、新聞で長い批評をした。私はこの作品は登場する作家、作品と自分との合唱で、まあ、いってみれば私の小説だと、〈あとがき〉に書いた。篠田は、この本で面白いところは、ロシアの小説についてのところだといった。それから、これは〈小説的言語〉で書かれている、といった。

先年、篠田は連歌師の宗祇のことを本にした。ある会合で会ったときに、あれを読んでいるといったら、「イヤア、あれは」とテレていた。そして体調は非常にいい、といった。彼はいつもこういうときに先ずテレ、それから身体のことはむしろ自慢した。そういうところは、まさに岐阜の出身者である。日本のどこに、あんなふうにテレるところから始める物書きがいるであろうか。（などといえば、彼は「またまた小島さんは」といって笑うであろうか。）それから一と月もたたぬうちに彼はこの世を去った。私は松江から一時間半も入った島根県の山の中にいたので葬式には行けなかった。私はこれから彼のことを何かのカタチで扱おうと思っていた矢先きであった。

poetica　一九九一・一一

中上健次

国立の喫茶店

中上さんが入院したときいたとき、おどろいた。病状も油断がならない様子なので心配していた。六月か七月のはじめかにある会に出席していると、柄谷さんが後からやってきた。隣席の誰かと中上さんのことを話していた。中上さんが病気になったのは、精神上のストレスが大きいといってたみたいだった。私の耳もあやしいので、アテにならない。しかし、そんなふうにきこえた。もしそれがこの通りだとすると、親しい友人の柄谷さんの言葉だから、格別印象ぶかい。

私は何度も中上さんには会っている。本が出るとたいてい送ってもらったので、そのつど眼を通した。人によっては一番の作品だといわれている『鳳仙花』だけは未読のままだが、私の部屋の背中のところの本棚に、いつでも取り出せるようにたてかけてある。

私が中上さんと顔を合せるのは、殆んどまわりに人がいるときであったが、互いに近い位置になることがあった。そういうときには中上さんは私の作品のことで注文をつけた。私はその文句はみんなおぼえていてたぶん生涯忘れることはないだろう。中上さんに限らないが、こういうときにいわれたことは、それなりの理由があるものだ。

私の方は、ケンランたる彼の才能に圧倒されていて批判がましいことなど、とてもいう気にならなかった。賞め言葉も呈したいと思ったことも屢々だったが、今さら私が口に出したって彼は喜ばず、すぐ切り返してくるか、私の賞讃を上廻る云い方をしてきただろう。とにかく私のいうようなことは、評論家や編集者がいっていたことと大差がなかったであろう。

彼はそんなことではなくて、何かいいたいことが胸につかえていて、たとえば私にも吐き出したかったように思えたが、さっきもいったように、じっさいは、私の作品への注文になってしまったようだ。

彼はある時期、私の住んでいる国立の北口駅前にある小さい喫茶店で原稿を書いているという話だった。私が文芸時評をやっていた頃、時々編集者とそこで会っていたときにきいた噂だった。そうすると、十四、五年かそれ以上前のことになる。彼は原稿用紙代りに方眼紙をつかって小さい字で速いスピードで書いているということだ。この喫茶店は希望といったと思うが、いつのまにかなくなって、そのあたりに銀行が出来た。

そのあとやはり北口の「白十字」という喫茶店で原稿を書いているということだが、一度ぐらい、そこで編集者と会っている彼の姿を見たおぼえがある。

彼が国立の北口に姿を見せたのは、国立から奥の方に当る小平というところに住んでいたからだと思う。中上さんが八王子に居を移してからと思うが、やはり国立に住んでいた高瀬千図さんが、「白十字」で原稿を書き出した。私は国立の南口の朝日通りにあるハリ灸の桂先生のところへ月に二回ぐらい通っていたが、よく途中で自転車を走らせてくる千図さんに出会った。どこへ行ってきたのかというと、「白十字」で原稿を書いてきたところだとこたえた。何度も会ったので、もう行先はきく必要がなくなったが、森敦さんから激励されていて希望に溢れていた。いつか中上さんに、彼女が「白十字」で原稿を書いていると話したら、彼女は、あの仲間の中で、一番アタマがよくて才能がある、といった。

この千図さんは、やはり国立の北口、「白十字」の角を北へ百メートルほど行ったところに事務所をかまえていた。私はそこに出入りする彼女の姿は見たことがないが、彼女はプロダクションをやっていて、中上さんの「火祭」という作品（映画にもなった）を、もとに月山の注連寺の境内で芝居の公演をしたそうである。千図さんは、さっきいったハリ灸の先生のところにもやってきた。治療を受けながら自分の仕事のことや中上さんのことを話しているのがカーテン越しにきこえてきた。

何も私だけではないが、彼の出身地のことは重くのしかかってきた。彼のことを考えているときだけではない。彼が作家として登場してきて以来、別に彼のことを考えていないときでも、忘れられなくなってしまった。何年前かハッキリしないが、あのあたりを旅行したとき彼のことを考えていた。

それよりちょっとあと、彼はテレビにあらわれて海を背景に堤防のようなところに腰をかけ、インタビューに答えて、自分は時々ここへ戻ってくるのだ。自分の想像力の原点はこの土地にあるのだから、東京にいても、ここへ帰るのだ、というような意味のことをいっていた。彼はときどき淋しそうな表情をすることがあったようだが、そのときもそうだった。ひょっとしたら、そんなこと改めて口にすることにやりきれなかったのかもしれない、と私は思った。この故郷にマンションを持っているときいていたので、帰ってくると、そこへ寝泊りしているのだろう、とたわいもないことを思った。

私のような、自分勝手でくせがあるのに心身ともに脆弱な男は彼を苛立たせることがあっただろう。

いつか中上さんの書下し長篇について『波』で対談をした。彼の能力でなければとても書けるはずもない作品であった。私は何をいおうとしてもうそくさくてうまくいえなかった。彼はドストエフスキーを念頭に置いているのだ、といった。私は熊野へ行った、という話をした。海岸線のことや神社のことなどにふれたりした。「おれなんか子供を連れて駈けのぼった。子供もちゃんとついてきた」といった。「そうかあなたの子供さんはいつか勝目梓さんのところの会で寝ていたが、体格がよくて、ふしぎなくらい可愛らしかったな」

しかし、彼はそんなことをきいてはいなかった。

「小島さんなんか、途中で泣き出すよ」

といった。

「それはそうだよ。タイマツまでかかげて階段をかけのぼるなんて、とても、とても。ぼくは、そんな催しには最初から寄りつかないよ」

と答えた。中上さんももどかしくて仕方がなかったのであろう。

文藝　一九九二・一一

井伏鱒二

井伏さんのフィクション

この十三日の夜、ある雑誌の授賞式のパーティで、ノンフィクション作家の宇佐美承に会った。するとと彼は亡くなられた井伏さんについてこう話し出した。

〈井伏さんの「鯉」の青木南八は、私の叔父です。先生にある会でお目にかかり、そのことを申しあげたところ、たいへん懐しがられました。あとでおハガキをいただき自宅へ訪ねてくるようにと書いてありました。そこで出かけて行きました。七、八年か十年ぐらいか前のことです。

「井伏先生、南八はもし生きていたら、どんな作家になったでしょうか」

と、私は質問しました。

「そうだな、誰みたいかな」

「大佛次郎でしょうか」

しばらく時間を置いて、ふいにあの独得な声で、いわれました。

「森林太郎！」〉

私は宇佐美承にいった。

「鷗外でもなく、森鷗外でもなく、森林太郎というのは、井伏さんらしいな」

そのあと、宇佐美はいくつかのエピソードを続けた。

〈私は先生にこういった。

「私は井伏先生の作品の中では、『多甚古村』のお巡りさんが一番好きです」

すると先生はこんな話をされた。

メニエル氏病にかかっておられてフラフラされたので、お宅の近くの交番に寄られたのだと思います。

「お前の官姓名を名乗れ！」

「井伏鱒二」

「職業は？」

「小説家であります」

「そうか。小説家か。小説家だったら、お前は『多甚古村』というのを知っておるか」

「知っております」

「あれは自分たちは警察学校の教科書で教わったことがある」

「そうですか」

「小説家だったら、あのようなものを書くといいと思う」

私は、このやりとりはフィクションに違いないと思いました。

先生は「鯉」の女のことなんかは、フィクションだといわれた。〉

そういって宇佐美の話は南八のことに戻った。

「南八は病床でぼくにもう一度女義太夫をききたい、といった。彼の父は、南八が東京帝大へ行って役人になることを望んでいたのに、ワセダへ入って文学などやるというので勘当されていた。ぼくは女義太夫を連れてきて門付をしてもらおうといって小屋に出かけて行った。小屋の親方に話すと、行かせてもいいが、その代り五円払えということだ。彼は勿論のことぼくも、貧乏だったので、そのままになってしまった」

宇佐美はこう井伏さんの話を紹介したあと、

「この話もフィクションくさいですがね」

といった。

「ぼくが小説家になるのをあきらめたのは」と宇佐美はいった。「南八の遺稿集を読んで、その才能に圧倒されたからです。この遺稿集は、南八の父、つまり私の祖父と長兄が金を出して出版したものですが、ぼくは南八を勘当した祖父が、今でも許せないと思うのです」

「それは一冊本ですか」

「そうです。俳句、短歌、小説などが入っています。神田の古本屋のリストに載っていたが、いくらしていると思いますか」

「相当にいい値でしょうね」

「二十六万円！」

と、宇佐美は南八の仇をとったように叫んだ。

このあと宇佐美は、井伏さんが従軍作家として外地に出かけられたときの海音寺潮五郎にまつわるエピソードも追加した。もう枚数も時間も尽きるので、これで止めておくが、右のエピソードと似ていた。そして私はそれをきいていて「遥拝隊長」を思い出した。そうすると次々と作品が浮んできた。晩年の『鞆ノ津茶会記』から、『さざなみ軍記』それから……ときりがなかった。

坂本忠雄によると、大昔（坂本の言葉）のことだが、私は坂本に「井伏さんは、想像以上に色々な範囲の仕事をしておられる」といったそうで、そのことについて書けとの注文である。私は当時なにを口にしたか忘れているが、ひょっとしたら、こんなことかもしれない。私は『ゴローニン航海記』のような飜訳本をよんだとき、井伏さんの小説の文体が思い浮んだ。「丹下氏邸」を読んだとき、ドン・キホーテとサンチョが浮んだ。それから題名は忘れたが、ある作品を読んだとき、チェホフの「谷間」が思い浮んだ。『槌ツァ』と『九郎治ツァン』は喧嘩して私は用語について煩悶すること」は、ゴーゴリの「喧嘩した話」を思い浮ばせた。ああ鷗外だな、と思う小説もいくつもいくつもあった。「山椒魚」の冒頭を眼にすると忽ち私は数限りない当時の作家が思い浮んだ。「へんろう宿」を最高傑作に押す人は何人もいるだろう。私もその一人でないことはない。あの佳品の秘密はどこにあるのだろうか。

新潮　一九九三・九

捨てたものでないな

井伏さんが亡くなられて、ある雑誌に「追悼文」を頼まれて短かい文章を書いた。大部分は、宇佐美承が井伏さんとのことについて話してくれたことであった。それもあるパーティでの立話である。そんなことがあって、宇佐美がこんなハガキをくれた。冒頭は、私の文章を読んで、井伏さんの言葉を思い出した、といって追加の旨を伝えている。以下はそれに続く文章だ。

「世に独創というものはない。すべては真似だ」これはぼくがどこかで読んだロダンの言葉ですが、話のはずみでこの言葉を紹介すると井伏さんは本当にうれしそうにして「ロダンも捨てたものでないな」といわれました。だから小島さんのエッセイの最後の方にある数々の推量がとてもおもしろく感じられました。そして井伏さんのこの手法はノンフィクションにも許されると思います。もっとも私は「非虚構」という消極的なコトバがきらいで、自分を記録文学作家と名乗っています。

私は宇佐美を紹介して、ノンフィクション作家というふうに書いた。当人に記録文学作家といわれてみると、その方がよかったと思った。そのこともあって今こうして書き始めているのであるが、今度も彼の言葉をそのまま書き写すかたちになるので、断ろうと思って電話をかけてみた。すると彼は夜は九時に就寝ときまっていてちょうど眠りに入ったところだと分った。この前も断わりに電話をしたのであるが、そのときも同じようなことがあったのにうっかりしていた。

以前は記録文学ということがよくいわれたようだ。私もいつのまにかノンフィクションと気楽にいっているが、どうしてこうなったのかよく分らない。ノンフィクション・ノベルというのも、これまたノベルがつくだけ違うのであろう。私の記憶ではトルーマン・カポーティの『冷血』の頃から流行語になったようである。

私はあるパーティでと書いたが、それは某綜合誌のフィクションとノンフィクションの両部門の授賞式のパーティのことである。私は選考委員に会うのを楽しみにしている。フィクションの方は、大庭さんが何年かつとめていたが事情があって辞めたあと、森瑶子になった。井上光晴は各地の文学伝習所から飛行機で駈けつけてきて、よく文学伝習所の文学青年の作品と比較を行なった。井上が亡くなって森瑶子はさびしそうにしていたが、一年後彼女も病院から選考の文章を届けてから一ヶ月して亡くなり、今年の授賞パーティは、井上のあとに委員になった池田満寿夫がスピーチを受持った。池田は、小説の選考は疲れる、といって笑わせた。これは笑わせるためにいったことではなくて、審査中もくりかえしなげいていた。その理由の一つは、絵の場合のように、見ただけで判定が出来るというわけには行かないというのであった。まことにもっともである。

私が会うのを楽しみにしているといったのは、ノンフィクション部門の委員も含めてのことである。私は篠田一士の『ノンフィクションの言語』という本を読んでみた。篠田には昔、『詩的言語』というのがあり、『ノンフィクションの言語』は、割に最近に発表された。といっても七、八年にはなる。この中で私がよく読んだのは、『ノンフィクションの言語』で、それには特別理由はなくて、猪瀬直樹と対談をすることになったから、その前にノンフィクションのことを考えておこうと思ったからであった。

ノンフィクション部門の委員とは、授賞式のときにあいさつをかわすていどであった。ところが猪瀬が委員になってからは、彼はよく話しかけてきた。挑みかかるように見えたが、じっさいは意見が鋭く、その鋭い意見に賛成を求めているに過ぎなかった。

話は前後するが、篠田は当然、フィクションとノンフィクションとが入りまじる場合も扱っていた。小林秀雄に「小説にしくむな」といわれて書いたといわれている大岡昇平の『俘虜記』などについてである。またノンフィクションの『戦艦武蔵』の場合は、進水式のさい、岸の水位が何十センチ（？）上昇したといったところが取りあげられていたように思う。『ノンフィクションの言語』が出版された頃、篠田と沢木耕太郎との対談も読んだ。沢木はノンフィクションとしての傑作を書いたようであった。そういえばその作品名は耳にした記憶があった。沢木はノンフィクションにおいても、よい作品が出来たということは、そこで作者にとって大切なことを注入した結果になっているので、その緊張はおいそれと続けられるものではない、という趣旨のことを述べていた。もし根本のところで異っていたら謝らなければならない。

猪瀬直樹と対談するようになって、私の家の書架に彼の本が並んでいるのを発見して読みはじめた。

猪瀬は一九七〇年代頃で日本のフィクションは終った。それからあとはノンフィクションの時代である。しかし九〇年代に入ると、（つまり八〇年代で）もうノンフィクションですることも終った。日本の文学史を書きなおさなければならない。こういうことを、彼は私に説きつけた。日本の小説は四畳半小説である、という彼の持論をきかされている人はほかにもいるであろう。多くのノンフィクション作家はそう思っているのかもしれない。

「それではこれから、どうなるのか」

と、私はきいた。

この返答は軽率に書くと誤解を招くことになるかもしれないので、よすことにする。

私は猪瀬の彼の仕事のしぶりだとか、彼の事務所で採用する若手についての批評にききほれたと同時に彼と同じようなアイディアを持たぬかぎり、彼の負担は軽くなるまいと同情した。

宇佐美承は前に、カルチャーセンターで、ノンフィクションか記録文学かについて指導をしているといった。訪問の仕方、質問の仕方、ノートのとり方など、一口にいって資料の集め方などについてであろう。教育のため一人の女性を伴っていた。

宇佐美は最近、資料の捨て方がむつかしいという。また、ノンフィクションの場合も、フィクションを用いるべきだと思う、ともいっている。

私は猪瀬にしろ、宇佐美にしろ、こうした奥義を洩らすのをきくのが、大好きだ。

文學界　一九九三・一一

遠藤周作

些かな二つの場面

いつだったか、村上龍の『限りなく透明に近いブルー』が、群像新人賞に当選したとき、選者のひとりであった遠藤周作がダメを出していた。遠藤は、この作品には意味が感じられない、といった。彼はあまり自分の意見を固執したというほどではなかったようにも記憶しているが、それでも折れたわけではなかった。

それより大分前のことだと思うが、遠藤は、心理分析の小説にはあきたらない、ということを書いていたことがあった。その前後の時期に、彼は、日本では長篇小説を書くことはむずかしい、それは神がないからだ、ということをいっていた。

それから、どのくらいたったときか、今はっきりしないが、ずっと後になって、小説には物語が必要だ、と執拗にいうようになった。

村上龍が新人賞になったときより、もっとあとのことで、最後までいいつづけたようである。以上私が述べたことには、おそらく一貫したものがあると思う。

柄谷行人が『意味という病』という本を出したのは、さっきの村上龍の作品が当選した頃と同じ頃のような気がする。この二作に関連がどのくらいあるか、責任がもてないが、いま思いつくままに、こうして書いてみることにした。

私も文壇のパーティにも時々出ることがあったが、遠藤周作が会の半ばで切り上げて出口に向う姿が印象に残っている。それが何を意味しているか、ということもさだかでないが、この事実を、とにかく思い出される。

キリスト教関係のことについて、私は何もいうことを持たないが、チェスタトンという人の著作集を買いこんで、一とおり眼を通したことがある。

もともと私は、「重大な些事」というエッセイを学校でテキストに用いたこともあった。著作集のある一巻の中に、このエッセイを含めて、文学論に当るエッセイがあって、推理小説や通俗小説の効用を説いていて、いわゆる純文学をけなしている。

記憶ちがいでなければ、「シャーロック・ホームズ」の効用は、すくなくともロンドンの街を知ることができる点にある、といっている。

読み返してみようとしたが、あいにくその一巻が見当らない。通俗小説の賞め方、純文学（ドストエフスキイを例示していたと思う）のけなし方も忘れてしまった。ほんとうは、賞め方、けなし方そのものが面白いのであろうが、そのうまみが浮んでこない。

このイギリス人は、シェークスピアでは、『真夏の夜の夢』が最も気に入っているといっている。「気に入っている」といった私のいい方を越えたもので、これもその評言のうまみを示さないくらいなら、いわぬがよいくらいであるが、許されよ。

『真夏の夜の夢』にふれたあと、チェスタトンは、例をあげて奇蹟を信じる（オカシミを含めて）と述べている。これもキリストにかかわるものであったか、そうでなかったか、よくおぼえていない。

いま文学辞典をみると、「彼の立場は、ローマ・カトリック教への復帰を根幹とする一種の伝統主義であり、二二年に彼はローマ・カトリック教に改宗した」と記してある。

私は遠藤と話したこともあまりなく、彼について語る資格はまるでないひとりである。しかし十数年あるいはもう少し前から――ずっとだったかもしれない――本が出る度に送ってもらった。歴史小説も、エッセイも現代小説もあるていど読んだ。エッセイなどを読んで、しばらく色々のことを考えることも屡々であった。

晩年の新聞小説『女』という本ももらった。信長の息子のひとりが、藤吉郎に庭の池のドジョウのとり方を教わるところがあった。この息子は何年かたったとき、このことをなつかしむところがあり、私の印象に残った。

それから、信長の妹が勝家のところに嫁ぐとき、北国は若葉の頃になっているという描写がありり印象的であった。

この二つのこと（この後の例は事実と違うかもしれないので、そうであれば許されよ）は取り立てていうほどのことではないかもしれない。

しかし私は著者に会ったら、その二つのことをいおうと思っていたが、その機会がなかった。あまり些かなことで、もしも私が口にしたら彼は喜ばないかもしれないとも私は思っていた。しかし、そんなことはあるまいと、私は思い返してはいた。

群像　一九九六・一二

Play の名残り

先日ある文芸誌で、遠藤周作を追憶しての座談会があった。私は遠藤さんとのつきあいは、どちらかというと薄い方なので、彼について語るにはふさわしいとも思えないことを断ったうえで出席した。安岡さんや大久保房男さんは遠藤さんと学生時代から親交のあった人たちで、きいていてたいへん面白かった。

梅崎春生さんは第三の新人たちの兄貴分であったということは、私も昔から、まんざら知らないというわけではなかったが、梅崎さんが遠藤さんを誘って、

「××を一つだましてやろうか」

と、けしかけていたということは、当時からきかされていたかもしれないが、すっかり忘れていた。

××の名は座談会ではちゃんと名ざしであったが、吉行さんだったたか、失念した。

私は第三の新人よりは戦後派に近い年齢で、梅崎さんとは同い年だったと思う。私は梅崎さんともほとんどつき合いはないが、それでも、新潮社の、昭和三十八、九年に出た「日本文学全集」の梅崎集の解説を書いたこともある。

あるとき、どこやらの座談会に出るため、ある出版社で待ち合わせたとき、トイレに行ったら、梅崎さんがとなりにいた。

私は以前そのときのことを書いたことがあるが、正確ではないが、次のようなことを、梅崎さんが私にいった。こういうときには壁を見やったまま身動きができない。

「きみは、近く、ダメになるよ」

と、いうようなことだったであろうか。もっとデリケートな面白いことだったかもしれない。

こういうときに、とっさに上手に答えるスベを全く私は知らないので、ただ笑っていただけであろう。

しかし、梅崎さんがどんな表情をしていたかは見なくとも分った。口がゆがみ、金歯がのぞいた。それはとてもニヒルで、たとえば、名作「蜆」の中のよく似た二人の人物のいずれも、そういう表情で応待している。梅崎さんの「Sの背中」「ボロ家の春秋」それから初期の「桜島」の男、ありとあらゆる後期の小説の中の人物は、そんなふうである。戦後の小説の人物にふさわしいが、戦後派の小説は誰ひとり、実生活においても、その小説においても、そういう人物を登場させない。

遠藤さんも似たようなことをいうが、その表情はアッケラカンとして、お坊っちゃんふうで、明るいといってもいい。そんな明るい表情で、どうしてそんなことを、ふいに楽しむようにいうのか、と思うところもあったようにも思う。

安岡さんもかなりよく似たことをいう。しかしいずれも梅崎さんのようなニヒルなところはなく、悪童ふうだと思う。

この五、六年、いや数年のあいだに、ある芸術という名のつく会員の出席する会合の席のことである。

私のとなりに阿川弘之さんがいた。そこへ遠藤さんがあらわれて前に腰を下した。すると、不意

に、

「おい阿川」

と、遠藤さんが呼びかけた。かまえる、ひまもない速さで、

「お前、何を書いて文化功労者になったんだ」

阿川さんは黙ってニヤニヤしていた。それっきりであった。

あるとき、同じ会合の席で、やはりぼくのとなりに阿川さんがいた。そこへ安岡さんがあらわれた。そして前の席に腰をかけた。そして不意に、

「阿川、お前の字は、全く下手だなあ」

と、いった。その会では玄関を入ると名前を記帳することになっていた。到着順に本人の文字で書いた名が並んでいた。

そのときも阿川さんは沈黙を守ってニヤニヤしていた。それっきりであった。

先日の座談会の談話の中で、安岡さんは、だまし合ったりするような傾向を、それまでにない新傾向だといっていた。たぶんそうだと思う。

遠藤さんのいわゆる〈二重人格〉についての話がはずんだ。子供のときから信仰心をうえつけられ、それなりの顔をしていたので、その反動とのかんけいだ、といったことを、遠藤はいっていたが、それは怪しい、と大久保さんがいっていたようである。

トイレで梅崎さんにからまれたのは、亡くなる、一、二年前のことではなかったかと思うが、しらべてみないと何ともいえない。

新潮　一九九六・一二

埴谷雄高

この十日間のこと

先日テレビで埴谷さんが『死霊』について語る番組があった。たしか九章にかかっているが完結すると十二章になる。本多秋五さんに百まで生きて書きつづけるといったが、百年はそれはムリだな、と笑った。この小説は獄中で思いついたもので、書き始められたのは、戦後すぐである。政治の革命なんてものはだめだ、宗教が革命とすれば、それもだめだ。意味があるのは存在の革命だけで、それはいわば虚体というものだ。今までの小説はすべて実体を扱ってきたもので、要するに過去にあったことを書いているにすぎない。存在の革命という哲学は、もともとそれが虚体なのだから具体的に示すことは困難である。それが可能だとすれば、文学のみである。彼の文学は虚体から始って虚体に終るのだということである。

飢えたときキリストに食われた魚が死霊としてあらわれてキリストをなじったり、飢えたシャカに食われた何とか豆が同じようにシャカをなじるところの朗読もあった。蟹江某という俳優がやった。清水邦夫の初期の芝居によく出てきた。

魚や豆が食われていいものでないとしたら、人間にかぎらず生物はどうなるのだ。そこのところから始めるということは虚体にかかわるということで、そのことだけが意味あることでそれを解かなければ何にもならない。解くといったって文学で解くのだから、これはこれで容易でない。

赤子が生れたときだけに存在の革命のヒントがあるというのであったようだし、宇宙にかかわらない小説、たとえば、日常にのみかかわっている漱石の小説は二流（「夢十夜」は？）で、その点梶井基次郎は一流だ、という。「Kの昇天」だとか、「闇の絵巻」なんかのことか。交尾をする河鹿だとか、牛乳ビンの中の冬の蠅だとか、沈む夕日だとか、だろうか。

埴谷さんとは文学の目標は異なるが、谷崎のように、白鳥のように、彼は夫人に子供をうませなかった。「あなたの子供がうみたい」といったのに。子供が出来たときから、もうゼッタイではあり得なくなるからだ。少くともゼッタイを文学に書くことにも邪魔になるからだ。夫人ならばいいのであろうか。

「ぼくは死んで行ったもののために代弁しなくてはならない」とか、「死者のことをほんとに考えたとき、一瞬にしてここへやってきているのだがな」というようなこともきこえてきた。私は『死霊』という作品に興味を持つが、作者が語るのをきいていて重ね合わせることになって、興味は深まった。第五回めのインタビュウを見損ったのは残念である。まことに惜しいことをした。

『薔薇の名前』などの作者ウンベルト・エーコという人のインタビュウを見た。映画をみたことがある。あとで気がついたら、訳本は訳者の河島英昭さんから前におくってもらっていた。修道院の中の図書室のようなものが、子供のときエーコの家にはあったということだ。ボルヘスは図書館長を長くやった。「おどるでく」の室井さんも十年図書館勤めをしたそうだ。私はエーコの話をききながら『モンテ・クリスト伯』や『カサノヴァ回想録』の中の監獄の中のことを思い出した。あそこに出てくる知力すぐれた人物や暗号のことなどを。昔から大通俗小説を志すものはデューマの小説を読め、といわれてきたことなどを。

エーコさんは、セルヴァンテスやバルザックは、それぞれ当代抜群の知の人だったといった。当り前のことだが、新鮮にきこえた。そういえばドン・キホーテもセルヴァンテスに負けず劣らずの知の人といってもよい。少くとも騎士道物語の本の中に埋っていた。狂っていたといっても始まらない。その蔵書を焚刑に処してすむものではない。

埴谷さんは豊多摩の刑務所で、カントの『純粋理性批判』を読んで悟ったそうだ。一きょに「存在の革命」に至ったという。病監にいて出獄したとき、埴谷さんは「転向」についてどう告げたのだろうか。「政治革命なんて考えは甘っちょろいものでした。ザンキに堪えません」といったのであろう。戦争が終るまでは、書くことは出来なかったから、待っていた、ということであった。実に物語的である。『死霊』を書きあげるか、埴谷雄高を書きあげるか、ということになるのか、かもしれない。

坂内正が『カフカ解読』を送ってきた。序文にこう述べている。多義性はカフカの魅力でもあるが、しかし他への変換を許さぬところの具体も含まれている。そしてそれは年齢と日時性である、と。『城』の山場である「アマーリアの秘密」の村の消防団の祭典は七月三日で、これは実は作者の誕生日であるというぐあいだ。それから三ページめにこんなところがあるので引用してみる。

そしてこの長篇小説（小島注、『アメリカ』）にとりかかる直前には、「役所から解放された瞬間に、自伝を書くという欲求にただちに従うだろう」（『日記』）と記し、後年にも生涯の友ブロートに「書く」ということは自分の一切をもって月へ移住するようなことだと述べ、年若な友人ヤノーホには、「本当の芸術はすべて記録文書《ドキュメント》です」と語っているのである。

以上のようにどこかナゾめいた序文だ。

群像　一九九五・三

元気を出させる人

『死霊』の新しい部分が発表された頃、埴谷さんの健康状態はあまりよくないようにきいていた。あれは一昨年のことだから、その後消息がないので、恢復されたのかと思っていた。昨日朝十時に亡くなったそうである。

二十何年前赤坂の路上で埴谷さんに出会った。『群像』の新人賞の選考の日で、それから並んで中華料理の店に向った。埴谷さんはニトログリセリンをいつもポケットに入れて持ち歩いている。今日は心臓のぐあいがよくないのだ、とおっしゃった。

会が始まるまで埴谷さんはフスマのかげで横になって休んでおられた。

七、八年前吉祥寺の往来で、立話中の埴谷さんに出会った。相手の人は誰であったか忘れたが、埴谷さんは、ぼくにもきこえるように、「今日は、これから家政婦さんを見舞に行くところだ」、といわれた。ぼくの世話をしてくれる人を見舞うようでは困るよ、ということで、そのあと、た。

「きみはどこへ行くの」

「歯医者に来たのです」

「ここまでくるのかね。そういえば本多秋五なんかも歯の治療に吉祥寺までやってくる。地元でいいじゃないか。たかが歯の治療じゃないか。どこだって同じだろう、といってやった」と、いわれた。

昭和三十年代だと思うが、講談社の別館で原稿を書いているときに、別の部屋の埴谷さんを訪ねたことがある。直接面と向ってお話したのは、その一回だけである。そのとき机の上には『死霊』の原稿がのせてあり、一方の原稿用紙には、まだ何も書かれていなかった。そのことは別に珍らしいことではないどころか、当然のことに思われ、むしろ楽しく値打ちのあることのような気がした。

そのときの話題は、戦後派の連中たちのことで、各作家のエピソードを交えての話は、面白くて、小説を書く意慾がそがれる思いがするほどであった。

埴谷さんは、井上光晴さんの天才ぶりを話してきかせるのが好きで、井上さん自身を目の前に置いてのことで、そのエピソードと、そのエピソードの分析解説は、それ以前にもきいたことがあり、何度きいてもやはり面白かった。

埴谷さんは井上さんにかぎらず天才の話が好きであった。いつかポルトガルから帰国したばかりの檀一雄さんと会のあとで同席したときには、檀さんの豪傑ぶりを披露された。彼が身体が丈夫すぎて、どうしても酔うことができないので、苦しんだ、というような内容であった。

埴谷さんによると、井上さんの天才は、いろんな方面にわたっていて、だいたいのところぼくたちも知っていることであった。しかし埴谷さんの話術にかかると、一段と面白さを増した。

天才好きは何も埴谷さんにかぎったことではない。しかし埴谷さんの『死霊』を考えてみると、やはり、その天才好みは並みのものではないことが分る。

ぼくは、エッセイも『死霊』もみんな出版されるたびにちょうだいした。そのこともあって、一昨年『死霊』の最新の部分が発表されたさいに、あらためて読んでみた。

登場する主要な人物は、たしか旧制高校の秀才、というより天才ふうのそれである。そのときというより、いま思うことであるが、ドストエフスキイの『悪霊』や『カラマーゾフの兄弟』が浮んでくる。

彼ら登場人物は、天才とか秀才とかいうふうに考えたりする余地はあまりない。エリートだ、という言葉さえも浮んでこない。

まあ、こんなことはどうでもよいことで、たまたま、〈天才〉ということを口にしたことから、こんなことになった。

小学館の文学全集の中で埴谷さんのドストエフスキイに関するエッセイがあり、他人からもきいていたが、これは特別に面白かった。

いつだったか新年に書かれたエッセイに、日本人が宇宙に都市を作ったら、快楽好きの日本人は、新宿の昔のムサシノ館ふきんの路地（?）のようなゴテゴテした街を作ってしまうだろう、といわれてあった。

ゴテゴテ、というよりもっとよいいい方がしてあった。昨夜もテレビにうつった埴谷さんは、誰が相手だったかよく分らなかったが、さかんにしゃべっておられた。たぶん次のように。

「それがデスネ、ただの何とかとはチガウンデシテネ」

埴谷さんの話は、きき手に元気を出させた。小説は十九世紀で終ったというような話にかかわるときもそうだった。そういう意味でも得がたい人を、ぼくたちは失った。

群像　一九九七・四

江藤　淳

ある微笑――『妻と私』

編集部から、江藤さんの『妻と私』についての感想を書くようにたのまれた。私はとにかくなるべく大きく拡大して送ってみてくれといった。書くことができないようならば、口述してみてもいい、といった。『妻と私』が発表されたことも、原稿の依頼を受けてはじめて知った。遠雷がひびくように多少のことはきこえてきていたが、江藤さんの身辺に起きた重大事件について肝腎なことは殆んど知らなかった。宙に浮いている一文字、一文字をひっとらえるようにしながら、申訳なくて仕方がなかった。

家族から（末期癌だということを）「告知」してくれと、お医者からいわれた翌日、到底私にはできません、というふうになっていた。お医者はかすかにうなずいたと書かれていたと思う。私もこの状況の中において、この「夫」の立場にあったなら、「そうであろう、そうであろう」と私はつぶやいた。私は四十年近く前の自分と妻のことを思い出した。あのときは夫の知る前に、妻は知っていた。それ以前に疑っていたし、自分で進んで手術を受けた。死ぬまで三年近くかかった。死ぬまで彼女が死んだあとのことなど一言も口にしなかった。彼もそうかもしれないが、モルヒネを打つようになる日まで、奇跡を信じていた。

そういう過去のことを思い出したからといって、何の関係もない。私はひたすら、「そうであろう、そうであろう」とつぶやいた。日ニチもハッキリ書かれているが、お医者から、本人にかくしておくことは、それで宜しいが、近親の人たちには、病名を伝えておくように、といわれた。すると「妻」の長兄が、

「(告知しなかったのは)いや、それでよかったんだ。慶子は気丈なように見えるけれど、あれで案外脆いところがある。告知にはとても堪えられなかったろう」

ということを口にするところをおぼえている。私はこう書きながら「脆い」ということは、どういうことであろう、と筆が止ってしまうのである。ただの「脆い」ということではないということは、「夫」はよく知っていたので、告知できなかったのであろう。「脆い」のは「夫」の方かもしれない。あのように「決然」と「告知しない」と主張したのには、どんな思いがこめられていたのであろう。「夫」は最後まで通しつづけて、彼女が亡くなったとき、

「ごめんね」

といったと私にはきこえたように思う。

なぜ「ごめんね」と「夫」はいったと私は思ったのであろう。私がこんなことを口走るのは、分析したいからでも知りたいからでもなく、ただ、溜息のようなもので、この手記(といっていいかどうか分らないが)ぜんたいの中に川が岸辺に沿って流れるように流れている。たぶん病院内の看護婦も附添いの人々も、夫人が告知されてない——ということは誰も告知していないということを知っていて、そのことにそって行動していたのであろう、と思う。私の眼にも耳にもほとんど伝わ

ってこなかったことの理由は、このことと無関係ではないのかもしれない。

こうして「夫」は、何か童話じみた食物を入れた小さな紙のボックスをさげて病室を訪ね、

「今日は、何月何日、何曜日だよ」

と語りかける。眼をかすかにあけうなずいたり、そのうち、そういうこともなく、微笑だけはうかべる。

この「微笑」は何であろう。

鎌倉の家の庭の手入れを引き受けていた、植木職人さんの名があがる度に、読者は心をひかれるにちがいない。葬儀に千人を下らぬ弔問客がいたりするのと同じように「夫」の世間とのつきあいと、結びつきがあるように思える。

江藤さんは、前に文芸図書を扱う書店のことで骨折ったり、最近はずっと再販問題、文藝家協会の経理のことで整備につとめたり、『漱石とその時代』の第五部がいよいよ終りに辿りつくにしたがって、ことによったら、漱石という人物について少々考えをなおしてみないことには、漱石に対しても申訳ないというようなことを考えているらしい（これは私の早とちりかもしれないが）、といったこと、それから『正論』大賞をもらうに至る、日本について考えつづけてきたことなど……

それらすべてのことと、

「どうしても私には告知することはできません」

と、

「ごめんね」

とが一体となって、私にはひびいてくる。

「この人は病院に眠りに来ているのよ」

と夫人は見舞客の一人、姪の方だったかに語る。

ホテルでは寝つくことができないのに、病室で夫人のそばで、椅子にもたれてすぐ眠りに入ることができる。それはどうしてなのだろう。ホテルで眠りにつくことができぬのを、そこでとり戻しているのだろうか。

彼女の今のコトバをきいたとき、彼はどんな思いであったのか。「微笑」とそういう冗談めいた言い方以外、それ以上のものがあるだろうか。彼はそういおうとしている。

いまコピイを取り出して読むことにする。

〈しかし、十月七日、九日と家内の容態はよくなかった。九日にはついに泊り込みを決意し、その支度をして病院に行き、簡易ベッドをひろげて、私は家内にいった。

「今夜は久しぶりで一緒に休もうね」

その言葉を聴いた家内は、一瞬両の眼を輝かせ、こぼれるような笑みを浮べた。あの歓喜の表情を、私は決して忘れることができない。〉

こういうのが、私がさっき「微笑」と書いたうちの一つ、最後に近いものであろう。その「夫」が忘れられぬように、読者も誰一人として、忘れることはできないであろう。

私は次のページの次の箇所をどうしても引用せずにはいられない。

〈私どもはこうしているあいだに、一度も癌の話もしなければ、死を話題にすることもなかった。家政の整理についても、それに附随する法律的な問題についても、何一つ相談しなかった。私たちは、ただ一緒にいた。一緒にいることが、何よりも大切なのであった。〉

つづいて次のページに入ると、遠くない日に私にも訪れるが、こんなにいい当てることはできまいと思われる言葉に私の眼を奪われる。

〈私は、自分が特に宗教的な人間だと思ったことがない。だが、もし死が万人に意識の終焉をもたらすものだとすれば、その瞬間までは家内を孤独にしたくない。私という者だけはそばにいて、どんなときでも一人ぼっちではないと信じていてもらいたい。そのあとの世界のことについては、どうして軽々に察知することができよう?〉

そして小鳥のような顔をした若い看護婦のことが語られる。まだ衰弱していなかった頃、彼女はこういう。

「江藤さんは、毎日御主人がいらしていいですね。ほんとにラブラブなのね」

「夫」はこのとき「甘美な時間」だと思った。そしてそれは死と生のあいだにいるからだと考えていた、ところがそうではなくて、単に死の時間の中にいたのではないだろうか。と書かれている。

十月十三日に、

「駄目ということはないだろう」と、夫がはげますところがある。「今までに辛いことは何度もあったけれども、二人で一緒に力を合わせて乗り切って来たじゃないか。駄目なんていわないで、今度も二人で乗り切ろう。ぼくがチャンと附いているんだから」それこそ万人がこういうにちがいないし、これからもそういうだろう。乗り切ってきたことが、たとえあったと思えなかったとしても、そういうかもしれない。乗り切る意味がちがっても、そういうだろう。

「若い看護婦」は、もう一度登場する。

この女の子は、たぶん新米でヘマばかりしている(新米だからではなかったかもしれない)というふうに「妻」が「夫」に告げるところもあった。二回めの登場のときのことは、読まれていた人は、うなずいてくださると思う。彼女が突然何かを叫び、「江藤さん、江藤さん、いったいどうしちゃったの？　しっかりして下さいよ、ね、そして私に、またいろいろなことを教えて下さいよ」と涙声で言うのを、カーテンを隔てたアームチェアで仮眠をとっていた「夫」は聞く。彼女は既に家族の一員に近く、それは救いのように見える。私はこうした場面が好きだ。こんないいようをすべきではないだろうが。

その後のことは、もう私がつづる必要はない。今までのことだって、そうなのかもしれない。また、こんなことをいっていいかどうか分らぬが、「夫」が重い病気にかかっているために「妻」の死にゆっくりとつきあうことができなかったことを、意味ぶかく思う。

いま私はまたコピイを拡げている。

「越えて、十月十五日の午後のことである」と書かれている。

〈誰にいうともなく、家内は、

「もうなにもかも、みんな終ってしまった」

と、呟いた。

その寂寥に充ちた深い響きに対して、私は返す言葉がなかった。実は私もまた、どうすることもできぬまま「みんな終ってしまった」ことを、そのとき心の底から思い知らされていたからである。私は、しびれている右手も含めて、彼女の両手をじっと握りしめているだけだった。〉

と、こんなふうに書かれている。

私自身もまた、

「どうしてこんなバカになってしまったんだろう」

という家内にいう言葉を失うことがある。

「それはあなたという人間のせいではない。別のことだ」というムダないい方をすることがある。

文學界　一九九九・八

もう二度と現れない人

いつの頃からか知らないが、

「江藤さんのような評論家が本当の評論家だ。ああいう人はなかなか出てこない」

というような声が聞こえてきた。

今度江藤さんが亡くなって、これからは、「もう江藤さんのような評論家は二度と現れない」

という声が聞こえてくるにちがいない。

江藤さんの『妻と私』という百枚ぐらいの手記が四月に発表されたが、単行本化されたその本のあとがきで、こんどほど、すぐに反響があったことはなかった、という意味のことを書いていた。

江藤さんはこの数年、病気がちであった。彼こそ助けが必要であった。ところが、突然、夫人が車の事故を起こした。夫人の病気のあらわれの最初であった。彼女は車の運転には自信があったのでおかしいと思った、と彼は言っている。彼は担当の医師に、

「私の口から（腫瘍を）告知することはどうしてもできない」

と答えた。いよいよ、というときが到来したとき、医師に「親しい人たちだけには、本当のことを言って下さい」

と言われた。

遂に彼は「妻」に、本当のことを言わなかった。病院へ童話じみたランチを携えてきて食べた。いつのまにか「妻」と同じ死の世界に迷いこんだような気がしたが、そう思ったのは、自分の思い上がりだった、と書いている。彼自身がもっともっと大変なことになっていたのだ。夫人の葬式のときには、彼自身が重態となっていた。そのあげく、彼は亡くなった。
五、六年ぐらい前のことだと思うが、江藤さんはぼくにこう言った。
「小林秀雄さんが晩年にぼくにこう言われた。『ぼくなんか若気の至りだった。結局(正宗)白鳥に負けた。君なんかも考えておいた方がいい』」

トルストイの家出をめぐる解釈についてのことにちがいないが、きいていて、小林さんのその言葉どおりにとる必要があるかどうかは分からない、と思った。

一昨年だったか『漱石とその時代』の第五部の終わりに近づいた江藤さんはこう言った。

「漱石はファンがあがめているような人ではなかった。『道草』を出したあと京都に滞在したときなんかも、鏡子夫人が『主人を宜しくお願いします』と言って手を回して頼んでいたのだった。そういう漱石のことを勘定に入れたうえで、漱石のことを考える必要がある。今月『新潮』に書いたので読んで下さい」

といった。それは珍しい意見ではないか。どのように江藤さんが書いているか、読んでみたい、と思いながら、そのままになってしまった。

ずっと前、武田泰淳さんが新聞に書いていた。「江藤さん、気に入らないかもしれないが、ぼくのことはもう放っといて下さい」

何十年も前に、徳田秋聲が白鳥に向かって、

「ぼくの商売のじゃまをしないでくれないか」

と言った。白鳥自身がこのことを秋聲論の中でふれている。山田順子のことで読むに堪えない小説を書いている、と白鳥が批評したのに抗議したのだという。

妻がやってきてこの文章を書いているぼくに、

「江藤さんは自殺だ、と言っていますよ」

「そんなことはない、と思っていたが、そうかもしれない。とにかく今は時間がないので、書きつづけるより仕方がない。どちらにせよ、ぼくがこんなふうに書いてきていること自体もゆるしてくれるだろう」

ぼくが江藤さんと話したのは、いつも限られた場のことであった。彼はよくこう言ったことをおぼえている。

「評論家というものは、ああいうものではない」

責任をもって是非黒白をつけるというようなことだと思う。

「江藤淳と仲良くすると、あとでしっぺ返しをくわされるよ」

と言う人がいるという。

ぼくはそういう言い方は、江藤さんを理解していないと思ってきた。

「もう江藤さんのような評論家は二度と現れない」

というのなら、その江藤さんの背負わねばならない荷物も時に重くたって当たり前だった。江藤さんを哀惜する人は数知れないと思う。夫人の告別に参列した人は千人にのぼったと彼自身書いている。

読売新聞夕刊　一九九九・七・二二

足ばやに去った人

江藤さんが亡くなった、と夜中にきいた。追悼文を書くようにとのことであった。眠りながら、何を書いたらよいのか考えなくてはならなかった。夜明けにその一文を書きはじめてあと五、六行というときに自殺の報道を知った。家内がテレビで知ったらしかった。夜中に江藤さんの死を知らされたときに、秘密だから洩らさないでくれといわれた。そのとき私はきき洩らしたのかもしれない。自殺のことも耳にしていたかもしれないが、すくなくとも私にはきこえなかった。

私のその朝の原稿は、家内から自殺のことをきいたところで終えた。八時頃、いくつかの新聞社や一、二の雑誌社から電話があった。

私に電話がかかった理由のひとつは、おそらく私が江藤さんの『妻と私』という手記についての感想文を依頼されて書いたばかりで、すぐ私の名前が浮んだのであろう。つまり最近の江藤さんについて、もっともよく辿ったりした人物の一人であるということのためであろう。

私は江藤さんとのつきあいは古い。そのあいだに言葉をかわしたことはかなりあるにはあるが、ほんの二、三の言葉ですんでしまい、ある意味では、それで充分であった。二人で面と向いあってのこともいくらかはあったが、三人で話しをしたときが一番楽しかった。そのとき江藤さんは笑っていた。うれしそうにというのは大ゲサだが、それでもやはりうれしかったのではないか、と思う。もっと機嫌のよいときは、人マネをしてみせた。それはとても上手で、いつだったか、志ん生の口調をマネながら、小林秀雄が昔の大岡昇平のことを聴衆の前で話したことを思い出した。

私はこんなとき、自分自身も気持がほぐれて楽しかったので、一つ一つおぼえている。それらのことにかぎらず、江藤さんといっしょに居合わせて楽しかったことはずっとおぼえている。こんなことになったから、思い出すというのではないのであろう。

夕刊に遺書の文面がのった。文字はいつもの江藤さんの文字よりは、小ぶりで円く見えた。

日本海海戦に当っての、東郷元帥の激励の言葉に似ていた。あれは将兵に対しての激励であったが、江藤さんは、自分に対してでもあったが、どちらにしても同じであった。今どき皇国の興廃は云々というようなこととは全く違うが、私は納得がいった。諒としてもらいたい人たちは、ヘンないい方だが、区分をたてて数えると、一つ一つが浮んできた。

私は『妻と私』を読んで、「さもあらん、さもあらん」とつぶやき続けたが、今度の遺書をみて、全く同じように「さもあらん、さもあらん」とつぶやいた。

人は六十六歳の若さで、というかもしれない。六十六歳の若さであるから、であろう、と私は思う。こんなことをいうのは、気がひけるが、もし私が江藤さんと同じように生きてきたなら、私も自殺をえらんだであろう。その時機も江藤さんがえらんだあの瞬間であっただろう。

とはいっても、このような想像をすること自体が不遜であるのは、当然である。『奴隷の思想を排す』も、『作家は行動する』も、あの中にうたわれていることは、決してあの当時の江藤さんの考えというだけではなくて、本来一貫して、江藤さんにかぎらず、一般の作家の中にもありつづけてきたところがある。私たちの中においても疼くことがまったくなかったとは言い切れない。

江藤さんは、ずっとくりかえし、山川方夫のことを語りつづけてきた。そのような扱いを受けてきた人は、山川方夫以外にはないように思う。なぜそうなのかは、よくは分らなくとも、なつかしげに語ることができる人をもつことの気分は決してわるいものではなかった。

「そう、そう山川という人は、そういう人だった。あの人には、それがあった。あれが何といえずよかったのだな」

というぐあいに思い出の言葉はつづいた。山川がもっていて、そのままあの世へ運んで行ってしまったものが、ほんとうの自分の中に求め、あこがれていたもので、むつかしいことと関係なく、真のかけがえのないものであったし、今もあるものだ、といいたくて仕方がなく、青春というものは、永遠の原点であるのだ、といおうとしているかに思えた。

私はさっきもふれたが、江藤さんとたまたま二人で居合わせたとき、ほんの二言三言で、そのあとは危険であるらしかったり、不潔であったりするものだから、そこから早く立ち去らねばならない、というふうであった。もし往来においてであると、彼は足ばやによくのびる足で、スタスタとわきめもふらず消えて行ってしまうのであった。

文學界　一九九九・九

大逆転

江藤さんが亡くなった直後に書いた文章の中で、江藤さんが『漱石とその時代』の五部の終りにさしかかったことについて、私はよけいなことをいってしまった。

江藤さんはあと三、四回でさっと止めることにしようと考えている、といった。漱石には大人げないというか、漱石らしくないところがあるというのであった。京都の文学芸者といわれた磯田たか女とのことのようだった。鏡子夫人は、津田青楓の兄を通じて夫を宜しく頼むというふうに色々手を尽していたということもあった。

私は江藤さんの話をききながら、漠然とうなずいていた。漱石のことは、息子さんも「あんなもの、人格者なんかじゃない」といいつづけているし、筆子さんの娘さんは、おばあちゃんの肩をもちつづけていた。何度か来日するうちに、小説家は小説そのものがもんだいであると気づきはじめたようだった。磯田たか女とのことは、素人とか黒人《くろうと》とかということにこだわったり、人格的にあなたはダメだといわんばかりにきめつけている。その元といえば、かなりタワイもないことであった。

しかし、漱石の日記といえば、鏡子夫人とのあいだで、いいたい放題のことを書いている。この日記があとで人目にさらされるとは思わなかっただろうが、たとえそういうことになってもよい、アレは文字通り愚妻なんだから、といったかもしれない。とはいっても、夫人らしき人は小説に姿を変えて登場しないわけではないが、その場合、実に生き生きと書かれている。『明暗』の延子が人力車に乗って芝居小屋に出かけるところなどは、あの一つで、夫人はもって瞑目すべきである。

愚妻と呼ばれている女に、「そんなにバカだとおっしゃるなら、利口になれるようにして下さい」というようなことをいわれて返すコトバに困るありさまである。口先きでいっているとおりですむなら、どうして『猫』や『道草』や『明暗』の女たちが登場しているのだろうか。そのほかどの作品も女たちは〈女の勝利〉をうたっている。人格的にもダメといわれたって、最初から女性は男のいう〈人格〉に当てはまるていどの存在ではない。

鏡子夫人は、気晴らしに虚子にたのんで能舞台や歌舞伎を見に連れ出してもらっている。とうとう出かけて行くけれども、たいてい何かの悪口の材料を見出している。（歌舞伎は、小宮に頼んだのだったかもしれない）

だいたいが、女のくせに気晴らしのためになどと亭主のことに気をつかって人を使って出かけさせるというのが、生意気《ナマイキ》だ、というぐあいだ。小説では女はそんな扱いを受けたためしは、ほとんどない。いくら明治時代、大正の初めだってこんな捨ゼリフが、小説の中ではびこるはずがない。

私は三年ぐらい前のあれ以来、ずっと江藤さんのあのときのコトバを反芻している。江藤さんが今月の号にそのことが書かれているから読んでくれといわれて、読まなかった。

私としては、『明暗』という小説の中で、あのような〈大人気ない〉ことが出てくることはない、ということを、江藤さんに書いてもらいたかった。

主人公津田は、吉川夫人からもたされた果物カゴをもってノコノコと清子の泊っている湯河原の宿にあらわれて清子にしたたかやっつけられるダラシのない三十男である。清子が津田の家庭教師的な教育を受けているときの眼つきを思い浮べては、どうして別の男のところへ、前ぶれもなしに嫁いでしまったのか。と温泉への途々《みちみち》考えつづけているような男である。こんな主人公は秋江作

『黒髪』の主人公以外めったにないように思える。しかし明治から大正時代の主人公はたいてい、こういったところがある。しかし一方清子だって大きなことはいえない。亭主の性病のために子供をなくし、今、療養に温泉にきている。

どうして江藤さんは、さっと駈けあしで走り抜けてしまうのだ、といったりしたのであろうか。ダメな人間がよけいなアホウなおせっかいを〈文学芸者〉にいったり、手紙に書いたりしたのか、そういうところなど温泉における津田にもあるし、おそらく至るところの主人公の中にあったのではないか。江藤さんの好きだったと思われる『それから』の主人公は、タワイのないことをいわなかっただろうか、そのあげくが、『門』の宗助ではないか。なぜ若いくせに「近江」のおうという字を妻にきいたりしているのか。

江藤さんが死んだあと四、五回分がまだ書かれていないときいた。どうして〈大逆転〉してくれなかったか、四、五回分でも、その気があればできないことはないではないか。

新潮　一九九九・一〇

江藤さんと『抱擁家族』

1

友人のAさんがこんなことをいった。

「猪瀬さんが、江藤さんが亡くなる一ヵ月前に会ったとき、『日本国のことについて論じて下さるのは、江藤さんしかいないのだから、これからも続けて下さい』といった。すると江藤さんから、『ぼくはもうそういう公けのことは止めようと思う。私的なことを書きたい』という言葉が返ってきた、といっているそうです」

そのあとAさんはこういった。

「考えてみれば江藤さんにとっては、『南洲残影』は、私的なものにつながるものに思えます」

あの頃、江藤さんは、『妻と私』のあと『幼年時代』を書きつづけるつもりだったのだから、すべてツジツマが合うといえるだろうか。

江藤さんはロックフェラー財団の招きでアメリカに滞在して帰国すると、朝日の文芸時評にとりかかった。私の『抱擁家族』は幸運にもそこで取り上げられた。江藤さんは長い期間にわたる文芸時評を一冊にマトメるに当っての〈後記〉に、帰国後衝撃をうけた二、三の作品のことにふれているが、その中に『抱擁家族』も入っている。

そのときの『文芸時評』の細部はおぼえてはいないが二、三箇所の部分を引用してあった。その中の一つに、主人公の俊介が庭を見て水蓮の花が咲いているカメの中の水をうらやましがるところがある。それを読んでありがたく思ったことをおぼえている。

この時評は、『明暗』との比較で終っている。人物に対する作者の位置づけ意味づけが明瞭でないのが物足らない、という趣旨であった。〈位置づけ〉とか〈意味づけ〉というのは、おぼろげな記憶の中から私自身の言葉でいうことで、不正確かもしれない。

作者の私は、いちいち言葉にしてあらわしていないが、わかるようになっている、と思っていた。

2

翌年だったか、江藤さんは、『文藝』に『成熟と喪失』を連載し、その中で何人かの作家の一人として『抱擁家族』を取り扱って下さり、いくつかの引用文、あるいは、今ふうにいうとキイ・ワードが印象に残った。

私はいま東京を離れていてこの本を読み返すこともできないし、タイトルの〈喪失〉はともかく、〈成熟〉のほんとの意味もあやしくなっているので、思い出しているうちに、次のような趣旨のようであったようだ。

日本は、近代国家となったとき（明治ということであろう）〈母〉というものをうしなった。先だっての敗戦でこんどは〈父〉をうしなってしまった。つまりそういう時代に生きている日本人の生きている姿がこれらの作家の作品にヴィヴィッドに描かれている。

『成熟と喪失』は、私の記憶では、積極的な評価をあたえられなかったようだ。その理由はよく分らないが、多くの人が、〈女〉も〈男〉もうしなわれてなんかいない。うしなわれたとしたら、それはうしなわれてしかるべきものであり、輝かしい道を踏み出したのだ、という意見であり、それに対して著者は、いや、それは、いわば人工的なものにすぎない。うしなわれたものは、必らず歪みを生じさせるはずだし、現にそうなっている。そのことも、これらの作品に、歪みとしてあらわれている。……

3

『成熟と喪失』の趣旨は、すくなくとも私はよく分った。私にかぎらずおそらく日本人の半分ぐらいはそう思っていたかもしれない。

しかしいく重にも矛盾をはらんでいて、小説家は、その矛盾も作品の中に盛りこむ悦びを抱いていたのであろうと思う。

江藤さんは、このような〈悦び〉が堕落に向う可能性を敏感に察知したところから、江藤さんにかぎらず少からぬ人々があこがれていた明治の元勲たちを扱おうとした。

この仕事が終り、江藤さんは、現行の憲法は日本人の意図に反したもので、アメリカのいうなりになってしまったということからはじまって、動いている政治について日本人がなすべき道を述べてきたように思う。江藤さんは政治評論家になった、といわれるようになった。

そこで、どこまでは、文芸評論家なのであろうか。政治にかかわって、文芸であるということは、ふとどういうことであろう。

留学を終えてヨーロッパをめぐって帰路に着いた。途中アメリカの老夫婦が、彼ら夫妻にそんなにお若いのに、といった。『妻と私』に今度治ったらあの老夫婦のようにもう一度出かけよう、とは、どうしてもいえなかった、とあった。あの留学中、夫人は無念にも子供がもてない手術をうけておいでだった。

Ⅲ

いかに宇野浩二が語ったかを私が語る

宇野浩二は何を書いても小説になる、そのことを僕に語れ、ということですね。何を書いても小説になるというわけにはいかないけど、宇野浩二にはそういうところがあるということと、僕にも多少そういうことがあるというので、表現の自由というくらいの意味で、なんか意義があるんじゃないかということなんだけども。そこから始めてもいいんです。それをいうためにいろんなことが出てくるかもしれないから。

僕は「道草」ということ、つまり横道へそれるということだけど、しょっちゅう横道へそれるんですよ。それでまたもとへ戻ってくる。そういう書き方をわりあいするんですね。そういうことと、語り口と関係があるんで、それも含めて話します。それからかれは引用をたくさんするんですね。引用もとくにあとになってくるとクドくなってくるんだけども。そういう書き方をするということを含めて語り方の問題を重点的に始めのうちやった方がいいと思うんですね。それからあとは内容的な問題で、ヒステリーということ、それをもう少しひろげて人間関係の問題にまでもっていく。彼は非常に親切だった人ですからね。とくに晩年はとても友人に親切だった。どういうふうに親切であるかということと、その親切はヒステリーと関係があると思って、僕はそのことを書いたことがあるんです。つまり親切さが相手にヒステリーを起こさせるんですよね。ある部分、自分勝手なところがあるんですよ。で、とりあえず語り方の問題を話そうかと思うんです。僕のきょうの話し方も、宇野浩二の語りの、そのやり方に便乗してやるわけです。結局ね、宇野浩二の話をしながら。

僕は前に作家評伝を書いたときに、大阪落語の語り口に似てるということを書きましたけどね。大阪落語をどこまで僕が知ってるかということは、ちょっとこれは怪しいもんでね、ただ大阪の人の語り方というものがあるわけね。回りにいる人をとにかくみんな愉しませるという語り方、これはちょっと他の地方にはあまりないと思う。徹底してそういうことやりますから。大阪の人間じゃない者がその場にいたら、相当手のこんだことをやるわけですよ。だから、手のこんだやり方という点では宇野浩二も手のこんだ語り方をしているわけですね。だけども、大阪の人たちがみんな宇野浩二みたいな小説書いたわけじゃないからね。そこに問題があるんです。大阪出身で小説書いてる人はずいぶん多いと思うけども、わりあいに、普通の意味で真面目な小説書くんですよ。田辺聖子さんみたいな書き方もあるし、ユーモア小説的なもの、あれはあれでひじょうに大阪的なんですけども。浩二のはもっと手がこんでいるんですね。その手のこみ方ということでは、たとえば織田作の小説も庶民の生活を書いたりして、とてもいい小説があるんですけども、やっぱり、ちゃんとした普通の物語なんですね。大阪人を描く物語とか、そういうものでしょう。今、大阪出身の女流作家で、河野多恵子さんでも富岡多恵子さんでも、手のこんだことはやらないんですね。大阪人は語りもうまいし、人間もこなれているし、下情に通じていて、大阪弁を使わせて小説を書かせたら、それだけですぐ読めるものを書けるんですよ。田辺聖子さんだって大阪弁で書くというところに独得なものがあるわけね。ですから大阪の人たちは大阪の味を出したりするんですけども、なんというのか、気の配り方ですね、大阪の人の気の配り方、他の人は何を考えているのか、どういう偏った夢を持っているかとか、みんな人間ての は夢を持ってますから、それをよく大阪人はわかっている。そういう理解はだれでも大阪の人にはあるかもしれん。ですけども理解を示すことが小説の方法みたいになっている作家はあまりないんですよ。方法になってくると、とたんにややこしい小説になるし、ややこしいといっても読みにくいというのじゃないですけども。そういう要素は大阪の人の中にあるんだろうと思うけども、そこまでは普通いかないわけですね。

今朝、ある人から宇野浩二は口語風ですよっていうことをいわれて、僕もそう思った。みんな自然主義の作家は口語文で書いとったわけです。書いてたけれども、たとえばその頃、正宗白鳥でも藤村でも葛西善蔵でも、葛西の弟子の嘉村礒多でもみんな口語文で書いているんだけども、やっぱり文語風なところがあるんですよね。佐藤春夫でさえもそういうところがあるし、志賀さんだっていわゆる口語風のくずしたところはないんです。浩二は口語文で書いていても、ラクな感じで、何を喋ってもいいような感じ。どんなふうに横にそれていってもいい……。普通に人間がしゃべるとき人間はいろいろやるでしょう。落語なんかたしかにそうやってやるんですね。それでいくことを苦にしないやり方ね、横道に入っていくことも芸のうちだという考え方、芸のうちだというのが徹底しているわけですね。だからそれが気に喰わんという人もいるわけです。もっとキチンとしたものを書けとか、横道なんかそれるもんじゃないとかね。そういう真面目な考え方の人がいるわけですね。それから比べると最初から違うんですよ。真面目じゃないところに面白味があるわけで、それは今でも問題として残っていることだと思うんです。なんだかんだいっても大真面目じゃないと許さないところがあるんですね、世間は。ところが浩二はそうじゃない。彼の作品の中にもいろいろあるんですけど、ある時期、昭和八年頃の文芸時評で川端康成さんが、横光さんの小説、「花花」だったかな、それと宇野浩二の小説を批評しているんですね。それで横光さんのはモダンバレエだといってる。こういうのは私は好きじゃないといってますね。それから、浩二の方もね、落語とはいわないけどいいことはいわれてない。要するにケナされている。しかも最後に徳田秋聲の「町の踊り場」という短編、一種の心境小説ですが、これを絶賛してますね。徳田秋聲はこの作品で甦ったんですね。それ以前は山田順子なんかの問題があったりして、駄目になって、通俗小説をたくさん書いて、やたら話を長くしていた。大正の終わりに奥さんに死なれてから、山田順子という女弟子と深い関係になって、そのことを甘い小説に書いたりするんで正宗白鳥も本気になって怒ったりしたことがあるんです。それから何年も経って昭和八年に「町の踊り場」で甦ってきたんですよ。それがなかったら徳田秋聲は認められなかった。「仮装人物」を書くのはそれからですからね。とにかく昭和八年に宇野浩二は横光利一といっしょにメタメタにやられるんですよ、川端さんに。ところがあとになるとまた宇野浩二が誉められる時がくるんですね、それが「子の来歴」で、それが絶賛されるでしょ、その前に「枯木のある風景」を書いてますよね。要するにこんな小説は落語と同じだとか、普通の小説よりレベルが下だというふうにいわれる。

不真面目というか、ちょっとレベルの下の語り方、なんでも書くけども大したことじゃないという……。何でも書ける、そこに意味があるという考え方もあるわけね。みんなが選んで選んで書いていて結局何を書いたかというと、なるほど「町の踊り場」もたしかに傑作かも知れんけども、しかしいくら傑作でもそれで書かれるものは、やはり限られているともいえるわけでしょ。つまりタカが知れてる。当時あまり誉められなかった宇野浩二は、その書き方のためにいろんなものを書いてきた可能性があるわけですよ。宇野浩二の場合は戯作調といってもいいけども、石川淳という人がやるのとちょっとまた違うんですね。石川さんのは筋が全く一貫してて、真面目っていえば真面目なんですよ。戯作調ということでいえば真面目じゃないともいえるけども、書き方は真面目ですね。宇野浩二のはちょっと破目をはずした書き方なんですね。なぜ破目をはずすかっていうと、破目をはずさないといえないことがあるからだと思うんです。どこかにあったと思う。

僕は前に作家評伝を書いたときに「蔵の中」という処女作について書いたけれども、その「蔵の中」の序文が、本にするとき序文をつけるんですが、その序文は近松秋江を扱っている。内容は近松秋江がモデルになってるようだけども、ある意味ではほとんど作者の宇野浩二の分身ともいえるんですね。着物に対する執着の仕方なんかは近松秋江がモデルでしょうけども、ほとんど浩二自身なんですね。自分と同じなんだけども書いてる以上はどうも自分のことにしてはもっと距離をおいて書いてるんですね。それはいいとして、本文は非常に有名になった例の語り口で、なんていったらいいのか喜劇的だというんですか。諧謔性の強いものだし、とにかく読まされていってしまうんですね、彼の文章は。次々と面白いことが書かれてるわけです。面白いことっていうのは、やっぱり妙なことに一途になっている男のことが書かれているんですね。宇野浩二は着物のことにそれほど愛着持ってるか持ってないか知らないけど、だけど少なくとも小説書くという意味じゃみんな同じように愛着を持っている。これは世間の人が見たらおかしなことに一所懸命になってる、一途になってると思いますからね。ですから要約すれば、みんな仲間なんですね、文壇の人は。同じことに志を持って、夢中になって、世間からはわけのわからない人間と思われているわけでしょう。今の人と違うから、わけのわからない人と思われている。そんなふうだったから、文士は結婚しても、奥さんなんか、旦那がなにを一所懸命やっているかわからないわけですよ。そういうのが今よりははっきりしていたと思う。「蔵の中」の序文で、近松秋江論というのをやるんだけども、それがものすごく手がこんでるわけです。秋江をモデルにする、しかもその近松秋江論を載っけるときに、どういうことを書いたらいいか、差しさわりがあるし、友だちでもあるし。その時の近松秋江の文壇の位置なんかも、ちょっとからかって、あんまりたいしたことはないと、楽屋裏ではそうとうにもてはやされているけれども、まァ、外にいけばたいしたことはない、今の新人作家がそんなに偉くなるはずがないということもいってるわけですね。そうしてみると、近松秋江は相当なものだっていうことをいってるんですけども、その後にヘンな女郎さんの口調でね、要するに通ってくる人を恋しがっているいい方があるわけですね、それを出しているんですね。それは近松秋江が夢中になっている女でもあるわけですよ。と同時にそれは文学に対する一途な気持ちも託しているような文章で、いろんなものが序文の中に入っている。ですからあっちからこっちから、短い序文の中に文壇のことから、近松自身のことから、近松もある程度宣伝しなければならない。自分は近松を全面的に人間として、大変な人間だと思ってるわけよ、変わった一途な人間でヘンな興味をもってる。だけど小説としては、そうバカにならない恐ろしいところもあるかもしれないぞという、そういう全部を込めたことを序文に書いているわけですね。だから非常に手がこんでいるわけですよ。そういう序文で、しかも本文の方は近松秋江らしい人をモデルにした「蔵の中」というおかしな、おもしろい小説なんですね。いずれにしてもそうしてできたのが一冊の『蔵の中』という本だとすると、そんな手のこんだことをした人は一人もいないんですよ、序文と本文の関係で。それだけでも彼は、われわれの今の気持ちからいうと、先達というか、現代に近いところがあるといえないこともない。

配慮の仕方のこみ入ったところね。これは威張ってたら、こんなふうに書く必要ないんですよ。あまり威張らないために起こる現象なんですね。
それで僕は思いだしたんだけども、『ドン・キホーテ』の第二部を書いたときに、セルバンテスが序文をつけるわけですね。それで一年くらいして死ぬんですよ、彼は。だから恐らく本が出たときは生きていたと思うけども、すぐ死ぬんです。その序文が、ちょっと長くなるかもしれないけども、これは非常に大事なことなんで、このことを喋りたいんだけど、この序文はヘンな序文なんですね。これは知ってる人は第二部に出てるから読んで知っていると思うけども、ナポリの太守のレーモス伯爵という人に献げられている文章なんです。この人はパトロンなんです、パトロンだけども生活費はあまりもらってなかったかもしれないですね。ちょっと読んでみます。訳はちょっと古い訳になっています。こういう訳の方が面白いですけどね。これは序文ですよ。

真実の『ドン・キホーテ』を得たいといふ最も激しい欲望を示したものは、支那の皇帝でございました。一と月ほど前、支那の皇帝は、私のところへわざわざ特使に持参させた支那語の手紙を寄こしまして、朕はカスティーリャ語を教へる学校を創設したいと思つてゐる、そしてその学校では、『ドン・キホーテ物語』を読本としたい意向だから、どうかそれを送つて貰ひたいといふことを頼んだ、と申すよりも懇願して参りました、更にそれには、私をその学校の校長に招聘したいといふことが書きそへてございました。私は、その使者に、支那の皇帝から、私の旅費として幾らかのものを託されてゐるかどうか、と尋ねました。すると相手はそんなことはおよそ考へもしなかつた、と答へました。それでは、と私はその使者に答へたのでございます、貴下は明日いや明日とは言はず今日、直ぐにでも、あなたのお好きなときにお国の支那へお帰りになつてかまはない。何故なら私の健康は、そんな長途の旅行に堪へるほど好くはないからです。おまけに、病気だといふことを別にしても、私はひどくお金に困つてゐるので、皇帝対皇帝、君主対君主といふことになれば、私には、ナーポリに、レーモス大伯爵といふ方がいらつしやる、この方は別に、学校の幹部とか大学総長だとかいふ結構な肩書のことこそ何ひとつ申されないが、私に生活費を支給せられ、あまつさへ自分ではちよいと要求できないほどの数々の恩恵を下し給はるのです。

どういうつもりでこういう序文を書いているのか。支那のことはまさかなかったと思うんですけども、『ドン・キホーテ』がいかに読まれているかということをここで宣伝しているわけですよ。支那にまで伝わってると。しかも自分を呼んで、スペインのある地方の言葉、カスティーリア語を教える学校を創設したいとか。しかも旅費をよこさないなら、じゃあ帰ってくれとか。これだけの文章の中にさまざまなことをいっているわけです。外に向かってもいってるし、色々な相手に向かっていってるわけです。ですから一つのことをいうときにどのくらい広い範囲のことを含めてものをいうかということ、それが現代の特徴だと思うんです。

宇野浩二は単純な人のことも書いています。しかし彼自身はひじょうに手のこんだ書き方をするわけです。書き方は滑らかな書き方で、むしろ自由な書き方でわかりやすく、僕らとちょっと違いますけども。わかりやすくしか書かないというところに彼の、大阪人のいいところがある。僕らはやっぱり泥臭いからそうはいかないんですけども、宇野浩二は最小限度わかりやすく書かなければ駄目だという考え方なんですね。しかし手はこんでいるんです。手がこんでいるということはいろんな意味での配慮、世俗的な配慮を含めての配慮があるわけです。だからシンプルな人間であるけれども、書き手としての彼はシンプルでない、どころかひじょうに手がこんでいる。しかも読みやすいということですね。だからどうしても口語文になってくる。口語であることがいいということになってくる。新しい感じがするんです。このやり口がね。この手練手管がおもしろいと思うんです。しかもちょっと見てましたら、セルバンテスは、自分の『模範小説集』というのを書いたとき、その序文で、こういう仮定をしているんですよ。この小説集の序文において、友の一人がこの書物の巻頭に置くために、自分の肖像を彫らせようとしたという仮定をして、自分自身について実際にはない自分の肖像について、次のような叙述をしているんです。六十六歳、一六一三年、死ぬ二年前ですけど。自分で自分の肖像はこんなふうだと、自分のことを書いているわけですね。

ここに御覧になる、面長の、栗色の髪をした、額の滑かで広い、両眼の生々した、なかなか恰好はいいが、やや曲つた鼻、銀のやうな髭……

こういうふうに、なかなか手のこんだことをするわけですよ。こういう手のこんだことをするっていうことが『ドン・キホーテ』という作品の面白さと関係があると思うんですけれども、これはやっぱり喜劇性ですよね、ですけれどもこういう手のこんだことをやらないと、なにかが充分にいえないからこんなことをやってるんです。なにかっていうことは簡単に一口でいえないけども、だから現代の複雑な状況に生きているときにはこの方法を使う人がたぶんいると思うし、これは有効な方法なんですけども、これには才能が要るんです。つまり配慮する広がりが要るんです、人間の広がりが。それと人間に対する理解への興味、人間として一人一人がどのくらい夢を持ってそれをギクシャク揉み合って生きてるかっていうこと。その基本は自分もそうだっていうことですね。それで結局、小説の中ではたびたび横道にそれるんですよ。評論なんかもそうですね。昔は閑話休題、さて、というやつですけど、元へ戻ってくるわけですね。これは普通のちょっとした文章ならいいけども、浩二の場合、さっきもいったように、ひじょうに肩の力を抜いて書いているときも、さて、というのを使うわけですよ。横道にそれる。ところが最近僕は二、三、ハムレット論とか、その他いろいろな本を読んでましたら、どうも構造主義の系統の人も、同じようなことをいってるんですよ。今頃そんなことに気づいても遅いとかいわれそうだけど、みんなが知ってることを今気がついたっていうことはむしろ僕は喜ばしいことだと思って、面白がっているんですけど。ロラン・バルトという人なんかは、まさに道草を喰わなきゃ駄目だっていうことを講演でさかんに喋るんですよ。私はまた道草を喰いますからよろしくお願いしますというようなことをいうんですね。つまり大真面目になると人は危い、人を説得しようとするから。説得しようとしたとたんに、関係がまずくなる。押さえつけようってことになるわけだから。だからあんまり簡単にわからせることはまずいと考えたわけですね。『ハムレット』というのはわかりにくいものになっています、昔から。なぜわかりにくいかということを論じてる、L・ヴィゴツキーというロシアの、やはりこれも構造主義の関係らしいね、フォルマリストの関係かもしらん、似たようなところもあるもんだから。それで、訳が出てる。『寓話・小説・ドラマ』っていうんですね。寓話も小説もドラマも本当の面白さっていうのは、ある方向に趣旨が、つまりテーマが一本筋に向かってずっと行くという方向があるわけ、それがまっすぐに進むというふうにいかなくて途中から横道する、紆余曲折をね、その二つがもつれて、結局はその終わりで一つになるけども、最初に狙ったのとは違うところを通って一応は同じところにきてるようにみえるだけで実際はもう違うんですね。紆余曲折をしてから、ヒョッと同じところへ寄ってくるという……。それが『ハムレット』もそうだったんです。ハムレットは復讐をしなきゃならんし、復讐をすることができない、この二つがもつれ合って、できない方がしょっちゅうこう入ってくるわけですよ。できないことが入ってくることによって複雑になり、普通の考えからいうと、わかりにくくなる。未だに作品が残っているのはそのわかりにくさと関係がある。そのことをうまくいってるんですよ。『寓話・小説・ドラマ』には一直線にある方向に行かないで横道をするのはなぜするかということが書いてあるわけですよ。それはひじょうに上手に書いてあって、要するに芸術性ということの中に、横道にそれることをむすびつけていってるんですね。芸術性に近いことばをいってる。それをもっと上手にいってるわけです。ですけどもそれと関係なくロラン・バルトなんかは横道ということ、要するに横へそれていくことが大事だというんですね。一直線にいったり、あることをいいそうになったらパッと身をよけなきゃいけないと、これは関係があるかもしれないですよ、ないかもしれんですけどね。もとはあると思うんですよ。これは昔から実際実行してると思うんですね。ただ論としてそれを論述しているのは最近のここ何十年間でしょうけども、感じとしてはみんな把んでやってきたと思うんです。『ドン・キホーテ』という小説だってこんな序文をつけてるっていうことは、本文でもやってるにきまってるんです。序文が道草なんですね、いってみればね。ですからさっきの宇野浩二の『蔵の中』だって、秋江論をつけるのは、やっぱり普通の常識からいえば余計なことをやってるわけよ。しかし、彼の余計なことやるっていうことの中には、ちょっと気違いじみたある世界があるんですね。それがやっぱり今のわれわれに魅力を感じさせたり、不思議な感を抱かせたり、ちょっとミスティクな感じをもたせたり、何かと対応するためには、そういう手練手管がいるんだという、それは何との対応か、と簡単にいえないですね、人間の生活の世界かもしれないし、もっと大昔だったら、古代だったら、ギリシアの時代だったら、そこに運命をつかさどっている眼に見えない神さまとコロスとの関係とかね。コロスは祈ったり踊ったりしますけど、普通の筋からいえば横道にそれるんだ、コロスがやる部分てのはね。そういうふうにそのなにか、なにかのためにそういう本質を得るっていうことを、ロラン・バルトのいってる横道っていうのも、社会に対応するためです。世の中のぬえみたいな存在とか人間のなんとかに対応する個人との関係でそういうことをした方がまァ、いいか悪いか、言葉ではうまくいかないんだけども、こういうふうに考えると面白いなというだけで、それ以上意味づけを僕はする気はないんですよ。宇野浩二から学んで自分のことやってるわけでもないし、僕は自然発生的にやってて、振り返ってみると僕が今しゃべったようなことは、今朝、思いついたんですよ。そんなこと書いてないよ、僕の作家評伝にもね。その序文にしろ、セルバンテスの序文は今朝思いついたんです。僕が前に作家評伝に書いた時期には今のような言葉で考えてはいなかったんです。しかしこの道草を喰うっていうことは本当にないんですよ。正宗白鳥なんかの随筆は、やたらにどんどんはずれていくんですけど、こんなふうに肩の力を抜き、さて、とかこんな自由自在のいい回しの語り方じゃないんです。だからやっぱり浩二のは大阪風の語り方なんですね。ものすごくふてぶてしいような、それで柔らかいような、ほんとに口語文なんですよ。それでまだ語りのことは充分にいえてないんですけども、宇野浩二はある時期から、病気が回復した頃かどうか、はっきりわからないけども、たとえばゴーゴリ論書いたのは元気になってからだったかな、とにかくあれなんかでも引用がたくさんあるわけですね。引用しては自分で解釈するわけです、つまりいろいろ解説するんですね、小説においても。もともとそういうやり方をするんです。それもまた今の人がやりたがっていることとなんです。つまり普通よりは人の意見をいろいろもってきて私はこう思うとかね、やりくちが小説も評論もみんな同じようなところがあるのね。それがさっきの横道への道草とひじょうに関係があると思うんですけども、さっと引用してどんどん話を進めてゆくというだけじゃないんですね。だんだんあとになると、芥川賞ができてから宇野浩二は選考委員になって、候補作を読んで批評するわけですけども、その選評もそうだけども、どんな文章を書いても、クドクドと説明したり、いろいろとくっつけるわけですよ。これも関係あると思うんです。さっきの大きく横道にそれていくこととね。ちょっとわずらわしくなりますよ、晩年はね。どんな簡単な人のことを小説に書いても、彼の筆つきはカッコに入れたり、ひじょうにすっきりしない書き方をするんですけれども、それもひとつの彼の特質ですね。それはわずらわしいようですけど、その気違いじみた粘りぐあいの執着の仕方は、ちょっとこれは病的ですよ。また病気に戻ってきたんじゃないかとみんな思ったくらい。そういうことが好ましくうまくいってることとは別にね。普通の研究者なら丹念に正確を期してやるのと似てるけれども、研究者じゃないんですよね。エッセイでも小説でも、ある女主人公がこういうとき、こうして行ったということを書くとすると、もっとくわしく言い直してみたり、それはそうしないと作者の気がすまなかっただろうと思うんですけども、それは病気と関係があったと思うんですが、しかし最初からそういう傾向があるんですね。近松秋江のことを書いて序文としてつけるようなやり方も、どこか似てて、そこに一貫したものがある。晩年のそういうものは必ずしもみんな面白いと思わなかったかもしれないけど、僕はそのやり方の中に秘密があると思う。

ゴーゴリの文章なんていうのはやっぱり普通の人がみると奇怪な文章なんですね。ひとつのことをいっぺんいっといて、またくりかえしたりね。また足していったり。それはゴーゴリもやるけどもドストエフスキイもやるわけですね。やるたびに別な角度が入ってくるわけですよ。いうっていうことはくり返してるわけじゃないんです。くりかえしているようだけども、別なものが働いているんですね。ただくり返しているんじゃなくてそのたびに世界が拡がったり、恐怖感が広まっていくような形になってるんですね。これはちゃんと誰かが書けばいいし、僕もキチンと書いたこともあるし、ナボコフなんかもたしか書いてると思うんだけども、読めばすぐわかります。それに気が付かなかったんですね、ゴーゴリの文体に、ある時期までは。おそらくドストエフスキイの文体もあまりよく意識されなかったような気がする。

だからそのゴーゴリの文体と、宇野浩二の文体と同じっていうわけじゃないですけども、そのあと足してカッコに入れてやるというのは何かに恐れてやっているんですよ、ゴーゴリは。その恐れているものは何を示しているのかわからないけど、そこになにか僕は秘密があると思う。これをもっと横にズラして考えると、こういうことをいったときに、あ、これはこんな声がきこえてくるとか、こんなことをいうのがいるかなとか、それに対応してまた足していくとかね。宇野さんがそういうことをやっているというんじゃないですけど、それはわかりませんけども、しょっちゅう言葉を出すために対話をしてるということなんですね。だれかと対話を。その対話の声がたくさん聞こえれば聞こえるほど、世の中に匹敵してくる、世の中に対応してるわけだから。世の中にいろんな声があるわけだから。だから、くり返したり、ちょっと違うことばを入れたり、カッコに入れたりするということを考えると、それが昂じると病気ですよ、それは。恐怖感をそういう方法で入れて、それはグロテスクでもあるけども、徹底すれば気は狂いますよ。でもそういうふうじゃないと世の中に対応できないわけですね。世の中に対応するために、たくさんのことを書いて対応する、それはいくら書いたってキリがないわけですから。ですから対応するっていうのはその対応する態度の中にしかないんです。だからその態度は、ちょっと宇野さんにいえるし、性質は違いますけど、僕にもあてはまる。どこか似てるところがある。そういうふうに考えるとちょっと面白いです。

別な話に移りますと、最初の「蔵の中」に、「当人の身になって」という言葉があるんですよ。これは秋江のことですけど当人というのは、秋江の身になってということを書いているんですけどこの「身になって」といういい方は、ふつう実生活では使いますけど、小説の中や作家の書くエッセイの中で「――の身になって」といういい方はしないですね。小説家はいろんな登場人物の身になって書くわりにね。浩二は当人の身になって秋江のためにこうこういうことをいうだとか、それは少々押しつけがましい言い方なんです。「身になって」という考え方は彼にはずっとあるような気がするんです。それで、いろんな人間が出てくるうちに、ヒステリー女が怒るところがあるんですけども、結局、たよりない人だ、と怒ってるんですね。あなたはひじょうに物わかりのいいようにみえて、ほんとはたよりない人だというふうに、約束が違うとかいってまとめてヒステリーを起こしたりする。ところが秋江という文壇人だけじゃなくて、彼はいろんな人の身になって、気を配ってやれる人だと思うんです、実生活において。とくに後半生では、いろんな友人の本を出してやったり、いろんな世話しますよ、病気が直ってからですけど。それでずいぶん多ぜいの人の本を出してやった。すごく親切な人なんですね。その親切が仇になって、親切であることはわかっているんだけども、どうしようもなく腹のたつこともあって、それでヒステリーを起こすみたいなんですね、そう書いてはいないけど。この関係がどうもこの人のポイントみたいなんですけども。彼の小説をよくよく考えるとそういうことはたしかにポイントになってるという気がするんだけども。このことは作家評伝にあまりよく書かなかったんですけど、僕は自分自身が年寄りになったということをなんとなくいったりするし、それで小説を書くときも自分を他の人の代弁者として書かせたり、書いたりしてますから、これを僕は方法として使ってるもんですから、驚いたんです。「身になる」というういい方がでてる。僕は自分のことといっちゃったからまずいんですけど、「身になる」というういい方、やり方は、だれでもそういうことしてるっていえばしてるんだけども、それを意識的に言葉にしてやっていた人はあまりいないような気がするんです。

「身になる」ということは、これは芝居でも役者は身になってやるわけだしね、ですけど、これがうまくいかないんですね、実生活では。そうなると書くわけですね。さっき僕はたよりないんだっていういい方をしたのは、後半の女性関係なんですね。それからまた子供もできたり。この人はだいたい、今度水上さんが書くあの人は奥さんになった人と同じ芸者だったわけでしょう。同じ店で、仲間ですよね。そんなことを考えてるもんだから奥さんはとにかくいやがるわけですよ。それも面白いでしょう。そのあとになって森川に出てくる愛人は奥さんがいるのを知って、あっち方面だけは行かないでくれ、とかね。なんかそういうところに共通したものがあって、最後に子供をひきとるわけですけど、要するに実生活ではたよりない人っていう結果になっちゃうんです。そういうことを書いてるわけです、小説の中に。で、彼は夢にみたり、親切にしなけりゃならんと思ったり、いろいろ気を配ったりしているんだけど、結局たよりない人だといわれるこの状況そのものを書いているわけです。割合こういう人はいないですよ、小説の中でこういうこと自体を書く人は。かなり自由な感じ方、自由なものの考え方をもっていないと、そういうことを主題にしないですよね、現に他にいませんから。自分のことを全部さらけださなければならないわけでしょう。そこまでは普通やらないんですね。浩二は最初からそういうふうに書いてる。それがこの大阪の人のある人情の中によくあるんじゃないですか、「夫婦善哉」みたいな感じのね。そういうのが生きているのかどうかわからないけども、あるんですね。だからそういう散文的な世界というのは、ちゃんと始めから書かれているわけですね。なにもかも自分も他の人も全部ひっくるめて、みんな同じ夢をもって。その夢はやっぱりうまくいかないんだということ、そのことを彼は書きたいんですね。他の人も夢をもっているし、それぞれ自分流の夢があって、それがかなえられないという、あたりまえのことなんですけど、ただそういうことを最初から書いてて、このことと、浩二独得の語りとはどこかで関係あると思うんですけども、それはともかくとして、その散文的な態度は相当こなれた柔軟な感じじゃないとなかなかでてこないと思うんです。最初から勘定に入れてそれをテーマにしてるっていうことは相当自由な人だっていうことになる。それは僕、もっと上手にいわなけりゃいかんのだけれど。

みんな一所懸命やっていっても、夢は破れるんですね、だれもかれも。で、破れた者同士がこの世ではそうやって一緒になって生きていくんだというそのことを、今度はそこにまた夢をもってるわけです。夢が破れて一緒に行くっていうことで人間の夢、夢といったらちょっとヘンだけども夢が本当にある世界があるんだという、むしろそういう世界に愛着を感じて、それを書くようになったのは事実なんですね。横道になぜそれるかということ、それるということは一様であってもなぜそれるかは人それぞれ違うと思う。なぜそれるかは世の中の問題、自分の恐怖心、ある予感、そういうもののためにちょっとそれるわけですけどね。しかしこの人の主題はやっぱり夢見るということなんですよね。夢というのはこわれるということですね、その恐怖心もあると思うんです。そういうものは個人の人間関係にもあるし、人間と世界の関係にもある。だから、そうすると彼のひとつの方法的なものと、夢見る内容とはだいたい重なっていくような気がするんです。これは想像ですよ、ですけど、この人のように夢見るということをいい続けた人はいないんですよ。

今いったようなことは、案外なにかつながりがある。だいたい内容と形式的なものというのは、それぞれつながるんだけども、それがつながるとき必ず独特なつながり方になるんですね。つまりなりは一人一人ちがいますから、形式は同じようで、結果的に多少なり違ってくるわけですね。効果を出すためには敏感に対応するものとの声をきいていかねばならんのですよ。夢を壊すものの声をきくとかね。そういう敏感さがないと、これを使っちゃあだめなんですよ。だから方法的に真似するとかいって真似できるものじゃない。これはほとんど生得のもので、ほんとはいろんなことは学べるものじゃないんですけども、考えることは面白いですからね。今の世の中は考えることが面白いことだから、こんな考え方もできるっていうことの方がむしろ、今の時代に合ってるかもしれない。すぐ結論を出してこうだといってしまうと、その結論が危くなっちゃう時代ですからね。

マラマッドっていう人が最近出した短篇集の序文で、創作を志ざす人のうち、優秀なほんのわずかの人しか作家になれない、あとは一年もたつと、かえって邪魔になるくらいになっちゃう、といっています。作家志望者に対してできることは、激励すること、勇気を与えること、エンカレッジすることしかないというんですね。エンカレッジしていって、その仕方はむつかしいんですけど、希望をもたせるわけです。要するに自分で自分のフォルムを学んでいくことになるんですね。そして自分のフォルムを学ぶために、短篇を書いた方がいいと、マラマッドはそう言うんです。短篇のいいところは、まず早く書けるということ、読むほうも早く読める。それと、なんといっても、自分で自分のフォルムをつかみ易い、というんですよ。それはひとつも説得力がない意見といえばそうなんだけど、好きなんですよマラマッドっていう人は短篇が。短篇の方が僕は出来がいいと思います。長いもの書いても短篇の連作みたいになっている。結局は自分でフォルムを発見しなければ駄目だといってるんですね。そういってるんですけども、後戻りすると小説というものはどういうときにうまくいくかというと、書けてウキウキしているときだっていうんです。要するに意気が揚ってくるときで、つまり、自分の書いた人物が、そこからフィクションが始まるんだけども、人物が動き出してきてね、予想外に動いて、それが回りにテリトリーになって活発に動き始めるわけね。そうすると自分は書いてる人間でありながらひじょうに気分が高揚してくる。それが小説で、いってみれば自分のフォルムができているときだというんですね。自分のフォルムがどういうときにできたかっていうと、自分の意気が揚ってきて、人間が動き出したっていう感じがして、一種の愉しさがあって、フィクションもどこかから入ってくるし、そのとき逆にフォルムもできている。これは普通反対に考えると、わかりいいようだけども、一番それがわかりにくいことなんですね、フォルムで始めちゃうと。それでやってもうまくいかない、人に見せるとこれはだれの真似だということになっちゃう。真似だって感じを与えるということは、自分の感じでつくってないということなんです。マラマッドはもっと微妙に長く書いているんですけど、彼のいいたいことはそういうことなんです。これはちょっと大事なことじゃないですかね。マラマッドと宇野浩二の問題と、簡単にむすびつけてもわからないかもしれないけど。〔談〕

早稲田文学　一九八五・八

小説とは何か――私の「最終講義」

ぼくはこの十何年『罪と罰』の講義をしてきました。もともとこれは、日文の「小説研究」の時間ですが、はじめから現代あるいは近代の日本文学の作家や作品を扱わない方針でした。二年めぐらいまでは、『罪と罰』のほかにも何作かやりましたが、そういうことをやめることにしました。もう忘れましたが、この作品だけにしぼるようになったのは、一つには、当時は学園紛争というものがあり、世間もそれと呼応して騒然としていた頃であって、学生諸君の中には下宿で色々と思いこむような傾向があったせいかもしれません。もちろん、主人公であるこのロシアの一八六〇年代の学生は、いわば、たったひとりで大問題を考えたあげく実行に移したのですから、当時の日本の学生諸君とは違います。彼は先輩の指導を受けたり、共同研究をしていたわけではなかった。それでいて、まことにもっともなことを、彼は考えていた。しかし、それがもっともであることは、彼がはじめて気がついたことでありました。もっともでありながら、しかもあまりにも独創的であるということはもちろん危険なことです。ぼくは今、この内容について述べる必要はありません。この一年皆さんは、いやというほど触れてきたことですから。

いずれにしても、ぼくは、『罪と罰』を扱う以上漠然とそういった違いのことも念頭にありました。だからどうということはありませんが。その後学生の運動は下火になりましたが、ぼくはあいかわらず続けてきました。

ぼくは、ドストエフスキイのほかの作品、とくに、この作品以前の作品から入ることも、同時代のほかの作品のことを話すこともしたことがあります。『罪と罰』とまったく別の傾向の作家のものや、その年々にぼくが語りたくなった作家のことも気ままに話題にしたこともあります。

しかし、今年度はぼくは『罪と罰』だけに終始することにしました。にもかかわらず終りまで行きつくことはできませんでした。もちろんぼくはそのことを後悔してはいません。ぼくは、あなた方にもいったことがありますが、何年も読んできた同じ作品ですが、金曜日の二時限めの授業にあわせて、前の日にノートをとりながら読みなおし、金曜日の朝読み続けたりして、国立からお茶の水までの電車の中で考え、それから、七号館の講師控室で三十分から一時間ぐらいのあいだ同じようなことをしました。それからぼくは不安な気分でベルが鳴る前にこの部屋にやってきて、あなた方と顔を合わせ、スピーカーの用意などしてベルが鳴るまで待ちました。ぼくはそのとき、時々、自分がここにこうしていることのイキサツを思うことがありました。

もともと、ぼくのこの「小説研究」の講座は、舟橋聖一氏が長い間もっておられました。舟橋さんは、『源氏物語』を、たぶん延々と次の年、また次の年へと帖を追って続けてこられたのでしょう。ぼくは控室で舟橋さんがポツンと時間を待っておられる姿を見かけたことがあります。舟橋さんはこの授業を愛しておられたのですが、病気で休まれるようになり、そのうち亡くなられました。舟橋さんが担当されるようになったのは、五、六十年前から始まった、文学部の前身の、文芸科の時代の名残りかもしれません。

舟橋さんの死のあと、日文の教授である平野謙氏から丁重な手紙をいただき、この講座をもつようにとのことでした。学外の作家に依頼することは、この安い講師料では不可能であり、もし依頼すれば、工学部に小島がいるではないか、といわれるにきまっている、とありました。また、もしこの講座を中断するとなると、せっかくの作家による授業が永久になくなることになるであろう。こんなわけでぼくは素直に引き受け、それから今日に至りました。その間に、平野さんは亡くなられました。

ぼくもこの講座を愛してきました。というより、不安な気分で教壇へやってきて、不安なまま独演を開始するスリルを愛したのだ、というべきでしょうか。ぼくは、ずっとそうなのですが、この長篇小説の第一篇から語りはじめる。なるべくこの有名な作家について知識のないものとして、直接小説の中に入りこんでしまう。ぼくの言葉で、ぼくの小説でもあるように、進んで行く。色々と抵抗にあったり、話しづらくなったりするであろう。ぼくはノートをとっているといっても、それは脈絡がつきすぎていて、ぼくが語りはじめると、ぼくのノートそのものの方が読みちがえしているように見えてくる。ぼくはそこで立往生するかもしれない。ぼくがノートをもっと綿密にとっていたならば、そういうことがないかというと、そうではない。ぼくが話しはじめると、綿密にとったことが、それなりに邪魔になることもある。いずれにしても、ぼくが教壇に立って、こうして話しはじめてからすべてが動きはじめるのである。これは大げさかもしれない。ぼくがそう思いたがっていたのかもしれない。そして現在この瞬間、皆さんに話しかけていながら、そう思おうとしているだけなのかもしれません。

ぼくは毎年、読み落しがあったことに気づきました。人間の頭というものは、語るつもりで読むせいか、つまり、選び出す操作があるために、当然、読み落されてしまう。しかし、選び出すということはどうしても行なわれる。選び出し方が問題なのであろう。……ぼくは出来れば主人公となって、つぶやいたり歩いたり、のぞいたり、上の空であったりするところを、マネしてみたいと思いました。そういう主人公や、その周囲の風物や人物たちから、逆にそういうものをそういうふうに書く作者とはどういう人であるか、を問いつめる恰好をし、作者が背中を向けたり、頭をかいたりするところを、ちょっと示した恰好をしてみたいと思おうとしました。そうすると、ぼくの意気が昂揚してくるからです。意気の昂揚なんてものは、果して何であるか？　といったって、とぼくはいうことにします。それ以外何をアテにするのであろうか、ぼくたちは、とぼくはこうぼく自身に答えさせてみます。そしてぼくはそのやりとりを斜めに見るのです。せめて、ささやかなパフォーマンスをやってみたいのです。先日ある小さな本屋さんが、ぼくにいいました。「先生」（先生とは、このぼくのことです）「まったく時代について行けないのです。本が売れないのです。パフォーマンスでもやってくださいよ」

ぼくが、この講座を愛しているなどと、勝手なことをいったのは、ぼくが心中ひそかにパフォーマンスにあこがれているせいなのではないでしょうか。

ぼくは今日は、あとであることを材料にして話そうと企らんでいるのです。やがてそこへ向って歩を進めるべく（というと、たいへん計画的に見えますが、これは漠然としたものです。それのみか、ぼくは、地震でも起きて、ぼくの期待なんか、ふっとぶことを、望んでいるのでもあります）、多少は、ぼくが『罪と罰』について、あなた方という聴き手に向って舞台の上の役者の独白のようにして語りかけてきたこととの具体例をもう一度よみがえらせてみることにします。

あなた方と同年輩の元学生、主人公のラスコリニコフは、若きドストエフスキイの如く、夏の夕べの下宿を出ます。彼は、下宿の主婦に出会うことをおそれながら、どうやら首尾よく外へ出ると、歩きはじめる。彼はただ歩いているだけであるが、作者は、めざすあそこまでは、七百三十歩だ、と彼は前にはかったことがあって知っていた、とぼくたち読者とのつなぎをする。いったいなぜ、歩数を数え、しかもそれが七百三十歩であったか、分らない。その分らない、ということは、そのときぼくたちの愉しみである。いつか分ることができるにちがいないし、もし簡単には分らぬとしたら、それはいわゆるナゾである。そのナゾはもしこれからナゾとして居すわったままであるとしたら、さだめし、それは小説ぜんたいにつながって行き、たぶん、ぼくらを恍惚境へひきいれるであろう。

たぶん、このときはまだ元学生かどうかさえも分らなかったかもしれない。もしそうならば、いずれ今は退学している情報はもたらされるが、どうして学校をやめたのか、ということを分るように説明しようとしたら、どういうことになるのであろうか。かいつまんである程度でいいから教えろ、それくらいいえないとしたらその小説自体がおかしいのではないか。と、こう難じられるかもしれない。だが、それは容易にいえるだろうか。すくなくとも、てっとり早く答えようとして、それがムリなことが分り、ぼくたちは狂いそうになる。

〈若きドストエフスキイの如く〉とは、ぼくが勝手につけ加えたことである。たぶん私は混乱をまき起そうと企らんだのであろう。〈若きドストエフスキイの如く〉ということが理解できるのは、何頁も待たなくてはならない。しかるべきときに、私がもう一度、この文句を取り出してみせたときに、この作品と作者がからみ合って新しい光の中に浮び出てくるであろう。ぼくは、それまで、悪党にならなくてはなるまい。それまでは、宿題としておきます、とぼくはいっておくことにするのである。ラスコリニコフがドストエフスキイだ、という意味は、ドストエフスキイに、ラスコリニコフそっくりの経験がそれまでに現実にあったということではないのは勿論である。ぼくが伝えたいことは、やがて分る前代未聞の企て（賭け）をいだいて歩きはじめた主人公は、前代未聞の小説を書こうとしていたドストエフスキイとそっくりだ、ということである。これではとてもとても不十分である。狂おしいほど不十分である。しかし、こんなふうに解説すべきではない。ぼくが最初に口にした如くに、ラスコリニコフは、〈若きドストエフスキイの如く〉というふうにいうべきである、とぼくは考えたのだろうと思います。〈のだろうと思います〉とぼくがアイマイにいうのは、ぼくにそう閃いただけのことで、その閃きをそのままぼくは自分の中の意気の昂揚によって知っている、と思っているにすぎないからです。

七百三十歩あることを彼は知っていた。いったいこの主人公は、この歩数をかぞえているときに、どんな顔をしていたのだろうか。彼はいつ、どういうことと、どういうことの間にそういう計測を行なっていたのであろうか。彼が歩きはじめてしばらくたって彼が上の空でセンナヤ広場を歩いている箇所にさしかかった頃、ぼくは皆さんに向ってこの人は、どんな顔をして歩いていたのだろうか……というふうにこの問いをさしはさむべきである。なぜならば、とても計測している様子が、どうしてかぼくらには浮ばないからである。作者にうかがってみても、「さあて」という返答がもどってくるだけかもしれない。「そんなことはどうでも宜しいでしょう」とつけ加えるかもしれない。こんな問いなどもちろん不必要なことだ。だが、その不必要な問いを発したくなる。そう思いついた理由は、ぼく自身にもよくわからない。強いていうならば、ぼくがたわむれたかったのであろう。作者と登場人物（主人公）と、あなた方聴衆のあいだに割りこんで、ある役割をつとめ、つまり、みんなが仲間であることを示すことで勢いづきたかったからであろう。『真夏の夜の夢』の妖精の役を進んで買って出ることです。失敗してみたりすることです。

しかし、作者は案外にこんなふうに答えないともかぎらない。「ぼくは、〝死の家〟の中で、シベリアの監獄要塞の中で、囚人たちが出獄の日を、丸太の柵にしるしを打って数えているのを見たことがあるが、あのことを考えていたかもしれないね。それから仕置き鞭の数とか、それからシベリアの目的地までの距離を頭の中で数えてみたとき、死刑の宣告が下って処刑まで三十分間として、その間に考えるべきことを、三つに分けて考えてみたことなどとも、どこか似ているかもしれないですね。しかし、ほんとうは、そういう連想は、ラスコリニコフという人物の連想というふうになるときのほかは、ほとんど意味がないことですね。何かにぶつかり、何かをしようとして誰かと話をかわすときに彼が連想するというのなら、分りますが」

ぼくは、小説とのつきあい方というものを、ほんのちょっとですが、復習してみました。ぼくは小説のナゾとのつきあい方と、いうつもりのようです。ナゾに共鳴し、なるべくそのまま残しておくということ、解読することで、解明できたと思わないようにすること――小説の主人公がそうであるように、答えを出した、と見えるときは、「出した」と自分にたいして思おうとしたり、眼に見える、あるいは見えないところの相手に向っていう、そういうだけであるということにすぎない。だからぼくたちの小説とのつきあい方もまたそのようにあるべきである……しかしそれではすむまい！　ぼくは、たぶん、こんなことをいいたいのであろう。またそういうことについては、この一年間くりかえししゃべってきました。『罪と罰』は特別にそういう小説なのでした。しかし、ぼくたちは、よく考えると、現実にもそう生きているのであります。一見そういうネライで書かれていないように見える作品も、ぼくらが補ってみることができるように思えます。たぶん、ぼくがこれから語ることは、そういうことになるらしいのです。といっても、ぼくは、今この時点で、そのことに気づきました。ぼくは二、三分前まで、そこまでは考えていなかったのです。(今にして思えば、このことが一番大切なことであるらしいのに)どうも大切なことは、うっかりするものであり、また向うの方から姿を見せてくれるもののようです。安心いたしました。それにしても今日はどうも肩に力が入りすぎているからでしょうか、イヤミになりました。ぼくが割込むユトリもない、というのがよいのですね。小説からはじきとばされるべきですね。易々とやりすぎました。

ぼくはこれから、ある一冊の本について語ってみようと思います。ヘレーン・ハンフというアメリカの女の人の編著にかかるもので、七、八年ぐらい(?)前に出たものであります。題名は『チャリング・クロス街84番地』。

これは一口にいうと、ノン・フィクションともいう部類に入るものです。一九四九年の十月五日の、ニューヨーク在住の若い独身女性ヘレーンがロンドンの題名の場所にあるマークス商会にあてた書簡から始まる。先ずじっさいのものとぼくらは思っていい。この書簡を読む前に、次の頁を見ると、これまた書簡で、これはマークス商会の事務用の便箋がつかわれている。十月二十五日付である。差出人は、FPDとだけ記されている。ぺらぺらとめくってみると、ずっと書簡がつづいていて、要するに、だいたいのところ、この二人の往復書簡なのである。とりあえず終りへと頁をくると、一九六九年の四月が最後である。そのあとエピローグがついている。これは手紙一通から成り立っている。それのみである。ここでこの本の五分の二ぐらいは終る。そのあと「ブルーマスベリ街の侯爵夫人」というタイトルの日記ふうの文章がある。

この本のことは学生諸君の中には知っている人もあるでしょう。ぼくは、不意に今日この本のことを話題にしようと思った。それまでは、今日話していることと、まったく別のことを考えていたのです。ぼくは、さっき『罪と罰』講義（講演）をする日に、ぼく流の予習をするようなことをいいましたが、ほんとうは、別の話に逃走をしよう、と思いもしていたのでした。だから今日も、今こうして話していることは、ぼく自身から逃走し、ある意味では、ぼく自身に戻ることでもあるようです。ぼくは裏口から、戻ったのです。ぼくの中のこういう表現は甚だ好かぬのですが——意識下にあるものに出っくわすことになったのでした。ですからぼくは、頁をくりながら、まるで追いつめられ、即興の如く、実演しているのであります。

ぼくはこの本との係り合いを語りましょう。ちょうどぼくが『罪と罰』講義をこの壇上で続けるようになった由来を示したのと同じように。あれは世界の代表的古典小説ですが、これはそうではありません。それゆえにこそ、ぼくとの（ぼく、というより、ハッキリ小島信夫といった方がいいようですね）係り合い方の話もいっそう必要であります。あとでいいますが、この本そのものの内容が、因縁、由来で成り立っているといえるのです。

ぼくは七、八年（?）ぐらい前、イギリスへ家族連れでこの学校から留学していたM君から、このヘレーン・ハンフさんの本の話をきいた。講談社の出版部のT氏が前からぼくを通じて知っているM君に会い、彼の案内で、この題名の本屋を訪ね、店の写真をとり、やがて出版された飜訳本にその写真をのせました。ぼくは、M君から本を借りて読んで、しばらくしたら、江藤淳氏によるその飜訳が刊行されたのでした。これはりっぱな訳です。ぼくは、そのあと、あなた方の先輩にもこの壇上で話題にしました。その年の講義の冒頭の二回分をあてたのです。ぼくは生協に本をとりよせました。それからぼくは翌年には、ぼくの本拠地である工学部の一年生の英語のテキストにしました。ぼくのこの講読（ぼくは、この講読ということを、この講義と同様に愛しています）の授業が半年ぐらい進んだとき、あるテキスト会社からテキスト本が出ていることを知ったのです。すると最近、文庫本として江藤さんの飜訳が出ていると教えられました。最初の飜訳本は、前半の往復書簡の部分のみでした。こんどの文庫本は全訳でしょうか。ひょっとしたら、あなた方は、この文庫本を持っているのかもしれないし、そこにはくわしい見事な江藤さんによる解説がついていて、それを読んでおられるかもしれないですね。そのことに関してぼくはあなた方に質問しないでこのまま話を進めることにします。ぼくは、調べたり、人にきけば、すぐに分ることを、わざとそのままにしておく快感にいま酔いしれたいと思っている次第なのです。何故そんなケチくさい快感を問題にしているのか、これもすこし考えれば分ることですけど、あえてわざと放置します。

かつてぼくがその年の出発点として選んだ一冊の本を、最後に扱うことになったのは、この平明な著作がぼくの頭の隅にいつもあるということのためであります。それならなぜ頭の隅にあったかということは、ぼくがこれから述べることで、ひとりでに明るみに出るのではないでしょうか。これまたぼくが前にふれたナゾの解明にかかわる問題です。ぼくがこれから述べることは、江藤さんが述べていらっしゃるとして、それよりつまらないかもしれませんが、何かの取柄はきっとあるはずです。なぜかというと、ヘレーン・ハンフさんのこの編著書は、ぼくがこのことだけを語るつもりであっても否応なしに連想が行なわれるからで、その連想の内容は、人さまざま、その折、その折によってさまざまなのです。結果の成否はともかくぼくはそのことを実演してみせます。

さて、最初の書簡に戻ることにします。作者が不在なのですから、ぼくたちは自力で読まなくてはならない。皆さん、考えてみると小説は他力なのですね。それで覚悟を決めて自力をはたらかします。「新聞の広告で、あなたの店が古書を扱っていることを知った。古書専門店という名称におそれをなしている。こちらは、古書はないことはないが高価だ。リストを送るから、そのうちどの本でもいいから送ってくれ」といっている。彼女は、汚れていないことと、一冊につき五ドルを越えないことという条件をつけている。いい忘れたが、「私は貧乏作家です」と書いてある。ほしい本のリスト同封のことがある。

これに対してさっきもいったように、二十日あとの日付のロンドンからの手紙が続く。これは「マダム」、から始まっている。ヘレーンの手紙には実は、名前のあとに括弧をしてミス、とあったのであるからぼくらは気づきます。そして読むことにします。すると、三分の二はとりそろえたと書いてある。ハズリットの随想三篇は、何々版にあったとか、スチーブンソンは、何々に入っているとか、いっており、とてもきれいな本だから満足していただけるといっている。そのほか、リー・ハントの評論集が、そのうち手に入るはずとか、ラテン語の聖書はないが、ラテン語とギリシャ語の新約なら最近出版されたもので在庫があるとかいって、それで終りである。

ぼくは今、あなた方に気がねをしていることは、ぼくの自信なげな声で分るでしょう。どうしてこんなことが面白いのか、いったいこれらが何なのか、と皆さんがぼくにいいたがっていることが、ぼくには分るのです。しかし、どうしてもタイクツともいえるこんなことを示さなくては、ぼくはいいたいことに達することは出来ないのです。次のヘレーンの手紙は十一月三日付ですから、自力ですぐ前の本屋の手紙から何日たっているか、しらべて下さい。すると九日たっていることが分ります。ヘレーンは本の礼を書き、送られた本が彼女を喜ばせた模様を具体的にいっている。みかん箱を積み重ねた本棚に入れるにはおもはゆい、とある。そのあとアパートの階上に住んでいる女性の恋人がイギリス人で、その人がポンドをドルに換算してくれて、それによって送ることができるといっています。さっきの手紙にあった聖書の本のことは、それでいいから送ってくれ、とか、これからはそちらでドルに換算してくれるように頼んでいる。追伸にはマダム、とあるが、そちらとこちらとの使い方に違いがあることを望む、といっている。

実にゆっくりと、ぼくたちは、この若いアメリカ婦人が、ノビヤカな筆で率直に意志を表明し、それでいて、本に関してはあまりアメリカ人らしくない好みをもっているがゆえに、手紙を寄越してきていることを知るのであります。彼女の申込んでいる書物は、皆さんはあまり興味がないかもしれないが、たとえば、こうしてしゃべっている、ぼくたちが学校で読んだようなものなので、決して珍らしいものではないのです。そのことは、何でもないことですが、それにしても自力で読みとらなければならないともいえます。ぼくらが実生活で初対面の人と手紙の交換をするとすれば、自力で相手をこのようにして綿密に、一字たりとも読みおとすことなく、知ろうとするのと同じなのであります。そして、こんなことをいうのもオカシイほど当然のことです。しかし、この当然のことを、ぼくは、明るみに出してわざといってみることにしたのです。

何回かの往復書簡は同じような本についてのやりとりが続く。さきほどの新約聖書についてこういうふうに始まる。江藤訳によると、

「コンナモノハインチキぷろてすたんとノ新約聖書デス。

イギリス国教会の方々は、この世で最も美しい散文を、だいなしにしてしまいましたね。このこ

とをあの方たちにちょっとお知らせ願えませんでしょうか。いったいだれの命令で、ラテン語訳の『ブルガタ聖書』をへたにいじくりまわしてしまったのでしょう。よくお聞きください。イギリス国教会の方々は火あぶりの刑に処せられてしかるべきです。

　と言っても、私自身はなんの痛痒も感じません。私はユダヤ教徒ですから。」

　彼女はこのあと、この『ブルガタ聖書』をラテン語の先生から借りているが、そちらで見つけてくれるまでは返さないことにした、と勝手なことをいっているふりをしています。そのあと精算の話にうつり、残りの十二セントは、コーヒーでも飲んでくれと、横着なふりをしている。それから郵便局まで遠いために四ドル紙幣を同封することになる事情をぐちっている。つまりコーヒーでも飲んでくれといいたくなる理由なのである。このようなことは、この手紙の文章そのままを示さないと、ほとんど意味がないというのは、とても残念である。このあと、また新しく本を注文している。

　ぼくは仕方がないから、ここで足をとめて整理してみることにします。この一つの手紙によって、ぼくたちは、彼女について実に沢山のことを知る。彼女の宗教から、聖書についての彼女の態度（?）とか、郵便局からの距離のこととか。彼女が彼女なりに多忙であるらしいとか、こんどの注文によって、現在どんなことに彼女の思想生活が向いているのか。くりかえしますが、さっきもいったように沢山のものを省いてしまっています。それらは、ほんとうは、どの一つも省くことは出来ない。ディテイルそのものが、一つ一つで背景をあまりにも持ちすぎているからです。この手紙を、相手のイギリスの商人は綿密に読むにきまっています。本の注文というビジネスにかかわっており、第一回めの手紙から既にそのきざしが見え、いよいよ熱心な古書愛好家であり、それはニューヨークのアパートに到着次第読もうとしている。しかも非常にうるさい真面目な顧客である。しかも若い婦人である。彼はそのことについてはいま一言もふれていないけれども、この若いアメリカ女性の手紙を待ちはじめているらしいことも、その文面を楽しんでいるらしいということも想像がつくのです。そしてまた彼女の方も、そのことを分っていると感じられます。彼女がどうして分っているのか、ということはあなた方も色々と考えることができると思います。彼女は「貧乏作家」だと自己紹介していることと関係があります。もう私たちは、この女性が才能の持主であることを知りますね。ぼくは、一足とびにこういうことだけいわせてもらいます。まだこの段階では名前も知らされていないこのイギリス商人は、このあと二十年間ずっと、ビジネス以外のことは一言も語らないということを念頭に置いてくださるように、ぼくはお願いします。

今ぼくは二十年間といいましたが、まだ書簡の往復が開始したばかりのときに、先き立って口にすべきではないのです。たぶんぼくの話し方が下手なのでしょう。彼が死ぬことによって、この往復書簡は終りを告げるのですが、そのあと、この商人の妻の手紙によって、彼がヘレーンの手紙を楽しみに待っていたということ、それを彼女はひそかに嫉妬していたということ、それから主人もまたユーモラスな一面のある人で、人に好かれていたということなどが伝えられてきます。妻の嫉妬なるものは、どの程度のものか、想像はつきますが、ぼくたちも、ヘレーン自身も、商人が彼女の手紙を、おそらく第一信から楽しんでいた、ということ、待ち望んでいたということが分るのです。この分り方は、一つも説明とか描写とか、商人やヘレーンの表情その他によって分らされるといった性質のものではない、のでありますね。ぼくはこんなふうに話を運んで、不覚にも涙が出てきそうで困るのです。ぼくはこの先きを読み通し、エピローグがあり、そのあと「日記」まである、ということを既に知ってしまっているからということは確かにありますが。それからも彼と彼女は一度も対面することがない、ということも含めてなのですが。

皆さん、ぼくは重要なことを、明かしてしまいました。あなた方はこの事実をちょっと忘れるふりをしてください。そして一九四九年の最初の頃の手紙に戻っていただきます。

ぼくはさっき、手紙の中の一つ一つの文句が彼と彼女との現在を知るうえに、一つとして不必要なものはないといったふうのことを述べました。そんな馬鹿なことがあるものか、とぼく自身が反問したいくらいです。考えてみれば当り前のことで、彼らは必要なこと、とくに相手にとって必要なことのほかは何もしゃべってはいないからです。彼女のほほえましいポジティヴな明るい冗談まじりの物のいい方は、彼女にとって必要な用件と密接に結びついているばかりでなく、彼女の人間かんけいにとって必要なことであり、そこに余計なものは、一つもない。一方彼の方は、ビジネスマンとしての誇りをもった真面目な用件のほかは何もいわないのです。しかし、この用件というものが曲者です。ただの商品の取引であるとはいえ、ぼくらにとって、いくらか縁の遠いタイトルであり内容の古書というものは、ほかの商品とは大分違います。彼女と彼が注文をめぐって古書の名をあげ、装幀や値段、完本であるかないかについて書くとき、ぼくたちの想像は、飛躍的に拡大されるのです。どうか、この飛躍的にということに注目してください。これを読むイギリス人とアメリカ人と、ぼくらともそこに差異があるし、年齢によっても差異があります。しかし、ぼくは、文化というものはそういう差異があることで、かえって想像をかき立てられるような気もせぬわけではないのです。ぼくがいった自力ということは、これからもつきまとうけれども、自力はひとりではたらくようになるので、やがて楽しみにもなります。ぼくはもうこれからこの本の頁をくることを止めて、ぼくの印象と記憶にあるものを頼りに、それがぼくを迎えてくれるのをアテにしてこんなふうに話を進めることにしてみようかと思います。

往復書簡の読者は、当事者です。ぼくたちは、いわば盗み見させてもらっているだけであります。ぼくはもう一度、そういってみます。今気づいたかのように、呟いてみることにします。それから、人物たちの行動の変化などは、主として日付によって知るということを、くりかえしてみます。それから、彼らお互いの手紙は、ぼくたちの前に並べられていますが、じっさいは受取人が手にするのは五日とか六日とかあとであります。大西洋をへだてているから、どちらかが海をわたらなければ、直接に会うことはないのです。彼らは、電話をかけたことは一度もないから、声を知らないままである。商人の名はやがてフランクと名乗られる。彼女は戦後の物資不足がやまないイギリスの古書店に働いている店員の家族のためにナイロンの靴下だとか乾燥卵だとか、肉類のようなものだとか、送る。店の人員の構成、フランクの風貌、年恰好、彼が再婚で先妻との間の子供がいることなど、女店員のひとりが、ひそかにヘレーンに浮き浮きと報告してきます。そしてこれは内緒だとつけ加えているのです。この手紙を見たとき、ぼくたちは、ぼくらこの本の読者の要求に合わせたそのタイミングのよさに、思わずフィクションではあるまいかと疑いを起すのです。しかし、ひるがえって考えると、これは、あくまで女店員その人が知らせたくてたまらなかったからなのです。彼女はヘレーンの手紙を読んでいたからですが、ヘレーンの手紙は注文書をかねているから、その扱いで綴じこまれてあるのです。いずれにしてもこれは天の助けではないでしょうか。いまぼくは〈天の助け〉といいましたが、このあといくつもそれが出現します。

ヘレーンの古書の注文は続きます。その傾向は一貫していて、一種の激しさをもって依頼されます。女性特有の熱心さで、正式の古書の依頼以外の何ものでもないが、何かしらそれ以上の気配さえ感じられます。そんなことは明らさまには何も思いはしないし、気づくことさえないでしょう。いずれにせよ、彼女はずっと独身なのです。すくなくとも、この本の中ではそうなのです。彼女の両親は英国出身である。彼女はまだ見ぬロンドンについて、空想をはたらかす。彼女はイギリスの古書を読んでいる。時間的に前後するというか、すこし先きにまたがってしゃべっていると思いますが、彼女は童話を手がけたり、伝記のシナリオなどが売れるようになったりする。ある時期までは、学校へ通って勉強していたのだったかもしれない。こんな無責任な書き方をしているのは、彼女の手紙の中で、必要な部分でありながら、人生のそのときどきの情報のように、消えないまでも去って行くからでもあるのです。——そして、このことは、決してこの往復書簡のあたえる効果としてマイナス面ではない。

ヘレーンのところに、店員一同のクリスマス・プレゼントとして、彼女がいかにも欲しがっていそうな、あるいはかねてより欲しし、ようやく入手した古書が送られてくるのであります。ぼくはこれも小さいが〈天の助け〉の一つとしておきます。プレゼントが古書であるということのウマミです。この行為と似たものとして、この頃か、もうすこしあとのことかでしたが、ぼくの思いちがいでなければ、さきほどの女店員の家で、ヘレーンがロンドンを訪問したときのベッドを用意しているることを知ります。これは、この女店員その人の手紙によってでなのです。店の者たちがヘレーンの来訪をどんなに待ち望んでいるか、ということは彼女から前にもいってきたようです。プレゼントが贈られてきたとき、そう書いてあったかもしれません。そうとすれば、フランクがそう書いたことになりますが、しかし彼はそういうことはいって寄越さないような気がしますが。——ぼくのこの語り方は、きわめて宜しくないように見えると思います。しかし、ぼくは今、ぼくも彼らたちと交際する術として、こんなことをしているみたいなのであります。ぼくはさきほどから気づいているのですが、登場人物たちは、手紙の相手以外は、どうも見ていないみたいなのですね。ぼくはとても親しみは感じているにもかかわらず、ヘレーンさえも近寄ってこないのです。このことは、あとで考えることにします。

しかし、ヘレーンは、ロンドンへ来るとはいわないのです。そういう約束は一度もしないのです。彼女はいよいよ多忙になり、いよいよ古書の注文をしつづけます。大分あとのことでしょう。彼女の脚本による伝記物が放送されることなども見られます。例の女店員だったと思いますが、彼女の主人の仕事のかんけいで、既に中近東方面へ出かけている夫のところへ店をやめて出かけて行き、それから二度と登場しません。ぼくは急ぎます。あなた方の顔にタイクツと書いてありますから、ぼくも何とかせねばならない、とさきほどから考えています。しかし、タイクツといっても、これはぼくの話し方の問題なのです。なぜならタイクツと見えるものは、読んでいると、決してタイクツではないからなのです。あなた方はそう思っていないのかもしれないのに、ぼくだけがそう思っているのかもしれない。分っています。人生はいっぱいある。小説以上に人生はいっぱいある。小説以上に広がりがある。ただいっぱいあるだけではない、空想をいだかせもする。この日常の奥にあるものも想像できぬことはない。手紙に書くことは、それにふさわしくないことは省いているということもよく分るからであり、省いていることが、これまた人間の存在とか人生とかのことを感じさせもするのであります。

ヘレーンがロンドン来訪を一向に実行することがないので、そのことを店の者も期待しなくなるみたいであります。そして、いつしかぼくたちも忘れてしまいます。ところが〈天の助け〉が二つばかりあらわれるのです。

その一つはこうであります。

ヘレーンの女友達で役者をしている人がいて、彼女がロンドンからヘレーンあてによこした手紙がぼくたちの前にとつぜん奇蹟の如く現われるのです。もちろん、その手紙の内容とあいまって、そうなのです。ロンドンをはじめて訪れたこのアメリカ人がこの歴史のある、いわば取りすました市のたたずまいや若者たちの動静を、あたかもヘレーンの眼のように批評するのを見ます。彼女は劇団といっしょにロンドンへ芝居の公演に出かけるのですが、ニューヨークを発つさいにヘレーンからある使命をあたえられているのであります。その使命が何であるか、皆さん分るでしょうか。この気さくな友人は、たぶんジーンズ姿でヘレーンの代りに、チャリング・クロス街八十四番地の古書店を偵察にきたのです。彼女は店の人に何者であるか知られることなく店を去り、手紙の中に報告をしています。ぼくはこの偵察の一件をヘレーンがフランクへの手紙の中であかしていたかどうか忘れました。沈黙を守っていたとすると、この本の刊行によって分ったことであります。いうまでもなく、たいそうささやかな事件ですが、このとき、何となく、ぼくは、ヘレーンは自分では、けっきょくロンドンを訪れないのではあるまいか、という予感がしたのです。

次の〈天の助け〉はこんなことであります。彼女が新しいアパートへ移ったことを知らせるヘレーンの一通があります。彼女は本箱を話題にする。そこに、それまで彼女がマークス商会から仕入れた古書がぎっしりつまっているさまを想像してくれ、といっている。どうか、皆さんは自分で確かめてください。あなた方は、どうしても、ぼくの話だけでは自分でこの往復書簡を読み進んできたということ自体を忘れてしまうはずです。一番のベースを忘れるはずですから。商会のフランクと、ヘレーンとの間に紙面を越え、海を越えて、どんな想像が行きかっているか。ぼくは何年か前に、この演壇であなた方の先輩に、『チャリング・クロス街84番地』の話をしていた頃に、偶然に現在のヘレーンさんがこの本箱を前にして微笑をうかべている姿を見ました。テレヴィの英会話の時間だったと思います。〈天の助け〉が、ときどき出現して、灯をともしたとしても、ぼくらはそれも忘れて行くことになる。おかしないい方にきこえるが、それこそが、この本のリアリティを作っているのだともいってもいい。ところで、ぼくは忘れかかっていた〈天の助け〉を一つ思い出しました。次のようなことであります。皆さんはタイクツしていますか。どうも単調ですね。こんな話し方では駄目ですね。演劇的にやらないといけませんな。ぼくの話は、これからが面白くなるのですが。それはどういうことかというと、今まで散漫に見えた話が、一つにマトマってくるということですけど、とにかくこれからが正念場です。ぼくは絶望しかかっていますが、これからが始まりです。ぼくはおしゃべりの道具になっているようですね。

その〈天の助け〉とは何か。ぼくがさっき忘れかかっていたということは、確かこんなことのようでした。——これは今出さぬ方がいいかな。まあいいや。いつの頃であったか。——何しろ二十年間にわたっているのですから、彼女は古書の注文——いつだって彼女はそうなのですが、注文あるいは、受け取ったときフランクにいっていることです。私は小説は好かない。同じ伝記でも、直接に会った印象にもとづいているものでないものは、きらいなの。私が小説で好きなのは、オースティンだけ。このときこの女流作家の古書を注文していたのかもしれない。皆さん、ぼくがそれについて語っている、この『チャリング・クロス街84番地』のことを考えてみてください。これは正に彼女の好みの本ではありませんか。彼女はこの一通の中で明言したときに、――彼女はこう明言しなくとも、彼女が注文した本の名を見れば分るのですが――このとき、『チャリング・クロス街84番地』のことを予想していたでしょうか。

ぼくはこれから、この往復書簡が終ったときのこと、それをめぐって考察を試みてみることにします。往復書簡は次第に間遠になりました。先ず彼女の注文が次第に減って行ったからです。何しろ古書ですから、ほしいものがだんだんに集められてくれば、当り前でしょう。それにフランクは、次第に古書を集める困難さを訴えてきています。せっかく集めてきた本がまとまって買いあげられ在庫は乏しくなってきています。彼女はある日のこと、久しぶりに注文した本のことで返事がおくれていたからだったでしょうか、「あなた、この頃どうかしているの。死んじゃったんじゃないの」といった文面で始まる手紙を書きます。というより、いつものようにその手紙の印刷された頁がぼくらの前にあらわれる。すると次の頁に、彼が腹膜炎――だったと思います――がもとで急死したことを告げる手紙が商会から来る。そして、あなたから注文していただいた本のことに関しましては、……というふうに書かれてある。またしても本のことである。これが〈天の助け〉の最たるものと、ぼくは思います。いかなる人も、その死によって物語にならぬ人はない、といったのは、パスカルだったでしょうか。この往復書簡は自然に不条理に中断された形で、終焉を迎えることになる。こういうわけでフランクの生前、ついに彼女はチャリング・クロス街八十四番地はもちろんのこと、ロンドンを訪れることがない。

彼女は既に、これらの古書のおかげもあって、知名の人になっている。誰が眼をつけたか、彼女自身の着想かもしれないが、書簡集『チャリング・クロス街84番地』は出版され、ベストセラーとなった。本をひっくりかえしてみると、一九七〇年である。彼女はBBC放送によばれてロンドンに行く。そのときの滑稽なほど大モテにモテて閉口する日記が、七四年に出版され、この二つを合わせて、ぼくがここに持っているこの体裁の『チャリング・クロス街八十四番地』となりました。ぼくはこの日記はざっと見ただけです。小説は好かない、といっているヘレーンさんのこの本の、広告文の一つに、ラヴ・ストーリイという文句が見えます。一理あるのではないでしょうか。

この二人の往復書簡というのは、古書の注文をめぐって始まり、その形を持続しました。彼女の本の選択は一貫した意図をもち、その古書は彼女の実用に供せられ、彼女は着実に出世をして行く。ふしぎなほど甘っちょろいものがない。彼女は何故ロンドンへ、父母の国イギリスへ出かけなかったのであろうか。すくなくともそこにもまた、甘っちょろいものがないように思われます。彼女が、書簡集を編集して本を出し、やがてイギリスへ渡ったあと、彼女はイギリス人に質問されたのではないでしょうか。前にもいったように、多忙であったのかもしれない。色々の意味でユトリがなかったのかもしれない。もともと彼女は単純に考えていて、それを返答としたかもしれない。それにしても、彼女がフィクションが嫌いだ、といっていることと関係があるのではないか。ロンドンへ出かけて行くことの方がフィクションを読むときのものと似ている、と彼女は思っていたようにも見える。すると彼女が頭に思いえがいた世界は小説的なものではないというのだろうか。ぼくの知人の女性は、「ヘレーンという人は無精な人なのよ」といいました。また、「文章では色々と書くが、じっさいには思うことがいえないで誤解されるような人なのよ」ともいいました。ヘレーンさん自身はいよいよイギリスへ発つとき、スーツ・ケースに身の廻品をどうつめていいのか分らず、御手あげだ、というふうに記しています。そうしてみると、ぼくの知人が意地悪げにいったことが当っていないわけでもないのですね。もしそうなら、彼女が友人の女優さんに自分の代りにひそかにマークス商会を訪ねてもらったということは、よけい感じが出ます。そもそも彼女のフィクション嫌いは、どこから来ているのでしょう。しかし、書簡の中では、彼女は彼女なりに、自由になり、そういっていいのなら、フィクションの世界に足をふみ入れていた。といっても、商会の誰に盗み見されても恥かしくないようなことであった。それでも彼女は、書簡の中だから、たわむれたのであって、だからこそ彼女は書簡の中に書いた自分の素顔を見せたくなかった。

ぼくはここで、こんなことしたくないのですがいくら何でも整理の必要を感じています。いよいよ立往生のうきめを見ることになりかねないのです。立往生のマネをするのならともかく、ほんとうにそうなったら、やはり困ったことであります。ぼくはこういうふうにいってみることにします。手紙の中でいくらかそれなりに自由になる。そしてそうして互いにそういった書簡をかわすということは、もしそれが運よく持続できるとするならば、『チャリング・クロス街84番地』の如くに進みあのように死によって中断するというぐあいに行かないまでも、大へんなことである。いくらかそれなりに自由になる。それから、往復書簡というものによって不思議なものになって行くということです。

ぼくは、このノン・フィクションの稀有な作品往復書簡から、はじめから小説として書かれた往復書簡というものをとりあげて、その両者の間の似ている点、異なる点など考えてみることにします。今ぼくは稀有なといいました。ぼくはほんとうにそう思います。『アベラールとエロイーズ』に較べてさえも、そう思うくらいなのです。これを小説で行なうためには、どうなるかを示すために、ぼくは、ドストエフスキイの処女作『貧しき人々』を例にあげます。ドストエフスキイは往復書簡小説をたぶん先進国のフランスから学んだのですし、目ざましい作品もあるようですが、ぼくは『貧しき人々』の方が参考になると思っているようです。その理由はあんまりぼくがよく考えていないせいもあって――そしてそれにはワケがあるようです――省いてとりあえず先きへ進むことにします。ぼくはこの小説には、今年はまったく触れませんでした。しかしヘレーンさんのをやったうえは、やり過ごすわけには行かない。何故なら、当然、ぼくが一年間話してきた『罪と罰』と、無関係であるはずはありませんから。ただ何といっても時間がありませんから、そのつもりできいてください。

　ヘレーンとフランクの二人が大西洋をへだてて書簡をかわしたように、四十七歳の筆耕の役人であるマカール・デーヴシキンと、薄幸の娘ワルワーラ――ぼくはわざと物語的にいいますが――この二人はアパートの内庭をへだてて互いに窓の見える部屋にいます。彼らがそうしたぐあいに住んでいることも、ぼくが紹介したことなども、すべて二人の手紙によって知るしか方法はないので、作者の紹介によるものではないのです。このことは、『チャリング・クロス』と同じです。当然です。往復書簡小説ですから。こうしゃべってきて、ぼくはあらためて、感動するのであります。何にか、といいますと、今のべたばかりの、あれだけのことにです。あれだけいっただけで、ぼくは、もうこのまま皆さんにさようならをして、演壇を降りてドアをあけて永久に去って行ってしまってもいいと思うくらいです。ぼくはその方が何といっても楽なこともありますけど、それだけのせいでもないのです。皆さん、そう思いませんか。前者は、古本を注文するのですから手紙を書くより仕方がないのですけど、後者は何と、見えさえするところに住んでいて、何のために手紙をかわすのでしょうか。もうお分りと思いますが、この場合はとにかく既にして作為があります。重大な理由があります。といってそれを語りはじめるとしますと、ぼくが本日の講義の冒頭の方で申しあげたように、『罪と罰』ぜんたいにかかわり、けっきょく長篇小説をぜんぶ読んでもらうか、自分で朗読でもして見せなければならなくなる。というのと同様なのです。『貧しき人々』ぜんたいを読まなくとも分るには分りますがほんとうには分らない、といった方がいいのです。つまり、こんなふうに筋を話したりしたって仕方がないということなのです。『貧しき人々』は、何といったってセンチメンタルだとか、稚ないとか、単純なものだ、とか、いう人がいますが、いいたい人には勝手にいわせておけば宜しい。センチメンタルといったって、ドストエフスキイがセンチメンタルなのか、この中の人物がそうなのか、そこのところは、読みちがえがないのだろうか。仕方がないからこれから簡単に述べるような理由で手紙を書こうとする中年男が単純なわけはないし、第一、ぼくが一分前に申しあげて、ぼくがみずから感動していたような仕組を考え出す作者が、どうして単純なことがあり得ましょうか。あとのことはもう止めます。いよいよ時間がなくなりつつありますから。

ぼくは、いま感動した、といいました。ふりかえると、『チャリング・クロス』を読みはじめたときも、ぼくは自分が感動していることを皆さんに告げました。あの場合は、いわゆる小説家としての企らみがないのに感動していたのに、こんどは、その企らみに感動した、とぼくはいうのです。ぼくという同じ人間が感動するのですから、共通点があるのでしょう。ここに秘密があるようですが、このことはあとに廻しましょう。自然にうまくぼくの頭が偶然のようにしてめぐり会ったときに、ぼくはそのうまみに身をまかせることにしましょう。

『貧しき人々』のこの中年の男が、娘を守ってやろうとしているのだ、とその第一信の中でいっていることが分ります。古書の注文といったビジネスのことで物をいっていたり、親切にしたり、仕事に忠実であることを示して、相手を安心させたり、一個の人間としての情と、そして自負心を満足させようとしているわけではないのであります。彼は、それでは、自分の役所の仕事である筆耕の仕事をもとにして彼女に何かしてやるというのでさえないみたいなのです。ロンドンの中年にさしかかった古書店のフランクが、イギリスの田舎をかけめぐって、といっても彼の家族はまだ車を手に入れる状態ではないのですが、注文の本を、すこしでも、まだ見ぬ——そして永遠に見ることのないアメリカ娘の意に添うような体裁のものをと、探しまわっていた。フランクは、通信が開始すると、すぐこの仕事に没頭するのです。それだけでも、ぼくは打たれるし、また彼の幸福に思いを馳せ、その身の上にあやかりたいとさえ思ったのでした。そしてこの彼の思いや行為は、一見ビジネスライクな手紙の文面によってでも、間然することなくアメリカ娘に伝わるし、また伝わることが彼に分っているのです。フランクとヘレーンとの間で、何か思いちがいがあったり、意志の疎通を欠いたりしたことが、一度でもあっただろうか。たとえ、多少の手違いがあったとしても、フランクを動揺させるようなことは、微塵でもあり得たでしょうか。ぼくは、ダニエル・デフォーがあわただしく書いて忽ち大ベストセラーとなった『ロビンソン・クルーソー』の同名の主人公のことを思い出すのです。もっとも、皆さんもあの本の解説を読んだ人は知っているはずですが、第二部、第三部と乞われるままに書き、本屋の方は、大もうけにもうけ、新しい店を買いこみ、五万ポンドの遺産を残したそうですが、デフォーは五十ポンドと売れた部数の僅かばかりの歩合をもらったのみであった。ロビンソンのように実際家であった本人は負債を背負って死んだそうであります。ぼくはフランクはデフォーのように気の毒な最後を送ったとはいえないが、とにかくすくなくともロビンソンの系統ではあると思うのです。（ここで、ちょっと言っておきますが、ぼくはあなた方の先輩に、ロビンソンやガリヴァーの講義から始めたのでした。今思えば、あの頃はあの頃で楽しゅうありました）そして、たとえ、アメリカ娘とのあいだに、何かソゴを来たすようなことが起ったとしても、彼は冷静に処理をしたにちがいないし、ソゴを来したというのに、いくらかでも近いことは、一、二度しかなかったようです。注文したものの題名が同じであっても、内容が不十分であったとか、汚れがひどかったりしたことで、彼女から文句が出た程度で、そのときも彼女はそのことをハッキリいってのけるし、相手も直ちに諒承している、といったぐあいでした。またヘレーンには、あのドン・キホーテが騎士道物語を次々と読み、そのあげく、自分も騎士となって出発したというような気配はすこしも見られないのは当然です。彼女は頭から物語類は軽蔑している。ドン・キホーテはヘレーンがしりぞけたものだけを拾って読みあさっていたのでした。

ぼくは思わず道草をくいましたが『貧しき人々』においては、どんなに異った様相を呈するか、というと次のようです。デーヴシキンは、まずワルワーラの部屋の窓のカーテンがホウセン花の鉢植で端折れていることについていってやるのです。それは彼がプレゼントしたもので、カーテンの小さな変化は、自分にたいする礼の気持の表示だととろうとしています。またプレゼントをあげるとか、あなたは病みあがりだから自愛してすべてこの私に下駄をあずけるがいいとか、自分の部屋の様子はいずれ知らせるとか、非常に快適なくらしぶりだとかいっていたようでした。これに対して、ワルワーラの返事は、普通は翌日、早いときはその日、おそくとも二日めぐらいにきます。彼の方のもそんな間隔です。彼女の第一信は、たちまち彼の思いちがいを正すところから始まるのです。カーテンのことです。あれは、偶然にああなっただけのことだといいます。プレゼントの心配はいらない、ムダ遣いはしないでくれ、といっています。これはむしろ普通の手紙の内容に近いということが分ります。好意や気くばりばかりで、生活の問題もすべて心の問題に移しかえられているらしいことが分ります。用件というものが、実に落ち着きのなさを秘めているのです。ぼくたちは、早々に、彼が自分たちの手紙は何がしというアパートの女中を仲立ちにして運ばれるように決めていて、それをいい含めているようなことを知るのです。徐々に、しかし、早々にこのアパートへ連れてきたのは彼で、彼は彼女とは遠縁であることや、こんなに窓が見えるところにいながら、二人が会ったり、話をしたりしているところを人に見られることを非常におそれていて、それは他人の口がうるさいということなのですが、それより彼が、そういいくるめようとしているように受けとられます。『チャリング・クロス』のイギリス人とアメリカ人たちの間では、お互いもそうですが、ぼくらも不明瞭なものは何一つないのでした。すくなくとも手紙に書いていることに、ウソ、イツワリはまったくなかったのでした。あとになってからでも、彼女はロンドンに出かけて行くわ、というようなことも一度もいっていません。ロンドン塔のあたりはさだめしこんなふうであるはずだとか、まるで見たように眼にうかんでくるといっているだけのことです。そして、それはその通りで彼女の方にかくす部分は文面に関しては何一つなかったのでした。もちろん彼の方は尚更のことです。ところが、『貧しき人々』という小説においては、人の口はうるさいと、分別くさくいい続け、相手は、そんなことをいわないで、私どものところへお越しくださいといいます。私どもとぼくがいうのはたしか彼女は家政婦のような人といっしょに住んでいたからでした。ぼくの記憶ちがいでなければ、あのホウセン花の鉢植だって、彼が、じかに手渡してはいないはずです。彼は彼女に姿を見せないようにし、すべて手紙の中に書き入れて運んでもらい、自分もそうしてもらうことを強要しているらしいことが分るのです。

こうしてみると、皆さんにお分りのように、彼は二人の間に、大西洋を持って来ようとし、けんめいに、その約束を破られまいと、汲々としている模様なのです。ぼくらはこんなこと、すべて往復書簡の中から汲みとっているので、その点ではもう一つの作品の場合と同じであります。この往復書簡は、『チャリング・クロス』のときと同様、印刷された日付をもった文面が、ほぼ交互に立ち姿を見せるのですが、何でもなく並べられたそれらは、ほんとうは大西洋が介在しているのであるし、こんどはアパートの内庭ですが、それも内庭ではなくて、彼の意志で、大西洋同然となっているのです。こんなぐあいにして、『貧しき人々』の往復書簡がぼくらの前にあるということの理由が、これから、ゆっくりと分りかけてくるので、ほとんどがデーヴシキンという人物のやむにやまれぬ仕組、見せかけ、のように見えてくるのです。やむにやまれぬ、というのは、金が欲しいとか、出世したいとか、あるいは、ハッキリと愛情がほしいとか、いうようなものではないのだから、始末が悪い。たしかに彼女の愛情を求めてはいます。それはそうでないとはいえまい。でも、そんなことをいえば、この男はいい返すでしょう。一個の人間としての自負心や、何かそれに似たものを求めているのかもしれない。しかしそうともいいきれない。いわんや彼本人は、まったく分らない。あとになって、私にとって誇りがある、と見得をきったりすることはありますが、それも手紙の中であって、しかも、相手は同じワルワーラなのですから、彼の言葉通り受けとるべきかどうか疑問であります。ぼくたちは、彼女の方もそうですが、そうその手紙の中で、相手に向ってそう書いていて、その返事がくることを期待している……といったことを、ただの一度も離れることはないのです。

ぼくは『貧しき人々』のほんの入口のところで立ち止って、皆さんに語っているにすぎないのです。『チャリング・クロス』の方では、時間が経過するにつれて、移動、変化、成長が起りました。こちらの方は、ドストエフスキイではなくそもそも彼が往復書簡を仕組んだことから、時間が動き、日付に変化が生じ、半年の後に、娘の方が去って行くことになり、往復書簡は途絶え、彼の書いた最後の何通かは、彼女の机の抽出の中に、そのまま、たぶん開封されないであり、彼が行かないでくれ、と叫びながら書いている手紙は、出されぬままぼくたちの前にある、というふうなのです。『貧しき人々』が今年一年間やってきた『罪と罰』と、とても似ていることは、ほんの入口のところを語っただけでお分りだったでしょう。デーヴシキンが、独創的な企らみをもった人物であることは、ラスコリニコフと匹敵するくらいです。ぼくがふれた最後のところは、むしろ『チャリング・クロス』との関係で申しあげたのです。

群像　一九八五・四／『小島信夫をめぐる文学の現在』（福武書店）一九八五・七

Ⅳ

分り易くはいうまい

八十年代はどうなるかについて書け、と注文があった。私にかぎらず実作者は、あまりこういうことを考えないのだと思う。考えたからといって、元になる自分がどうなるものでもない。ひたすらこれからもその都度やりたいことをやるだけのことであろう。

といっても答えにはなるまい。仕方なくほとんど興味のないことだが、何かいってみることにする。

おそらく政治状勢が変り、そのほかの人間のいとなみにかかわる状況が変るにつれて、当然文学の方もちょくせつ間接に変化がおこるだろう。それならその方向は？　そこで何かが私どもの前にうかんでくる。それを口に出していってみてもいいが、そんなことはやはり実作者はいわぬがいいであろう。口に出したことにたいしては、これも私にかぎらず裏切ってやりたく思う傾向があるものだし、実作者は方向なんてものではなく、もっと細かいことに、あるいは方向なんてものは忘れさせてしまうようなことにのみ心がけるものだからである。

だから、これはたぶん私が齢《よわい》を重ねてきたせいかもしれないが、どれだけ目まぐるしく変るものにせよ、（あるいは変るからかもしれないが）これから先きのことを、アレコレ考えることが無駄に思えて仕方がない。いわくいいがたく、またしたがって表現されてみてはじめて自分でも分るような性質のことだけが問題だからである。

よけいなことだが、あたらしいものは、たいていは過去のもののよみがえりである。これだけどんどん変って行くのだから、過去をのこして行くように見えるが、実は過去を思い出し、過去に追いつこうとしている。何かを発見したとき過去を発見しているようなものだ。本人は上の空で夢にも気がつかずにいて、あとで我に返るとあらためて過去の復習をする。そのときより、上の空のときの方が過去を発見しているのではないか。

思うに先人たちがいけないのではなくて、いつだってそうなのだが、過去や現在の作品をいつも誤解してきていた。作者本人もそうしてきたが、まわりの者はまわりの者でそうしてきた。作者をして作品を作らせたときに作者の中にうごめいていたものは、いつも見のがされる。

もちろんそのうごめいていたものは、そっくり全部作品の中にこそある。作品を読めば誤解のしようがないはずだ。ところが、作品ほど読むものにしてみると眼うつりさせるものはない。作品そのものに、作者の中にうごめいていたものに、迫ることは永遠にできないものといってもいいだろう。迫ったと思ったときには何かを落としている。文学作品というものは、そういったふしぎなものだ。過去にはこうしたふしぎなものの亡霊がいっぱいつまっていて、押しあいへしあいして現在と未来に襲いかかってくる。今の十年は昔の百年に当るといっても、過去の奥ぶかさも思うべきだ、ともいえる。いかに甦がえるかということについていうといいが、こんな大事なことは、あまり分り易くいうものではない。

新潮　一九八〇・二

わが「鈍器」の意味

ここに選ばれている作品の中では、「汽車の中」が最も早く書かれています。つい最近この作品を読んだ人から、「ほんとうにあんなふうだったのですか」ときかれたことがあります。それに対し、私は「だいたいのところ、ああいうものだった」と答えました。私は当時の風俗やみんなの気分のことをいっているのです。

読みはじめると、汽車も、デッキからはみ出そうになっている人間たちも、いっしょになって奮闘し獣のように走っている光景に出会います。陽気でもあり活気もある文章で書いてあるはずです（私は実はこんども読み返してはいません。私は作品は書いたときで終っているという考え方が好きなのです）。私の記憶では、汽車の中の人物たちは、「共存共栄だ」というようなことを口にします。何かよからぬコンタンがあってのことですが、そのコンタンなるものも大したことではありません。しかしいずれにしても、汽車の中は、みんな仲間で（汽車そのものも含めて）あることは確かで、猥雑と混雑に悲鳴をあげつつも笑っているところもあります。すくなくとも希望にみちていると思います。この作品はいうまでもなく私個人が書いたものですが、私は、

「みんなこんなふうに生きているのだ」

という気持でした。みんなといっしょにペンをとっているのだ、と思っていたようでした。私は

この小説を発表した一年あと、岐阜から家族を連れて汽車の中の経験をし、千葉県の佐原に引越しをしました。

「小銃」は「汽車の中」の五年後の作で、二十五、六枚の短いものですが、私の短編の代表作になってしまいました。そうとは見えないかもしれませんが、懸賞の締切に合せて急いで書きあげたものです。小銃は、現在では自動小銃と変化してはいますが、使用されています。しかし当時の日本の軍隊では、ただの兵器だけではない、特別神聖視された意味も加わっていました。遠い過去の話である、と読み捨てになることは、たぶんなかろうと思っています。

しかしこの小説は発表時は、反戦の態度が弱いという批判を受けましたが、やがてそういう意見はきかれなくなりました。これをちゃんとした長編に書くべきだったという批評もありました。この作品の場合（また、私の場合）はそうでなかったことがよかったかもしれません。

「小銃」も、「汽車の中」と同様、もともと私個人を超えた内容で、たとえば事件的にいうと、兵隊生活をしたことのある人なら、誰でも経験するか、耳にしたようなことばかりです。「小銃」は一人の青年の小銃にまつわる物語ですが、私はひとりでに自然にこの筋の運びを思いつき、書き終えたので、その意味では、しあわせな作品というべきです。いずれにしても、私の全作品の中で最も読者が多いようです。

私は「小銃」をきっかけにして、文芸関係の商業雑誌から注文を受けるようになり、その数年前から東京に家を建てていました。政府が住宅金融公庫というものを設立し、建築資金の融資をはじめたので、私たち夫婦はさっそく申込み、その第一回か第二回めかのクジに当ったのです。昭和二十六年のことです。

「馬」は、はじめ「家」という題で書いたものに書き足し、合せて一作品にしました。読んで下さればわかりますが、いつのまにか家が建ちはじめ、やがて気づくと馬が住みついているという話です。いつのまにか家が建ちはじめれば、これはたいへんありがたいことですが、そうではないような内容になっているはずです。この小説は、知らないうちに、どんどん運ばれて行く、という感じが文章にも乗り移り、両者が一体になって進むというぐあいではないでしょうか。私は発表以来一度も読み返していません。私の全作品の中で、これが一番いいとか、いいのはこれだけだ、といわれたことがあります。現代の仕組みと対応しているという意味かもしれません。馬が新築の家に住みついていて、その家の妻と話をしているのをきいている場面は、今でも気に入っています。「汽車の中」の冒頭や、佐野がプラットフォームに仰向けに倒れて、牧歌的とでもいう気分にひたるところ、「小銃」の渾源城外の演習の場面と共に、書きながら楽しかったことを思い出します。

　実をいうと、私は「馬」は十何年後の『抱擁家族』へつながって行く気配が感じとれることもあって、つらい気持にもなります。「馬」は誰が見ても純然たるフィクション、それも幻想的というか妄想的な作品です。そしてその書き方としてだけでなく、主題としても、本全集には採りあげられてはいませんが、二、三年後の『島』という作品とも似ています。「馬」では家に当るものが、『島』では国とか島とかに当るものに移って行くのだと思われます。

　しかし、家が家族とか、家庭とかに移行するという点では、「馬」は『抱擁家族』と繋がっているようです。私は今こう辿りながら驚いています。あまりそんなことは考えてみたことがないからです。

　私が七十歳になったとき、長年勤めさせてもらった学校を退いたこともあって、学校の同僚が発起人となって、小説家や評論家の方々の記念の文章をいただいて、『小島信夫をめぐる文学の現在』(福武書店)という本が刊行されました。この中に私の旧制高等学校時代の友人の浅川淳さんが、面白いことを書いています。卒業間近(昭和十三年のはじめ)の三年生のとき私が「今日は下宿へ帰らない。ぼくの部屋には女の人がぼくのフトンで寝ているから」といったのでびっくりした、というのです。私はすっかり忘れていました。彼がおぼえているのだから、すくなくとも私はそういったのでしょう。

また評論家の佐伯彰一さんも面白いことを書いています。ある夜何かの会合の帰り、私が佐伯さんに「今夜はいま家へ帰ってもアメリカ人の青年が来ているので、まだ帰らないよ」といったそうであります。彼はそばにいた三浦朱門さんにこのことを話すと三浦さんは、「それは小島のフィクションでしょう」といったというのです。昭和三十四、五年のことのようであります。

浅川さんの話は昭和十三年で、今述べたように佐伯さんの話は、昭和三十四、五年ですから、その間に二十年は経過し、勿論そのあいだに戦争がありました。浅川と私は昭和十七年に兵隊になり、浅川はハルピンで能率的にロシア語教育され、その関係で、終戦後シベリアへ連れて行かれ、通訳をしていて、帰国したのは、最後に近い船便でした。私は何となく似た二つの例——場所を占領されるという——を見出して驚いたのですが、「馬」はこの二つの時期の間に当るわけなのです。

『小島信夫を……』の名をあげましたから、ついでに申しあげておきますと、この本の中で八木敏雄さんが、これまた興味ある評論を書いてくれています。この方は昨年、『〈白鯨〉解体』(研究社)という注目すべき本を刊行しています。〈白鯨〉とは、百数十年前のアメリカのメルヴィルという人の本の題名です。八木さんは、私の作品には、馬を扱ったものが多いといい、作者と馬との関係の密なる秘密にふれているのです。いまこの本（『小島信夫を……』）を拡げてみますと、八木さんは、「汽車の中」の冒頭で、機関車が馬にたとえられていることを指摘し、何もこの小説は、馬が出現する主題ではないのに、馬があらわれるといっています。

「僕は荷物ですがな」

「からかっちゃ困る。荷物が物をいうかね」

というところもあり、馬でなく荷物に変ったかと安心していると、また、「ひょいと脚をあげると」というのは、あきらかに馬の動作だ、といっている。それから本全集には入ってはいないが、「墓碑銘」では、ほんとうに馬が出てきて、

「馬が襟の星を人間のように知っていて、初年兵の一つ星のものに対しては、軽蔑の態度を見せる、ということは……がなにげなしにいい放ったことであった」というところからあと相当に長い引用を行っています。

八木さんは、そのあと「小銃」にも私と馬との関係の痕跡を見つけようとしていて、〈小銃の脚〉というのは、どこか馬の臭いがするといい、それから「小銃」より前の作品「燕京大学部隊」の冒頭がそうだといって引用しています。こんなふうに、私のずっと後の作品『別れる理由』には、主人公が馬に変身してしまい、けっきょく、この小説は、「馬になる理由」ともいうべき小説だという、私を驚かせています。この馬になる理由というようなことについては、あとで、『抱擁家族』のところで触れてみたいと思います。

それから、さきほど私が〈二つの例〉とか三つの例とか、申しましたが、私が浅川さんや、佐伯さんにいったことは、お二人がいうのですから事実としても、私のいったことの私生活との事実関

係あるいは、そうした事実の意味する内容については、私はこのまま沈黙を守り、パスすることにしたいと思います。第一、私はよくは記憶していないのです。

「アメリカン・スクール」は、「馬」の一、二ヶ月あとに書かれました。これは英語の教師たちが団体でアメリカン・スクールを見学するという、ただそれだけの話です。日本人がアメリカ及びアメリカ人に対して、こんな劣等感をもつのは、まったく解せない、という意見がしばらく前からきこえてきました。これは主人公の偏執であり、それに乗っかって書いた、作者その人のそれである、というふうにもいわれているようです。何故そのようなことがいわれるかというと、この小説が戦後の日本人の気持をよくあらわしているという評価がかなり一般だったからです。たしかに私は私の個人的な偏執もあるかもしれないが、一般だと思っていたから書いたのです。私は、どちらでもいい、たぶん私個人の偏執であろうといいきかせています。それにカリカチャライズしているところもあり、それはあまり感心できません。この小説には靴や箸のことが出てきます。まことに佗しい話です。靴のことは伊佐と女教師の二人のそれに及んでいます。伊佐は彼女に箸を貸しあたえたようです。このことにまつわるエピソードは、現在どんなふうに読んでいただけるでしょうか。靴ずれのためハダシになって歩く伊佐が呟く言葉はどんなふうに読めるでしょうか。私はその言葉がたいへん気に入っていたのですが。

「なんだ自動車のタイヤだって、ハダシみたいなものではないか」

というのです。しかし思えば隔世の感がありますね。

ところが一、二年前、日本人及び日本人の小説についてのアメリカ人をまじえてのシンポジウムが立教大学であり、そのとき、ある米人評論家（？）が、「日本人は小島の『アメリカン・スクール』からすこしも変っていない。あそこに書かれている日本人たちは今もその通りです。」といった趣旨のことを述べたそうで、新聞の論評の中にも引用されていました。

私はこれを読んでむしろ驚きました。しかし、今根本のところでは、あるいはそうかもしれないと思っています。六キロの道を歩いて行くところは楽しく思い出されます。特に伊佐がアメリカン・スクールのフェンスのかげにいると、子供たちがしゃべる英語が小川のせせらぎのように美しくきこえるので彼が涙ぐむところを、私は楽しく思い出します。小川のせせらぎ、といいましたが、どこの国の子供たちの声だって、こんなふうにきこえるのでしょう。伊佐がこのとき特別のことのようにそう思ったということで、これはもっぱら伊佐にかかわることです。

「郷里の言葉」は、「アメリカン・スクール」のほぼ十年後に書かれました。年譜にもあるように、私は岐阜市で育ちました。客観的に見たところ、果してどうかは分りませんが、私の郷里の言葉は相当に特徴があるというふうにして書き進められて行き、その例、あるいはその言葉をつかった父、母の生活ぶりなどが、小説ふうに述べられていたと思います。私の郷里の人々が岐阜言葉についての私の意見に賛成できるかどうかは疑問です。が、こんなふうに考えて楽しんでいる岐阜出身者がいるというていどに思ってもらえればよく、また父母には申し訳ないのですが、読者に私の家族のことを面白がってもらえれば、それでいいのです。

お前は父母のこと、家族のことを、まともに小説に書いたらどうだ、といわれそうな気もします。不幸にして、私は未だに書いていません。今までのところどうしても書く気がしなかったのです。

もっとも、私にはたった一つ「階段のあがりはな」という短編がありますが。そう、そう、いま思い出しましたが、そのほかに「自慢話」という短編があります。これは家族の一員である弟に近い人物が、兄である「私」に電話をかけてくる話です。それから数年前の「合掌」という短編を見ていただくと、ここにも弟の家族と私のことが出てきます。これらの作品には、名古屋弁もつかわれています。いずれにしても、私の郷里の住人が郷里の住人であるが故に郷里の言葉（名古屋弁も含めて）をしゃべるというのではなくて、もっと積極的なネライがあります。最近の『美濃』という長編もまさにそういう作品です。岐阜弁が口から出る毎に、言葉が何かあやしげな生き物となってあたりの空気に作用を及ぼすということなのです。時々私はたとえ岐阜弁をつかわなくても、自分の小説の肌ざわり、作者としての私の面白がり方は、まさに岐阜弁的、岐阜的なものだというふうに空想します。

私は父母も、少年の記憶の中で、あやしげな生き物を放っていた人物としてのみ、扱わせてもらったのです。私はこのことを（くりかえしますが）、申し訳なく思っているなどといっても、けっきょく私の作品には一般に、色々と形を変えながら多少ともこの傾向があるようです。

「釣堀池」は、「郷里の言葉」の翌年、「十字街頭」という短編と同じ月に書きました。妻のキヨが亡くなる十日か、もうすこし前だったと記憶します。『抱擁家族』の中に、ひょっとしたら、俊介が妻の時子の病状について医師から、「あと十日しか持ちません」と申し渡され、愕然とする場面があるかと思いますが、そうとしたら、このときの俊介の立場は、私自身のそれだったといっていいのです。愚かなことですが、誰の眼から見ても患者が末期症状にあることは明らかにもかかわらず、付添っている身内は、こういう宣告をきくまでは、回復の奇跡を夢みているのです。

「釣堀池」は、当時の作者の背景とどの程度関係があるか分りません。それにたぶんこの宣告をきくほんのしばらく前だったような気もします。何となく思い出すままこんなことを書いてしまいました。

この短編も一人の女性が岐阜弁で物語るような話になっています。うっかりしていました。こんなに郷里が題材となっていることを忘れていました。読者の立場からすると、岐阜コトバにつきあわされつづけなければ話をきくわけには行かないので、煩わしいところもあるでしょう。それに短い文章の中に取りこんでいることがらが多くて、おまけに屈折率も高いときているために読むのに手間がとれるでしょう。しかし作者としてはこの話は気に入っているのです。私はこの哲学者とよばれる釣堀池の持主のあっけない死に方を、どんなに楽しんだことでしょう。池の番小屋に寝起きしている「哲学者」や、鯉のハネる水音がきこえる中での、彼に対する人妻の奇妙な愛の告白など、そのほか、いくつも愛着のある場面が浮んできます。私は池の持主が、三重県から鯉を仕入れて運んでくるときの話をきいて昂奮したことをおぼえています。鯉もタンボをつぶしてこさえた池も番小屋も夜の空気も人物たちも、私にとって同じように興味があり、同等対等であり、ふいに池の底にあいた穴というものも、魅力的です。私たちは子供の頃こうした池の前身であるタンボで春さきになると「ツボ」をとったものです。私の方ではタニシのことをツボといいます。

「釣堀池」から二年ほどして『抱擁家族』が発表されています。「釣堀池」の背景には、世の中の変化が、地方都市の郊外にもはっきりと現われてきていることが分るようになっています。池自体もその変化の結果でした。それまでに作者の私自身、「アメリカン・スクール」という作品を発表したこともあって、アメリカの財団に招かれて一年アメリカに滞在します。皮肉なことに、とつけ加えてもいいことです。アメリカから金を出してもらえなかったら、留学は許されぬ時でした。アメリカをよく理解しなさい、という意味があったと思います。それから数年後に、日本はいわゆる高度成長期に入りつつあったことになります。

年譜にあるように（面倒でも、どうか年譜をご覧になって下さい）私は、昭和三十三年に帰国し、それから五年後に「釣堀池」というぐあいに続きます。したがって『抱擁家族』の背景は、帰国後の四、五年間にまたがっていると見てよいということになります。

モデルは私の家族であることは、読めばすぐ分ると思います。小説の仕上りとしては、たぶん、あまりよくはありません。私はこの作品にはたいへん苦労しました。その理由は一口にいえば、私がそれまで書いていた小説の扱いや文体のワクにはどうしてもはまらないからでした。何年もたち、距離をおいてみれば、けっきょく従来の私のワクにはまったかもしれないし、その場合、たとえば「釣堀池」と同じようなものになっているかもしれません。しかし私は昭和三十九年から四十年頃に、自分の家族の生活について感じていたものを小説にしたいと思い、それだけの値打はあると考えていたようです。

この小説は発表当時、江藤淳さんの「朝日新聞」の文芸時評があり、あとで彼は『成熟と喪失』の中で長いスペースをつかって論じてくれました。江藤さんは国家とか治者とかの立場、父の立場、母の位置など、それからアメリカとの関係などについて書いていたのですが、私は大よそ当っていると思いましたし、今もその考えは変りません。家族の崩壊だとか、誰彼の批評家からいわれるようになりました。そういうことも当っていなくもないと私は思いました。というのは私は作者として、そういうことを、ほぼ自分なりに考えていたからで、そのことが、前述したそれまでのワクを超えるということでもあったからです。当り前のことですが、私は夫として父としての三輪俊介や妻の時子との生活ぶりを、好んでいたわけでも、アグラをかいていたわけでもなく、精々がダラシがない、模範にならない、ということを書こうとしたので、作者は、別にふりかえってザンゲしたり反省してよしとしているといったものではなく、困ったことだが、こんなふうな家族である、として扱っていたのです。俊介は芳しくない生活ぶり、態度を見せるし、反省もします。しかし、それはその時々の反応で、彼はたぶん動いてもいます。作者はその俊介を見ようとしているので、作者と人物との関係は、ごく当り前です。

私は作者が何に関心をもっているか、つまり、人間の感じ方、人間と物との関係、人間と人間との関係、人間とそれを覆っている家との関係などについての関心を読んでもらいたいと思います。たぶん「汽車の中」以来の、一貫した作者の関心が認められることでしょう。たぶんオカシミとなって現われると思います。

この作品に限ったことではないのですが、私の場合は、素気ない、ブッキラボウな文章で、説明があまりありません。説明とみえるときも、それはその部分での解釈や説明に過ぎないので、私たちが生活しているときのその時々のことに過ぎない、といったふうに運ばれて行きます。ですから、ノンキに読むと、誤解をすることになります。判断はけっきょく読み進みつつ読者が下すようになっています。だからといって私が責任を投げてしまっているわけではありません。むしろその反対です。

たとえば、俊介がアメリカ青年に向って、「ゴー・ホーム・ヤンキー」などと叫ぶところがあったと思います。これはありふれた当時の反戦、反米運動の人々が、よく叫んだ定《きま》り文句です。それが彼の口から思わずとび出してしまったのであって、おそらく彼自身がびっくりしたのではないでしょうか。だからといって彼がそうした運動を願っていたとか、ふいに願ったとかいうのでもなく、むしろ反対だったでしょう。しかし、そのとき彼はほかのことをいおうにも、とっさにうまい文句が浮んでこないのです。しかも彼は、何故かとっさに何かいわなければならないと考えたのでした。これを耳にした青年が何と思い、彼自身も悔んだにちがいありません。この作品では、そうした説明はないはずです。

ついこの一、二年の間にようやく若い人が（加藤典洋とか千石英世とかいう人などが）、この種のことについて触れています。

もし、作者がこの説明や解説を小説にたえずつけ加えると、どういうことになるでしょうか。読者は安心し、一種の作者のうたう歌をきくことになり、人間、あるいは人間と人間、人間と物、などの関係の見せる不思議な断面は弱まり、御し易い、あるいは御されてしまった衛生無害なものに変ってしまいます。作者はそれを恐れつづけたのです。そのことに触れない評論では、誤読に近いということになります。評論家自身の歌をうたうだけということにもなりかねません。

「釣堀池」では、一主婦が岐阜弁で語りつづけました。そして語られる言葉から読者に判断してもらうことになっています。説明の文句は一つもありません。そのための息苦しさは当然ありますが、すこし辛抱してもらうと、そこから楽しみも湧いてくる——すくなくとも私はそう願っていたのでした。とはいっても、『抱擁家族』では、作者自身がむしろ御されそうになり、人物や物の中に埋没しそうになるところもなきにしもあらずです。「階段のあがりはな」は、『抱擁家族』の翌年あたりの短編で、私の記憶では、大江健三郎さんが、鈍器でなぐられるような印象を受け、そのことを作者に会ったときに口にしたら、茫然とした、あてどのない、取りつく島のないような表情だった、といった意味のことを書いてくれていたようです。たぶんそのとき私は何をいわれたか、とっさには分らなかったのだ、と思います。いまにして思うと、そのタトエがあまり卓抜であったために、私はとまどったのでしょう。私はこの作品を執筆したときの時代背景との関係はよく分りません。文体も、書かれていることも、前二作と類似しているのではないでしょうか。

人物の行為や、人物の言葉が、説明を待たず迫ってきてたしかに鈍器がうちかかるような印象をあたえるのだろうな、と思います。幼い「私」の前で義兄がガラス戸に石を投げ、父を罵って逃げて行くところで終っているのですが、いわばこの石も鈍器の一つでしょうか。私は、以上の作品で、私の現在までの作家として生涯の前半が終了したように思います。経過した年数からだけではなく。それから、これは全くの私見で、そしてこんなことをいうのは、とても面映いのですが、この頃から日本も世界も、その動きが加速度的に変化し、相対的に映るようになり、表面的に繁栄し、内側は落着かなくなって行ったようです。

私は「階段のあがりはな」を書いて三年あと、はじめて評伝の依頼を受け、それから五年ほどの間続けましたが、その最初の三作が、ここに載せてあります。伝記、紀行文、日記などがさかんに発表されていますが、評伝としてはハシリでした。

「草平」では、小説において、平等とはどういうことか、ということなどを語ったようです。また「秋聲」では、この作家が白鳥などに笑われた、女弟子順子との係り方によってかえって生きのびたようにみえるといったことを強調したと思います。また「漱石」(I)では『道草』にポイントをおいたように記憶します。といっても、ここに述べたようなことだけにしぼって書いたわけではありません。また、私はかくべつ新資料によることなどすべくもありませんでしたし、また自分の主張によって裁断するとかも、なるべく避けるようにしたつもりでした。ひたすら相手に寄り添うつもりでした(しかし、こうしてみるとどうもこの私の臭いがします)。注文の条件の六十枚の中に、作品と生涯をどう扱うかにも毎回苦労しましたが、私はこの系統の仕事を続けることによって、同じ頃はじめられ、あとで『別れる理由』となった長い小説の息苦しさから救われただけでなく、そのうち小説そのものに肥料をあたえることをおぼえはじめたのではないかと、口はばったいようだが、思ってもいるのです。その結果、私はくどくど「解説」をした前半の二十年間の作風に、別な角度から近づいたようです。ひとりよがりでなければ幸いです。

ところで「ハッピネス」は、ハッピネスなどといっているが不安定さを書いていたようで、今いった後半の時期の六、七年めの特徴をある程度あらわしているかに思えます。

私は度々、『小島信夫をめぐる文学の現在』という本のことにふれてきました。この中で、吉行淳之介さんがエッセイを寄せて下さいました。私自身が昔書いた小説や、吉行さんたちについて書いた随筆、それから、彼や遠藤周作さんなどと私が同席した座談会や、彼や大江さんたちと同席した座談会で私がしゃべったことなど。こういったことをコラージュふうに並べ、それに配慮の行きとどいた親切な解説を施してまとめた、実に面白い作品です。「その風貌」と題されています。

私はここで、その最後の部分を引用させてもらうことにします。

再録ついでに「現代文学と性」（『群像』昭和四十五年十月号）という鼎談（小島信夫、大江健三郎、および私）のうち、小島信夫の面目躍如の部分を紹介して終りにしよう。この鼎談は、まだ誰の単行本にも入っていない。

『**大江** 小島さんは結局、家庭を一つの単位構造体とした人間関係というものをお書きになっているのじゃないかと思うのですけれどね。

小島 結局そういうことでしょう。あまり外へ……。

大江 出ないから？

小島 遍歴しないということは、いってみれば、遍歴するときにまた家庭へもぐり込むということじゃないでしょうか。

大江 外へ出ない覚悟をすれば、家庭というもの自体がたいへんなことでしょう。

小島 どうか知らないが、とにかく娼婦なりそれに類した人といろいろ交渉を持つくらいなら、どちらかというと、ぼくはひとの家庭にもぐり込む可能性がある。

吉行 家庭にもぐり込むという意味は性的関係を含めてですね。

小島 もちろんそうです。たとえばよその家へ行って、よその女をつねったってしょうがないでしょう。

大江 しかし、それは相当なことですよ』

このやりとりには、一同笑い出してしまった。このあと、小島信夫の意味深い長い発言があるが、長くなり過ぎるのですこしだけ再録しよう。

『**吉行**　それはそれぞれの好みの問題だね。ぼくは、これから対象としようとする女のたとえば親とか兄弟の顔を知っていると、もういやなんです。亭主の顔を知ってるのももちろんいやだ。ところが、それを知っていることが何ともいえない複雑な味わいになるという人もいる。

小島　ぼくなんか、どっちかというとそっちのほうだね、下手をすると。それに子供がいなければおもしろくない。

吉行　これはかなり悪質な人だね』

実は、最近吉行さんの著書『犬が育てた猫』（潮出版社）には、『小島信夫……』に引用された鼎談にもう少し、その先きの部分が加えられて入っています。私は今その加筆された部分のうちの、そのまた一部のみを、つかわせてもらいました。

『昭和文学全集』第21巻（小学館）一九八七・六

小説ふうの小説論

あとがきに書く〝小説〟

小説家が自分の小説に関すること（あるいは小説一般に関するにしても）を書くということは、私にかぎらず、あまり意味のないことのように思う。そんなことがうまく書けるものなら、どうして小説を書く必要があろうか。これが私が前々から思っていることである。私がこんなことをいえば、そのことを書け、といわれるだろう。しかし、「そのことを書い」ているうちに、私は、いっても仕方のないことを、もっともらしく語るということになってしまうにちがいない。

私は『別れる理由』という小説の《あとがき》を書いたとき、あの小説を書いた私という作家の心の動きを、小説ふうに書いた。自分の小説にかかわることだから、積極的な意図、主張があり、それは、自分のことだから、ハッキリといえるはずである。もしハッキリいえなければ、その作品も駄目だ、という見方があったみたいだ。

私のこの小説は、正直いって、格別ハッキリとはいえないところもあったことは事実である。私はもうそのことを考えることが苦痛でタイクツなかんじもした。何だか、死んだ肉親のことを口にしなければならないような気もした。

こういうことをいうのは、私自身も望まないものだから、私はさっきもいったように《あとがき》に一つの小説を書いた。

私はこのごろ、こういうことが好きになった。若いときは、《あとがき》に意見を吐いた。それは批評家を混乱させ、彼らをして、この小説家が語っていることが邪魔になるし、信用もできない、といわせたこともあった。もっともなことだ。

私は今もつい意見ふうなものを書いたりしてしまって、自分もたのしくない。それでも考えてみると、昔よりは《あとがき》を小説ふうに書いているような気がする。たとえば、私は『美濃』という小説の《あとがき》なども、そんなふうのものだった。私はそのあと、とくにこの小説『美濃』の批評をしてくれた人たちが、――この批評はほとんどが私の意図を汲んでくれて、ありがたかった。こんなことをいえば、『別れる理由』の場合も、ほとんどの批評は、私の小説の意図を汲んでくれた。私はほんとに幸福者である――私の《あとがき》に書いたことを、遠巻きにするようにするばかりで、決してその中へ入りこもうとしないのが、たいへん面白かった。あるいは批評家は賢明だったというべきであろう。彼らが微笑をうかべながら、(それも多少の軽蔑心はあるにせよ、決して悪意なんか微塵もない微笑だ)

「これでは何にもならない」

あるいは、

「また逃げられた」

とか、あるいはもっと辛辣な文句をつぶやいたかもしれない。しかし、くりかえすが「悪意」などなかったであろう。

思うに批評家は、小説家のコザカシイ批評的な意見というものを、本能的に、あるいは職業の分担の意識から信用しないことにしているからであろう。いいかえると、小説のなかに全部作者は含まれているのだと、ちゃんと思っているせいであろう。

私は小説の方法とか、形式とかをまったく考えないわけではないが、小説を書こうとしていると、自然にあとから、（といってほとんどすぐあとからだろうが）くっついてくるもののようだ。私はたとえば《あとがき》では当然、方法、形式のことは、自分の口からいわない。事実ほとんど関心もない。

それならば、方法とか形式とかいったものはどうでもいいのか、というと、そんなことはない。それどころか、私たちが念頭に置いている小説というものは、新しくなくては問題にならない、と私は考えている模様である。だれかが「ただ新しいというのではなくて絶対的に新しくなくてはならない」といっていたが私もひそかにそう思っている。自分がそういうものが書けるかどうかは別問題だけど。

ハヤるのは恥ずかしい

このついさっき「小説ふうの小説論」と題することにしてしまったこのエッセイを、私はどんなふうに進めて行ったらいいだろうか。私は依頼をうけてから度々項目を並べてみた。そんなことをしても何にもならないことがわかった。どうせ私は自分のたてた予定に従うはずはない。そんなこと、すこしも気持ちが乗りもしないし、うれしくも楽しくもない。それに私がアテにしていることは、とりかかる前によろこばしいと思い、書きながらよろこばしいと思うことだけである。

書きながらよろこばしいと思ったときは、何か私は自分を裏切ったかに見える。私は前回「絶対的に新しい」ということをひそかに思っているようなことをいったようだが、自分が小躍りしているので、我に返ってみたらヘンなことをしていることに気づいた、というようなことなのかもしれない。

こんな言い方は、たちまち流行するだろうから、私は言わない方がよかったようだ。仕方がないから、具体的例をあげてみることにしようと思う。何度もくりかえすことになるけれど、小説そのもの以外のものは、たちまち安易に流行する。私が具体例をあげるといったって、たとえば私の作品そのものとは全然ちがう。私はこのことをくどいように言うべきである。でないと、良いことも悪いことになる。

私はわざと、伝記のことから始める。既に私ははぐらかそうとしているともいえる。私は十五年ほど前に作家評伝というものを続けて書くことになった。長い間かかって十分に調べあげて、ということは許されなかった。私は『別れる理由』を、あるいはやがて『別れる理由』となるべき作品を書いていた。併行してやることになった。

そのころはこういうものはハヤってはいなかった。もちろん文芸雑誌はこういうものを載せなかった。今でもその傾向はあり、そのことがどうのこうのというのではない。とにかくハヤっていなかったということをいうだけだ。

そしてハヤっていないというのは、いつの時代でも実にいいことではないか。ハヤれば、どうせ自分でも裏切らねばなるまいから。自分も世間も、その点では信じることはできない。私はどこかでいつも思っている。流行するほど恥ずかしいことはない、と。もっとも、これは私に関することにすぎないので、この私を自分で、いい気になっていわせておくことを、好まない。私はこんなことをほざいている自分を、たぶんたちまちにして人物化してしまおうとするにちがいない。

それに「流行するほど恥ずかしいことはない」というい い方だって、手垢のついた言葉である。せっかく、すこしばかりもっともらしいことをいってみると、こんな有様である。

伝記のことについて話しはじめようと思って、道草をくってしまっているついでに、もうちょっと横道へそれてみることにする。どっちみち、その方が私のいいたがっていることに近づけそうだから、近づくといっても、交叉するぐらいのところかもしれない。

私は今回の冒頭で「絶対的に」うんぬんといったのは、ついさいきんロラン・バルトという人の本を読んでいると、そんな文句にぶつかったのだった。

私はこの人の名さえも知らなかった。文芸誌や思想誌ともいうべきもので、さかんにこの人のことを取り扱ってきたことも、まったく知らなかった。ふりかえってみると、私が今回の分でつかってきた、「よろこび」だとか、流行がどうのこうの、とか、それから「道草」とかいうことは、面白いことに、バルトという人が、いっている。すくなくとも、五、六年前からこれに類する言葉をつかっている。私はそういう人のいることを何も知らないで、自分が物を書くときの一つのメドにしてきていた。私はそのことを知ったとき、とてもおかしかった。

断崖にさす光の悦楽

私が「とてもおかしかった」と前回の最後でいったのは、私のような考え方をするのは、ある意味では哀れむべきことだ、と思うところもあったからである。

ロラン・バルトという人は、いわゆる小説家ではない。文学者だと思っているが、またいわゆる小説は書けない、と考えているかに見える。それから敬意をあらわす対象としての作家というものも、あるときからなくなったともいっている。そしてその時期をハッキリ示している。権力を否定することを唱える人たちが自分もまた権力を誇示することが、ハッキリ眼にうつるようになった、といっている。

大学公開講座の講義の第一回で、私はあなた方を説得しなければならないし、説得してはならない、という。なぜかというと、説得することは、あなた方をドレイ化することだ、といったぐあいだ。私のいうことが、あるマトマリをもちはじめたら、よい気分にひきこみはじめたら、私は横道へそれなくてはならない。私の文章で述べるときは、断章化せねばならないように、というふうにいう。一見するとノンセンスみたいに見える。

私は私ふうのいい方で、しかもこの講義の一部のみを引用しているのだから、彼の趣旨にそむいている。横道へそれつつ動いていくところを除いては無意味かもしれないからである。

この講義は、一年ぐらいだったか続いた模様であるが、そのうち彼は、突如として一大長編小説を書く気持ちになった、といって人々を驚かしたようだ。もっとも、ほとんどそのころには自動車事故にあい、それが元で死んでしまった。

私がこの私と同じ年齢の外国人の名を知り、いくらか読んだとき、既にしばらく前に死んでいた。彼は私がさっきふれた第一回分の講義を、「若いときは学び、それからそのあと知らないことを研究し、やがてひたすら忘却に心がける」という意味のことで終えた。これらのことは、すべて私になるほどと思える。もっとも、私は思い違いをしているのかもしれない。何しろ彼はフランス人だからだ。彼は日本へ来て文楽の黒子におどろいている。私たちには黒子の存在は、当たり前と思うところがあるのに。

彼は私が読んだもののなかで、快楽と悦楽という二つの言葉を用いている。ある作品を読んで快楽をかんじることができる。快楽のみが、ただ一つの、自分をドレイ化せず、他人をドレイにしないものだ、というつもりだったと思う。あまりにも思いきったいい方のように見えるけれども、私たちが本をよむときには、快楽をかんじる自由を望んでいるともいえる。

ところが、何かしら危険をかんじ、自分を白紙にかえしてしまうようなときには、悦楽をおぼえる。私はこれは追いつめられ断崖に立ったとき、どうしたら道が開けるか、と思うようなものと似ているのではないか、と勝手に考える。

バルトはまたいっている。理解されたとたんに、とりこまれてしまう。そのとき、積極的に移らねばならないと。くりかえすが、彼は流れのなかでいっているから、こんなふうに抜き出すべきではない。その意味で彼のエッセイは小説に似ている。

私は昨年の秋にはじめて、こういうことが書かれてある彼の本を読んだ。そして、彼のことを忘れようとした。だから私は彼の名をあげたり、こんなことをくどくどと復習すべきではあるまい。私は今の仕事を続ければいい。

たぶん小説を書いていて、私が小躍りするときは、一寸先は闇のなかにいてしかも断崖の上に立っていると思うとき、一すじの光がさしたとかんじられると思うときのようだ。そこまで追いこんだのは、愚かな自分自身かもしれないが、追いこまれないとき私はいったい何者であろうか。私はもっともらしいことを考えているかもしれないが、ひとりよがりになっているだけではないか。私が信じていいのは、このときの自分だけではないのか。

評伝、彼らの宴に招かれ

私は迷惑なわかりにくいことを、いったかしら。それはいつものことだから、まあ、あきらめていただくとして、すこし気負っていたかしら。本来なら私はここらあたりで転調すべきだぞ。それもそうだが、前に評伝とか、伝記のことを話しかけたので、それをやることにしよう。

私は十五年ほど前から作家評伝を書きつづけてきた。三か月に一人ずつ扱った。小説の連載もあり、私としては大忙しだった。私は全集だけでなく、その作家についての評論もみんな眼をとおした。メモもとらず、忘れることに心がけた。それから、ほんの一つの入り口からとびこんだ。この仕事のための私への注文は、生涯と作品とを語ること。こう書いてくると、すでに私は感傷的にもなり、ある種の物語的にもなってきたようだ。

私は年譜表を前にして書いて行った。一年々々と確実に年がたつということを受け入れていると、カンニングをしているみたいだったようだ。明治、あるいは大正、あるいは、昭和の何年とこう書き、何月と書き、あるいは、翌年とこう書いたりするとき、意味ありげに見えることがあった。または、まったく空虚なときもあった。ただ、太鼓をたたいて自分を激励しているように思うこともある。悪いことをしていると思っているうちに、太鼓を放り出してしまうことに気づくこともあった。

他人の意見もまたそうだった。私は興味があるから引用していた。しかし、いつのまにか、引用と引用とが楽しげに語りはじめた。すると、私の扱っている作家もそれに耳をかたむけ、私も、そのうちのひとりとなって、語りあうように思えることもあった。

私がこんなことをいっているのが、執筆しているこの現在から見ていっているので、そのときは、私はただ、よろこばしいと感じていたにすぎない。私はむしろ、悪いことさえしているとさえ思うところがあった。

あるていど回を重ね、扱った人物がふえると、私はなるべく、私が思いもかけなかった人物、あるいは、すくなくとも表向きは、ほんのわずかしか、つながりがないかの如く私に見えた人物を取り扱うことにした。

すると不思議なことに、新しく私の前にその全集をひっさげて登場し、私と三か月間つきあうことになった作家は（じっさいには、私が書きはじめ、書き終わった三日間、ほんとに交渉をもったというべきかもしれない。こういうことは、ほんとうは私にかぎったことではないと思う）、私があまりつながりがないと思っていた人物たちも、通りをへだてて住んでいたり、顔を合わせていたりしたばかりか、もっともっと関係があった。たとえ関係がないとしても、彼ら人物たちは、自分の方から、関係がある、と名乗りはじめ、その理由なり、テンマツを語りかけてくるという有様だったった。

私は夢を見る思いがした。私が一席もうけているともいえないこともないが、私の方はむしろ彼らのもうけてくれ、彼らの語り合う饗宴に招待されているというかんじである。

サマセット・モームは、あまり気乗りせず始めた、その『世界十大小説』の最後の章で、十人を一同に集めて宴を張っている。しかもあれは、あきらかにモーム自身がそうしている。それは最後の章だ、というところに、あらわれている。

私の場合は、自然にいつのまにかそうなった。偶然さ（こんな言葉があったかしら。私は忘れた）が、人物たちをよろこばせたもののようだ。彼らが自腹を切って招んでくれた。

評伝が終わるすこし前、たぶん近松秋江あたりから、私のいう饗宴の気配は、そのときの自分にかんじられた。批評家もその引用文と共にやってきた。そして酒をついで作家のあいだをめぐるようにさえなった。本にするとき、調子に乗った私は、面白いこと（私にとって）を考えついた。

準備なしで走り出す

私は先回、私がたまたま『私の作家評伝』を連載しているうちに、書き手としての私のよろこびが、どんなふうに私自身を運んで行きつつあったかを述べた。

ところで私は、私の若い友人がツヴァイクの『バルザック』を持ってきてくれたので、思い出して書架から、同じツヴァイクの『三人の巨匠』を取り出し、その中の「バルザック」を拾い読みした。それから、前に読んだ同じ著者の『三人の自伝作家』のあったことを思い出した。この中では確か、トルストイ、スタンダールなどを自伝作家と見なしているのであった。このことは以前に私を鼓舞したことを思い出した。そのことさえほとんど忘れていたが。私はなぜ鼓舞されたと思ったか。ふいにツヴァイクによって自伝作家とよばれていると知っただけで、その分だけ開けた気がしたことが一つであった。開けたといったって、開けたと思う分だけ、しばらくすると閉ざされるかもしれないのだ。

解読した、説得したと思ったとき、私はその分だけ閉ざされていて、一人の人物となって身をさらしているだけのことかもしれない。私としては、解読した、と思ったとき、なるべくそのことを忘れて、その作家、人物そのものに戻る必要がある。

なぜ私は、思いがけないもの、先方から訪れるものをよろこぶのだろう。その昔、人々が物語を人が運んでくれるのを待ちうけたころのことをアコガレているのだろうか。そのための用意にこそ忘れたがっているのだろうか。あるいは、自分のなかから物語（もしそれがあるのなら）が吹き寄せられるのを期待しているのか。

私はツヴァイクが、この『バルザック』を遺して自殺したことなど考えながら、アランの『バルザック論』が書架にあることを思い出し、取りに行き、開けた。ずいぶんと前に買ってあり、読んだことがないことはないのに、今はじめて見るようだ。あるいはほんとにそうだったかもしれない。そのことさえさだかではない。夢の中の本みたいだ。そこでアランは直接にはバルザックとは無縁と思えることから始めている。「本というものは、すくなくとも二メートル以内のところに置いてあってはじめて読む機会にめぐまれる。そうでなければ決して読むことはない。私のところへある日友人がアウギュスト・コントの全集を持ってきて、読めといった。それで自分は二十巻（？）を読んだ。私は前々からコントが読みたかった。しかし、もし友人が持ってこなければ、コントを読むことは永遠になかったかもしれない」。

私はアランのこの本を先日人に貸したので、しらべることも出来ず、記憶しているだけのことをこうして書く。なぜアランはこんなふうだったのであろう。このとき老齢だったのだろうか。それとも、その知恵のせいなのだろうか。ほとんど無精とか、わがままとかに似ているのは、何故だろう。いかにも『幸福論』の著者らしいとはいいながら。

私は作家評伝を一休みして、小泉八雲をはじめた。八雲を数か月だけつづける約束だったのが、裏切った。たぶん私自身を裏切った。私が八雲をはじめたのは、前に扱った泉鏡花が八雲全集を読んでいたこと、それから、これも私が前に扱った宇野浩二のことがあったからだ。広津和郎は、頭のおかしくなった友人浩二を見舞った。すると浩二が、書架にある八雲のことを話しだした。以上、これに類することなどが、私に八雲をえらばせた。それから私は八雲の全集を読みはじめ、締め切りがきてしまったので、「小泉八雲」を書きはじめた。心の中で、このやり方をよろこんだ。準備がないのに走り出すこのやり方は、私にとっては、はじめてのことだった。準備することによって人は、こわばるのではないか、と私は思っていたと見える。

私は毎月自分がよろこぶことだけをやることにした。そのために、前号で予定していたことは捨ててしまった。私は八雲の生涯をたどることを気にすることを放棄した。身をやくようなよろこびと怖れをもって。今にして思うと、私は一人の生涯に結論をつけることを嫌ったものとみえる。

皇帝さえも流刑願う

私は先回、『私の作家評伝』のつづきとして、小泉八雲を扱いはじめた次第を語った。書きつづけるうち私は、八雲のことを忘れるようになって行った。そのために、かえって、一まわり二まわりもして、新しい思いがけない場所で、思いがけない人物たちが、口に出してそうはいわないにしても、八雲のことをいいたがっていることに気づいた。たとえばデュマの『モンテ・クリスト伯』がそうだった。

若い友人が、私のところに本を運びはじめた。私の方はもちろんのこと、その友人本人も思いがけないものが、それらの本のなかに潜んでいて声をかけるのを待っていた。たとえば『ナポレオン作品集』である。私が遍歴した人物たちは、気がつくと、日本にいて、あるいは日本に来る前から、八雲が念頭に置いていた、あるいはそれと関係のふかい連中である。彼らこそ八雲の後押しをして日本に送りこんだのかもしれない。

もともと私は彼の書簡や文章から、それらの人物をほぼ知っていた。しかし、そのこともいつしか忘れていた。私が扱う人物が自然と別の人物を呼びこむようにした。彼ら人物が集団を作り出していて、それが八雲の中にあったものと一致してくるのを私はズルく、楽しんでいたのであろうか。あわよくば、八雲の頭の中からもっとひろがって行き、彼も気がつかない者たちから彼に視線を送らさせ語りかけさせようと企んでいたのかもしれない。八雲をゆさぶってやろう、と。それが私がだれにかぎらず、愛しはじめるときの企みであり、なぜか知らぬが、生きるあかしみたいに思えたのかもしれない。ひょっとしたら私は、愛とはそれしかない、とさえ思っているのだろうか。もちろん、けっきょくは自分をゆさぶることだが。

八雲はアメリカにいたころ、新聞にのせた雑文でロシア文学のことを書いて、「トルストイやドストエフスキイやその他の作家たちは、もしあのような小説を書かなければ、気違いになっていたであろう」といっている。これは珍しい感想でもない。とにかく、私はドストエフスキイにかかる前にトルストイをえらんだ。例によってなじみがうすかったからえらんだのだ。何か月も続き、全作品を扱うことになり、いくら何でも困ったことになったと思った。トルストイの場合、なぜこんなことになったのだろう。

「彼ら作家たちは、シベリヤへ流されたがっているように見える。作家を流刑にした張本人の皇帝さえも、あわよくば、自分をシベリヤに流したいとひそかに思っていたのではないか」

一例をあげると、これが、八雲のロシア文学についての感想とかんけいのある私の小説的な言い方である。身をやくように思った言い方である。

「末端にあったと思われている小役人も、農奴や百姓も、皇帝と匹敵し、皇帝と彼らは一対一である」

筆耕の小役人が、冬に向かう季節、ひたすらすけてみえる外套を気にやんで何ごとかをつぶやきながら街を歩いているとき、彼は外套そのものになり、彼はそこにいない皇帝と同等である。本人たち（外套をふくめて）は互いにそう思ってはいないが、そのことによって、かえって同等である。私はもちろん作中人物を通していっているのだが、それ以外何があるだろうか。

私は一年も二年もこういう夢を見た。その「一対一」であるということは、はじめから分かっていることだというかもしれないけれど、そのことではない。はじめから分かっている性質のことを私はいっているのではない。人は生まれ死ぬ、ということで、そうなのか。あるいはもっとほかの意味で、そうなのか。それはめざす方向なのか。それとかんけいなく、現にある姿なのか。もちろんそうだ。

八雲から始まった私の、あやしげな連載伝記は、『私の作家遍歴』として本になったが、その第三巻めが『奴隷の寓話』で、同じ題名の一章があった。ラ・フォンテーヌは、その寓話を王太子にささげた。君主たるもの、うっかりしていてはいけないという例として。その序文の中で彼は、フィリギア人イソップのキツネとヤギの寓話のことを語った。

意を用いず結ばれる

先回、私はラ・フォンテーヌが王太子にささげた自作の『寓話』の序文でイソップの寓話のキツネとヤギの話のことまで書いた。これは古井戸に落ちたキツネが、ヤギをだまし、自分は助かるというのである。背中を貸したヤギは井戸のなかにいるままである。もちろん飢え死にするであろう。ヤギのようになってはならぬ、という意味であろう。しかし例にあげられたこのイソップの話を読んでいると、刻明に愚かにえがかれることによって愚かなヤギは、キツネと対等に見える。おかしいくらい堂々、厳然としていて、独立心という美徳に輝いているとさえ見える。見える、というべきではなくて、そうなのである。イソップやラ・フォンテーヌは、そうと知らずにそう語っている。いや心のなかで知っていたが自分に隠していたともいえる。

私のかすかな記憶では、あとになってのことだが、たとえばナポレオンにモスクワ侵略みたいなことを許したようなことは、未然に防がねばならぬ、とラ・フォンテーヌは、王太子にいいたがっていたのだ（ナポレオンのことを八雲は、日清、日露の二つの戦争にまたがる日本にいて考えていた）、と私は述べたように思う。そのうえで私は前に書いたようなことをいったようだ。

読者はこの態度を身勝手だと思うのも当然だが、かすかにとか、ようだとか書くが、私は雑誌に連載したままで、あとは読み返してはいないのだ。私は書きつつあったときに立ち戻ることを望まない。私は昔書いたものを引用するときは、それを今の立場で見返すためであるが、多少ともズレが生じるのを楽しむためなのだ。

ついでにキツネは、ヤギが古井戸にいて死んでいったことや、自分と一対一であったということを、ある日思うことが、まったくないとはいえない、といっておく必要がある、と思う。

私は何か月間にわたって通商の交渉でプチャーチン提督が長崎に来たことを扱うことがあった。私はゴンチャロフのことを扱っているうちに、ベッドの中でナポレオンや外国旅行のことを夢みている『オブローモフ』を書きつつあったこの小説家が、提督の秘書としてついてきたことに気づいた。日本では実質的には川路聖謨《としあきら》を中心とする三人が、江戸から出かけて行った。私は以前、川路のことを小説に書くようにすすめられていたが、いつしか忘れていた。すると思いがけず二人が結びついた。

気がつくと、このときのことは、前に小説化もされていた。こんなことはどうでもよかった。私はゴンチャロフのことから、彼の『日本渡航記』を読み、一方、川路のこのときの旅行記があるのを知り、それを比べて読んだ。そのあと、神田の古本屋で、偶然、『川路聖謨之生涯』というのを見つけた。そのとき私のこの部分の文章は一応終わっていた。私はその後また川路の息子と若妻との往復書簡が本になっているのを知ったが、これもずっとあとになってからだった。ずっとあとになって、というところに意味があった。

私は渡航記を読みつつ、そこに日本をひっさげて川路らが登場し、一方、川路の日記のなかに、やがてロシア側が、ロシア、ヨーロッパ、アメリカをひっさげて登場し、両者が同じ日時の、同じ場面について、それぞれ競いあうかのごとく書いていることに驚いた。

両者は互いにその事実に気づいていなかったのであろう。しかし彼らがすこし考えれば、そのことは想像がつかぬことではない。しかしいずれにしても彼らは、そのことに大して意を用いなかったように思われる。私は国と個人の命運を賭けての両者のかけひきぶりと、その日記における文章の、一方はいかにも日本的であり、一方はいかにもロシア的であることと共に、さっき私がいった「意を用いなかった」ことのおかしさが私をひきつけた。私の前に、私のまわりに待ちうけているかのように呼びかけてくる次第そのものが、よろこびであった。いくらでも、前後左右に伸びている性質であるということこそが、よろこびであった。ほんとうは「私」のことなど、どうでもよいことであるが。

時をこえ「交わる理由」

私は『私の作家遍歴』のなかから思い出すままにいくつか取り出してみたが、おどろくことは私が、対等だとか同じだということを我が物顔に書いていたらしいことである。ゴンチャロフは鎖国した長崎を見て、ベッドから出ようとしないオブローモフだと思ったと私は書いた。ドストエフスキイは、シベリアの要塞監獄で、おそろしいほかの殺人犯たちが自分と違うところがあればあるほど、けっきょくは同じなのだ、と思うために四年かかった、と私はいったりした。そんなことといえば、私は最近光源氏は、当時の庶民たちと同じように、気の毒だった、と思った。もし庶民が気の毒だったというのなら、である。源氏が女に好かれる苦労のことに思いをいたしてのことだろう。
私は作家や人物や、書物を、忘れるにまかせつつ遍歴しながら、彼らは、けっきょく同じことをめぐっていると思った。ボヴァリイ夫人がフローベールであるばかりでなく、アンナもトルストイである。

私がそんなことを思いつつあったときに、それと併行して、私は『別れる理由』のなかで、作者の私が未来も現在も同じだ、と先取りせんとばかり未来に向かって思いをいたすばかりでなく、作中人物の永造も馬になろうとしはじめた。もっとも、相原があやつり人形になったせいもあるけれども。永造はその相原の妻とながらく関係をもっているのだが。

なぜ、このように彼らは、別のものになり代わったり、別のものが自分と同じだ、と言い張ったりするのだろう。

それゆえといっていいかどうか分からないけれども、私は、いわゆる小説のなかでは、このように、同じだ、と主張するのは、何故であるか、ということそのことを、扱うようになった。

そんなふうに同じだ、同じだ、と思うというのは、そう思いたくてならぬ何かがあるのではないか。『遍歴』も、私の考えでは小説である。いわゆる伝記小説というのではなくて。しかし、『別れる理由』のなかに『遍歴』は含まれる。しかし、とはいっても『遍歴』の方もおそらく『別れる理由』を含まぬとはいえないが、ここのところは、私にはちょっと今は分からぬから先へ進もう。

私は、『遍歴』を書くうち、過去の作者、人物たちと交わった。引用文もそれを書いた人物と同じ顔をして私と交わった。時間をこえて話し合った。それと同じことを、私の小説のなかで、はじめた。進行中の私のその小説について語りはじめた。これは『遍歴』で、私がやっていたことと、似ているることではあるが、まったく別のことである。私の対等とか、同じである、とかいう妄想はこういうことになった。私がひとりでに習いおぼえたことは、小説のなかに用いられたとき、別のものになった。

私がこんなふうに小説を書きすすめてからしばらくして、私は『ドン・キホーテ』の下巻の冒頭がそれであることを発見した。私はちょうど、セルバンテスにかかっており、この、物語の騎士になろうとした、セルバンテスそっくりのドン・キホーテが、スペインの野に再び出て行き、今では疲れ果て狂人として檻に入れられて帰郷していたところだったから。彼はベッドで『ドン・キホーテ』という本がベストセラーになっているときかされる。私はおどろいた。私はセルバンテスと同じことをしていた。私とドン・キホーテは同じだった！

私は一口でいえば、この方法によって自分の作品をさいなみ、自分をさいなんだ、ともいえる。私は、今の時代に生きている自分（小説家であるという自分を含めて）が気に入らぬから、さいなんだうえに、すこしばかり救ってやろうとしているのかもしれない。時代そのものに文句をつける代わりに、自分に文句をつけ、それではあんまり哀れだから、どこかで手をさしのべてやろうと思っているのかもしれない。

そうではなくて、どんな時代でも人間は物ではなくて人間だ、同じ人間だ、もし、いま物であるなら、昔もそうであったのだ、と思おうとしているからかもしれない。私が小説のなかで実在の人物を扱い出したのも一つには、「一口でいえば」から、ここまで書いてきたことと、何かつながりがあるのかもしれない。それとも、私が小説や人を愛することを求める哀れな手段かもしれない。

読売新聞夕刊　一九八三・五・三一—六・一〇

『私の作家評伝』から『私の作家遍歴』へ——その小説的傾向について

1

私は『私の作家遍歴』という、一見エッセイともいえるものを、長年にわたって連載しました。私はこの本（三巻）のあとがきでも、毎巻くりかえしたように、一種の小説だと思うところがあります。

私はいわゆる小説の『別れる理由』を併行して別の雑誌に連載していました。よかれあしかれ、この二つの長い作品が、今書きつつある私の作品の作風とちょくせつ的な関係をもっているのですから、この二作のことにふれてみるわけですが、とりわけ、私は『私の作家遍歴』のことを語ってみたいのです。

私は『私の作家遍歴』を書きつづける前に『私の作家評伝』（三巻）の連載をしていました。『別れる理由』が開始してから数年たってからのことです。当時、こうした評伝のようなものは、小説家が文芸雑誌に載せることは、皆無でした。雑誌が望まなかったのです。私はこのように変化するということを、とても面白いことと思います。

私は「評伝」の方は、『潮』という雑誌の別冊が発刊されたとき依頼されました。それまで私は、文学全集の解説めいたものとして、「評伝」をいくつか書いたことがあったので、依頼を受けたのだと思います。私のような一般向きでない小説家をつかって別冊とはいえ、一般誌に作品を書かせるのには、「評伝」がまあまあ、だと思ったのかもしれない。

この「別冊」は年四回発行だったので、私は三ヶ月に一回、一人を扱う、枚数は五、六十枚という約束でした。「評伝」ですから、生涯にわたって書く、ということも条件でした。

私は、何故か知らぬが、最初に「秋聲」をえらびました。その理由は、川端さんが、自分は『源氏物語』とそれから明治以後はこの作家としか認めない、といっていたということを読んだことがあったからのようです。川端さんが亡くなってしばらくしてからだったようです。

私はそのくらいのきっかけで、十分だったのです。何故かというと、私はある程度、著名な作家のものは読んでいましたが、誰が好きで誰が嫌いだ、ということがあまりなかったこともあり、あまり熟読していなかったり、食わず嫌いであったとしたら、それは尚更、対象としてもいいという気持があったからでしょう。私は自分のこの態度に拍車をかけたのは、かねてから敬愛する、森敦氏のせいだったかもしれません。彼は、話をしているとき、むしろ、私が彼から見てあまり好みでなさそうに見えたりする作家、あるいは、私が執筆している当時、いくらか忘れられている作家、それから森さん自身、関心をもっていたことがあり、私には今までもあまり口にしなかった作家を扱うことをすすめるというぐあいだったのです。

「秋聲」の次に何を扱ったかは、本を見れば分りますが、私はいま家を離れているので、むしろ忘れたことを利用させてもらって、話を進めます。私は忘れたり、物知らずであったりすることを、このところむしろ大事にしているふしがあります。この我儘は、私の語ったり、小説を書くときの戦術の一つです。それが老年のせいならば、私はそのことを利用させてもらいたいと思います。

森さんのことで今さら誤解があるとかないとか、いうこともないのですが、一口でいって、森さんは、私に何か語りかけるときは、結果において、私を広げるためにしているのです。私は森さんと話しているとき、時々、喜々としてその意見にしたがったりするのです。結果においては、そうでもないのですが、合作めいたかんじに見える場合もなきにしもあらずです。私はそういうことを公表もしてきたし、小説の中で、あやしげに、登場してもらったりもしたのです。私は「合作」ということも、特別な場合にはいいことだ、と思っているのです。

私はこのようにして、私を刺戟し、私の虚をつく作家をえらぶことになったりした。たとえば私は次に扱うつもりで正宗白鳥全集を読み進めていたが、ふいに別の作家を扱うことに決めたりした。あるとき、私は文壇で評判のよくない虚子に向うことにした。後へ廻すことにした作家が何人もあるということは、私を豊かにした。その作家たちとつき合うようになったときには、私が扱ってきた作家たちは、私を支えてくれるように思えはじめたからです。

私が自分の評伝を小説的であるということを、これからだんだんに語って行こうとしているのです。私がやがていおうとしているのは、作家の言行を、いわゆる小説的に描写しているということではないのです。

私は、自分の中に過去に扱ってきた作家たちや、いつか自分の順番が廻ってくることを確信している作家たちが、住みつくようになりました。といって、いつも私の中にいて私に、「ここにいるよ」と話しかけたり、文句をいったりしているというのではなくて、私がいよいよ今月、締切が迫ってペンをとりあげ、ペンを進めて行くにつれて、住みついていた事実を発見するのです。

私は、私にどのくらい近づいてくれるか分らない作家をえらんで、それから締切に向って、読みはじめるのです。このときは、暗闇の中にいるのと同じです。このことは私を不安にさせ、自分の無謀さ、無責任さを、他人が仕出かした事件の如くなげいたりします。果して三ヶ月後に、その人物と生涯を理解した顔ができるであろうか。いくら私が厚かましい人間であるとしても。たぶん私は厚かましい人間ではないのでしょう。自分の中に趣味的にヘンな虫を飼っていて、自分を窮地に追い込み、そのことはともかくとして、私の相手となっている作家という人物に泥を塗り、傷を負わせることにもなっているのではあるまいか。私はそれ以前の人物たちと、おそらく無縁と見える私の目の前にいる人物が、かえってどこかで、今までだったら気づかないでいたはずのところで、結びついていることを発見することになるのです。この結びつきは、表面上のそれもありますし、内面のものもあります。

　こういうことは、私がそれ以前によく研究して、その結びつきというものを、よく心得てしまっていたとしたら、私のすることは、上手にしたり顔をして語って見せることになるだけで、その結びつきがあったと知ったときの感動というものは伝わらないでしょう。それは語る方の私の中にないからです。しかし、たぶんもともとはあったのでしょう。今は知識や情報の分量の多さを伝えることの方に目的が移っている。たとえもともと抱いた感動をも伝えるとしても、それは回想的なものとなり、感動したことがあったということを伝えるか、当時の感動を写しているだけであって、感動のさなかにはないのです。

　とはいっても、感動は到るところに生じる可能性があるので知識や情報を伝えるという作業を行なっているときにおいても、新しい発見の感動は、そのプロセスにおいて、寄りそってくることがあることでしょう。私がいおうとしているのは、知識や情報となる前の局面の方のことをいっているのです。

ここに述べていることの具体的な例を語ることが出来たら、そうしたいと思いますが、とりあえず私は、この感動をそのまま伝える文章のことを、私は、たぶん「小説的」だといおうとしているのだ、といっておきます。前にもいいましたが、描写してみせるのではなくて、感動の起ったときの起り方の順序で伝える、ということです。このこと自体は決して困難なことではないと思います。むしろ感動の導き方のプロセスに、秘密があるのだと思います。扱っている私という人間に対して、不意をつかせなければならない。私たちは、もともと無知なものであり、理解のよくないものである。にもかかわらず、早々と心得ていると考え、理解していると考え、その気になれば理解し得るものと考える傾向がある。その傾向は、くつがえされねばならない。くつがえされるとき、世界は開け、広がり、天窓があく。

私が結びついていたのだ、といったのは、こういうことでもあるのです。私は説教じみた高見にたった物のいい方をしているので、これは、一きょにくつがえされねばならない。たぶん私がこうして書いているこの原稿が小説的なものとなるのは、そういうときでしょう。この原稿は残念ながらそうはなるまい。ほんとうはいかなるときも私はそのことをこそ望むのですが。

私が述べていることから、皆さんは、こういうことにお気づきだと思います。私はあくまで、この「小島信夫」が作家という諸人物を扱っていて、絶え間なく私が私が、と自分を軸にしていると。それは自分本位な態度であると。いかにもその通りです。私は読者の反撥をかいかねないことを承知で、自分自身を、ときには、「小島」とか、「小島という小説家」とかいう名を出すようなことさえあえてして、のさばることにしているのです。私は自分もやがて一人の人物となって、時空を超えて立ち交わらせようとしているわけなのです。この態度も、私は小説的だ、というつもりなのです。私を優位に立たせるかの如く見せているが、それは、見え見えである。所詮は小島信夫が扱い、小島信夫が語っているのである。客観的真実のように書いているととれるとしたら、その約束ごとは、くずした方がいい。くずした方がすくなくとも面白い。すくなくとも、私たちが、いや、私が生きている姿に合致している。小島という小説家が（あるいは、そういうことになっている人物が）紙面の上で交わっているにすぎない。計画的でないような、私を安心させることのないような、作家（人物）選択を行ない、限られた締切の期日に向って突進しつづけるうちに、すこしずつ、だんだんに右のような気分をよしとするようになって行ったと思います。

当然のことかもしれないのですが、私はそれまでに発表してきたいわゆる小説を書くときにも、似た気分の中に、屡いたことがあるように思われます。一人の作家としての人物が、けっきょく総括してどうであったか、ということを、私も書いたりはしたのですが、私はその人物の特徴を示す、ある場面を示す方が私は昂揚しました。しかしそれは、私が前にもいったように、私の発見としての表現でなければならない、と思ったようであります。（こう書きながら、私はこのしゃべり方は、こわしてやらなくては、と一方に思っています。）

私は『私の作家評伝』が終りに近づくにつれて、何カ所か、これだな、と気づくことがありました。私の記憶では、近松秋江や宇野浩二に移って行ったときだった、と私は自分にいいきかせます。（私はこんないい方をするのは、どういうわけか、あまり語りたくないためです。たぶん私はアイマイなままにしておきたい。あれは、あのときだけのことにして忘れたい。あれが良いことであったなら、私はあれ以後でも、これからでも、昂揚しながら、続けるだろう。）しかし、アイマイながら、ある程度責任を果すことにしましょう。

私が秋江のことを一回分書いたあと、（私はこの頃から、六十枚一回では終えないこともある、という許可を雑誌の方から貰うことになったのです。別冊が休刊になったので、私は本誌に書くことになりました。これは月刊ですから、三ケ月に一人を扱うということになれば、その間私の文章は出ないことになります。といって私が毎月別の人物を扱うということは、私には不可能でもあるし、読者にとっても、重すぎます）秋江の娘さんから手紙が来たのです。私が正宗白鳥が秋江について書いた文章を鵜呑みにしている。これは、たとえば、こんなことについてなのです。ここで私は皆さんに申しあげておきますが、白鳥と秋江とは、終生じつに深い関係にありました。秋江が亡くなったとき、白鳥はこういった。「私は秋江は野垂死にするかと思っていたが、そうではなかった」このことが一つ。もう一つは、秋江の夫人について白鳥が書いていることは、事実とは違っている、というのでした。これはいわゆる悪妻ふうに白鳥があつかっている、ということです。娘さんは、白鳥は死の床においてザンゲをしたのも当然だ、というようなふうにもいってありました。そのほか、あれこれ書いてあり、筆者である私にたいしても意見がしてありました。私はこの娘さんの手紙のことから、「近松秋江」の第二回を始めることにしました。私はもちろん、自分自身の感想や意見も述べたのですが、そのことのために私はその冒頭の何頁をつかったように見えますが、そして私もそういう意図がなかったわけではないのですが、私は、自分の評伝の中に、実の娘さんの手紙が入りこみ、私が、心得顔であることを否定する口ぶり態度でつづりながら、不意に私の評伝の外部からきりこんできた手紙によって、心得顔の否定が行われたということの新鮮さに、心を奪われたようです。たとえ、私が「新鮮さに心を奪われた」のではなくても、私が冒頭に一つの事件として取りあげたとき、読者や、それから筆者の私自身も新鮮にかんじることになったようです。読者は、私が迂闊な人間であると思ったかもしれない。私は読者の信用を何割か減らしたかもしれない。編集者は、そう思ったかもしれない。しかし、私は、信用というものは、時々、くりかえし、減らさるべきものだ。小島信夫という小説家と見なされている、この私にたいする信用は、減る可能性があるということを、ときどき裸形にされた方がよい、と私はどこかで思うところがあった。

私が右に述べたようなことは、実名の伝記などの場合には度々生じることであり、それを、連載の次の回において取りあげることは、珍らしいことではありません。私がいわんとすることは、すこし違うのです。権威はたえずくつがえされるべきだ、というようなことです。ほんとうは、こんないい方をしないがいいのでしょう、文章の流れのなかで、そのような文章がしめる位置を具体的に、自然に分ってもらうのがよいのであって、いわゆる小説のいいところは、正にそれが出来る、というか、そのことだけは、ほかのジャンルでは不向きである、こういうことと関係があると思います。

このように、くつがえす、という考え。それから具体的な、不意をつくヘンに濃密な部分。といったようなものは、その文章の周辺をアイマイにするかに見えます。私はこのアイマイさというもののことを思うと、私はとても心がはずむのです。

私の『評伝』は、なるほど、一回一人六十枚あつかい、三ケ月おいて別の人へと移り進んで行くということを続けるうち、前の人物たちが私の中に住んでいることを、今更の如く発見しました。

ところが、「近松秋江」から、私は、一回、六十枚で生涯を終えてしまうというのではなく、つまり、六十枚の中で、かぎられた締切直前の五、六日間で、ある結着をつけてしまうというのではなくて、私が原稿を手渡したとき、その人物は、まだ終着点を迎えることなく、私の中で、文字通り宿題として残っているということになったのです。ここで変化が起ったようです。彼は宙ぶらりんの状況で、私を待たなければならない。そのために彼は過去の人物ではなくて、現在を生きていることになりました。

私は彼らを扱うとなったときから、もちろん彼らの全集を読み、彼らに関する批評を読み、伝記を読み、年譜に目を通しました。年譜ほど怪しいものはない、と昔からいわれています。秋聲は自分で自分の年譜を書いたとき、怪しいといい、わざと、いいかげんに書いたようにも見えます。第一、まったくマジメに書く気なんかなく、むしろ嫌悪をかんじ、二年や三年はミスすることに快感をかんじたかもしれません。彼の小説は、たとえば『爛』のような作品は、場面場面の天候や陽気のことが仔細に述べられていて、それが人物たちにあたえるしぐさや表情も仔細に述べられていますす。そういう作家が、何年何月何日に自分が何をしていたか、ということ、ある作品はいつ書いたか、ということ、そのとき自分はどういう気持でいたか、ということなどに関心を抱いていると思うのは、間違いである。晩年になると、秋聲は、登場人物の空間のなかに自然のように集まってくる時間が現実だというような作風の小説（『縮図』など）を書いています。たぶん晩年のこのような作風は、『爛』のような作品の場合にも無縁であったとは思われません。

私は一例として秋聲をあげたのですが、作家は誰でも、その年譜に、普通私たちが関心をもつような意味では関心を持つことはないのでしょう。私たちが作家という人物を考えるとき、いちばん確かな証拠物件は、その作品だと私は信じています。「このような年譜にあるような、あるいはその伝記にあるような某が、あるときにこの作品を書いた」というのではなくて、「そのときある作品を書いた作家という人物がいた。なぜなら、そのとき、彼はその作品の中で生きた」というふうに私は考えたいと思います。もともと私はそんなふうに思っていました。ところが面白いことが起りました。

作中人物がしたり、思ったりしたことを、あたかもじっさいに誰かの前でしていた。そうでないように相手はとっていたかもしれないけれども。

私はこのことをこんなふうに表現したような気がします。

　そのとき彼（その作家）は、彼の小説、何々の中のこれこれの場面のようにいった（あるいは、した）。

これは、その本人の作品である必要はなく、別の作家の作品であってもいい。Aという作家はBやCという作家とじっさいに交遊かんけいがなかったにしろ、私はそれらの作家たちが交わったとしてみることを思ったりしました。彼らの頭の中においてそうしたことがあったかもしれない。また彼らの頭の中には、他の作家たちのみならず、それらの人の作品のこと、登場人物のことがあったかもしれない。それは、同時代の作家や作品や人物たちに限ったことではない。時空を超えてあり得ることである。

私は『作家評伝』の書き手である。私が書き進むにしたがって、私のなかには、今述べたようなことが立ち現われふくらんでくる。そういう私（小島信夫）という小説家と、書かれつつある、すべてのこととの間に、現在交遊が行なわれている。この、交遊が行なわれつつある、書きつつ、行なわれているということとそのことを、そのまま書いて行くこと。これは、私は大分前に述べたところの、あの投書にかんすることと、どこか似た点があり、底のところでつながっている。

私は只今ここに述べたばかりのことを、おぼろげに身体でかんじるようになり、それを表現した文章を書きはじめた。まだほんの序の口であったのですが、私は自分が身体ごと悦びをかんじているので、これはいいことに違いない。あるべき姿なのだとひそかに思った。

私はだんだん、次のようなことに気づきはじめたようです。私は『作家評伝』を依頼されたので、この仕事の性質をよく考えもせずに開始した。作家というものは、私と同業者であるので、いくらか私は理解することができるであろう、というぐらいに思っていました。しかし、作家というものは、不当に権威を持たされてきたかどうかは別としても、文字による作品というものを残している人物であるということだけは、無視されることができない、ということであります。このことは当り前といえば当り前ですが、私はそうではないと思います。作品の方を重視すべきだ、ということも、むしろ当り前のことかもしれません。普通気楽に考えたり、いったりしている以上の秘密が、ほんとうはあり、それは、具体的に示して見ることによって、はじめて気づくようなことです。

一口にいって、いわゆる研究とか評論というものから、離れかかろうとしていたということを、私はいうつもりなのです。といっていわゆる伝記小説というものとも違う方に向いたがっていたようです。

2

私は、『私の作家評伝』に入っている分を終えてから、『私の作家遍歴』という三巻本に入っている分へと移ることになりました。そのとき私は小泉八雲をえらびました。その理由は、例によってタワイのないものかもしれない。私は沢山の作家をまだ残していたことは、前にも申しあげたとおりなのですが、一つには、私は泉鏡花や、宇野浩二の書架に、『小泉八雲全集』が置いてあった、ということに刺戟を受けたのでした。たとえば宇野のところにこの全集があっただけではなくて、見舞客として訪れた広津和郎に、全集を指さして何か話していたのでした。宇野はこのあと精神病院に入院します。私が扱ったこの二人の作家（鏡花と浩二）が八雲を認めていたことはいうまでもないのですが、私はそのことより、彼らの書架に置いてあって、客の眼にもとまった、ということの方が、問題であったようです。

ほかに八雲をえらんだ理由はいくつかあったと思いますが、忘れました。たとえ、憶えていたとしても、大したことはないと思います。私にはそれまでも、だいたいそうであったのですが、その作家を取り上げて、いよいよ、作業が開始し、毎月毎月その作家と共に歩んで行くにしたがっては、じめて、私が取り上げた意味というものに気づくという有様でした。意味というよりも、もっと漠としたものです。私が開始前に、何か意味をかんじていたとしても、それはどうせ投げ捨ててしまうことであったり、けっきょくありふれたことであるのです。予期しなかったものが、私が八雲との交遊をはじめたために、群がってくることを、私は欲していたからです。私は八雲を語り、八雲は私によって語られる関係なのですが、私も八雲も宙に浮き、漂いはじめるとき、私は快感をかんじているようでした。ありふれているし抽象的すぎるのでこんないい方はよしましょう。

私は八雲をえらんでから、締切までの短かい時間のあいだに（私の記憶では、一、二ケ月は休んだみたいでした）いつものように『小泉八雲全集』を手に入れることから始め、いわゆる彼に関する資料というものも集めました。とはいっても、私がその資料を見たいと思うときに、一刻も早く見たいといったぐあいにしていたようでした。私はまだ全集に目を通したわけではない。多くのものは残されている。私はちょっと附き合い出したにすぎない。例の如く、私は何も知らない、と同然だ、という姿勢をもてるように心がけていた模様でした。私は、わざと何もかも読みはしなかった。もしそんなことをするならば、自然と「八雲とはけっきょくどんな人か」という結論を強いることになってしまう。アイマイにしておかなくてはいけない。ちょうど、私が感じている小説というものが、アイマイであるという意味において。アイマイ、とは、一つ一つは具体的でリアリティそのものであり、人や犬や狐や昆虫や石や樹木や山や湖や海や川が、そこにあるようにそこにある、そこにある、そのように、というふうのものであるけれども、それらが連結して行くにつれて、結論めいたものは崩され、崩される毎に、そこにあるということの意味合いというものが、リアリティを増して行く。小説は、そのとき崩されたところで終るのであろうか。では果して物語はどうなるのであろうか。擬似的であろうとも、物語は失なわれてはならない。それならば、どんなふうにして物語は保たれるのだろうか。どこかで見たことのある物語であるということで、不安と安心とを導き入れてきて、そして、それが擬似のにおいを漂わせることであろうか。だが、それが擬似であるという証拠はない。読者の方にまかされる。あるとき、擬似であるにすぎないと気づかせようと作者が企んでいた、と気づく。そう気づくとすれば、読者の中に、もともとそう気づくだけのものが、あったのかもしれない。こうした小説観は、アイマイであり、無責任であるように見える……。私の中には、小説についてこんな考えがはっきりとあったわけではないのですが、そう考えたいと願う思いがあったのでしょう。

私は、八雲についてとりあえず興味を抱いたことを、なるべく彼の書き残した作品と手紙を通じて、読者に紹介するということではじめました。具体的にいうと西印度諸島のマルティニーク島で彼が発見したことが契機になって、私が今日現在発見したかの如くかんじる新鮮さを語ることから始めました。私はこの島のことは多少は知ってはいましたが、ほとんど知らないと同じでした。私は、したり考えたりすることがいっぱいあり、そこへもってきて、流れこんでくる多量の情報を通過させる道具になっているので、私が重要なことさえ忘れるためにこそ情報は私を通過しているといえるほどであります。それに、いったい、何が重要で、何が重要でないのであろうか。

ところで、元に戻ることにしますと、八雲は二つのことに驚ろいています。混血の住民たちは、眼に見えないものと会話をしている、ということ、それから、黄金の肌をしたゆったりとした大柄な美女がいるということです。八雲は住民の独立運動のようなことに関心をいだき、その歴史を書いたりしていますが、私があげた二つのことが、最も彼にアピールしている、と私はかんじます。八雲は彼の眼を奪った美しい女たちの中でも特にきわだった女たちのグループが峠を越えてやってくる女行商人であることに気づくと、そこへ探索に出かけます。それからもう一つは、この島の女の住民たちの中になぜ美女が多いのか、ということについてエッセイを書くのです。

私は峠を越えながら眼に見える擂鉢を逆さにしたような山が富士山に似ている、というところに驚ろきました。なぜか知らぬがひどく驚ろいたのです。それから彼が西印度へ来てやがて数年後にのぞきにくるつもりで日本にくるのですが、その時代がどういうものであるかを、小学生が知るように知って、背中を叩かれた思いでした。しかしそれこそ私の望むところでもありました。人は私の無知を嘲笑するでしょう。私はむしろ無知に感激しました。その理由は、さきほども申しあげたとおりです。

私は当時ゴーガンやスティーヴンソンが何をしていたか、何を企らんでいたか、ということを忘れていました。私は知っているべきだったかもしれないが、私が八雲のことを考えていたとき知らないも同然だったということに驚ろきました。スティーヴンソンのことはともかく、というのは、そのとき、ふとゴーガンのことが頭に浮かび、まだスティーヴンソンのことは、頭になかったのです。私は一歩一歩でした。私はマルティニーク島は、八雲の父も関係があり、当時はゴッホと南仏のアルルで暮らす前後である。(今は私はディテールは失念しました。)

私は日本の作家たちを扱ってきました。そのあと八雲に移ったとき、八雲が外国人であることや、八雲以外の外国人が何億といることも知らないわけではなかったのですが、八雲の周辺の、彼と直接に関係のある人々のことしか念頭にはありませんでした。当面の人たちに私が関心を持ったがために、不当にも私はほかのことを忘れていたのです。私は作家評伝を続けていたとき、多くの作家を後へ廻しました。しかし、後へ廻す毎に、私は敬礼をしていたともいってよく、私は悔恨の念をいだかざるを得ませんでした。したがって忘れているどころではなかったのです。ところが、私がいおうとしているのは、係ることによって、私が忘れざるを得ないということです。それがそもそも、私ども生きているという証拠を示す存在のパターンであり、それだからこそ、このパターンは裸形となって曝される必要があります。「いいや、忘れやしない。お前が特別にそうであるだけだ」

という人もあるでしょうが、憶えている部分、したがって忘れる部分が異なるだけだと私は思います。

私は第一回のタイトルは、「黄金の女達」というのでした。私は八雲が日本に来るまで何回を費やしたかおぼえていませんが、たぶん二回ぐらいでしょう。私はほぼ八雲の足取りに添って、書き進みましたが、それによって私が知らねばならぬことが、向うの方からやってきました。今それを一つ一つ紹介することはできません。私の手許に『私の作家遍歴』がないのと、前述したように、たとえここにあったとしても、ふり返って辿ってみることを、なるべくしたくないからです。何回まで来たときだったかに、（私は「小泉八雲」にとりかかったとき、雑誌の編集部に三回で終える、と約束していましたが、崩れてしまいました。私に我儘を許してくれたことを、その頃から心から感謝していました）とつぜん私は荒正人さんからハガキをもらいました。そこには、だいたいこんなことが書いてありました。「私の教え子に、松江の高等学校の教師をしている、池橋という人がいて、八雲の研究をしています。彼はつい最近、ひじょうに面白い論文を発表しました。もし読んでおられないようでしたら、送らせます。」

私はこの論文を読み、前回を終えたときに予定していたことをやめて、池橋さんの論文をとりあつかいました。私はそれまでも、次回にと約束していたことを中止して、もっと私をひきつけることの方にしたのです。この変化はとっさに行なわれるわけで、私はこの「とっさに」ということを愛しました。「とっさに」というより「急遽」というべきかもしれません。その回のタイトルは「節夫人の秘密」というのでした。私は次回も、この部分の続きを書くつもりでいましたが、次回は、急遽別のことに移りました。私はそのとき、いつものように、いつか、この続きを書くと約束したのですが、けっきょく、とうとう果さずじまいとなってしまったのです。そのときに限りませんがたぶん私は私自身の弛緩を予感したからだろうと思います。池橋さんの論文は、八雲が節夫人と、どのようにして結ばれて行ったか、についてのものです。その推理はじつに見事で精緻をきわめたものでした。ただそれだけではなくて、八雲がどういう気のくばり方をしたか、ということをあらわすものでもあるのでした。気くばりは、八雲一人のことではなかった。このことはたしかに重要なことである。正式の二人の結婚を前にしての八雲と節夫人とのこまやかな愛情の表現、——つまり、晴れて正式の結婚をすることになったときの、八雲の愛の呼称などについての論述されて行く部分など、私は遂に紹介せずじまいに終ったのですが、心おどるところです。ある意味で小説的な世界が推理をよび、推理が小説的な世界をよびよせるようでした。

しかし私が紹介を割愛したのは、私が翌月号を前にしたとき、私の『私の作家遍歴』にとっては、そうした方が私も池橋さんも共に生きると思ったからでしょう。私は八雲の心身の動き、それをとり巻く世界の人々の心身の動き、それを扱う私自身の心身の動き、のことを願いはじめていたのであろうと思います。たぶん私は研究的推理が、私の文章の中では、その見事さが、かえって力を失なう、というか別の意味のものになるというか、そういったものを感じたからかもしれません。私は、きっと別な場面で生かしてみせることができると思ったのですが、その機会は訪れませんでした。申しわけないことです。私はボツボツ、書物も、論文も、小説も、私の文章においては、登場人物だという考えをいだくようになっていました。もちろん、私という作者も、私の書く『私の作家遍歴』においては、人物の一人であるというふうに。

私は今回、『私の作家評伝』のことを書いている間に、私が小説として、あるいは小説的なものとして、書こうとしはじめていたといい、そのとき、何故、そういうのか、どんなふうに小説的になって行ったたか、不十分ながら述べましたが、それにさっき申しあげたようなことを、私はつけ加えたいと思います。彼らはアイマイな形に見えつつ呼応し合い、次の部分を呼び起し、私の中にあったそれまでの意味を変えたり、そのことがまた新しくそれ以前の人物（広い意味での）たちに声をかけ、あるいは逆に声をかけられて、世界を作って行く。

私が八雲についての資料なるものも、集めていましたし目も通しもしたのですが、私はほとんど用いることをしませんでした。そして八雲の書簡やエッセイや小説などを読むうちに、彼の中に入りこみ、日本に来てからも彼の頭の中にあったものとつき合いたくなりました。そうすることによって八雲をよく知ろうと思ったというより、私はつき合うことで触発されることや、そうすることで、無知であったものへ近づいて行くことを楽しんだのです。私は笑うべき年表を作成してみました。かくの如く触発された無知なる私という人物が、天窓が開かれて行くなあ、という思いを、そのまま表にしたにすぎないものです。私はその年表を、じっさいに読者の前に示しました。結果において、その年表は、いわゆる世界文学年表なり、世界史年表から抜き出したものとほとんど変らないもののようにも見え、またちょっと滑稽なかんじをさえあたえると思います。しかし、滑稽に見えるところが、私の目的でもあったようです。

二十回も連載をつづけるうち、私は幕末に日本にやってきたプチャーチンの一行のことを書きはじめていました。そのきっかけは、八雲がアメリカにいるときに新聞に書いたロシア文学の紹介の短かい文章にあったと思います。彼はロシアの狂気ということを述べ、トルストイやドストエフスキイやその他のロシアの作家たちが、あのような小説を書かなかったら、たぶん狂っていただろう、というものでした。この考えは、どのくらい膨張して行くものか、はじめは気がつかなかったのですが、私を動かして行き、そのあげく、隣国ロシアの南進の方へと、私は移ったのです。このあたりから、私は、国やそこの作家や、その他、書物などの中に、見られずにいたというか、素通りされていたものに自分が気づきはじめているらしいと思いはじめていたようです。思いあがりのように見えるでしょうが、もし思いあがりとしても、私が文章に書いて行くのですから、私も文章も丸裸かになっているのです。私は丸裸かであることを、よく知っているのです。読んで面白くなければ何にもならない。眼が開かれた思いがしなければ、何にもならない。しかし、私は面白いはずだ、と思っていました。私はロシア皇帝自身も、ロシア人の危険な狂気と無縁ではないとかんじはじめたのです。皇帝が狂気にした原因だというようなことではない、と私はかんじたのです。私はこのことを、皇帝さえも、シベリアへ流されたがっていた、と私は書きました。このとき、たぶん私は将来、ずっと先きに、(それはずっと先きの方がいい)『ドン・キホーテ』を扱うことになると予感していたかもしれません。(この私の文章は、私自身を人物と見なしているいい方です。この原稿の文章の最初から、そうなっているはずです。)

私は、あとで、日本の文学にも影響をあたえることになるゴンチャロフが、プチャーチン提督の秘書官として、日本渡航を行なったということを、折よく発見しました。それだけではなくて、ゴンチャロフは、『日本渡航記』を発表し、ヨーロッパでベストセラーになっていたことも、折よく発見しました。もし私がこの事実を前もって知っていたとしたら、このあと私が行なった面白い小説的文章はなかったでしょう。しばらく前から、川路聖謨という人物のことを歴史小説として書くようにすすめられていて、二、三の資料も送ってもらいました。川路に長崎奉行、下田奉行として日記があることを聞いていたかもしれないのですが、私は彼を小説に書く気にはなれませんでした。それが、ゴンチャロフと私がつき合ううちに、私は偶然の如く、日本へ渡航したことを知り、『日本渡航記』のことも知り、ふいに川路のことを思い出したばかりでなく、このプチャーチンの来航をめぐる話が、既に小説の形で書かれていたことや、その小説の挿画まではっきり思い出したのです。私はひどく驚ろきました。私はゴンチャロフを含めて、プチャーチンのこの来航のことを先ず書きました。「皇帝の使者」というタイトルです。もちろん、私の頭の奥に、カフカの「皇帝の使者」がありました。私はゴンチャロフが念願がかなって日本への旅の日記を辿って紹介しました。自分を流刑にするかのように、コーカサスへ行ったトルストイや、文字通りシベリア流刑になったドストエフスキイや、帰りに日本に立ち寄るつもりであったサガレンへの旅をしたチェホフのことなどが私の念頭にありました。

そのくせ「皇帝の使者」を書いているとき、私は川路のことは、そのときのゴンチャロフの如く、ほとんど念頭になかったのは不思議です。私は川路の長崎への旅日記、長崎での会見の日記を直前に読んでいたにもかかわらず、忘れました。私はゴンチャロフと共にアフリカを廻ってアジアへと苦難の旅を続け、彼の眼で、物を見ることにしてきたのでした。

遂に彼らは、二度暴風雨にあった末、日本に到着しました。ここで彼らは、鎖国している日本の不思議な頑固さ、あるいはアイマイさにめぐりあうのです。そのアイマイさの中味は、どんなに複雑で具体的であったことでしょうか。（どうか、この「アイマイ」というコトバを、私が前に書いた同じコトバと較べて見てください。そこに面白いつながりがあります。）ゴンチャロフの歎きのつぶやきを読みながら、私は笑い、そして日本は、（といっても直接には長崎ですが）彼が途中まで書いたままであるあの『オブローモフ』の主人公オブローモフそっくりであると思ったと書きました。（オブローモフは、寝床の中から起きて来ない地主です。そのくせ世界への旅を夢みています。）これが私の一つの発見です。誇張に見えますが、そういうことと無関係だと思います。私は奥にあるものを、このように表現したというわけです。オブローモフを創作したゴンチャロフの栄えある功績が、彼に復讐したともいえる。もちろん、これは私の夢想です。

私はその次の回のタイトルは「もう一人の皇帝の使者」だったと思います。こんどは「皇帝」はなかったかもしれません。やっぱりあったでしょう。（このいい方の中には、私自身を第三者にする態度が見られます。）川路は、ある意味では「皇帝の使者」として江戸を出発したのですから。

私は、川路の日記によって、彼とつき合いはじめました。そのとき、ゴンチャロフのことは、忘れたが如くでした。だって川路は、彼の存在や、彼が渡航日記を書きつつあったことなど、考えてもいなかったのですから。漠然とロシア人が待っていると思っていたていどですから。

私はこのようにして遂に対面の場面を、いわゆる小説ふうにではなく二人の日記を元にして、いわば日記と日記とを対面させるが如くはからい、私は、解説役にまわることにしました。もっとも私は解説も極力さけることにしたのですが、私はこの方法によって、小説のタイクツな、もっともらしい描写などから免がれることができました。その私の文章の中にも、描写はありますが、それは川路やゴンチャロフが描写しているのです。その描写は、すなわち、いわば彼らの運命そのものをあらわしているものなのです。

私はこのあと、ほぼ二巻、三巻を残しています。あまり長くなるし、私のいいたいポイントは述べたようですから、『私の作家遍歴』についての話は、これで終えたいと思います。

私の冒頭で、『別れる理由』などとのかんけいなど書くと約束したようですから、一言だけけいっておきます。『私の作家遍歴』は、皆さんの眼に入る作品、人物などを元に遍歴しています。『別れる理由』では、私に近い人物の内側へ、意識の下へともぐりこんで行き、その意識の中で遍歴を行なったようです。私の今書いている作品はこの二つの作品の延長線上にあることは確かです。

『講座日本語の表現』第4巻（筑摩書房）一九八四・一一

「語り手」と「きき手」について

語り、といっても、どの範囲と思ったらいいのか、分らないので、思いつくままに書いてみることにする。

私はベンヤミンの『物語作者』を読んで面白かったが、細部は忘れてしまった。私の記憶では、『ドン・キホーテ』から、小説が始まったが、忽ち小説は苦しくなってしまった。しかし小説は生きのびてこなかったわけではない。小説が生きのびる度に何か新しい工夫をする必要があった、といっていたようだった。そこにお先き真暗という様子があって、かえってふしぎと元気づいた。私自身、もともと一作々々、お先き真暗とまで行かなくとも、これといって書くことはなく、また書きたいことがあっても、どう書いたら小説になるのか分らなくてやってきた。小説が書きたいなあ、と思うより先きに書くことに追われたり、たとえ追い立てられていなくても、誰かに追い立てられているような気がしてきている。若い時分、私より年少で、私と同じ時代に小説家として世の中に出た友人が、聴衆に語っているのをきいて、驚ろいたことがあった。彼は一見したところ楽天家で、自分でも「明日は明日の風が吹く」と、いったりしたが、それもそう自分に言いきかせ元気づけていたのかもしれない。彼が聴衆にいっていたのは、こんなことだ。

「ぼくは（わたし、といったかもしれない）小説なんか書かないでいられたらどんなにいいかと思う。ぼくは大工さんが材木を削ったり、角材と角材とを組み合わせたり、釘を口にくわえて梯子をのぼって行き、ためつすがめつして、口からその釘を取り出して金槌を打ちはじめるのを眺めていると、仕事というのは、こうであるべきで、人間のことなんか扱うようなことは、本来いいことではない」

じっさいに彼はこんなふうに話したかどうか分らない。したがってこれは私の創作ともいうべきものだ。私は今こんなふうに書くと生甲斐をかんじる。こんなことを長々と書いていたいように思っているのであろう。彼はその後何十年と書いている。よけいなことだが、ついでにつけ加えておくと、彼はその後、日々の生活の中で、これはというようなことをノートしたり、時にスケッチしたりしておき、それを元に、フィクションにしようと思わないで、鉛筆をとりあげ——事実、彼は鉛筆を用い、消しゴムをつかって気に入らぬところを、ていねいに消して、その上に書き改めた——大望を抱くことをいましめながら、たぶん他人が設計した図面通りに仕上げて行く大工さんのように書いた。そういう仕事ぶりをおぼえた、といった方がいいのであろう。彼は、もう一つ〈聞き書き〉ということを、また実行した。彼は、この世の中に表立たぬまま生きている人の話のことを耳にすると、そこへ出かけて行って、ノートをとった。私達の生活は楽ではなかったこともあるが、彼はささやかな手土産を渡した。それから既にその相手の人物が彼にとって好ましいという手ごたえがあることもあって、彼は、

「ほんで（それで）そのあと、どうされたのですか」とか、「そのとき、どういわれました」とか、「たいへんすみませんが、そこのところを、もうすこし細かく話してみて下さい。というのは、ぼくは、たいへんすばらしいお話だと思いますから」

と微笑を浮べながらいった。

私は、こんなことを見たように書いているが、私が彼の小説を読んだときに空想したことに過ぎない。私はいつも彼の作品を読むと、彼のこんな姿が思い浮び、何ともいえず羨ましかった。もちろん小説にしてあったから、〈聞き書き〉といってはいけないのであろう。

昭和三十年代の始めに、彼と私とはあいついで、世界的に有名な、ある財団の基金でアメリカに招ばれて、一年間滞在したことがある。私は単身で出かけたが彼は夫人を同伴した。彼はアメリカで私のところへ手紙をくれた。私はそれを読んで非常に感心した。どのような手紙が人の心に食い入るか、ということの、いい参考になると思った。私は彼の随筆を読んでも、随筆というものは、どんなふうに感銘をあたえるものか、と思いつづけたが、それと同じようなことを私は感じた。

彼はその手紙において、私に対して、ささやかな物語を仕組んでいたのかもしれないと思う。何千キロ離れたアメリカのある町から私に、「ほんで、それから、ああそうか、」と、私の生活の中に入りこむのを楽しんでいるように思いながら、手紙を書いているのに違いなかった。彼の万年筆で書いた、彼の身体つき、指の形に不思議によく似た文字も、薄いレターペーパーのインクの乗りぐあいも、堪えがたいほど、私をひきつけた。残念ながら、その手紙をいつのまにか失くしてしまった。

彼は滞在中、例によってノートをとった。（私はそういうことを、したことがない。）帰国して、一冊の滞在記を書いた。そこには、ノートをとった彼自身が語り手となっていた。

私は彼の〈聞き書き〉のことを書いたが、順序が逆のようだ。彼の〈聞き書き〉は大分あとのようだ。考えてみるとこの滞在記のあと、彼はノートをとったり、〈聞き書き〉ふうのものをはじめたのではないだろうか。いずれにしても彼が〈ノート〉、〈聞き書き〉を元に作品が出来るということは、積極的に物語となる核のようなものを、彼が持っていたからだ。

彼のことを語りながら、私はベンヤミンが『物語作者』の冒頭でこう述べていたことを、思い出した。「物語というものの一つの特徴は、それを何度も読んでもナゾが残り、人によって解釈が違うということである」

ベンヤミンは、『プルタ－ク英雄伝』の中の一つの物語を例にあげていた。ローマ軍に敗北して、捕えられた王の前に、王子が連れられてきた。そのときの王がどうしたか、というような話である。微妙な話だから、うろ憶えのまま紹介するわけには行かないが、ヴァレリイと誰やら別の人達の解釈があげられていた。それがさっきもいったようにそれぞれ異なっている。ベンヤミンはこのあと、たとえばレスコフの物語なども例として、あげている。そこでは、物語を示したあと、物語が成立する条件として、〈教訓〉とそれから〈義〉というようなことをいっていたようだ。

ベンヤミンが、物語の時代が終り、小説が現われたとき、小説は密室のものとなり、そのとたんに不幸にして行きづまりを伴なっていた。『ドン・キホーテ』が小説のはじまりで、その時もう小説の終焉を迎えていた、といっていた。なぜ『ドン・キホーテ』が問題となっていたか、忘れかかっているばかりか、果して『ドン・キホーテ』であったか、あやしいものだが、やはり、もし『ドン・キホーテ』とすれば〈教訓〉も〈義〉も手玉にとられている、というところがあり、そのことにおいて、小説が始まり、その後くりかえし、手玉にとることから、新らしい小説にリレイされてきたということだったであろうか。普通、〈物語〉といっているものが、ベンヤミンの『物語作者』の中で述べている物語に十分にあてはまるとはいえないようにも思える。それに、私が依頼された原稿は、「語り」についてだったが、これまで私が書いてきた文章は、それに沿ってはいない嫌いがある。

私の友人は、おそらく自らが小説を書いているのであって〈物語〉を書いているというふうには考えていないであろう。しかし私は三十何年も彼のことがたえず念頭にあった理由が、いくぶん判ったように思える。

『ドン・キホーテ』も、第一ページから、〈物語〉でないことはない。セルバンテスは、ある騎士の物語を伝えようとしている。一人の郷士が騎士を思い立ち騎士になって行く物語だ。しかしほんとうに騎士であるのは、彼の心の中においてだけだ。幸いにも彼の心中をあわれみ救いの手を差しのべるかのように、本物の物語作者が、適当な合間をおいてあらわれた。『ドン・キホーテ』の中の挿話のことだ。『ドン・キホーテ』に〈教訓〉や〈義〉がないだろうか。それらが姿を変えているのではないか。新らしさとは、それらの姿の変え方ではないか。

ドン・キホーテは一度旅に出たあと戻ってくると、サンチョを連れて行った。騎士には馬や鎧や甲冑と同じように従士が必要だと気がついた、というふうになっている。先日ある先輩は、ある催場で会ったさいに、私にこう語った。「今度ぼくはぼくのドン・キホーテを書きますよ。途中からサンチョが登場します。」死期を前にして気息えんえんとしているその人が、何を意図していたのであろうか。いずれにしてもそれで私はサンチョのことを思い出した。ドン・キホーテはサンチョに質問されると、教えてきかせる。たぶん義というものがどういうものであるか、を教えるのであろう。ただ騎士気取りの行動をやってみせるだけではなくて、どうしても騎士というものの解説をしなければならない。にわか従士は、納得が行かないので理解するまでに非常に手間がかかる。従士が理解するのは、あくまで彼流にそうしたのである。この二人の絶妙な関係は、私達が恋いこがれる世界だ。これほどとは行かなくとも、私達は誰かと話をし、それに耳を傾けてくれ質問をしてくれ、けっきょくは、その間柄は消えてしまうことがなく続いて行く、というようなことにあこがれているように思われる。二人のやりとりから何かこの世の理解が深まったり、未知の世界が開けたりするからではなく、そういうことが継続するということに、あこがれているに過ぎないかもしれない。もちろん共通の話題がなければ、継続はしないであろう。

私はこの頃、話しているうちに喧嘩になったりするようなことがなく、話していることが何かの意味で楽しみをあたえ合うことができるということにひかれる。両者とも何かを語ろうとする。どこかで折合がつく。対話というほどではなく、それぞれの都合による何事かを語りかけているだけのことだ。理想は『ドン・キホーテ』のようなものだ。彼等二人に破局が来たであろうか。それにしても私は何故恋いこがれるのだろうか。

私は、往復書簡という形式を思うと、あこがれで心が疼く。私は昔から『貧しき人々』に興味があったのは、主としてこの形式のためだ。二人がもどかしいように愛の飢えについて語りかける。もちろん自尊心というものは、片時も忘れることはない。だいたい、自尊心を捨ててかかれるわけがないので、それを勘定に入れたうえでの愛の飢えである。ところが、そうしたことが彼ら二人の中にうごめいているなどとは、世間は誰も想像してくれない。彼ら二人は、それぞれ小説の主人公のようになって行く。おそらく彼等が書簡を往復させているのは、彼等が十分にそうなるためなのであろう。同じ小説の人物になろうとしていたとはいえ、ドン・キホーテとサンチョのようなぐあいに、いつも行動や寝食を共にしながら旅を続けて行くということは、不可能なことが分っているので、この同じアパートにいる、中年の男と若い女は、あわてて書簡の中に戻る。ドン・キホーテにしたって、自尊心による愛の飢えを持たぬわけではない。サンチョもまた、彼なりの常識があり、愛の飢えの代りに欲望がある。両者が簡単に共存できると決ってはいない。

私は『貧しき人々』の二人は、心の中では、どちらも、ドン・キホーテのようになり、相手がサンチョみたいになってくれたら、どんなにいいだろう、と、思っていたような気がしてならない。この二つの小説を、こんなふうに比較してしまうのは、理不尽かもしれないが、そうするには確かに飛躍が多いにもかかわらず、そんな気がする。ワルワーラがジェーブシキンを理解する仕方は、なかったであろうか。サンチョのような理解の仕方でいいのだから。というのは、彼はすこしもドン・キホーテを理解したわけではないのだから。

いずれにしても、手紙の中で、その書き手がその好みの小説の主人公になった夢をえがきはじめるということは、そしてドン・キホーテがサンチョとしたことをするために人物たちが、きき手を求め手紙の中にもぐりこもうとする気配があるのは、興味があることである。ところが彼等は、物語の主人公となって、ニセの自信を得ると、急に教訓を垂れるようになる。そのとき、両者のひとりよがりな希望的な関係は危機を迎える。これがこの小説が生きのびた新らしさの一つの理由かもしれない。私は聞き手と語り手との間にいわゆる小説的な発展が何も起ることがなくて、静かな関係がそのまま続き、読者は、側面から心安らかに耳を傾け、もしその気になれば、コメントを加えたりする。とはいっても、読者は何故語り手の私がきき手にそのようなことを語り続けるかに注目しないわけではない。高層マンションに住む人〈わたし〉が、人工的に造られつつあるビル群の彼方に埋もれるように見える首塚の繁みがあることを窓から発見し、訪ねてきた編集者にその話をする。二人ともその塚に関心がある。これが第一章である。第二章になると、〈わたし〉は、とつぜん病に襲われ大手術を受けた。手術中はいっさい自分のことは不明で、気がついてみたら、管をいっぱい垂らしているのが自分である。看護婦がヒゲを剃ってくれる前に鏡を見せてくれたのである。このことを〈わたし〉は友人の編集者に語りかける。それから小説が終るまでの毎章々々〈わたし〉は彼に向って、『平家物語』とか『太平記』の中に登場し斬殺されてその首が首塚に葬られる物語を追って行く。そのうちに、〈わたし〉は、一度そこを訪れたことがあり、今は窓から眺めたり、拡大鏡で地図をしらべたりし、由来記を読んだりし、問題の首塚の歴史にだんだんと迫ってくる。この小説は『首塚の上のアドバルーン』（後藤明生）である。この作品では、登場する現在の人物は、語り手とき手の二人だけだ。きき手は、二章めからは、顔を見せたり何かいったりすることもない。だから、〈わたし〉がひたすら語りつづけるだけである。しかし、きき手がいなければ、語り手は語ることはないのだから、あきらかにきき手は厳存する。きき手は確かに〈わたし〉の報告を待っているに相違ない。このようにきき手に話しかける、ということは、作者にとっても、〈わたし〉にとっても並々ならぬ意味をもっているように思われる。〈わたし〉は、このきき手に話しかけることによって、人工的都市の地図を見るように歴史物語に分け入ると、それがすべて、首塚の物語であることに気がつく。今や地図の上の一つの場所である。〈わたし〉も拡大鏡で見る地図にのっている建物の一つの場所にいる。人は既に自分を一つの首塚と見るかもしれない。普通、小説だと思っているものの中に扱われることになっているようなものは、いわば笑ってやり過してしまうにふさわしいことである。本来そういうものなのである。それだから出版されて間もない小説本が三百円で売られていたり、〈わたし〉が親しんできたゴーゴリがそこにいると思うと、それが理髪店のヘア・スタイルのサンプルであったりする。こんなふうに紹介しても、物の用には立たないであろう。きき手がいないとすると、この小説の視点はとられないであろう。たぶん記号のように見る視点であろう。現在、人間がどういうものであるか、それは歴史と交わりあうもので、それ以上のものではない。語り手ときき手は高層マンションの一室で話していた。話し合う間柄である以上のものではない。ひき続き語り手ときき手の間柄の中で、返事は読者にはきこえないが、語り手には重要な存在である、きき手がいないと、語ることが出来ないだけでなく、表面にとどまるという元気が生まれないからであろう。

きき手が反論することもなく、ひたすらきいてくれる、ということは、果してひとりよがりであろうか。何故反論しないのであろうか。反論する必要のないことを語っているからだろうか。それとも相手は分身なのであろうか。分身であるとしても、反旗をひるがえしたり嘲弄したりしないということは、どういうことであろうか。私達読者がきき手の反論を期待するだろうか。期待しないと思う。それなら、その期待しないきき手は無意味だろうか。〈わたし〉の対話の相手は、この小説の外にいるのだろうか。長い歴史物語の引用と、コメントは、この場合、どういう役割を果しているのだろうか。この長い引用がムダであるように思えるだろうか。長いことがかえって楽しみになるのは、何故だろうか。『太平記』や『平家物語』は、教訓的でなかったであろうか。それらの物語が、私達の存在の記号化の認識を楽しく納得させる役割を果すということと、私が前に例にあげた小説との比較は、どういうことになるのだろうか。

一方的な語り手として、手紙の中でひたすら、にがい笑いと驚ろきとをこめてゆったりと述べていることは、実は、語り手自身や、世間や、世間の仕組みや、風俗や、いつもそうであったように風俗となってしまった歴史、風俗となったことでかえって歴史となったことや、そういうもの、そういうこととの対話、そういうものをつむぎ出す対話があったうえでのことである。つまりすべては記号に過ぎない、という健康な意志を語っているのだ。返事や反論の必要などどこにあるのだろう。かつて物語にあったという〈教訓〉や〈義〉に当るところのものが、もし今の小説の中に生き残っているのなら、ここにある、ということを主張しているのではないか。

同時代　一九九〇・一一

「自作を語る」

一昨日私のところへ「自作を語る」と題した次のような文章が送られてきました。差出人の名も記してないし、ワープロを使用しています。心当りはないかと思って編集部に見せて様子をうかがったところ、心当りはないとのことでした。

ところが、とんだ藪蛇でした。その結果、編集部はぜひこれを掲載したい、といってきかぬのです。私としては、自作を語る、ということを思いついたこともないし、第一、『寓話』にせよ『菅野満子の手紙』にせよ、ここに名のあげてある短篇群にしろ、すべてあれら小説のとおりで、あそこに書かれたことは、あのとおりなのです。とくに手紙に関してはそうなのです。この「自作を語る」は、かなり私のことをよく知っていたうえで、憶測を逞しうしているようですし、一応の配慮もされています。しかしこれは、私としては、ただのフィクションというよりほかはありません。一口でいうと、甚だ迷惑です。私は読者が読みちがえたり混乱することを恐れます。ことによったら人物たちも文句をいうかもしれないのです。

フランシス・ベーコンについての評論など引用していますが、あれを手懸りにして、この文章を作った人物を探索して行くつもりです。この人は画家かもしれません。とにかく編集部にたいし、私はどうしてもこの文章をのせるというのならば、括弧つきの「自作を語る」としてもらいたいと申出をした次第です。

私としては、長篇を終って、手紙につきあい続け、いま長い夢を見ていたかんじで、茫然としているのみなのです。

以上

作者

ぼくが『海燕』に連載させてもらった『寓話』などについて、今までに色々と批評が出たり、これからもまた出るかもしれないが、ぼくは小説は小説として語らしめよ、というふうに考えているので、ぼくが何か語っても、それは、せいぜい呟きみたいなもの以上ではないと思います。もっとも若いときは、多少の主張や解説めいたものも書いたことがありますが、今は余談めいたものの方が好きです。作品のぐるりを廻ったり、かすったり、ためつすがめつ、というような態度の方を好むのです。ぼくが『群像』に載せ、福武書店から出た『小島信夫をめぐる文学の現在』という本に転載させていただいた「私の最終講義――小説とは何か」というのを読んでもらうといいと思います。あそこには、ぼくが考えているらしいい小説論が書かれてありますから。

九月号の『海燕』に、近藤耕人が、ほんとうの小島の最終講義は、五月末に「スフィンクスの謎」という題で行われた、といっています。あれを読むと、さきの「私の最終講義」なるものは架空のもので、じっさいに行われたものではない、ということになります。友人である近藤が、フィクションを楽しんでいるのかもしれません。本人のぼくも、今では、どっちであったか、ハッキリしない。学校も忘れているでしょう。どっちみち学校は知らないことですから。こんなことを言いはじめるとなぜぼくがこの小説論を文章化したのか、ということまで語らねばならない。これだけで一つの小説になるかもしれず、あてどなく、涯しなくさまよって行くのです。

こういうのを自己増殖というのであろう。こういう言葉がはやっているのを知っています。ぼくはこれには理由があり意味があるということを知っています。でもぼくの知るかぎり、ヤユ気味につかっている人もあり、ぼくはめでたいことと思うのです。

ぼくは、この雑誌に『寓話』を、また別の雑誌に『菅野満子の手紙』などを、過去五、六年にわたって連載させてもらいました。こういうだけで、顔をしかめるか、苦笑するか、哄笑するか、色々の反応があるかもしれません。ぼくのしていることは、たとえば美術をやっているみたいなものです。ある月に一タッチを置いてみ、何カ月後に、またこのタッチを置いてみる、といったふうです。さいわい連載ゆえ、ぼくの変化共々小説も動き発展して行く。そのうち、小説外からも加勢があらわれる。発展だって？　そう思う人はあとあと続けて読んでください。作者であるぼくは、ある意味では、風の吹き抜けて行く部屋みたいなものなのです。だからというわけでもないが加勢がなければ、とてももたないのだ。それくらい脆弱なのだ。もっともそれさえぼくは愛していないわけではない。

いったいお前は何をメドにそんな窓のあいた部屋然とかまえているのか。そんなもの小説になるのか、物語になるのか。あからさまに小説をこわすつもりなのか。まったくはじめから不埒にも物語を無視するのか。

メドといったものが、もし柱のように最初からそこにつっ立っていると思うと、たぶんぼくは居心地が悪く、恥しくもなってくるもののようです。そのメド（あまりいい言い方ではない）というやつがしたり顔に姿をあらわし媚をつかいはじめると、それに別のタッチをもって対抗させなければならない。とはいっても、そんなメドが一応姿を見せたということは、闇夜の一灯です。感謝、感謝。

姿をあらわし物語めいてくるのは、もちろん人間とは何か、世の中とは何か、世界とは何か、といったことをめぐってのことであることはいうまでもありません。といったって、別に仰仰しいものではない。仕方がないから、かりにこういってみるだけのこと。

今いった対抗するものが、姿を見せはじめると、作者のぼくは退散することにし、様子を見ることにします。それでたとえば唐突に人物が登場したりして、今までの人物と相会し、その人物たちの言動に、ぼくが意気あがり昂奮したとすると、そこにぼくの求めていたらしいものがあるのだ、というふうに思う。ぼくは、これら二つの長い小説を、はじめからこんなふうに長くするつもりはなかった。幸い長くなることを許してくれたものだから、ぼくは、ほとんど見通しなく開始したことから、ぼくの今いったような作業に移ることができたのです。ぼくが求めていたらしいものがあるのだ、と思ったとき、ぼくは読者も喜んでくれるというふうに信じているのです。だから、ぼくが読者はどうでもいいと思っているということはぜったいにないのです。うまく行っていなかっただけのことだろう、と思います。

毎月書き進むにつれて、人物が増え、人物同士からんで行ったりしました。さっきもいったようにして小説の外からも加わり、小説中の人物が、雑誌を読んでいるというふうになりました。そのために複雑すぎることになりました。ぼくは気づいたときは頭をかかえました。自分を罵倒したりしました。しかも、ぼくは一方において、毎月連載の時間がたって行きながら、中の人物だけは静止に近い状態であることに、居心地が悪く感じはじめたというわけです。こうしてぼくは、楽しみと躓きの悔いのあいだをさまようことになりました。

ぼくは実名の人物を出したり、実作など、とくに自作などを積極的に出したりしています。それにはわけがあるのです。ぼくは、どこかでふれたことがありますが、これは狭めるより、むしろ拡げるためでした。ぼくの場合は別の意味がありますが、小説家や、小説にかかわりを持つ人々の場合は、人間の中に潜んでいるものを上手に外に出すことのできる人々であり、あるいは、そのことに関心をもつような人々であるのです。つまりこのぼくが尊敬する人々なのです。ぼくは文壇批評のためにこれらの人々に登場していただいたわけではなく、ある考えの代表者の人としてなのです。ぼく自身がすべての代表に関心をもっているとはいいがたいので、残念ながら代表といっても一部分でしょう。

とは申しても、当然のことながら、不都合なことが生じます。罪万死に価します。もともとモルとはそうしたものでしょう。何故かぼくはわざと分り切った躓きをくりかえし、何とかそこから起きあがろうとしました。いわば一人角力をとりました。これから引用させてもらう文章は、肖像画をかいているある画家についての評論です。

「一枚の写真とか思い出、あるいは、一方の愛情だけであっても、その人が想像の中では、存在し、彼の生活の一部となっていなければ、彼は喪失感、孤独感、貧窮感をかんじるということがよくわかる。」

このあとしばらくおいてこうあります。

「肖像画を実人生に個人が行なう傷害と見る彼の奇抜な考え――多くの画家が知っていたにちがい

ない考え――を補なっているのが、ちょうどその反対の衝動で、それは、生きている形に、統一のとれた生命をあたえている律動的な原理を親しく個人的に再建する作業である。」

これは展覧会が日本でも催された、フランシス・ベーコンについてのローレンス・ゴーイング(垣ケ原美枝訳)の評価です。ぼくの小説の実名にはあまり関係がないかもしれませんね。しかしぼくは、実をいうと、小説を書いているあいだ、何度もこの文章を読み返しました。いま書きうつしてみると、申訳ない気もします。フランシス・ベーコンは、堂々とああいう不思議な肖像画をかいているのですから。それはそれで抵抗があり、それとたたかっていたのであろう、と思います。いずれにせよ、ぼくとは違います。しかし、ぼくは、にもかかわらず、この画家とまったく無関係とは思えず、それにまた、ぼくは嘲笑の的であるかもしれませんが、この浅慮からもたらした躓きを愛し、そこから起ちあがろうとしたことを、それなりに評価したいのです。

ぼくはこの何年間、短篇、長篇ともに、自分の過去の作品を下敷にして、一種の自伝ともいえる作業をつづけてきました。そうすることがぼくを昂奮させるきっかけになるのでそうしているのです。その作品を読んだことがなければ分らないというふうにはなっていません。もちろん、そこにトリックがあります。ぼくはそうしたいからしているのです。本と人間の間を歩きまわる態度です。たぶん『私の作家遍歴』を続けているうちに、そういうことを習いおぼえたのでしょう。ぼくはその本を自分の本にあててみたくなりました。「返信」がその最初だろうと思います。

ぼくは「風の吹きぬける部屋」と前に申しましたが、「本」を眺めていると、物も人もひとりでに集まってきて、作品をなしました。その後も続けたのですが、うまく行くときも、行かぬときもありますが、うまく行くといったって、ただそこで筆をおくことになった、というだけのことかもしれません。

ぼくはこのところ書簡を用います。もちろん以前からそういう傾向はあります。また書簡を用いるのはぼくに限ったことではありません。ぼくは昔、短篇「手紙相談」とか「自慢話」などを書きました。『女流』ではいわば、ほとんど九十九パーセント、あるいは全部が満子にあてた手紙ともとることができます。いま、こう書きながら思いました。

最近は、手紙が多くなりました。『月光』の短篇にはどれも手紙が出てきます。こんどの『寓話』や『菅野満子の手紙』となると、ほぼ小説ぜんたいが、手紙で成り立っています。さきに申しました「私の最終講義――小説とは何か」においては、往復書簡について述べられています。どうかあれをお読みください。また『海燕』に近藤耕人が寄せた「小島信夫の最終講義」というものも、お読みください。あれはぼくの実名をつかった一種のフィクションでしょう。ぼくのことを偉大とかいっています。そう呼ぶことなどによって、あの文章ぜんたいが、フィクションになったようです。そして一つ一つの文章が躍動しているもののようです。あそこで、ぼくが感傷的ともいえる素朴なものをアコガレているらしいことにふれたり、人間的なものにアコガレているらしいといったこと(正確ではありません)にふれていたようです。ぼくは三度読みましたが、ぼくの記憶は不正確です。しかしぼくの中に残っていることの方を、わざとこうして出しているのです。

ぼくは作中ある人物がある人物にあてて手紙を書いている、ということを、ぼくがつづっているとき、ほとんど我を忘れるほどです。とくに女性の手紙はそうです。ぼくに似た人間にあてられているときに特にそうなのですから、ぼくの特質を露呈しているのでしょうか。一般に眼の前にいない、離れたところにいる人物をあいてに手紙を書くということのなかに、ぼくは自分を有頂天にするものを感じるのです。かくされているものが、なめらかに（なめらか過ぎることも含めて）流れ出してくることに浮き立ってくるのです。

一つ一つの手紙が、人物みたいなもののように思っているふしがあります。舞台で人物と人物が、距離をおいて立って話しかけているようなものでしょうか。ぼくは劇に興味をもっています。想像の中での劇、想像の中での舞台ともいうべきでしょうか。なぜなら、前にも経験し、そのことについて書いたこともあるのですが、自分の劇がいざ舞台で演じられる段になると、人物がどの位置に立って、どう動いたらいいかさっぱり分らなかったからです。ぼくが舞台といい、劇というのも、その程度のことだと思ってもらえば、話がし易いわけです。

それにしても、どうして『寓話』や『菅野満子の手紙』の登場人物たちは、作者に会わないのだろうか。それは、『チャリング・クロス街八十四番地』の場合と同じような理由によるものでしょうか。それともぼくが「小説とは何か」の中で例にあげた『貧しき人々』のように、顔を合わせるところから小説が動きはじめるのでしょうか。ぼくは、そのことについては、もうすこし考えると分ってくるように思うのですが、今はしばらく問いのままにしておくことにいたします。

ぼくは、もうほとんどとりかわすことのなくなった手紙の中では（手紙そのものが、フィクショナルな存在になりました）、手紙であるがゆえに物語を語り、書き手は物語の主人公のようになり、相手を物語にひきこもうとしているようです。ぼくは、こういうときの人物を愛します。心から愛します。彼らは本来の、その人物ではないでしょうか。それを愛するのは、私のためにすぎないのか、そうではないのだろうか。しかし、いずれにせよ、彼らがみずから望んで物語的であることは、間違いないようです。ぜんたいとして物語になったかどうかわかりません。かろうじて溜息をつくように筆はおかれています。一見物語ふうに見えれば、さいわいといったところです。とはいえ、ある秩序は保たれていないかどうか。私は秩序というより、バランスといった方がいいかとも思いますが、保たれていそうに思いますが、如何なものでしょうか。

ぼくの小説は、連載させてもらったということもあって、あとから、あとから、といった感じのところがあります。これは一つの秩序のなかへくり入れられて行かないわけではなく、ぼくの最大の賭けは、そこにあるみたいです。

ぼくは語りすぎました。小説を書いていたときの楽しみは、うすれてしまったようです。ぼくは今まで述べてきたことから遁れるためにも、楽しみをとりもどすためにも忘れるか、忘れることが不可能なときは、裏切らなければなりません、誰よりもぼく自身を。

海燕　一九八六・一一

書簡というもの

伊豆の湯ヶ島温泉に梶井基次郎の文学碑がある。毎年五月に梶井を偲ぶ会がもよおされることになっていて、案内をいただきながらそのつど都合がわるくて、私は出席したことがなかった。五、六年前に、この温泉のあたりを通ったので、私は立ち寄ってみることにした。自衛隊の指定宿になっている何とかいう旅館の前の道をへだてて人家があり、その裏にせまっている山をすこし登ったところに碑があった。

この碑には、梶井が湯ヶ島の宿から東京の川端康成にあてた手紙の書き出しの部分（？）が刻まれてある。原稿用紙に書かれたこの手紙の写真は、昭和十何年に出た豪華本の全集にものっていたように思う。梶井の手紙を読むと彼の作品の場合と同じような感情が流れ、時には今にも彼の作品がこれからはじまるのではないかといった、なつかしい悦びにひたされる。碑の前に立てば、当時の東京の川端康成のことや、湯ヶ島の様子を伝えようとする梶井自身のこと、その人物、話題になっているこの湯ヶ島のこと、彼の湯ヶ島を舞台にした作品群の一つ一つが思い浮ぶ。文学碑の文面に手紙をえらんだ功徳である。

私は以前から、こんな空想をしたことがあった。梶井の作品は、彼が彼の親しい友人たちに読ませるために、彼らに語りかけるような調子で書いていたのではないだろうか。もちろん、じっさいに語りかけるような文章はどこにもない。それにもかかわらずそうした相手が存在するといった確実な友愛の雰囲気のうちから出来たような気がする。その友愛は誰よりも肺を病んでいた彼自身の方からはなたれていたように思われる。

ベンヤミンの書簡集が二冊翻訳されている。若い頃から晩年まで、どの手紙も一級のエッセイの感があるが、この第一巻につけられた序文が印象的である。これは第二次大戦のあとこの本が出版されるにあたって彼の親友によって書かれたもので、ベンヤミンがどういう態度で手紙を書いていたか。ベンヤミンにとっては、手紙とはどういう性質のものであったか、ということを述べている。

ベンヤミンの時代にも、もう手紙というものは、消滅の運命にあるということがわかっていた。(私の記憶ちがいでなければ、彼の運命もそうだという予感をもっていた、とあったように思う)したがって自分の書く手紙の一通一通は、やがて博物誌的、考古学的なものになりうるものというつもりであった。それからまた彼は自分と語りかけられる相手とをこえた第三者への呼びかけを念頭においていた。……以上のようなことであったと思う。

ベンヤミンの友人との書簡の中にうかがえる友愛というものが、今いったような、自分の書いている手紙というものそのものの運命や、ユダヤ人である自分たちの運命というものを、未来から見ているという態度に支えられているのだというふうにいうことができる。私は現実の生活の中で、たまたま例にあげた梶井や、これも思いつくがままにあげたベンヤミンの場合のように、読む者の心をつかまえてしまうような手紙を書けもしないし書いたこともない。第一手紙を書くこともきわめてすくなくなり、また書いてもむしろいよいよ事務的なものである。一方、私は近頃自分の小説の中で登場人物が何かの拍子に手紙を書きはじめると、心が震え身体が悦びで躍り、エクスタシーをかんじることがある。

　私は小説の中の手紙というものは、たぶん現実にはもうあまり書くことのないことを承知のうえで、小説の中だからこそ人物が書いているのだ、と思ってきた。また口頭ではいえないことをいうために書いているのだ、と思ってきた。極端なときには、物語作者にでもなったように語りたいから、そうしているのであり、それはもちろん自然と自由になりたがっており、解放されたがっているからこそ、そうするのだと思ってもきた。

　私はそういう小説の例として、少年の頃から度々読んできているので、ドストエフスキーの往復書簡小説である『貧しき人々』のことを考えたり、人にも語ったこともある。とはいっても、私が今さっきいったようなことの何倍もこみ入った書簡小説としての特徴が見られるので、この作品の名をあげるのは、むしろ当らないかもしれないであろう。

　ところが私はさいきん、自分が盛んに手紙を持ちこむのは、私自身が、この文章のはじめからふれてきた古くさい「友愛」といったものを感じたがっているからかもしれない、友愛のあかしを見てみたくて、手紙を書いているのかもしれない、と思いはじめている。登場人物もまた、同様である。これは哀れむべくも、ひとりよがりなことである。

　私は「すばる」に『菅野満子の手紙』という作品を足かけ五年にわたって連載させてもらった。満子の書簡は恋愛を告げ、恋愛の苦しみを訴え、恋愛からのがれよう、すくなくともそういうことを相手に告げよう、とする内容のものである。しかし、この手紙をめぐってこの作品を覆いつくすような何種類かの手紙が書かれたのは、登場人物の側としては多少違うかもしれないが、作者としては、彼らを通じて人間の友愛を感じたくてのことのようである。

青春と読書　一九八六・三

昂奮・絶望・哄笑・希望

書き手というものは、自分の書くものがリアルであるかどうか、ということは、普通はあまり考えないのではないだろうか。書きながら昂奮してくることをひたすら望み、そういうときには幸福に感じるのではあるまいか。読み手の方のことは殆んど念頭に置いていないので、読者？　そう読者は、きっと私が昂奮していたのだから、面白いと思うのじゃないかしら、と呟く程度ではないだろうか。

昂奮したって？　自分だけ昂奮したって、それはひとりよがりで、足が地面についていないのではないのか。しかし、書き手が昂奮していて、読み手の方が読みながら白けてくるというようなことがあるだろうか。書きながら昂奮してくるときの幸福が読者に伝わらないとしたら、書き手はどうしたらよいのであろうか。

書き手の昂奮が読み手を白けさせることが起ったときには、その書き手は、もう書いて行くことを放棄して、もう書くことは止めにするか自殺することにしたらどうだろうか。

こんなことをいっているけれども、昂奮しているのは書き手の自分だけで、これは全く通じないのではないか、と思うことだってないとはいえない。そのために書くことを放棄したり、死んだり、クスリを用いたりするというわけにも行かないだろう。アメリカの書き手は、この頃よくクスリの力を借りようとするそうだが、それはムリからぬことだ。クスリでもつかって、フィクショナルな世界を夢み、その世界に自分が昂奮し酔うことが出来たら、どんなにいいだろうか。かつては、自分にもそんなこともあったのに、とこう思うのだろう。この反省はたいへんマジメというべきであろう。自分が昂奮しないだけなら、まだアキラメがつく。誰かが、どこかで、こんな作品がまだこの世の中に存在したのか、と思うことがあれば、苛立つこともあるかもしれないが、まだ希望がもてる。ひいては自分にも希望がもてるであろう。

前にアメリカの作家のマラマッドという人のところに、私の知人が訪問してインタビュウしたときに、「私はヘミングウェイのような作家と違うから、書けなくなるということはない」といったそうだ。自分には身の廻りにいくらも書くことがあるのだ、ということであったようだ。そういったからといって自分が昂奮してくるよろこびを感じることは、今でもありますよ、というつもりであったかどうかは分らない。このときはまだ元気だったようで、『レンブラントの帽子』という短篇集を出版してしばらくたってからで、あと長篇を一つ書いて先年亡くなった。

私はジンガー（シンガー）という年寄りが好きだ。もう九十を過ぎたと思うがまだ死んだという話をきいていないから、生きているのではないだろうか。彼の選集が、最近何とかいう賞になったそうだが、この部厚い本には短篇が五十近く収められていて、どれも楽しくなる。生きていることも、小説を書くことも、年をとることも、すべてが楽しくなる。たしかに年をとってからは、登場人物に年寄りが多くなるし、そういう女性も恋をする。その恋の仕方はたいへんムリがあるから、あげくの果、高層アパートからとび下りて自殺するかもしれなくとも、書き手の昂奮は、あるらしいことが分って、ありがたい。

彼は新しい小説を書かなかったので、バカにされたと思っている。事実批評家に無視されたことがあったのであろう。たしかノーベル賞になった。そのあといくらか積極的なことを口にしはじめたみたいだ。

「私はよくきかれる。『あなたの小説の人物はとても変っていて面白い。ああいうので得をしている。どうして次から次へとあんなふうな人物が描けるのですか』とね。私はそれでこう答えるのです。『私のまわりには、ああいう人物はいっぱいいるのです。彼らの言動は、日常茶飯みたいなものですよ』とね」

佐伯彰一さんも、この書き手に会ったことがあるといっていた。「あれはなかなか喰えないオヤジさんでね。一クセも二クセもあるオッサンだったな」というのが佐伯彰一さんの感想だった。喰えないオヤジさんに違いあるまい。この喰えないオヤジさんの書く小説にでてくるのは、全く小説の人物になるために生存しているみたいな連中ばかりである。羨ましがらずにいられるだろうか。しかし元気をあたえてくれることも確かだ。ぼくはこのオヤジさんに自分の架空の小説の中で登場してもらったが、そんなにぐあいのいい人物にとりまかれているのなら、ちょっと拝借、といった調子だった。ジンガーのまわりにいるのは、彼の小説の人物になるために生存しているようだが、ニューヨークあたりに住んでいると、だいたいどれもこれも、小説の人物になるために生きている連中ばかりという気がするのかもしれない。しかし、アメリカの書き手たちが彼を羨しがっているようであるから、これはこのオヤジさんだけのことかもしれない。

ジンガーは昔イーディッシュ語の新聞の編集をしていた。小説にも、この新聞社のことは出てきたと思う。彼は人生相談のコラムの担当をしていたそうだ。彼だけがやっていたのかどうかは、今の私にはハッキリしない。その中であるユダヤ人の相談があった。それはこういうものだ。「私はずっとナチの強制収容所に入っていたときの看守のことを忘れることができなかった。それがアメリカに来ているという情報も耳に入っていた。私は彼にめぐり合ったとき、どうしてやろうかと考えていた。それが先だって映画館で私のとなりに坐っていた。彼はこの町に住んでいて、そのうちまたその映画館に姿を見せると思います。さて私は、そのときどうしたらいいでしょうか。どうかお教え下さい」

この書き手のことを好いているか、羨しがっていたもっと若い書き手がいると思ったが、あれは誰であったか。ジョン・バースという人だったかしら。そうではあるまい。大分前、志村正雄が、バースの『金曜日の本』という講演集を送り届けてくれた。志村はバースの小説はもう一つ惚れこめないが、こういうものは、さすがだ、というようなことを書いている。これはたいへん面白い言い方だ。まったくこのバースという書き手は、上手にしゃべる。レトリックにもたけているし、こういうのを知的だというのであろう。日本人にはいない。日本人は大マジメでこういう面白味はない。志村はこの本の中の「尽きの文学」あたりから読んだらいいといっているので、その通りにした。ズラッと並んだ題名を見ただけで、皮肉っぽくて、編集者や評論家や、ときたま小説家の脳裏に浮ぶようなことが題名として立っている。まさに「立っている」という感じだ。アメリカの書き手は、講演を頼まれると、自作の小説を朗読してみせるそうだ。彼もそうするようである。このエッセイを読んでいると、ボルヘスのことが出てくる。彼が関係した文学講義か、創作方法かの講義をしている大学へボルヘスを招んだときのことであったかもしれない。そうではなかったかもしれない。バースはボルヘスに講演を頼んだのに、自分も話すことになって閉口した、といっていたようだ。バースはボルヘスのファンで、そのボルヘス論はよく知られている。こんなふうに上手に書ける小説家は日本にはいない。

バースは今世紀の文学者を三人か四人あげている。あとは亜流であり問題外だ、といっているようだった。これに類することをいっているのを斜めに読むのは衛生上わるくない。元気が出てくる。すくなくとも悲観的にはならない。

自分が書きながら昂奮しているときは、読者も面白がるはずだと私は前にいったような気がするが、これはことによったら絶望しているせいかもしれない。私は大分前にコリン・ウィルソンという人の『SF と神秘主義』という本を読んだ。この人は、SF以外にリアリティはかんじないといっているので、楽しくなった。いつ頃からそうなのか、と思うと若いときからずっとそうらしい。彼はSFでないとしたら、神秘主義的なところを持ち合わせていると彼が思っている小説家を何人かあげている。名前をあげているというのは、興味がある。それだけでも面白い。どうしてだろうか。彼にとって、その人達だけが生甲斐をかんじさせるというのである。一瞬にして生甲斐はなくなる、というような趣旨のことをいっている。長続きさせるのにどうしたらいいのか、といった調子である。いろいろと分析しているところが面白い。しかし、けっきょくいわゆる小説が何故面白くないか、ということは、いくらか分ったが、SFが何故昂奮させるかということの方も説得力に欠けていた。

私はボルヘスが、『ブロディーの報告書』という短篇集の「まえがき」でいっていることが面白かった。短篇も面白くないことはなかったが、彼自身のコメントとくらべるともっと面白かった。両方合せると、面白いという意味で、小説そのものが面白くなるという意味ではない。ボルヘスという比類のない文学者が、いま何を考えているか、ちゃんとしているか、まだ大丈夫か、といったこととのかねあいが面白いということでもある。こんな意味で「まえがき」はときどき読むことがある。何だかよく分らないところもあるが、それでも彼の『バベルの図書館』におけるコメントのあるものに通じる面白さがある。何しろ、ボルヘスに要約されたりすると、忽ち生甲斐をおぼえる。今さらどうして長い小説なんか書くのだ。もう書き尽されてしまっているのではないか。図書館にすべてある。これから小説家が臆面もなく書こうなんてナイーヴにいきごんでいるようなことは、みんな書き尽されている。未来のそういう小説はすべて過去にある。いま出来ることは、出来るだけ短かく要約することだけだ。といっても、誰でも彼のように要約できるというわけではない。

「キップリングの晩年の短篇は、カフカやジェームズのそれに劣らぬ謎と人間的苦悩にみち、できばえの点ではむしろ優っているとさえ思われる。しかしその彼も、ラホール滞在中の一八八五年にごく短い直截な作品を書きはじめて、一八九〇年にそれらを一巻にまとめている。そのうちの少なからざるもの――『スドフーの家にて』『囲いの外で』『百の悲しみの門』――がいわゆる珠玉の佳篇であり、そこでふと思ったのだが、才能ゆたかな一人の青年が考えて実地に行なったことを、仕事の心得のある老境の男がまねても不遜のそしりを受けるはずがない。そうした思案から生まれたのがこの本である。判断は読者にゆだねよう」

物語的で、ぶっているように見えるけれども、自他ともに元気づけようとしている気配もひそんでいる気がする。ボルヘスも喰えないオヤジさんであるといえよう。というよりこれは彼の文体なのであろう。しかし、こういう文体とあのユカイな『幻獣辞典』とは無縁ではない。とにかくこの「まえがき」は五ページにわたっているが、すくなくとも年寄には一読をすすめる。もっとも年寄は同じ年寄でもボルヘスなんか真平だと思うかもしれない。せっかくこういったのだから、途中の文章を引用しよう。

「全体のなかでもっともできのよい『マルコ福音書』という表題の物語であるが、その筋のあらましはウーゴ・ロドリゲス・モローンが実際にみた夢から借りた。ただ作者が懸念するのは、想像や推理によって適切だと判断して変えた個所が、かえって物語をだめにしたのではないかということである。いずれにせよ、文学は方向づけられた夢以外のなにものでもない」

私もボルヘスのいうように「文学は方向づけられた夢以外のなにものでもない」と思う。そう語るこの語り口、この文脈に流れているもの、この他人《ひと》ごとのように、もっともらしく語るこの面白さを私はこよなく愛する。希望は、こういうところにしかないのかもしれない、とさえ思う。

私自身、物語を先きまで考えて、とりかかるということをわざとしないようにしてきた。昔はそんなことはしなかった。十年以上前から、自分を元気づけるために、別のことをやり出した。書いて行くうちに、私の中に潜在している物語が、書き手の私を裏切るというか、私のスキをうかがってある方向に走り出すことがあると、私はそのときだけ、いくらか元気になった。長いものをいくつか書いた。私はプランなしで開始した。あるところまでくると、人物と人物とが結びつきたがり小説的に動き出した。それは私が企らんだことではない。しかし書き手はそこから幸福感と勇気が湧いてきた。その場合の幸福感なるものは、けっきょく物語になりはじめたということからくるのであった。

書き手の私は、人物に手紙を書かせた。その人物は色々あるが、とにかく相手を見つけてしゃべりはじめた。たぶんその中で、卑怯で卑劣な手紙は、書き手の私にあてたものだ。許せない手紙だ。

気がつくと何のことはない、その手紙を書いているのは、私自身だった。そんなときに私は昂奮した。なぜかそのひとりよがりな行為のために、その手紙がおしゃべりになり、テレくさく思っていた物語を語りはじめた。そんなことやらせておくわけには行かないから、何かしなければならなかった。ナマってしまったからだ。そこで大ナタをふるわなければならない。そのあたりから、ほんとうの昂奮は生れてきた。そのヘンのところは、読み手も多少昂奮したかもしれない。

私はふり返ってみると、あるときから実在の人々も登場してもらった。実在の人物と架空の人間とがまじわるようなこともした。最初からそうしようとしたのではなく、たぶんそうなるべきときに、そうなった。ただまじわっているだけでは、私は危険だとか冒険のスリルを味わったかもしれないが、たぶんほんとの昂奮は、考えもつかなかった物語が発生しそうになることだったかもしれない。しかし、私はいま過去のことについてただ夢みているようにも思う。

たった今、ある洋書が届いた。昭和三十一年頃に私の書いた短篇「黒い炎」の英訳の入ったアンソロジーだ。ちょっと眼を通しただけだが、たしかにこの翻訳は承諾したことがある。訳者から質問が来たので返事を書いて送ったこともある。二、三年前のような気がする。英語で読むと、他人の小説のようだ。とても気持が楽だ。何しろ NOBUO KOJIMA となっている。それだけでもいい。

「私」は同僚の机を並べている男に手紙を書く。だんだん思い出した、その男の妻とのことを打明けたがっているのだ。打明けたいというより、そのことで話かけたいのだ。何故かというとその同僚が世界中の誰よりも自分の関心をひき、ほとんど自分の存在がその男のためにあるように思えるからだ。たぶん、そういうところから、この小説は始まるのであろう。たしかにこの小説を書いたのは、この私だ。私はそういうことを考えそうな人間だからだ。いったい人間というものはどういうときに、ほんとうに存在感を持つのであろう。そんなことを、この「私」は考え出すことだってあり得る。長々と「私」はそういうことを考えることに夢中になり、何のために、同僚の一挙一動に関心があるのか、その理由さえ忘れてしまうことになるのであろうか。そうなれば、これは上出来だ。

ところどころ英文を読んでみた。ちゃんとしている。物語的なところも嘘くさくない。不思議なことが書かれてあるように見える。私が平素書き手として読み手としてあこがれ求めているようなことが書かれているように見える。ここにその英文を写し出してみせるといいくらいだ。そうしなければ、私が思っていることは何もわからないだろう。出版社から昨日手紙が来た。そこにアンソロジーを送ったと書いてあった。余白に手書きで、It's such a wonderful story. と斜めに書いてあった。手紙の中に別のストーリイをお願いしますともあった。題名も忘れてしまっていた。今日本が届いてからだんだんと思い出した。私は今、出版記念会のパーティから戻ってきて、一眠りしたら急に眼があけていられないくらい痛くなった。それで今さっき起きてきて、残っている枚数を埋めるためにこうして手さぐり同然の恰好で、この文章を書いているのだ。書棚から昔の短篇集をとってきて眺めてみた。予期したように、面白くない。英訳の小説もその程度なのかもしれない。このことはしばらく考えるのを止すことにしよう。

パーティの前に女流作家に会って話をした。彼女は、共通の知人が『道草』のことを書いていたといった。それをたいへん面白く読めたといった。どういうふうに面白いのか、ときいたら、その友人本人が身につまされて書いているからだろうといった。そのあと彼女は、『道草』を読みなおしてみたら、前には何も読んでいなかったみたいなもので、私って何を考えていたのかしら、といった。それからきいていると、彼女は『道草』の健三の立場に自分を見立てていることが分った。

「それは有益というか、有用な読み方ですね」

何故かというと、彼女は、男性作者の書いた小説の中の妻の立場に彼女自身を置いてコメントしていたからであった。

「私、フェイム（名声）というものにはうんざりだわ。だいたいキャリア・ウーマンというものは、みんな嫌い。好きになれない。男も女もエリートというのは、みんな同じでしょ。忙しそうで何かしていると思っているでしょ。何もしないでボウとしているのがいいわよ。私の妹なんか、金が足りない、足りないって言っているんですのよ。これといったことをしないで遊んでいるんですから。習い事をしても長つづきしない人ですから。私、こうして色々のことをやってみるだけで楽しいんだ、といっているのよ。考えてみると、生れつきなのね。子供のときから、夏休みの絵日記なんか、三十五日分のところ、三十日を私に書かせたんですから」

「そのとき妹さんは何をしていたんですか」

「クレヨンの箱のフタを取ったり、鉛筆を削ったりするだけなんですから。お小遣もらうと、同じだけもらっときながら、あっという間に使ってしまって、私から借りるんですから」

この前後の話も、とてもユカイだった。二人ともよく笑った。その話を一つ思い出した。こんなふうだった。

「ホラ、幼稚園へ通っている子供で、途中抜け出して家へ帰ってくるのがいるでしょ。ボクお家《うち》へ帰る、というのよ。そういうのは普通じゃないでしょ」

「それはそうですね」

「たいていの子供は、幼稚園へ行ったら、とにかく幼稚園とつき合っているでしょ。ところが、その男の子はそんなふうなんですのよ。それで先生があとで家へやってきて、どうして帰ったのか、どうしているのかってきくのよ。それでいて、その子は別にアタマがおかしいんでも、何でもないのですのよ。東大へ入って卒業してるんですから」

「いったい、誰の話ですか」

「私の友人の子供のことなんですの。私なんか、小説を書いてきたから、こうしてお話したりしてるけど、もしそうでなかったら、きっとキチガイになっていたんだと思いますわ。私の妹だっておかしいのかもしれない。ああやって私達に頼って極楽トンボみたいにしてるから助かっているのかもしれないわ。つまり、私の家系は、だいたいがおかしいんです」

「花田清輝さんて、あの方、旅行なさらないのですよ」

「想像力をたのしむ人ですからね」

「ぼくは講談本があれば、それで十分だ、という人ですから。それで編集者の人が、どうしても旅行に連れ出してあげようとして、壱岐だったか対馬だったか切符から宿から何から何まで準備したんですって。花田さんもとにかくその気におなりになったんですの。そうしたら、あなた、その日になって、やっぱりぼく嫌だ、とおっしゃったんですって。私も近頃旅行に出かける気になれないんですの。あなたもそうでしょう。花田さんもあの頃は、お年だったのでしょうね。私も近頃とくにヒドイんですから」

「あなただってお若いときは、アメリカへ留学されたんですから」

「私、アメリカ生活しているとき、家で毎日パーティでしょう。私って、みんなのお話きいているうちに、全然何にもきこえなくなりますの」

「タイクツしたんでしょう」

「それがタイクツするまで行かないんですの。そのうち眠りはじめて、自分のイビキで眼をさましたんですから。私って評判でしたのよ」


まだそのほかに色々とあったけれども、このくらいにしておこう。パーティで編集長に会った。


「江藤さんがリアリズムの源流のことを書いてくれました。漱石はダメだ。秋聲だ、といっています。とても力のこもったものです。あなたの方は、何を書かれますか」

「ぼくは、それに類することは書いていません。途中まで書いて出てきたところです」


先だって和田芳恵のエッセイを拾い読みしていたところ、

「秋聲というのは、ふしぎな人だ」

と書いてあった。どうして、〈ふしぎ〉なのかということには触れてなかった。秋聲という人物のことなのか、作家のことなのか、両方のことなのかも、よく分らなかった。


名前を出してもいいと思うが、Kという女流作家からもらった賀状に、

「作家は多様だといわれていますが、今は、老若男女、ほとんどが人生、人生です」

といった趣旨のことが書いてあった。いわれてみるまで気がつかなかった。賀状が来たのは、私の方が出したからである。

群像　一九九〇・三

変るものと変らぬもの

ぼくは自分のことはともかくとしても、この頃のような時代になると、小説家というものは元気になっていいのではないか、と思います。前からぼくは、漠然とではあるが、小説とは何でもとりこめ、何でも扱うことができるものだと感じてきました。もっとも、そうなると書き方とかといったものも、くっついてきはしますが、それは当り前のことだから、腕を揮えばいいわけです。

誰だったか、文学は、もう書くことができなくなったというときに、新しい方法を見出して生きのびてくるものだった、といっていました。それ以前においては小説とはいえないようなものになるかもしれないけれども、それでも、書くべきことがないのではなくてちゃんとしていないからだ、ということに過ぎないのかもしれませんね。

先夜、森本哲郎と西尾幹二ともう一人、名前を忘れて申訳けないのですが、こんなことをいっていました。日本人はけっきょく江戸時代から少しも前進していないのではないか。ムラ社会ではないか。国家のためが企業のためになっただけではないか。……ほんとうに日本とは何であるのか、ということを考えずにきたのではないか。といったようなことで、そのとき、西尾さんだったか、思想家といったか評論家といったかよくききとれなかったが、このごろ悲観しているといった。それはどういうことか、というと、彼らが頼っていたのは、たとえば冷戦状態をもとに考えていたので、まあ、そういったところから出てくる考え方に依存していたので、寄りどころがなくて困ってしまい、悲観している、というようなことなのです。

これは大なり小なり、みんなのアタマの中にあることのようであるが、この悲観しているというのは、印象的だった。たしかに色々と分らなくなってしまったということは事実のようです。そうでなくなって、どんどん変ってきていて、これからも変って行く流れの中にあり、そこへもってきてつい先年、思いもよらないことが世界で持ちあがったというわけです。しかし、本来、いつの世だって思いもよらぬことは持ち上ってきていたことはまちがいないことのようだ。日本人はそれなりにみんな努力してはいるが、いつ、どんな風が吹いてくるか、分らないというようなことだけは感じられる。ふりかえってみると、アタマのいい人が戦略を考え出して世界に当ろうとしてきた。しかしそういう本は無意味になったように思える。どんなことも全く無意味になってしまうということはないでしょう。とにかくてっとり早くこういうことを書けばいいのだ、というふうに行かないだろうけれども、それがいいことではないのだろうか。

誰に教わるものもない。外国人に教わってもどうにもならないかもしれない。私たちがこうして今生きているということは、果してどういうことか、お前は何者だ。お前のまわりの者たちとお前自身とは、どういうふうになっているのか。

ぼくが、今書いているこの文章を依頼されたのは、ひょっとしたら、ぼくが『日本文学の未来』というタイトルで足かけ四年かけて書いてきたからかもしれませんね。ぼくは第一回は、漱石と秋聲の二人の文学に関して、日本の文壇がどんな扱いをしてきたか、ということからはじめたのです。漱石の小説は大人になったら卒業するもので、その点、秋聲は大人になってからこそ読むに価する大人の小説である、というのです。ところが数学者の岡潔さんが、対談の中で女のよく書けている小説は外国ではドストエフスキイ、日本では漱石だといったりしました。これを読んだ人は沢山いたと思います。それでは岡さんは女が書けているとはどういうことか、というので、それは女性というものは、情緒の波の形が特有であって、たとえば、ドストエフスキイなら『白痴』のナスターシャなど、そして漱石の、『行人』の直子、『明暗』のお延などは実によく出ている、といっているのです。しかし、漱石の女がよく書かれている、といった日本の有名な作家は当時いなかったようです。ぼくの見るところお延のことなんか関心をもったようなことを口にした作家は見当らない。戦後になると、一人、二人はいるのみです。みんな漱石を哲学的に扱ったり研究したりはしたが、こういう理由でお延、直子がよく書けていると根本的なところで述べた人は岡さんのほかには一人もいなかったということは、ふしぎなことではないでしょうか。岡さんは数学者だし、それのみでなく外国の文化にもくわしかったようだから、そういう言い方ができたのであろうか。それに似たことも、御本人が述べておられたようだった。

ここで今の〈情緒の波の形〉のことであるが、それまでも、その後も、そういうものをあらわしたことになる女性は小説の中で書かれてきていなかったわけではない。しかし、女性特有の〈情緒の波の形〉というに足る女性として端的に書かれたということは、ほとんどない、ということなのでしょう。岡さんのことは、これくらいにしますが、とにかくぼくはこうしたことからそういう根本的なところで書かれた生々した——おそらく文明開化の——女性が活躍する小説が、どうして大人の読むものではないか、というようなことにならないか、というようなことを野暮くさく当りはじめました。

さっきぼくは〈悲観した〉といいましたが、漱石はロンドンで悲観した。友人のいうところによると、はじめはそうでもなかった。留学期間が切れかかると、日本に帰る自分のことを考えておかしくなったそうですね。

たしか帰国して書いた「文学論」の序文の中でもキチガイじみたことをいっていたようですね。ぼくらだって、誰だって外国におれば、日本や日本人の代表です。今だってそうです。いざ帰国となると、あそこへ戻って行って、あの中に吸いこまれてしまい、そうではない、そうではない、と喚いたって通じないか、セセラ笑っている連中の中へひとりで斬込んで行くことになる。若いときに斬込隊長になってやると友人の子規に手紙の中でうそぶいていた。（このとき彼は英文学の方で斬込隊長になるという意味）このとき彼は何を支えとして斬込むつもりでいたかと考えると、日本文化と中国文化である。そんなこと当り前のことで明治の文学者、知識人たちは、そういう教養を身につけていた。だから西洋の文化を取り入れるのにもカットウがあったけれども好都合であったとか、いう。それでわかってしまったように思っているところがあるが、なかなかそうではないのではないか。こんなこと呟いていると、そっぽ向かれてしまうであろう。午前中『明暗』の小説を書いて午後漢詩を作ったり山水画をかいたりしていたという二分法は、とても分り易くて、何もかも分ってしまったように思う。これはぼくもそうだから、みんなそうでしょう。子規に「狂にくみせん」と手紙の中でいい、キチガイになって当り前だ、と言いつづけていたこの人は、多少キチガイじみたことをしたこともあったり、ノートに書いたりしたかもしれないが、どうしてあんなに息子や孫から不人気なのだろうか。こんな人はほかにいるだろうか。みんなオヤジを人格者だと思っているが、トンデモない、オレたちをヒドイめにあわしたんだ、といっている。きいてみると大したことをしているわけではない。もっとも彼が〈人格〉〈人格〉といっていることだって、これが生易しいものではない。何が何だか分りやしない。こういう文学者が、岡さんのいう、あの女性の〈情緒の波の形〉というヤツに手を差しのべたのだ。いったいどうなっているのだろう。

この人は、そういう女性を書いただけではない。それに見合う男も書いている。『明暗』なんてものになると、――さっきいったように午前中だけ書き、午後は漢詩や山水画をかいていた――いったいあの津田という夫ときたら、どうだろう。あれは、おかしな、おかしな男だ。ぼくたちは、あれは大正時代の初めの男といったものが書かれていると考えることにしている。それはたぶんまちがってはいないだろう。しかし、これはヘンな男だ。決して分り易いものではない。この男は三十歳であるが、作者自身がつい先だって（大分前のこともあるが）、見たり聞いたりしているとして、ノートに書いているようなことを、そっくり見たり聞いたりしているように、この作品の中に書いている。もちろん痔だってそうだ。おまけに友人には、彼がつき合わされたような男も登場してくる。そのくせ彼ら夫婦をとりまいているのは、作者ぐらいの年恰好の地位のある男たちや、その妻たちも登場してきて、夫婦に眼を放っている。さっき朝と午後ですることを二つに分けている、といったけれども、これらの人物も二分法で分けられている。小説家というものは、こんなふうに自分自身を分割して人物に割り当てるものだぐらいのことは、当り前のことであろう。

とっぴなことをいうようで恐縮だが、たとえば『罪と罰』を例に出してみると、あの主人公のラスコリニコフは、孤立しているにはちがいないが、彼のことを気にかけていない人間ばかりというようなことはない。というより、数え立ててみると、彼のところへ行き来する友人はもちろんのこと、宿の女中だって何日も飯をくわない彼の心配をしてくれる。マルメラードフやその娘のソーニャは、まるで息子のことのように思っている。妹もいれば母親もいる。彼をつかまえようとする予審判事さえも、彼のいわばファンである。とても、とても、作者が分割して割り当てた人物なんていうものではない。作者そのものだから、なつかしがっているようにさえ見える。彼に殺害された老婆にしたって、彼に対してそれほど憎らしい言動を示したわけではない。

ところがどうだ。『明暗』のこの若い夫婦をとりまく先輩はどうか。明治を生きていて、妻を疑って、弟にその貞操をためさせようとしたような男だとか、同じ娘のことで友人を自殺に追いこんだ〈先生〉と呼ばれる（妻や、若い男から、そう呼ばれている）男のようではない。日本の企業を育て、その恩恵を受けて生きて来た人たちである。

作者によって愛されているに違いない、お延と津田の二人は、作者によって羽根をのばさせられている。そういうと、二人にとってありがたいことのようだが、決してそうではない。彼らは大正の初めの若夫婦であるが、作者をひきずっている。そうして作者が作者自身によって人身御供にされている気配さえある。

彼らは、とくに世間から咎められるようなことを、これといってすることはないだろう。といって、平穏無事というわけにも行かない。自然の経過によってというとそうではない。この男女は、大正の初めを生きている人間という自覚があるということが、平穏無事にさせない、ということのようだ。

さきほどから話題にしている〈情緒の波の形〉をもった女としてのお延は、こういった小説の中での女主人公なのである。

作者が描き出さなかったとしたら、すくなくとも、こういう女性が当時存在していて、潑溂として生き、その生きのよさは愛されることによって相手を愛する、という、ごく当り前のことを信条にしているというところにある、というようなことを思いつきもしなかったのではないか、というと、たぶん大ゲサにきこえるだろう。

ここで編集氏がいった。

「すると小島さんの意見では、人身御供にするつぐないとして午後になると、漢詩を作ったり山水画をかいたりしていたということですか」

「そういってもいいかもしれない」

「それであなたのいいたいことは？　大正の初めの日本人が、日本人とは何か、自分は何かということは、そのくらいヤヤこしいことになるということをおっしゃりたいのですか」

「今から八十年近く前のことではあるのですけれどもね」

「作者の漱石は、そのように分析的だったということですか」

「小説は分析で書けるものでもないでしょう。人間と人間をつき合わせ、Aが何かをいえばBが黙っていない。そこに居合わせていないCが何かいうつもりで待ちかまえているどころか、もう行動を起しはじめている、というぐあいですからね。それにお延は、世間の非難を浴びるようなことを少しもしているわけではなく、さっきいったような信条を、とてもいいこととして生きているというだけのことです」

「それで小島さん、彼女はこれといって何もしないというわけですか。ぼくは八十年前のその小説をずっと以前に読んだだけですし」

「日常普通に暮しているからといって、行動しないわけには行かない。考えないわけには行かない。

涙を流したり、声をあげなければならないし、場合によったら、勇気をふるってみせるともいってみたりする」

「小島さんは、『日本文学の未来』というタイトルで四年越し連載してこられたことは知っていますが、未来のことは、予想したりなさってはいないようですが、どうしてですか」

「ぼくは、過去のことを考え、具体的に作品を考えるということは、もちろん現在のことを考えていることで、第一ぼくは現在書いていますから、そして、これから何をしようか、自分に何が出来るか、と当然考えてもいます」

「ヤン・コットの『演劇の未来を語る』という本が前に出ましたが、小島さんは、あの本をお読みですか」

「ぼくの愛読書の一つです」

「あそこには、いわゆる未来のことは語られていますか」

「いません」

「ピーター・ブルックの『なにもない空間』という本も愛読書ですか」

「そうです。『日本文学の未来』の中で扱っています。あの演出家は、自分が成功した演出はほとんどない、といっています。うまく行っても部分的にだ、といっているようです」

「すると小島さんは、こんどの文章の冒頭でおっしゃっているようなことは、成功しそうだ、とは思っていらっしゃらないということでもあるのですか」

「いくらかあります」

「そう簡単に成功してたまるか、と思っていらっしゃるのですか」

「その通りです」

そこで編集氏はひきつったように笑った。

「若い人は『夢十夜』だけは面白いといいますが」

「あれも、同じ作者の長篇小説と同じものです。が、散文ではない。散文は散文でめんどうなものでしょうから。それに、ああいう小説を書いた作者というものは、創作というものはどんなふうにして出来るものか、という姿勢で一歩一歩小説から退いて考えてみると、小説を書くということは、どんなに奇妙なふしぎなものかが分ってくるのではないでしょうかね」

「新しいということは何が新しいのですか」

「簡単にいえば新しくなるのは風俗でしょう」

「ファッションですか」

「ファッションだけではないでしょう。若くて感受性のいい人は風俗の中から目新しいものを書いてみせるでしょう。同じ風俗の中に生きている人たちのあいだで共感を呼ぶでしょう」

「そうすると小島さんの意のあるところを察するとしますと、風俗はいつも新しくなるが、肝心のところは変らないということですか。すると小説家は作者のもっている問題を追求しながら、風俗をからませながら、たとえ渦中にいなくとも書いて行くということですか」

「ぼくもそう思う」

「読者は得られますか」

「読者にも色々とあるから、何ともいえない。ぼくの知っている若い人はこういっていた」

「どんなことです」

「たとえば三原色あるでしょう、とぼくにいうのだ。彼はアマチュアとセミ・プロとプロの三色の読者がいるでしょう、という。その色の重ね合う部分は灰色となる……」

「その灰色というのは、何かワケありのようですね」

「彼はこういうのですね。『その灰色の部分が、それぞれの種類の人たちが移動することが出来そうなかんじのするところだ。そうして読者の方もその部分ならば参入できそうなところだ』とこういっている。たぶん、これは出版社かんけいの人達にはうなずけることだと思うなあ、とぼくはきいていて思いましたよ」

「小島さん、そうすると、マルチの作家たちは、やはりこの灰色のところに参入しているということになるのですね。何にでも知った顔をして口を出し、けっこうそれらしい顔をしてすんで行くし、ちょうど、それくらいのところがいいところだ、ということもありますからね。それから、自分のことを書け、という言い方がよくありますね。たしか、マラマッドとかナボコフというような小説家が文学講座とか創作教室にいるとき、自分のことを書け、と学生にいっていたようだったという記憶がありますが」

「それは自分の問題ということなら、考えられると思います。マラマッドは自分のフォルムを作れと、力士に親方がいうようなことをいっていたことや、それから、ヘミングウェイは問題を書いていたから死んだ、書くことがなくなったからね、しかし、自分には家族の問題という書くべきものがある、といっていたそうだ。ソール・ベロウは、自分は自分の運命を書くといっていたそうですね。ジンガーという人は、アメリカの文壇では何かというと実験、実験というが、自分には何のことか分らん、といっていたそうですね。

そのことを序文でくりかえしていたから、読んだ記憶がある。あの人は、読者か批評家か知らないが、『あなたの小説の中には信じられないような不可思議な人物がいつも登場するが、あれはフィクションですか』ときかれた、といっていて、こう答えています。あなたも知っているのではないですか」

「知りませんが」

「ぼくのまわりにいるのは、あんな人たちばかりです、と答えたといっている。ノーベル賞をもらったというので読んでみると、『あなたのは、お伽話ですね』という人がある。それで自分は、こう答えます。『正確には大人のお伽話です。いずれにしてもお伽話でどうしていけないのですか』」

「小島さん、ジンガーのような小説家はポーランドうまれのユダヤ人で、あるときまでの作家ではないか、という人もいたように思いますが」

「それは日本人ですか、外国人ですか」

「日本人です」

「その通りかもしれない。でも何故そのようにいうのでしょう。リアリズムでなければ、けっきょく書きつづけ、風俗を取り入れつつ、自分の問題を追求するということはできないというのだろうか」

「そうかも知れません。ほぼ同感です。しかし、もちろんジンガーにとっては、あれがリアリズムともいえるが、それでいて勿論幻想的なものです」

「バースは『金曜日の本』の中で、創作教室で教えてきて本を書けるようになったのは、二人いるが、いずれもノン・フィクション作家だ、といっていますね。彼は確か、教えるとすればドラマトゥルギーが有効かもしれない、といっている」

「先生は、『ドン・キホーテ』は、作者セルバンテスの私小説だ、という人がいるといっていましたね」

「彼は騎士道物語を信じるような前半生だったからね。しかし、ああいう小説家はその時、その時に世の中の変化を見すえ、自分の変化を見すえながら書いて行くような作家ではない。それだからベンヤミンが、小説があそこから始ったが、あそこで終った、といったのだろうか」

「先生は、コラージュふうの小説を認めますか」

「認めます」

「いいたいことが、出せますか、そういうものに、しかというべきことは出せますか」

「出せるかどうか分らないが、根本のことが、その中に、かえって充分に出ることはあり得る。セザンヌは隙間の空間を問題にした、といっているそうです。日本人のある作家は、それは省くことだ、抜きとることだ、というようにいっていた。セザンヌのことをいっているのではないが、似ているところがあると思います。今日はここまでにしましょう」

群像　一九九三・一

何という面白さ！――『「別れる理由」が気になって』を読んで

これからのことは（編集者の方への）口述のテープを元にしたものです。

1

数ヵ月前に斎藤さんという女の人からの手紙がきて、うちの家内が施設に入っていることで見舞の言葉が書いてありました。愛子さん（家内の名）は活潑な方で、こんな病気をなさるとは思っても見なかったのに、ほんとうにお気の毒だとありました。ぼくはこの方に会ったことはないが、料理勉強仲間のひとりかと思います。その後その方の家の電話番号を調べて電話をかけ、お礼を申しました。

するとそのあとで思いがけず、こんなことが話題に上りびっくりしました。その方はこんなことをいいはじめました。

私は先生のむかし書かれた小説『別れる理由』を読んで、あの中に出てくる恵子さんと京子さんは、私たちのお友達のことだと思いました。これから私は二人の名前を小説に出てくる人の名で呼ばせてもらうことにします。京子さんは先生の奥さまの愛子さんだと、私は思います。それから、その女学校時代からの友達である女の人を小説名の恵子さんとさせていただきます。京子さんは先生と再婚なさる前に恵子さんをよく知っているばかりか、彼女は先生と京子さんが会う前に先生とつき合いがあったというふうになっています。しかし京子さんはそのことを全く知らずにいます。当然恵子さんと先生は普通の友人以上のところがあったと思えるし、そう書いてあります。先生（小説では前田永造となっている）、私は永造夫妻（妻は京子）と、恵子さんとが三人で木曾へワラビ狩りに出かけるところを読みました。恵子さんが誘ってそういうことになったと、私はきいたようなおぼえがありますが、その頃私はお仲間ではなかったかも知れません。私は『別れる理由』を読み進むにつれて、既に申し上げたようなことを知りました。これは小説の中のことですが、私はワラビ狩りのことは、じっさいにあったことだときくようになって、その前から永造と恵子さん、つまり先生と恵子に当たる私のお友達と交際があったことと較べて、このワラビ狩りの場面を私なりの興味をもって読みました。この三人でのピクニックみたいな行動そのものが、並みのことではない、という気がしてならず、あの場面にその痕跡があるにちがいないという気になっても、特別私が変わった人間であるとはいえないと思います。

それですから、そういう私は、よけいなこととは思えず、当時恵子、京子のお二人とお会いしたとき、――もう何十年も前のことですが――こう切り出したのです。「あの場面を読んだ印象では、京子さんは置いてけぼりを喰っている」ということをです。あれは小説の中の話です。ですが、あそこでの恵子さんや京子さんの言動が、いかにも私のお友達の行動に思えてならなかったのです。さっきもいいましたが、私はあの頃まだあなた方を知っていなかったので、私がお二人に話しかけたのは、時間を置いてのことだと思います。もうその頃には『別れる理由』は毎月つづいていたので、さかのぼって読むようになったのでしょう。

あの二人は、あなた方のことでしょう、と思いをこめてお二人を前に置いていいました。その思いというのはさっきもいったように、この恵子さんと永造は京子さんをだましているということです。

「あなた方は、恵子と京子ですね」

とたしかめたところが、二人はいっしょに笑い出して同じことを、次のようにおっしゃるのです。

「あれは小説よ。あなたいくつになったの。おバカさんね。小学生だって今どきの子は、そんなふうに疑い深い眼つきをして、問い正したりはしないわよ」

あの日、京子さんの車で出発し、御岳山の四合めあたりの牧場に到着したとき、京子さんは、日射病にかかって、木蔭でハンカチを顔にあて横になっていて、そのそばに永造が佇んで心配そうに様子をうかがっていたようです。小説にそう書いてあったのか、あなた方からじかにきいたのか忘れました。私はあのときの場面はようくおぼえています。京子さんがひとり横になっていることを、私はただの気分が悪いことだけではない。何ごとか表面に出なくても、何か特別にあやしいことが起らなくても、私はだまされないからね、と思っていました。私はあの場面よりあとのところまで読んでいましたから。——もちろん私はこんなことはいいません。

あの小説では、京子さんが車のカギを車の中に置きっぱなしにしてドアを閉めてしまったので、車の中へ入ることが出来ず、困っているときに、恵子さんは遠くの道路に二台のハイヤーが止っているのを見つけ、声をあげて、

「あなたたち、すみません、申しわけないけど、お願いがあるのよ」

と叫びました。

そのあと二人は近づいてきて、恵子さんから話をきいて、「これはうまく行くかな」といいながら、「この三角窓をこわして、手を入れるよりほかに、仕方がないかな」とつぶやいていたが、けっきょく針金をもってきてカギ穴に突っこんで、とにかくあけるのに成功しました。

恵子さんは、

「大したものね。それでお礼をさせてもらうけど、どうしましょうかね」

というと、相手の男たちは、顔を見合わせながら、

「そうだな、お金を貰いようがないから。このさいお互いにタノシムことにして、一対一で、わしらの相手をしてもらうかな。な、それが互いにええと思うがな」

というと、恵子さんが、

「何をいうのよ。こんなことぐらいのことに、お礼をあげようと親切にいっているのに、何よ人をバカにして」

といい、金を適当に手渡して、

「早く自分の車に戻りなさいよ」

といった。

こんなふうに小説には書いてある、というようなことを私が二人にいうと、

「だから、あなたはおバカさんもいいとこだといったのよ。いいかね、あたしがあの小説に書いてあった、とあなたが今いったていどのことで二人の男が帰ったりするものかね。わたしは、大ボラ吹いてやったのよ。

『あんたたち、わたしたちを何ものだとなめてかかってるのよ』

『なめてるわけじゃねえよ。互いにいいことじゃないかと気をきかしていってやっただけじゃねえかよ』

『この京子さんの御主人は日本一の小説家だといったって、あんたたちには通じないだろうけどね。あなた方をモデルにしてあることないこと書かれちゃうよ』

『そんなことしたらこっちは訴えてやるさ』

『アッそう。そうくると思った。私の亭主はね、警視庁の局長なのよ。下手なことといったら、手が後ろにまわるよ』

といってやったのよ。私はね、あの小説に出てくるような生易しい女とは違うからね、斎藤さん、あれは私たちをモデルにしたのではなくて、どこかで見かけた人か、適当な友達の奥方をモデルに扱ったものよ。一事が万事さ、あの小説に出てくることをいちいちあたしたちに結びつけたりしないでね」

そこで私（斎藤さん）がいったのよ。

「私の主人は、メーカー勤務だけど、昔文学青年だったのよ。だからあの小説を読んで、『そうとすりゃ、その恵子さんという友達の亭主に電話をかけて確かめてみるかな』といって、ほんとにあなたのご主人に電話したらしいのよ」

「何てバカな、それで分かった。何か知らないが、うちの猫のように、主人が私の顔をじっと眺めてタメ息をついていたことがあったのは、あなたのダンナのせいだったのか。トンだ文学青年だね。今でも芥川賞をねらっているんでしょう。ごらんよ、京子さんが向うむきになっているけど、笑っているじゃないか」

と恵子さんがいったの、と斎藤さんは電話でぼくに話しつづけた。

「それから恵子さんは、私にこういったのよ。

『あんた、小説を読んで私のことを思いついて、勝手な想像をして家の仕事を放ったらかしていたんじゃないの。あなたね。想像の果てに私のことを羨ましがっていたんじゃない』

『羨ましいわけじゃないわよ。それはちょっとはそういう気持ちになったけど、そのこととは別よ』」

ぼくは電話口でこういった。

「斎藤さん、本人たちが笑っているんだから、笑わせておけばいいじゃないですか」

「でも、先生、あなたの問題でもあるんですから」

「小説家というものは、いろいろ空想をして組み合せたりしますから。そういうことはヒミツでないとはいえないですから。お読みになることをあきらめても、それはあなたのご勝手ですが、ぼくは今、うちのことで一杯で、昔のことまでさかのぼっているわけにも行かないのですよ。でもぼくも家内も、あなたがこさえられた焼きものの皿を、ずっと愛用しています。ぼくは家内が病気になってから、魚を焼いたりしたときなど、あのブルーの大ぶりの皿をつかわせてもらっていたのですよ。その前に家内とはあなたを大した、いうにいえないいい物を持った方で、作品もオットリしてスナオなところが現れているっていい合っていたものです。それから、お宅の坊っちゃんが中学生のときに使っていたというジャンパーといっていいかどうか分らないが、木綿地のものを家内が捨てるところをぼくのために貰いうけて、あれを最近まで着ていて今も山小屋に置いてあります。

それからあなたが家内に何十年か前に紹介してくれたＰＬ教団の成人病の病院に家内と二人で行ったことがあります。家内は女友達が夫婦共々、行っていた成人病ドックへ片端から入ったのです」

「私どもは、もう三十五年間同じ渋谷のあのドックに行っています。あそこを信用していて部下の方にもすすめてきて喜ばれているのです」

「お宅はあの教団と関係がおありですか」

「いいえ、それとは別なんです。それで自分の話に夢中になって、シツレイいたしました。お気にさわられたら、どうかお許し下さい。私はつい熱を入れてしまうことがあって、先だっても、主人に、よけいな心配するな、と叱られたのです。奥さまは心配でございますね」

「そういって下さってありがたいと思います。ぼくの小説も長く続きすぎて、読み手がいなくなって、自業自得です。それでは、これで電話をお切り下さい」

それから斎藤さんは付け加えてこういった。

「そうそう、あのとき京子さんはこういっていたわよ」

「京子じゃない、愛子でしょう」

「『私はいろいろなことが心配です。もし主人に先立たれたらと思うと。なさぬ仲の子供もいますし。だけど何が起こってもいいの。今まで主人によくしてもらったし、外国もあちこち連れていってもらったし、もうどうでもいいの。私の宿命だと思っておりますのよ』」

2

『別れる理由』の第一巻の終りのところで、申し訳ないが、昔原稿を渡してから何十年ぶりにページをあけてしらべてみると、小説の中の恵子（つまりホンモノ）が、前田永造と話をしているところがあって、

「もうこれ以上つき合うのは止めにしましょう」

という。

「それにあなたもヘンなぐあいになったようだし、ちょうどいいじゃありませんか」

という。ぼくは、永造の返事を気にすることは止めにして本を閉じてしまった。

江藤淳は、『別れる理由』について『自由と禁忌』という長篇評論で論じていて、その本の寄贈を受けたことがある。ぼくは昔から短篇でも長篇でも、原稿を渡してしまうと、読み返したことはなく、前の月の部分の最後のページを読んで次の月の分を考えるだけであった。坪内さんの『別れる理由』が気になって』は、この第一巻の終りのところで、江藤淳が、自由にやっていたあげく禁忌（タブー）に出会って、物語を続けることが出来なくなってしまった、といっているところが引用してある。この「タブー」云々というのとはあまり関係がないが、これからやがて第二巻に当たる部分に入ることになることを、しばらく前から考えていた。ぼくは二、三年前から演劇の本を読んだり、誘われて芝居小屋へ行くようになり、イヨネスコの「椅子」という劇で舞台一杯に椅子が積み重ねられているようなことになるのを見ておどろいた。それから坪内さんも想像しているよ

うにヤン・コットというポーランド人の書いた『シェイクスピアはわれらの同時代人』という本など読み、そのあとどのくらいたってか知らないが、同じヤン・コットの『ヤン・コット演劇の未来を語る』という本を買って胸おどらせて読んだ。そのあげく、ぼくは芝居の台本を書いてみないか、と誘われ、二回ほど上演することになり、どういうものをどう書いたらよいか分らず、二度めの場合は演出をするようにいわれた。じっさいは演出などできるわけはないことが、その立場になってよく分った。スタニスラフスキイの『俳優修業』など六本木の古本屋で買ってきた。いつだったかハッキリしないが、ピーター・ブルックの『なにもない空間』という本も読んだ(これは大分あとのことかもしれない)。ぼくは、自作上演前にも初日を迎えてからもほとんど毎日のように出かけ、ケイコをするところを眺め、役者が一歩、二歩と定められた歩数を歩くところを見て、ふしぎな気がしたり、面白がったりした。

ぼくは、第一巻の〈物語〉に出てくる人物が第二巻で舞台に現れて演じるように動いたりしゃべったりすることを空想していて気持がひかれた。

森敦さんはずっと前といっても昭和二十四、五年からであるが話相手であった。当時から、森さんは、小説家志望者あるいは、ぼくみたいに戦前から書いている人の小説をときには生原稿で読んで色々と〈指南〉に当たることをしていたようである。ぼくはもう同人誌をやっていたので、そういう小説を見せろ、といわれたので読んでもらった。森さんは昭和八年頃に天才をうたわれたことがあり、その後は数学の勉強をしてきている、という噂であった。ぼくは指南を受けるつもりはなかった。森さんもそういうつもりはなく、自分の文学理論を昔話に織りまぜて語るというぐあいであった。昭和の末になり、森さんが自分で小説を書く気があるとは、ぼくは全く思わなかった。そういう気配は微塵もなかった。数学にくわしいときいていたが、ぼくはよく分らなかった。ただ、戦前からヴァレリーが詩をやめて数学の勉強に没頭していた、という話はきいていた。

ぼくは文壇から長篇を頼まれるようになったのは、昭和三十年頃であった。ぼくはその頃フランツ・カフカというチェコのユダヤ人の作家のものを、その頃までに新潮社から出た全集を読んで、たいへん惚れこんだ。そういうものを書くのでなければ、小説など書いても意味がないと、思い出した。しかしこう思う作家は世界中にいるようになっていて、カフカに惚れこむのと、いかにそれが空頼みであるかということを思い知らされるのと同時であった。

森さんに指南を受ける人々の中にもそういう人がいた。森さんもカフカは読んでいた。というのは、彼に指南を受けようとする、旧制一高の同級生の中にもそういう人はいた。森さんは早くからどこにいても、文学指南をしていて、小説の生原稿を読んでいたのか独自の文学理論をつぎこまれていたのか、そのあたりのところはだんだん分ってきた。森さんのこの生き方を同級生だった中村光夫なんかは、何か悪くいうところがあったが、ぼくは中村さんのようには感じなかった。指南に当ることをして、その相手がなるほどと思ったり、世に認められるようになったり、要するに森さんに意見をきいたものが喜ぶのが、森さんの生甲斐であったと思う。ぼくは、このことを不思議な特別なこととは全く思わなかった。ぼくは話相手として森さんのある力倆を認めざるを得ないところもあった。

しかし、フランツ・カフカとなると、ぼくは途方にくれた。ぼくのそれまでの小説を書く態度あるいは立場では、どうにもならないことが分った。ぼくが長篇の『島』を書くときには、それまで全くの空想では書いたことがなかったのに、それに近い書き方をしなくてはならない、ということになった。話相手というような人は誰もいなかった、というより、もともとぼくは話相手はあまり必要ではなかった。その頃からぼくは森さんに空想の相手として話しかけて、何かうかがったりすることを必要とした。森さんは戦争中色々な体験をし、ぼくらにとっては、ただの空想に近いものが、森さんには体験に近いもののようにうかがわれた。

森さんは論理の人である。斯波四郎なんか、論理では小説は書けないと森さんに叛旗をひるがえしていた。森さんに毎月百枚の小説を書いて、森さんはそれを読み、そのうちぼくに、

「ようやく破れヴァイオリンが鳴り出した」

といった。

斯波四郎も、ヘッセだとか、カフカなどにひかれていた。しかし一方斯波四郎は同人誌をやり出して、森さんに小説を書かせようとしていた。「リクツをいわないで、自分で書いたらどうだ」といったりしていたようだ。

ぼくは何も手ごたえのないところから仮につけた『島』という長篇を書くときに森さんからヒントを得ようとした。

「位置だけあって、それだけの意味しかない島」などと自分に言いきかせて、空想を自分の中からひき出そうとした。島の漁民がいなくなり、と思っているうちに、異様な悪臭がおそいはじめ、そのうち米俵がどこからか現われ、村長が峠からその米俵を村の民家に向って転がしはじめた。というようなことをぼくは書いた。その後、島の息子といってもまだ子供に近い年齢の男の子が人々を連れて海へこぎ出た。そこまで書いたときやがて現われるかもしれない、まあ島といってもいいところが、何と呼ばれているのか、それだけでも分りたいとずいぶんふしぎで身勝手なことを思った。

ぼくは百枚書いたあと、鳥海山の麓の漁村、吹浦に間借りといっても階下の部屋を借りて夫人と住んでいた森さんを訪ねた。ぼくが森さんにうかがったのは、

「森さん、その島は何という呼び名でしょうかね」

ということであった。すると森さんは即座に、

「小島さん、それは大ケンリ島ですよ」

と答えた。

「あっ、そうか」

とぼくはいった。ぼくはその島へ着くまでに何日もかかったのであるが、そのあいだにどういうことを書いていたか、思い出せないが、何か空想をはたらかしていたようで、そのぐあいは実にアイマイであるが、そのアイマイさの中に、自然にひき出されてくる何ものかがあり、ぼくの中にあるかもしれない世界と、ぼくという作家のあいだの関係がしみ出してくるかもしれないという興奮もおぼえないわけではなかった。

こんなぐあいの小説の書き方は生れて始めてで、そんなものが、どうしてカフカに比較できるようなものであり得るであろうか。

もし森さんの、禅坊主が打ちこむようなコトバがぼくに向って発せられ、ぼくがバカみたいにその言葉の奥に予感させるものを創り出すとしても、ユダヤ人でない日本人が戦後の十年たったとき自分が身体中で感じているものを通して世界と結びつくということを創作によって実行に移そうとしていると思うことができようか。

ぼくはカフカがヤヌホに歩きながらしゃべっていたような、

「ユダヤ人というものは比喩で話すものですよ」

という文句にあこがれた。比喩であるのだから具体的で、しかもある一つの具体が世界をもあらわすのだから抽象的でもある、という普遍性をもつ、という魅力に近づけるだろうか。ぼくの出来ることは、学生の頃から惚れこんでいたロシアのゴーゴリの「鼻」という作品のような、ファンタジーではあるが、解くことのできないナゾそのものであるような小説を書くことだろうが、それさえも手がかりがない有様であった。

ぼくは今日、友人の山崎勉から、ぼくの初期の短篇集『小銃』（集英社文庫、初版昭和五十二年十二月三十日）の解説の長谷川泉の文章を読み上げてもらった。

長谷川泉は、ぼくが影響を受けたと思われる何人かの先輩の名をあげて、その何人めかについてこう書いている。

> 小島信夫の才能を買ったものに、一高中退の森敦がいる。小島信夫自身は、自己の具体と森敦の論理の微妙な対立がひどく苛立たしく、半面愉悦に満ちたものであったことを回想している。それは奇妙な恋着といってもよいだろう。文学魂にも一種阿吽の呼吸の恋着があるものである。

長谷川泉のこの解説は、ぼく自身がどこかに書いたことを用いながら書いている。ぼくはどこにこんなことを書いていたのだろう。ぼくは、昭和四十五、六年頃に講談社から出た六巻本の全集の解説を一巻ごとに自分で書いて、森さんとのことは、かなりくわしく述べた。むしろ森さんとのことに触れたい、触れるべきだ。誤解スレスレの関係に触れようとしたことをおぼえている。その中に長谷川泉のこの解説の中の「回想」が述べられていたのかもしれない。

たとえば、カフカの「掟の門」というふうにいわれている文章があって、『審判』のさいごのところにもあらわれてくる。これを数学の何とか論と結びつけて、当時の数学の論の影響を受けているという考え方があるそうである。坂内正がそう書いていると私はいったそうであるが、そうとすれば間違いで、一般にもそうであるが、カフカという人は、文学的想像力で作品化しているのであろうと思う。プルーストについても数学の影響であるといった考え方があったように記憶しているが、小説家はそういうことでは自分が満足しないのだという気がする。ぼくがそう思うところがあるだけであるが。

3

『別れる理由』の第一巻と第二巻のあいだで、森さんが、「小島さん、タイム・トンネルですよ」と呟いたことを、友人の山崎勉が最近、それは小島さん、『不思議の国のアリス』のような作品をアタマに置いての発想ではないでしょうか、といっている。そうかもしれない。そんなぐあいにして、第二巻は始まった。「夢くさい」と永造は度々つぶやいているが、何かといえば、永造は呟く。このことについて、坪内さんは読者の注意をひくように述べている。ぼくも坪内さんの文章をうなずきながら読む。ずっと以前から、予想していた展開というわけではない。そのときどきの流れでそうなるので、ぼく自身もそれを楽しいと考えつつあった。他人の意見に感心し、早速、貧弱なアタマに刺戟をあたえるのがうれしい。ぼくは誰にせよ、そういう発想を抱くことのできる人を尊敬しありがたいと思う。では、どう書き進めて行くか。いよいよ、ぼくの仕事がはじまるとの思いで胸が鳴る。みんなは、ぼくが自分の仕事のことを他人のことのように眺めたりしている態度をけしからぬ、というかもしれない。合作とか合唱とか、という云い方をすることがあるが、自分の仕事を他人ごとのように見ながら進めるというのを、ぼくは好むところがある。ぼくは一個人の力では限界がありすぎると考える。もっとも、これは、協力をして自分の能力が伝わり、花開くことを好む人との関係においてしか成り立たない。そういう協力関係を誇りに感じるということは珍らしいだろうが、それは自分のアタマに誇りをもつことができる場合においてのみのことなので、いつでもそう思うのは甘く見ているのかもしれない。

この第二巻の中でも特に越えるのに厄介な難所があった、と坪内さんはいっている。〈難所〉というい方ができるというのは、大した人である。ぼくは、〈難所〉といういい方ができるだけで、『別れる理由』というめんどうくさいかもしれない作品をこれからも最大限理解しようとつとめてくれることが察しがつく。その〈難所〉というのは、トロイ戦争に出てくるアキレスとアキレスの馬との対話の場所のことである。この人間と馬とは、ときどき、仮面をかぶってその仮面の人になり代って対話をする。それが連載の二年間分にわたっているというのである。他人ごとみたいにみなすところのある、この『別れる理由』の作者は、ノンキなことをいっている。この二年間分のタイクツな分量は、江藤淳の批判にさらされるのは当り前のことであるが、そのタイクツさに対し坪内さんは、ずっとあとになって振り返ると、それはトロイ戦争なんて厄介なものが何故起ったのかということを解釈しているのであって、その分量のタイクツな長さは、実は何故この登場人物たちが——第一巻にも登場するところのものたちである——こんなタイクツなことをつづけてきているのか、責任があるようなないような、成り行きまかせのような態度についても解釈しているのとつながり、それはこの部分までのところを考えても、『別れる理由』という作品にかかわることであって、そういっていいかどうか分らないが、マジメにやっているということで、そのていどのことで、どうして問題の深い中心に辿りつけないのかということや、辿りつくことに興味を示さないという世の中の状況と無関係でなく、そのことこそ問題にされており……。そんなふうに考えることは、さっきもいったようにあとになって振り返るときに分るというのである。

こうしたことは、実は、『別れる理由』の第一巻を通過して『抱擁家族』にまでさかのぼって行く。坪内さんは、この二つの作品を、写真のポジとネガの関係だとする。ハッキリしなかったかもしれないが、『抱擁家族』の三輪俊介は似たところのある前田永造へとつながり、俊介の女主人公も時子から陽子へと移る。そうして俊介は妻をバトウするが、俊介つまりその後身である永造だって、分ってみたら、実にけしからぬことをしてきている、というぐあいになっている。こうさかのぼって、解釈（？）しようとしている。これこそ、江藤淳の望む所のことだ。

解釈したって考えに夢中になったとしても、そんなことがどうなる、というような単純なことではない。

4

ところで、せっかく『抱擁家族』のことが話に出たからいっておくが、昨日になってぼくは、

『抱擁家族』は小島信夫が書いたのではない。それのみか、『抱擁家族』という題名に至っても、あれは作者の小島信夫がつけたものではない、ということを誰かが問題にしたということを知った。昨日になって知ったのは、ぼくが、その元になる本を読んでいないからで、ぼくは、もともと自分の小説さえも読み返したことがないことはともかくとして、この頃ずっと眼が悪くて読むのがメンドウになってきているせいもある。

いったい、どうして『抱擁家族』という小説が、ぼくが書いたのではないとか、タイトルもぼくがつけたものではないとかいう人が現われたのであろう。小説そのものは、読んでもらえば分ることで、いったい読者はぼくが書いている、あるいはいかにもぼくらしい文章で書かれていると思わなかったのだろうか。

度々いってきたように、漱石が「世間から家族(夫婦だったかもしれない)を守るために、embrace(抱擁)する」というようなことを書いていた記憶がある。『日記及断片』だったか。その抱擁とはどんなことであるのか。急にそんなことをしてみてもどうにもならない、ということをいっているように見える。ぼくの勝手な想像では、たとえば『明暗』の津田と妻のお延が、まわりの悪評の中で立往生するというぐあいになるとして、何とか打開策をと思って抱擁するだろう。しかしそれはそんな生易しいものではない。自分たち自身が変れるものでもない。

保坂和志の、『書きあぐねている人のための小説入門』を読んでいると、『抱擁家族』の中の、バスに三輪家の家族が乗っていて、俊介が金を払うときに、運転手に一緒に乗っている人はどこにいるのですか、ときかれて、「ホラ、あそこに坐っているのが、ぼくの家族です。いっしょに並んでなくたって家内は家内です」というところが引かれている。これは何となくコッケイである。これは事件（？）のあとでの話のようである。ぼくはこの部分は忘れていたので、ウマいところを引用しているな、と思った。〈抱擁〉というのはアイロニイなのだ。そんなタイトルをぼく以外のものがつけるはずがない。つまりバスの中の、小さなこの事件が、つまり『抱擁家族』の有様である。

5

話は前へ戻ることになるが、このあと小説の〈構想〉が変って、作者の小島信夫や、登場人物の永造がパーティに出現する。パーティには、当時の文壇と関係のある人物が登場する。

つまり、それまで書かれてきている『別れる理由』に関係する人物と、この小説を書いてきた小島信夫と、どっちがいうなりになっているか、ムズカしいところだが、そういう二人（？）の人物が出現し、パーティと関係のある小説の外の人物、当然編集長が顔を見せる。

そして最後に「『月山』の作者」というふうにこの作品の中でいわれはじめている人物が登場する。つまり厄介千万な『別れる理由』という小説と、それをとりまく世界で、しかもその人々の話題の中には、〈世界〉のことも出てくる。消滅しかかっていると思われつつあるという文壇も入っている。

坪内さんは、最後の部分は読まないで残しておいたという。もうそろそろ、誰かがここに入ってくる、と書いている。その気配が小説の中に漂っていると、書いている。

ぼくは『「別れる理由」が気になって』は、ぼくの好みに合った〈小説〉の見本だと思う。なぜ〈小説〉として面白いか。坪内さんは『別れる理由』に色々なものを重ねている。そのために、毎月の発表誌『群像』を早稲田大学の図書館へ読みに行く。毎月何ヵ月分かを、その時に応じて考えて読む。同じ頃雑誌に載っている座談会の記事を見てショックを受けたりして重ねる。世の中の動き、文学、思想の動きを重ねる。江藤淳のフォニー、フォニーと叫んでいるのは当っているか、いないか、を重ねる。……そうして読み終ると、『別れる理由』が何であったか、具体的に、そして何故苦労してきたか判る、というふうに読める。『別れる理由』という厄介な小説が〈気になって〉というタイトルでもって、その通り、〈気になりながら〉辿られてきたことが、一つの世界を創る。もとの小説はもちろんあるにはあるが、それを適当にアンバイして、ぼくたちの前に出現したのは〈小説〉である。

何よりも〈小説〉になっているのは、彼が「ポスト・モダン」をふりかざしたりせず、当時のポスト・モダン的状況を読者に伝えようとして、こうしたこの厄介な小説を読んでいると、ふいに某々氏のポスト・モダンの闘争の宣言がうかんでくるというふうになっていることだ。また、そうウマクいっているとは、と、ぼくは自分の昔書いたこの小説を思うが、気がついてみると、諸人物たちは、自分たちだ、なんて、そんなぐあいにまではとてもとても……。

＊

ぼくの知人は、タメ息をつきながら、『別れる理由』がこんなに面白いものだったとは、といっている。それから一息ついて我に返り、プラス・アルファのおかげだけど、という。

さきほど名前を出した山崎勉の話によると、彼は最近、『笑いの力』という本を買ってきて読んそのあと三人の知名な人が北海道でこの題名のもとに講演をして、それが載っている。そのあとだそうだ。三林京子という、文楽人形遣いの、二世桐竹勘十郎の娘さんであり近頃(?)落語の師匠に弟子入りをしている女優さんが三人の話に加っているそうだが、その中で彼女は「落語芝居」というもののことを話したそうである。落語芝居とは桂枝雀が始めたそうだ。三林さんの師匠がいうには、落語家が何人かの人物のマネをして話しているうちに、話している自分が分らなくなって、なかなかムツカシイそうだ。それと関係のあることだが、今はハナシ家がハナシの中の人物といっしょに登場し芝居をする、というのが流行(?)しているそうである。どこか、あなたの『別れる理由』と似ていると思ったということだ。以上で、終りです。

群像　二〇〇五・七

読んでみて下さい

ぼくは長年小説を書いてきたことになっている。はじめの十年ほどは、書きたいと思うことがあって、ノートにとって、終りの方もちゃんと定まっていたし、途中もそうであった。勿論はじめの方もそんなふうだったと思う。ぼくは一度だけ、年上の小説家に連れられて、武田泰淳さんのところへ行ったことがある。その友人と泰淳さんは、京北中学の卒業生で互いによく知っていた。泰淳さんの家はお寺であった。泰淳さんは低いベッドに寝ておられて、枕元に紙きれがあってそこに、短篇小説のノートみたいなものがあったので、

「あっ、泰淳さんも、あんなふうにやっておられるんだな」

と思って面白かった。

ぼくは当時、長篇小説の注文がきていて、書くのに苦労した。普通ならば、長篇の場合こそノートをとって、安心してゆっくりとそこへ向って辿って行くということになるにちがいないと思えば思えるのであった。それまでの短篇のときのようにやれることもあったが、一つ二つ書くうちに、先きが見えることがつまらなくなった。それにつれて短篇さえもそんな具合に考えるようになってきた。

これから芭蕉のことをいおうと思うが、これは、小西甚一という人の『日本文学史』という本で講談社学術文庫に入っている。古代から始めて、だんだんときて中世に入ってくる。この方は普通

なら近世という区分を止めて、中世に組み入れることになさっている。芭蕉のところにやってくると、「切断」という言葉を用いて、こんなふうなことをいっている。

つまり、まず中国の詩の話からはじめて、杜甫の名をあげている。ほかの詩人は、いうことがつながっているようになっているのが普通だが、杜甫は切断されていて、途切れ、途切れの文が、それでいて、それらがつながっている。細かいことは忘れてしまったが、先だって古本屋に大半の本を売ってしまって、そのあと、大切にしていた本まで、あり場所が分らなくなって、いま手もとにない。どうしてかというと、耐震工事のために二階の書斎の本を先ず地下に移し、とにかく、地震がきたら家がつぶれるということがはじまりであった。

とにかく、記憶を辿って書いているので、不正確きわまるものであるが、一つの俳句のなかで、切断された語句が一つの世界を作るというようなものでなかったかと思います。

ぼくはこの七月十二日に青山ブックセンターで、保坂和志さんに誘いを受けて、二人で「トーク」というのをはじめてやりました。彼の連載している「小説をめぐって」というタイトルのものを一年ちょっとの分をまとめて、『小説の自由』という本が出たので、その機会に「トーク」をやることにしたということでした。ぼくは十何年前から、彼がぼくを訪ねてきてくれたときから、ぼくの小説がほかに類例のないものだ、という意味のことを、いいたがっているように見え、「小島さんは賞めてもうれしがらず、けなされても、あんまりは口惜しがらない」といっていたこともありました。ぼくは別にそんなことはないのですが、どうして保坂さんは、ぼくを買っているのか、その理由を一つもいっていなかったので、そういうこともあってうまい返事ができなかったのかもしれないと思う。そのあと何年かして、『小説修業』という本を二人で出しました。これは往復書簡で、保坂さんが企画したものだそうですが、ぼくはそういうことも知らなかった。そのときも、彼がなぜぼくと往復書簡しきのものを企てたのかよくは分らなかった。もちろんぼくは保坂さんを『プレーンソング』など処女作から買っていました。

「小説をめぐって」という連載の第一回めのあとで、こういうことを書いていました。

よく彼は、小島信夫の小説はどこが面白いのか、ときかれるので、そのときは、「どこもかしこもだ」とこたえてきた、と書いた。この答えは、短かい作品と長い作品を区別なくいっていたのであろう、と思う。

保坂さんが、前にぼくの『美濃』という小説のことにふれて書いてくれたエッセイを読んだことがある。それは「直線的でない」というところが面白いという意味のことだったかと思う。

さっきのことに戻ると、ぼくは、保坂さんに電話できいた。

「保坂さんは、ぼくの小説の中で、気に入ったものとして一つをあげるとしたら、何ですかね」

ぼくはこういう質問は不得手で、「どこもかしこもだ」といってくれたことに甘えてといわれるのを怖れて、自分でも云いたくないという気持だったが、このさいうかがっておこう、と考えたのでした。

そうしたら、保坂さんは、小さい声で、

「ぼくは『寓話』ですね」

といってくれた。『寓話』というのは、一九八〇年から五、六年のあいだ『海燕』という雑誌に連載したもので、最初は『作品』という雑誌の創刊号に書き、その後、途中で、しばらく間をおいて『海燕』に続けられたもので、第一回が「序」から始まった。「序」は、作者とその年譜作成者との対話で、かなり一般的なものと見えるが、読んでいくと特定の作品、つまり、これから連載する長篇の本文に対する序文であるということがハッキリと考えたうえで書かれていることが分かった。すくなくともそう思ってきていた。それから、その本文を含めて全体は、五八〇ページで、一二〇〇枚ぐらいの枚数になった。この作品は、昭和二十七年に、同人誌『同時代』に書いた「燕京大学部隊」と、それから七年あとの昭和三十四年に『世界』に連載した長篇『墓碑銘』とを下敷にしたもので、両方とも姓名は異なるが、同一人物を主人公とした二つの小説を土台にしたもので、その主人公が作者の「私」に、ある日、電話をかけてきて、あなたとぼくとが情報部隊の燕京大学部隊にいた頃、あなたに教えてもらった暗号に組んだ手紙をあなたに出した。言いたいことを書いたぼくの手紙をコード・ブックがわりにして、それに足す乱数表のかわりにあなたがぼくをモデルにした小説を用いている。この暗号書簡はあなたに解けるはずだといった。何かぼくに対し云い分があると察したので、公表することにしてみた。すると返事がないので、そのあとに続く暗号文を解読したものを継続して公表した。

こうしているうちに、その手紙を読んだ人から手紙がきたりするうちに、それをぼくが雑誌に公表することから、だんだんに別の手紙がくることになり、次第に鎖のようにして広がって行き、互いにひびき合い、冒頭で扱った俳句にかんする文章にもつながることになった。それにもとづいて、ぼくは雑誌社のパーティだったか、あるいは、日本とロシアの文学者の交流の親睦会に出席すると、そこに暗号について『新高山登レ一二〇八』という評判になった本の著者の宮内寒弥さんと初めて会い、暗号についての彼との雑談が翌月の連載の一回分となった。もちろん彼は、それを予定していた。

保坂さんとの「トーク」の席で、彼は『寓話』と同じ頃、別の雑誌に連載された『菅野満子の手紙』と、二冊を聴衆に披露し、「これは、スゴイ小説です」、といって、ほんの一部を引用し、こう続けた、「この小説はいずれも批評することは、ほとんどできないし、ぼく自身『プレーンソング』を書く一年ぐらい前に読み、こんどはじめて読みなおしたが、どういうわけか、ほとんど忘れてしまった。しかし、ぼくはこれらを読んで、小説を書きたいという気になった。そういう気にさせる本だということは、めったにあるものではないですからね。これらの作品は批評することがむつかしいので、あるいは説明するのがむつかしいといってもいいので、それは何故かということを、ここで説明することも非常に困難です。皆さん、これはしらべたところ二冊ぐらいしかないからたぶん手に入れることはできないでしょう。けれども読むと決して分りにくいというものでもない。ひとりでに快感をおぼえた。腹が立つほど面白い。書いた本人さえ、説明はむつかしいでしょう。こんどぼくの仲間がとりあえず、パソコンをつかって本を出そうとしています。もう入力が終りましたので、来年のはじめの数ヶ月中に発売されると思います。そのときは、買って読んで下さい」

文學界　二〇〇六・一

「私」とは何か――『残光』をめぐって

1

先週の土曜日の深夜、テレビで、ロッシーニ作の歌劇『ガゼッタ』というのを途中から観た。スペインでやっているようだった。『ガゼッタ』というのは、サッカーなどスポーツをあつかう新聞の名称にもなっているそうだ。家の者がインターネットでしらべてみたら、この方だけが出てきたといっていた。

友人のY・Tさんにこの話をすると、音楽辞典をしらべてくれて、そのタイトルは『ラ・ガゼッタ』というので、ロッシーニの沢山のオペラの中でもあまり有名なものではなく、一八一六年というから比較的初期の作ということがわかったが、英語の「ガゼット」と同じで「新聞」というのではないか、ただしイタリア語では消息通というイミもあるそうだ、といった。途中から仮面劇になり多勢の男女の人物が登場し、仮面をかぶって、というより、大きめの仮面をそれぞれの人物が手に持って歌い、色っぽいというより淫蕩な仕種をつづける。背景はトルコあたりのつもりであるらしい。ぼくが観ただけでも二時間近くの長いものであった。ぼくは耳も眼も悪いので字幕も読めず、友人に電話をしたのは、ただぼくの『別れる理由』の第二巻に似ている、というためにすぎない。

ぼくの小説では『ファウスト』の「ワルプルギスの一夜」だとか、『真夏の夜の夢』などの引用をはじめ、トロイ戦争のトロイの平原でアキレスとアキレスの馬とが仮面を交換したりして延々としゃべりつづけるが、人形芝居の人形になったり、男が女になったり、乱交の場面も出てくる。『別れる理由』の評判の悪い理由の一つは、たぶんこの第二巻のためだと思う。ぼくは『別れる理由』にかぎらず長篇も短篇も、原稿を編集者に手渡したあとほとんど読み返したことがない。その理由は自分でもよく分らないが、作品がよきにつけ悪しきにつけ、読み返して、あれこれ考えているより、次のことを考える方がよいと思っているところがあるからかもしれない。うまくいっているところがあるとして、それを面白がるのが好きでないし、もしうまくいっていないところがあるとしても、自分ではそれを苦にしていないというか、だいたいのところ、「うまくいっていなかった」と思うところはない、と思いこんでいるからである。うまくいっていないとしても、それを手直ししようがない。それが出来るなら、そのときに既に直しているはずで、おそらく直すことは出来ないと考えているに違いない、というより、そんなこと考えたこともない。ぼくは小説のことをいっているので、エッセイの場合には全くちがう。

ぼくの、こんど本にしてくれる『残光』という小説の中の第二章に、『寓話』と『菅野満子の手紙』の長篇小説を、二十年ぶりに再読するところが出ている。

今日の昼間『ラ・ガゼッタ』のことをY・Tさんに話したところ、ジョイスの『ユリシーズ』についで話してくれた。Y・Tさんはヴァージニア・ウルフや『ユリシーズ』や『フィネガンズ・ウェイク』などを研究していた時期があり、『ラ・ガゼッタ』を辞書でしらべたあと、ジョイスのことを教えてくれた。ぼくを英文学者だと思っている人は、アッケにとられるかもしれない。ジョイスだけではない。プルーストもまた同じである。最近、『フィネガンズ・ウェイク』の翻訳を訳者の宮田恭子さんからいただいて途中まで読んで、中断しているが、そのうち、読み続けてみようと思っている。ぼくがこれまで今あげたジョイスの二大長篇をほとんど読んでいないのに等しいのは、大した理由があってのことではない。読むなら、もっと古いものを読んだ方がいい、と勝手に考えているのかもしれない。友人は『ユリシーズ』のことを手短かに語ってくれた。

第十五のエピソードの中に出てくるのは、売春街でのことらしく、このエピソードはとても長くて『ユリシーズ』全体の四分の一ほどもあるという。そこは主人公のブルームがからかわれるところなのだが、それまでの『ユリシーズ』の運びと重ね合わせられる、といったって、その合わせ方は大したことではないらしい。ダブリンの街のことは、たいへんくわしく書かれていて、「ダブリンがふいに消滅しても、『ユリシーズ』をもとに街を復元できる」とジョイスはいったそうである。こういうことをきいていると、下駄をあずけているので自分で読むより想像がわいてきそうである。小道具もしゃべるというか、ブルームをひやかすのだが、それは宿の女主の扇子がしゃべるといったぐあいだ。いろんな場面が次々と出てきて、（このエピソードは）そういうぐあいだ。このエピソードは劇仕立てだ。このふたつ前の第十三のエピソードでは、海岸の場面が出てくる。若い女が子供をあやしている。それにブルームが見とれていると、彼女は性的なチョウハツをするそうだ。それを見ていて彼はオナニーをするという。彼は何をしても何をいっても笑いものになる。ピエロの役かもしれない。要するに「快楽」で、ぼくが『別れる理由』を書いていた頃は、けっきょく快楽しかない、ということを新聞のエッセイに大手を振って書いていたときだ。「レジャーランド」

が、ゴルフ場があっちこっちに現われるという時代だった。

昨夜、テレビの芸術劇場で、歌劇『椿姫』をやっていた。娼婦ヴィオレッタとその恋人のアルフレードを男たちがなぶりものにするところがあって、男たちの集団が仮面をかぶって現れる。彼女のスカートをはいて女になるところがある。『ユリシーズ』のさっきいったエピソードの中でもブルームは女にもなる。子供を産みさえもする（ダブリンぜんたいが、過去も現在も、死者も生者も、男も女も、人間も事物も同列になる）。『椿姫』に続いて日本舞踊『大黒舞』をやった。正月にやるものであるが、踊る方は慎しみを要求されるそうだ。

このくらいにしておくが、ぼくはこの有名なエピソードの内容は全く知らなかった。

ブルームは裁判にかけられたり、このエピソードの中で国王になったり市長になったり、あるいは女たらしになったり、けっきょくは最後は火あぶりになる、といったぐあいである。

昨夜、教育テレビでみた歌劇『椿姫』は、昨年ザルツブルグの芸術祭で公演されたものだそうだ。ここでも娼婦のヴィオレッタと客である恋人のアルフレードの二人のあいだを、男の父親が彼女に別れるように仕組んだあと、二人がもめることになると、そのことを知っている男の集団が乱入してくる。彼等は仮面をかぶっていて（パリの祭りの日なのであろうか）二人を嘲弄する。（彼女はもう結核を病んでいる）エモンかけにかけてある彼女のスカートをはいて踊るのもいる。カーニバルといったところだ。いってみれば、『ガゼッタ』も『ユリシーズ』も『椿姫』もみな同じような仮面劇となる。ぼくの仕組んだ仮面劇の場面と似ている。要するにそれだけの話だ。

『ユリシーズ』ではブルームとスティーブンの二人の人物も出会うことになり、乱痴気さわぎとなるのだそうである。ブルームは女に変装してあらわれたり、芝居の小道具、ト書きでさえも、人間のコトバをしゃべったりしはじめる。仮面のことはどうだったか、忘れたが、とにかく劇になるところがあるとは、知らなかった。『ファウスト』の「ワルプルギスの一夜」になぞらえられる幻想劇だそうである。もちろん、そういう場合には、ジョイスは読者に分るようにしているはずだ。そういえば、このことは以前、誰かからきいて『別れる理由』の中に使っていたような気がする。

さっき既にふれたかもしれないが、三月二十五日に世田谷文学館で、二回めの「トーク」を保坂さんにいわれてやった。第一回めのトークは昨年の七月十二日に青山のブックセンターでやった。このときのことは、『残光』の第二章に出てくる。『残光』の〈あとがき〉にも出てくる。『残光』は、昨年の一月から、七月十二日の「トーク」が始まるところまでの期間を扱っている。第二章は「トーク」のことに終始している。第三章は第二章で扱ったことの延長で、ある意味では七月十二日の中に含めてもいい。だから昨年の正月から七月十二日までの期間に作者のぼくが、何を考え、どういうことをしゃべり、どういう行動をしたかが書かれている。

『残光』は、この期間においての現在から過去にもどっても、けっきょく、それは現在が要求するからで、いつも時間はぼくの現在である。この半年ちょっとの現在の生活が終ったとき、端的にいえば、昨年七月十二日のトークを終えて、そのまま家へ帰ってきて、三十分ぐらいたって保坂さんから電話があって、ぼくの仲間の連中は、一生のよい思い出になった、といっています、といった。青山のブックセンターの「トーク」の話を保坂さんから頼まれたのは、いつ頃であったか思い出せないが、たぶん『残光』の第一章の終りの方で書いていると思う。保坂さんはそのあと、誰かとの対談の終りの方で、そのときの「トーク」を奇跡的なものになったといったりしていたが、あとで

CDを送ってきた。半年もたってから、今度はDVDでとることにするといって、今年に入ってからだったか、三月二十五日にまた「トーク」をやるといった。そしてそのときまでにたぶん『寓話』の保坂版が出ていると思う、といっていた（今年の二月二十八日のぼくの誕生日にこの本は五冊届いた）。「残光」の載っている雑誌は宮田恭子さんにも送った。ぼくの『残光』の原稿は、活字にするさいにY・Tさんと編集の阿部さんに頼んだ。Y・Tさんのところに宮田さんから手紙がきて、その中にジョイスの『フィネガンズ・ウェイク』と似ていて、それは連想の糸が直線的でない点である、とあった。さらにY・Tさんは『ユリシーズ』の場合には、朝の八時から夜中までの一日のあいだにあったことになっているのと『残光』は似ていますね、と付け加えた。ぼくはそのくらいのことは心得ていたはずであるが、Y・Tさんにいわれるまで忘れていた。

『残光』の第二章は、青山のブックセンターでの「トーク」のことから始まっている。この「トーク」は「小説の自由」というので、同じ頃保坂さんの『小説の自由』という本が出たのにあわせたのである（元の雑誌の連載では「小説をめぐって」である）。『残光』で「トーク」のこの冒頭の部分は、ほとんどそのまま引用してある。保坂さんが奇跡的なものだ、といっているものの全体は、『考える人』という雑誌に載っている。今いった冒頭のところは、くりかえすが「残光」にも引用されているので、こんどの『残光』の本の中にもそのまま出ている。

青山でやった「トーク」の冒頭のところは、保坂さんの談で『残光』の第二章はそこから始まると、いまいったばかりだが、このときのことは、『残光』をお読みいただければそれでいい。こういうところがある。

ここに持ってきた『寓話』と『菅野満子の手紙』の二冊、そして、その何年か前の『美濃』を、ぼく（保坂）は、スゴイと思っているのだが、この『菅野……』の本の方も最近読み返してきたのですが、といっても、はじめのところも、終りのところも、それから真中あたりのところも、忘れてしまっているが、小説を書きたくなった、となっている。評論家の人なら、「こんなことが書いてある」というところを、彼はそういうふうにはいう気も起らないし、忘れてしまったが読んでいるときは楽しかった。というつもりであったから、そういう楽しく読めた見本があったので、これなら、自分も小説を書きたくなった、といったのだと思う。では「楽しく読める」とは、どういうことなのかということを、一枚分の紙に分り易く書いたものを先だっての三月二十五日の「トーク」ではコピイして出席者に渡してくれていたので、その人たちはお読みになって、「忘れた」ということも含めてお分りになったと思う。ですが、出席できなかった人はそのコピイを見ていらっしゃらないので、このことについてふれてみるつもりです。こう書きながら、あとで書き加えるつもりであっても、書き忘れるかもしれないから、そのときに保坂さんが口からこぼれ落ちるようにいって、ぼくが、

「なるほど面白いことをいうな」

と思ったことについて、いってみます。

「先生、『寓話』は『燕京大学部隊』と、それから七年ぐらいあとに書かれた『墓碑銘』が下敷になっています。ぼくは『燕京大学……』は前の「トーク」のときに紹介しましたが、『墓碑銘』の方はこんどはじめて読んで、あれはなかなか面白いですが、あんなに面白いのに、ぼくがそう思ったようなところは、発表当時誰からも無視されたように思います。もう終りの方でいよいよ最後の戦闘に出かけるときに、俳句を云い残したり、少し前にかいたスケッチを残して行くところ、あそ

こはこうして話すのでは面白さが分らないが、あんなことがあったのですね」

といった。

「あれはたぶんぼくのフィクションではなかった、と思いますが。部隊長が自殺したり、隊長が軍旗を焼いたりした直後ですから。といってもきわめて日常的ですけど」

ぼくは保坂さんがいったことをきいて、彼が注目するところは、どういうことなのか、ということがよく分った。『墓碑銘』という小説のことは、『寓話』の中にも扱っています。しかし保坂さんが今度、はじめて、『墓碑銘』を読んだといい、俳句とかスケッチを残して戦闘に出かけるというようなことは、『寓話』の中に出てくるぼくの『墓碑銘』についての文章の中には、出てくる余地がない。だから、もし『墓碑銘』の原文を読んでいたら、色々のことを、つまり『墓碑銘』を読んでそれ以外のことなど思っていたりしても、気がつくところは、気がついただろう。自分もそうだったにちがいない。保坂さんは、第一回めのトークのとき、先生の小説では情報的ではないところのことが書かれている、といった。ぼくの記憶から脱落しているが、俳句やスケッチは、浜仲に託されたような気もする、それなら、なぜそうしたのか、さっぱりわからない。浜仲は、アメリカ人を父とした青い眼をした兵隊ということになっている。ひょっとしたら浜仲なら生き残るかもしれない、と、とっさにその兵隊たちは思ったのかもしれない。それとも浜仲の前で俳句を作ったり、スケッチでレイテの景色をかいていたのかもしれない。ほんとうは『墓碑銘』を読者は読んでいなければ、『寓話』のこともよく分らないといえるかもしれない。保坂さんが、これも第一回めの「トーク」のさいに例にあげた〈面白いところ〉は、裏の高原の山登りのある場面、それから、日本画家の高山辰雄さんに頼まれて作者が山種美術館で高山さんについて行った講演会の中に出てくる、〈ガマの話〉の二つです。これはそのまま引用されています。『残光』の中の第一回めの「トーク」で保坂さんが何を語ったか、という例として、なるべくそのままぼくは引用しています。一二〇〇枚の『菅野満子の手紙』の中の二箇所だけであった。第一回めの青山での「トーク」は、保坂さんがあれは奇跡的なものだった、若い人が身を乗り出すようにきいていた、といった。あのときは、活字にうつしかえることは不可能なフンイキが流れていた、とY・Tさんがいっていた。ちょうど小説を書いているときのそのようなフンイキというか、保坂さん、トークの相手のぼく、それを見たりきいたりしている聴衆の皆さん、こういうようなことについては、ぼくは、『残光』の第二章の中で扱わなかったような気がする。ぼくはあの第一回めの「トーク」のあと、『寓話』と『菅野満子の手紙』とを取り出して読みつづけた。そのとき、Y・Tさんも同じように読みはじめてくれた。ぼくはこの二冊の本は、原稿を編集者に手渡した時以来、一度も読み返したことがない（これは、このエッセイのはじめの方で、ぼくのシキタリみたいなものとして述べておいた）。Y・Tさんに、それらの本をぼくがさしあげたのは、最近のことで、それで、ぼくの家にあったそれら二種類の本は最後であった。それからあと、ぼくら二人が一ヶ月半くらいのあいだ、どんなぐあいにして読んだかは『残光』の第二章の中にくわしく書いてある。

『残光』の編集者の阿部さんは、ぼくにこの原稿（エッセイ）を頼むに当って、「小説は如何に自由であるか、また読み難いのか、あるいはまた書かれるのか」などについて書いて下さるようお願いします、といってハガキに書いてきてくれた。「小説の自由さ」については、あとで書くことにするが、保坂さんも「自由」というふうには、「小説をめぐって」の中では直接にはいっていないと思う。いずれにせよ、要するにそういう「自由さ」のぐあいのことなので、そのことについていていうことにする（あとで）。そこで「読み難いか書き難いか」に類する問いの意味は、誤解を招いているかもしれない。特別の場合（ほんとうに特別の場合）ぼくが『寓話』『菅野満子の手紙』を一ヶ月半かけて読み、しかも二回くりかえした、という時のことだが、いわゆる〈読み難い〉〈書き難い〉という意味合いではないので、「この小説は、こんなふうのことが書かれています」ということに近づこうとすると、それが不可能であるように思えた、ということである。読みながら、そうしたことは土台ムリなのだ。作者はほかのことに悦びなり楽しみをかんじていて、それはたぶん第一回めの「トーク」のときのように、語り手も、きき手の方も、身を乗り出したように、乗り出し、声をあげて、原稿用紙の上にペンを走らせ、いま書いていることの中にいわゆる目標は捕えられてしまっている、ということだったのであろう。というのだから、では何が難いのか、それは、「この小説は、こんなことを書いているのです」ということを読者に語ろうとすると、知嚢はそれに反逆して「それはムリです、それはムリです。それはムリです。作者はそこに何が書いてあるか、というふうにマトメてしまうことはそれはムリです。作者はそういうことを書こうとしているのではなくて、むしろ、その反対のことに楽しみを見出し、生き甲斐を見出しつつあるのだから！」と叫ぶのである。『残光』の第二章では、ぼくとY・Tさんの二人はせめてこのくらいのことはやってみよう、ぼくらは、評論家がやろう、としていることを自らも実演してみようとし、

「譲歩して、こんなぐあいにやってみたらば……」

誰も喜びはしない。

では、目標に近づくことぐらいは出来なかったか。

せめて、目標に近づいたり、到達しそうになったりすることぐらいあっても悪くはないし、むし

ろそれはあって当然ではあるまいか?!

ここまで書いてきて、だんだん眼のぐあいが悪くなり、手さぐりの状態も無責任に近くなってきた。しかし前にいっておこうかどうかと思いあぐね止めにしておいたが、大事なことを書いてきたところに割り込むことになり、申しわけないが、ちょっと云っておこうと思いなおした。いつの頃だったか、まだ森敦さんが足は不自由であられたときのことだが、森さんの「月山」が岩波ホールで映画になったことがある。その時分から岩波ホールの高野さんやスタッフの人達が、森さんの誕生祝いを毎年するようになり、ぼくも家内を連れて出かけていた。「月山」を一生懸命に書き上げさせた古山高麗雄さんもきていた。このごろはテレビの番組の中でも政治家の小型の人形を作って机の上に置いてキャスターが話を進めることが多いが、ああいう人形を作ってお祝いをした。御本人が出席しているのに、どうしてわざわざ人形をこさえてそういうことをするのだろうか、と思ったが、その年には、宮城まり子さんも来ていた。「ねむの木学園」に招かれて、その園児に話をしたりしたことがある森さんのお祝いに彼女はきたのだろう。そのとき宮城さんが(初対面であった)近よってきて、

「小島さん、吉行淳之介は、先生のことを尊敬していますよ」

とおっしゃった。

ぼくは吉行さんのことは、ずっと前にエッセイに書いてもいたし、理解者のひとりだと思っていた。芥川賞になるか、ならぬかの頃のことだ。それから彼が「すれすれ」を連載している頃だったか、ハッキリしないが、そう昔のことでもないし、今からそんなに前のことでもない頃、ある会で

吉行さんに会ったとき、五万円借金を申し込んだ。たった五万円のことで、ぼくにもよく分らない。再婚してからだと思う。二ヶ月ぐらいしてから返した。そのとき、吉行さんに、アレ返してもらいたいが、といわれて、「すまない、すまない」といって翌日お返しした。そういうとき、彼はよほど困っているのだな、とホントに思ってくれ、ぼくもその通りだった。

「どうして、そういうことをおっしゃるのですか」

と、ぼくはまり子さんにききかえさなかった。アッケにとられていたのだろうと思う。

今思うと、江藤淳さんが、『自由と禁忌』の中で、吉行さんがぼくの野間賞受賞のとき、ぼくのことについてしゃべってくれたとき、「小島はあけてもくれても、文学のことしか考えていない、という不思議な人だ」といった、と書いていた。それはホントウのことだが、ぼくが当り前だと思っていたから、むしろうれしかった。あとのことはよく記憶していない。さっきのことは『別れる理由』のときのことだ。江藤さんは、ぼくが、かつての同僚たちが常務取締役になっているのに出世が遅れたままであるのを気の毒がって悪くいわなかったのだろう、と書いていた。江藤さんのいったことは、当っているかもしれない。吉行さんはぼくより十歳ぐらい年下であった。ぼくは『別れる理由』について江藤さんが書いてくれたことは、彼として本気であると思った。『抱擁家族』のときも、本気だろうと思った。好意的かもしれないが、ぼくがどうして母恋しと思っていると思っていたのだろう。評論家は、大きなマチガイをするものだ。ぼくは「フォニイ」ということを、『別れる理由』の頃に時々雑誌に書いているのを見て、「フォニイ」とは悪いイミばかりではない、と思っていた。要するにぼくは江藤さんとその後もつき合った。晩年まで打明け話をよくきいた。すべてのことは、誰もいいかげんのことをいっていたわけではない、と考えていた。まり子さんが森さんの会のときに近寄ってきていったコトバにはアッケにとられた。江藤さんが書いたことと関係があるのかもしれない、とちょっと思った。「ソンケイしている」といったのは、ひょっとしたら、いいかげんにいったのではない、とぼくは思った。

この話はこれで止めることにして、『残光』の第二章のことに戻る。

第二章で読んだ『寓話』と『菅野満子の手紙』は、ぼくの二十五年から二十年ぐらい前までに書いた小説で、それぞれ一二〇〇枚ぐらいのもので、毎月、二十枚か、もう少し多いかハッキリしないが、そんなふうに書いた。あの中の大部分は手紙（ぼくのではない、かといって書いているのは作者であることはいうまでもない）で、作者あてのものである。手紙には作者は一度も返事を出さない。小説ぜんたいが、作者、つまりぼくの作品であり（いくら実名に近いものであるとしても）あの不思議な作品はどういうことをいおうとしているか、ということを読者に分るようにいうことは出来ないかと苦慮した。そんなことができるわけはない。そういうことは、前に書いてきて、途中から別の話になってしまった。もし読者に分ってもらおうとすれば、ムリなところがある。

第一章は小説のことを書いている。老齢の小説家に起る色々のことが書いてある。その小説家の妻が記憶に障害が起っているので手をつないで同じ道を歩いてきたのであったが、今は彼女は家にはいないことが書いてある。そうして歩いてきた道であったのが、今ではもう道は道でないように思えるという次第も書いてあったであろう。つまり作者にまつわることが出てきている。それは第二章も同じである。ぼくは、作家のぼくといってもいいが、もちろん一応のことで、全く同じではない。あけてもくれても小説のことを考えている不思議な人物であるぼくが、第二章では、そのぼくがずっと前に書き、読み返してもいないことは、ぼくとしては珍らしくもないが、その小説が

「トーク」の話題になって出てくる（そのことは前にも書いた）。ぼくのいいたいことは、第一章と第二章は、そうした意味で、同じ流れである。しかし今度はぼく自身の小説そのものが扱われている。そうしてその小説がどんなふうに書かれているか、おそらく誰も読んでいないので、読者に分ってもらうために、その二つの長篇小説について、トークの相手の保坂さんがスゴイものだ、といったことを、それから自分で読んでほんとにこれは面白いと思うので、その面白さを伝えようとしているが、それはとてもムリなことが分ってくる。その面白さは、伝えることの出来にくいところが、それらの小説の面白さでもある、ということを伝えなくてはならない。ぼくは友人といっしょにやってみたが、頭がいたくなる。そういうことをやっているところを書いている。そのことは第一章で書いているのと同じように、現在、どんなふうに生きているということが書かれてあるのでつながっている。

　ところがそれはぼくが、ぼくの今や問題になった小説の中のことを伝えるのは、運びのぐあいに色々とあって、ぼくが読みながら、面白がり楽しむということより仕方がない。保坂さんはそういうことをいうつもりである。そういうことを、自分の書いたものが、なるほど面白いと感じつつ、

「どうしてこんな面白いことを書いていたのだろう」

　と、今さらいうのはコッケイなことに違いない。

　以上くどくどと述べたが、そのコッケイさを知ったことが第二章である。しかし、その経過をほんとに読者に分ってもらうためには、何かうまい云い方があるかもしれないと願いながら、

「それはムリです。お手上げでした」

　と、呟いた。その呟やきのコッケイさをほんとに分ってもらうには、本そのものを読んでもらう

より仕方がない。

どの部分も関係している。関係しているといいつづけて、その実例をあげてみることが出来るだろうか、くりかえすがムリというものだ。小説ぜんたいにどこがどうだということが、むつかしいように結びついているからだ。

この第二章は、第一章から読者に足をはこんでいただいて最も核心に入ってきた。第一章で、ぼくは、年配の友人たち、学者でかつて小説家志望でもあった人々に、小島文学賞の受賞者の例をあげて、既にそれに似たことを語っていた。ぼくは自分のことでもあるので、面映いが、保坂さんは『新潮』三月号であったか、第一章の中のいくつかのセンテンスなどをあげている。

どこで結びついているというのであろうか。

それでは何故、作者は書きながら楽しみや悦びをかんじるというのだろうか。

それなら何故ぼくは、書いているときには感じていた面白さをもった自分の小説を、ほとんど忘れてしまっていたのだろうか。

このようにして第二章で何とかその面白さを伝えようとしたことが、はじめからムリなことであり、それこそが小島作品の中でも特にムリでありお手上げになるという、作者自身が、ワナにはまってしまったというのは、コッケイなことではないか。作者自身がこうした憂き目に合わされるということは、この作品の特長である。そのことを、知らせて凱歌をあげたのは、作品そのものである。小説そのものが、そもそも、それをさせるように誘導したので、否応なしに「参った」といわせられたのは、作者自身であることこそが青山の「トーク」の成行である。そこでこそ作品そのものの値打が証明された。お手上げにさせられたことこそが「トーク」の成功であり、それをワザワザやってみせたことが、第二章にもつながることなのである。それからあとの次第は読者は作者が赤恥をかいたことで次のうねりへと進んで行く、それが第三章である。

2

このエッセイの冒頭のところでロッシーニだとか、ジョイスだとかのことにふれて『別れる理由』を思い出したことを書いたような気がする。

あれは『抱擁家族』を書き終えてから、三年ぐらいたってから短篇を毎月発表しているうちにとつぜんのように長篇が始まったのであるが、それから、次々と時代を追って男や女が出てきて、中に主人公の前田永造というのも登場して、いかがわしいところも出てくる。けっきょくあの四〇〇〇枚という長い小説でどんなことを書いていたか、あの作品と、『寓話』とか『菅野満子の手紙』などとどういうところが似ていて、どういう点が違うのか、と考えると、といっても何もかも本人が分っているというわけではない。そこで、Y・Tさんにこのことを質問してみた。すると彼は、

「先生、ぼくは責任は負えませんけど」

と、前置きしてこういい始めた。

「まあ、一口でいうと『別れる理由』とあとの二作とはそのときどきの時代が異っています。でも、ぼくは『別れる理由』だって男たち、女たち、主人公だって、そして前田永造は『抱擁家族』の俊介と、つまりみんな一人みたいなものです。それは先生の中の一人が幾人かに分れていて対抗したり一緒になったりしているが、あなたの中にあるものです。もとは一人です。女も同じです。「他

人の家に行って、そこに住んでみたい」というようなことを吉行淳之介なんかとの座談会でしゃべっていらっしゃるのも、似たようなことの現れではありませんか。あの頃は何か目的みたいなものがあって、それを元にして色々のことを勝手にしゃべったりしているというわけです。

ところがこの長大な小説が終って二年ほどたってからの二作となると、それぞれの人物は、浜仲だってあなたと元は同じです。同じ一人が分れたもので、あの一九八〇年の現在において二十年ほど前に書かれた『墓碑銘』その七年前の『燕京大学部隊』を土台にし、そんなことをいうと、『別れる理由』はその数年前の『抱擁家族』を土台にし、『抱擁家族』は十一、二年前の『馬』を土台にしています。……村上春樹なんか、すくなくとも、そういっています。

『寓話』を作者の一九八〇年現在において、以前の土台の作品をもとにして考えなおしてみよう。何故かというと、『別れる理由』のときとは違って何だか目的がみんなつかみにくくなっている。しかし、それはそれで何かが出てくるかもしれない。何しろ出口は分らないから。満子の手紙と『女流』を元にしてもう一度考えてみようとしているのが長篇『菅野満子の手紙』であって登場人物はけっきょくひとりです。それは作者です。作者一人をハミ出しそうに見えるのは、妻だけかもしれないが、その妻も夫と二人で山登りをしているとき絶妙な会話をしているのをきいていると、作者ひとりに帰一しているような気がします。登場人物はだから作者へ手紙を書くのですが、彼らは作者ひとりが考えているようなものです。しかし、一九八〇年の時点において、出口が分らないから色々な考えや、意見の助けを借りる。以上です。

ぼくは一九六〇年代に、ジャスパー・ジョーンズを見て、眼のさめる思いでした。彼はラウシェンバーグと一緒にくらしていて、互いに似ているが異っています。ラウシェンバーグは断片のコラージュで現実を描きましたが、ジャスパー・ジョーンズは、たとえばアメリカの国旗とか、0から9までの数字とかえがく対象をきめておいて、それらをくりかえし、手さぐりするようになでまわし、その都度の手ざわりの違いを丹念に描いています。ぼくは先生は小説という方法を使ってどう書くことができるか、色々とためしてきたのだ、と思います。先生、居眠りしてもらっては困ります。いや、それならそれでいいのです。ぼくは、この二人を特に夢中になって集めましたから、こういう話をすると、我を忘れてしまうのです……」。

3

今年のぼくの誕生日に『寓話』の保坂版ともいうべきものが出来上って、届けられた。その本の折込みのようにして、一ページ分の『寓話』をはじめとして三冊の小説について、その面白さの特長を書いたものを送ってくれた。このことは、いま書いているぼくのこの文章の中で、あとで紹介するといっておいた。保坂さんのエッセイを紹介するのは、おこがましいし、ある意味ではもったいない気もするので、出来れば読者がその全部を直接読んでもらえればいいことだ、と反省してきた。しかし、『寓話』は「出口も分らない森の中をさまよい歩くように楽しめばいい」というようなタトエが書いてあって、その森全体を俯瞰して理解することはできない、というようなことをいっている。前にもいっておいたが、三月二十五日の「トーク」のときに、本を購入していない人にも手渡されたはずだが、出席しなかった人も、いずれ、読むことができると思う。1で書いたこととの関連でいうとすると「森」の中で何か樹が生えている、岩があって乗りこえたり迂回したりすることだってあるかもしれない（これはぼくがいうことで、あまり上手な云い方ではないが）。それでも、「森」の中にあるには間違いのないことだ。

新潮　二〇〇六・七

本書は、小島信夫の既刊単著に未収録の文章の中から、評論・随筆作品を精選したものです。

　各作品の表記は発表時のままを原則とし、漢字や送り仮名などの統一は行なっていません。ただし、あきらかな誤記や脱字などを訂正したり、補足説明を〔　〕内に追加した箇所があります。

　なお、各章は基本的に「Ⅰ」＝随筆、「Ⅱ」＝書評や追悼文などの人物にまつわる文章、「Ⅲ」＝インタビューと評論、「Ⅳ」＝自作などを中心とした評論、という方針で構成しましたが、作品の特質上、必ずしも厳密なジャンル上の区別に基づくものではありません。

　本文中、今日では不適切と思われる表現がありますが、原文が書かれた時代背景や、著者が故人であるという事情に鑑み、そのままとしました。

解説　私小説から多声の合唱へ

近藤耕人

小島信夫は長良川の畔で生まれ育った。鵜飼ほど滑稽で悲しいショウを見せる川は、日本全国どころか世界の川でもないだろう。「おくに言葉」のエッセイの中で、小島は自分の郷里のあたりは秩序やしきたりが中心地に較べると希薄で、文学は栄えないような気がすると言っている。

エッセイも一種のフィクションであるが、小説に較べれば語り手は作者であるから、作家の本音らしい言葉が沢山読める。作品の内実、親密な人物との交流が生々しく吐露されて、長年知識だけだったことの中身をじかに見せられる思いがする。私が知っていた小島信夫はそのほんとうの文学と世界の何百分の一でしかなかったことが分かり、そのエッセイもフィクションになりかかり、小島の創作の現場に身を置くことにもなる。

小島がすでに大学生の頃から他人の身になる仮想《ロールプレイ》をし、眼の前の人間を作中人物にして、わが身の上に想像する癖があったことを知って驚かされる。「不肖の弟子の思い出」の中で、東大英文科で中野好夫の授業に出席していると、後に妻となる女性と同棲を始めた小島はその女性が中野助教授の夫人と同じ年頃であることを勝手に想像して、「何か悲観し、一方彼女のことを気の毒に思っていたことをおぼえている」と書いている。別のところ（「教師と学生」『小島信夫批評集成1』水声社）では、中野先生の生温かい唾が額か頬にとんできて、親密な実感が湧き、「ただひたすら物悲しかったのは、いかにもそれが生々しく、私の妄想に色を添えたからだ。私は先生の年輩の充分に人間としての力のある男に抱かれる妻のことを想像していた。そこへ肉体の一部であるツバがとんできた」と書いている。これは小島文学のエッセンスである。この感性は実際の肉体の行為よりもはるかに官能的で、距離を置いて独りでエクスタシーを味わう小島の特徴であり、後に書簡文学で存分に発揮されることになる。そこには宿命的な受容に身をゆだねる秘かな悲しみと温もりの喜びがある。そこから『女流』『抱擁家族』『別れる理由』につながる夫婦と擬似夫婦の、絶え間ない男女の身代わり、役割交換とその対話が継続することになる。

森敦の『われ逝くもののごとく』の書評を書いたあとも、小島はその登場人物たちのイメージを大事にしていて、「〈あねま屋〉と呼ばれる遊女屋に生き、まだそこで客の相手をしていたり、親方の奥さんになったりしている女たちは、いわば私自身の長姉の姿でもある」と書いている（「小説における意味」）。〈あねま屋〉のお玉という女は年下の夫が戦死して魚行商をしている。妻を亡くした親方がお玉をなだめるように抱いてやる。センベイぶとんを敷いて待っているお玉は親方の前で無言で眼さえ伏せてしまう。「このなまめいた場面で男である私がどういうわけかこの親方よりも抱かれる彼女の方になるのは、苛立たねばならぬ彼女が哀れだからであろうか。この場面を忘れることができない。何だかこれはきわめて貴重な場面であり、貴重な事件であるような気がする」と小島は言うが、作者の森敦の方は「ぼくは目下エロチック小説を読んで勉強しているところです」と小島に電話で話す。

この小説の舞台裏は貴重な告白で、小島は小説の中で感じるエクスタシーを述べており、その文章は森のものであるが、森はエロチック小説を手本にして書いている。それはどうでもよく、そこに描き出された場面で小島は秘かに悦楽に浸る。それは欲望を満たす官能によるのではなく、「この小説全体につながってのことに相違ないからだ。たぶん、そうしたつながりの中で読み進んできたとき、突然眼がくらんだようになり、身も世もあらぬ状態になる」と小島は語る。「ぼくの家は貧しかったが、愛情は豊かだったのです」と小島は私に話したことがある。「愛がなくては小説は書けない」と言ったこともある。母親、二人の姉、そして兄の愛にも包まれた小島は、兄の恋人も作中人物たちも言葉で抱擁し、対話や手紙を創作していった。現実の女よりも、それを元に想像するフィクションの女を小島は愛した。恐らく現実の女を前にしても、その女を「小銃」のようにして抱き、愛撫していたであろう。それが他者であり、別の主体である上で対話を楽しんだ。

森敦に私淑していたことは聞いていたが、森への心を込めた沢山の追悼文を読むと、それは想像を超えた親密さであったことが分かる。「森さんはとくに女性の心の中に入ってその心理のあやをあれこれ考えたり、思いに耽ったり、ということを、好まなかった。いわば男性的であった。［……］森さんはまた、欲情というものは徒らに発せず、精神的エネルギーにすべきものだ、というような趣旨のことを、森さんの言葉で、例によって、私の姓を呼んで、注意をひき寄せてから、ゆっくりと一語句一語句口にされた」（「名声」）と書きつけるとき、小島は森の弟子でもあれば森の妻の位置にもついている。小島がアパートに森を訪ねると留守で、森の机の上に夫人からの葉書が表を上に載せてあり、下の方三分の一に書いてある文が眼に入ってしまう。「母は、敦さんがどんな仕事でもいいから、一流になって下さるように願っています」と読み取るところは、人の親であろうと、母の愛の温もりが小島の胸に沁みる小説の一場面のようである。

『女流』の冒頭で小島は主人公の甲田謙二に、兄「良一と私は、兄弟というよりも夫婦のようであった」と言わせている。私は『女流』について両性具有の小島と書いたことがある（『小島信夫をめぐる文学の現在』）が、身を女の方に置いて男を見たり感じたりしてバランスを取る対話は、芝居の科白を書いたり演技をつける劇作家や演出家の立場で、場面の転換と前言取り消しの転回はドストエフスキイの小説を思わせる。その科白を長く引き伸し、舞台から登場人物の姿を隠せばそれは手紙の交換になる。そういう場面は逆に小説らしくなるものだ。甲田謙二の兄、良一が恋人、菅野満子の恋文を毎度弟に大学ノートへ写させたとき、謙二は恋文を受け取る者と書く者の二重の立場を経験した。現実には小島の兄自身が大学ノートに写したものを、兄の死後弟に託されたこのノートは、小島が秘蔵した書簡のバイブルであったに違いない。

ドストエフスキイの『貧しき人々』の中年の筆耕役人マカール・ジェーヴシキンは、中庭を挟んだ下の階に住む貧しい娘ワルワーラに手紙を書き続ける。窓越しに姿が見えることはあるが会うことはなく、中庭を隔てて手紙をやりとりするささやかな愛の交換は、小島文学の原点といってもよい。作家と見えない読者の間で語り読まれる小説とはそもそも手紙の交換に似ている。間遠で、距離は離れており、姿は見えないが、言葉だけが、縁のある相手に届けられる。小島は「小説とは何か」で、『チャリング・クロス街84番地』という、アメリカの若いユダヤ系の女性とロンドンの古書店の中年の男との往復書簡集を一つのモデルとして語る。大西洋を挟んだビジネスのレターがやがて男女の仄かな恋心を運ぶようになるという、書簡がフィクションに変貌する艶やかさに小島はうっとりする。

「いかに宇野浩二が語ったかを私が語る」で、小島は宇野の文体をゴーゴリに比しながら、対話のもつ力を語っている。「しょっちゅう言葉を出すために対話をしているということなんですね。だれかと対話を。その対話の声がたくさん聞こえれば聞こえるほど、世の中に匹敵してくる、世の中に対応してるわけだから。世の中にいろんな声があるわけだから。［……］それはいくら書いたってキリがないわけですから。ですから対応するっていうのはその対応する態度の中にしかないんです」と言って、そのことが宇野にも小島自身にも当てはまると見る。

バフチンはドストエフスキイをポリフォニーの文学と言った。ジョイスの『ユリシーズ』はまさに都市のマルチ・スクリーンをダブリン市民の音声と意識で表現した。ホメーロスのオデュッセウスのごとき英雄の主人公はいなくなった。それに対しサミュエル・ベケットは主人公ではないが単旋律《モノフォニック》の、ほとんど単音節《モノシラビック》の言葉を連ねて、つぶやきの小説を書いた。その声は天空あるいは子宮あるいは墓穴から聞こえてくる。ドン・キホーテはサンチョと旅に出て遭遇するさまざまな人物の語りを聞くが、やがて自分の物語が偽物であることを知る。作者セルバンテスは主人公がまさにフィクションであることを暴露する。ロレンス・スターンはすでに死んでいる人物を生かして語り、語り手の意識のおもむくままに脱線しながら乱れた筋をたぐり続けた。

この評論集の中で唯一他者が現われるのは、梅崎春生である（「Playの名残り」）。あるとき小島は座談会に出るためにある出版社で待ち合わせ、トイレに行った。隣に梅崎春生が立っていた。「きみは、近く、ダメになるよ」と言われた。小島は壁を見やったまま身動きできない。小島はとっさに上手にこたえるすべを知らず、ただ笑っていただけである。小島は梅崎がどんな表情をしているか見なくとも分かる。「口がゆがみ、金歯がのぞいた。それはとてもニヒルで」あった。埴谷雄高はそれを「透明なニヒリズム」と言った（『戦後の先行者たち』）。その数秒間に、敗戦後の数十年が流れた。同年生まれの小島は梅崎の死後、『日本文学小辞典』（新潮社）に梅崎春生の項を書いた。小島はそれから戦後日本を裏返し、小説を反転させながら半世紀を生き延びた。

ある夜近代文学会の例会の後、同人たちは新宿のナルシスに流れた。こちらの20世紀文学研究会の同人も合流した。堂々とした埴谷雄高は壁際の席の中央に坐り、その隣に小島信夫と橋本福夫が坐った。小島は書生のように小さく畏まって口をつぼめ、橋本は笑みを浮かべていた。埴谷は橋本に「奥さんを死なせたのは君のせいだろう」と言った。橋本は顔を真っ赤にした。

森敦は男性の権威を保とうとしながらその終焉を予感して、梅崎と小島の中間点に立っていたと言えるだろう。小島信夫の文学は第二次大戦敗戦後の日本での家父長の失墜と、女性の地位の向上を映すだけでなく、世界の先進国でのジェンダーの区別の希薄化、人権問題の共有、そして映画、テレビ、パソコン、携帯電話などに囲まれた映像・言語メディアの環境での主体の散逸、非人称化の現代社会を予見、先取り、反映したものとなった。かつてクールベのレアリスム絵画が光と色彩の点描画に追放され、それも運動する映画やテレビに主役を奪われ、対象を刻明、リアルに描写する技術は映像に代行され、絵画やドラマでは表現できない、姿は見えなくても声だけは聞こえる対話の連続、反転、反復にこそ、今日の現実を掬い取る役割が残されている。とりわけそれが内的対話であれば、それは小説によってしか聞き取り、表現することができない。キュビスムが頭の中で、心の中で見た現実の像であるように、文学も壊された現実像の隙間から、また口の奥の暗部からその時、その場で発せられる話し言葉のみが記号でも映像でもない、人間の生の声と唾のレアリテを残した証となっている。

他界した多くの戦後の作家の追悼文を挟みながら、小島信夫の作家としてのデビュー以前から晩年の自作を語るまでの多くのエッセイを通読して、二十世紀を生き抜いた一作家とともに日本の心を振り返ることができる。

小島信夫（こじまのぶお）一九一五年二月二十八日、岐阜県生まれ。旧制岐阜中学校、第一高等学校を経て、四一年東京帝国大学文学部英文科卒業。四二年より中国で従軍、敗戦でポツダム伍長となる。四六年復員。四八年から千葉県立佐原女子高等学校に勤務し、四九年東京都立小石川高等学校へ移る。五四年明治大学工学部助教授、そののち理工学部教授として八五年の定年まで在任。五五年「アメリカン・スクール」で芥川賞、六五年『抱擁家族』で谷崎潤一郎賞、七二年『私の作家評伝』全三巻で芸術選奨文部大臣賞、八一年『私の作家遍歴』全三巻で日本文学大賞、八二年『別れる理由』全三巻で日本芸術院賞、八三年同作で野間文芸賞、九八年『うるわしき日々』で読売文学賞を受賞。八九年日本芸術院会員となり、九四年文化功労者に選出、二〇〇四年旭日重光章受章。その他、小説に『残光』、評論・随筆に『小島信夫批評集成』全八巻、共著に保坂和志との『小説修業』、森敦との『対談・文学と人生』、翻訳にウィリアム・サロイヤン『人間喜劇』など、多数の著作がある。〇六年十月二十六日死去。

銀河叢書

風《かぜ》の吹《ふ》き抜《ぬ》ける部屋《へや》

二〇一五年二月七日　第一刷発行

著者　小島信夫

発行者　田尻　勉

発行所　幻戯書房

郵便番号一〇一-〇〇五二
東京都千代田区神田小川町三-十二
岩崎ビル二階
TEL　〇三（五二八三）三九三四
FAX　〇三（五二八三）三九三五
URL　http://www.genki-shobou.co.jp/

印刷・製本　精興社

ISBN978-4-86488-063-3　C0395

✿「銀河叢書」刊行にあたって

敗戦から七十年。

その時を身に沁みて知る人びとは減じ、日々生み出される膨大な言葉も、すぐに消費されています。

人も言葉も、忘れ去られるスピードが加速するなか、歴史に対して素直に向き合う姿勢が、疎かにされています。そこにあるのは、より近く、より速くという他者への不寛容で、遠くから確かめるゆとりも、想像するやさしさも削がれています。

長いものに巻かれていれば、思考を停止させていても、居心地はいいことでしょう。

しかし、その儚さを見抜き、誰かに伝えようとする者は、居場所を追われることになりかねません。

自由とは、他者との関係において現実のものとなります。

いろいろな個人の、さまざまな生のあり方を、社会へひろげてゆきたい。

読者が素直になれる、そんな言葉を、ささやかながら後世へ継いでゆきたい。


幻戯書房はこのたび、「銀河叢書」を創刊します。

シリーズのはじめとして、戦後七十年である二〇一五年は、〝戦争を知っていた作家たち〟を主なテーマとして刊行します。

星が光年を超えて地上を照らすように、時を経たいまだからこそ輝く言葉たち。

そんな叡智の数々と未来の読者が、見たこともない「星座」を描く――

銀河叢書は、これまで埋もれていた、文学的想像力を刺激する作品を精選、紹介してゆきます。

それは、現在の状況に対する過去からの復讐、反時代的ゲリラとしてのシリーズです。

本叢書の特色

初書籍化となる貴重な未発表・単行本未収録作品を中心としたラインナップ。
ユニークな視点による新しい解説。
清新かつ愛蔵したくなる造本。

二〇一五年内刊行予定

第一回配本　小島信夫『風の吹き抜ける部屋』
　　　　　　田中小実昌『くりかえすけど』
第二回配本　舟橋聖一『文藝的な自伝的な』
　　　　　　『谷崎潤一郎と好色論　日本文学の伝統』
第三回配本　島尾ミホ『海嘯』
第四回配本　石川達三『徴用日記その他』
第五回配本　野坂昭如『マスコミ漂流記』

……以後、続刊